星盟默示录

风若岚 著

作家出版社

U0599159

尊敬的 ▓▓ 女士：

　　作为首先提出"异能赋予计划"的科学家，我从自己崭露头角的开始就一直备受打压，那些所谓"纯粹科学"的腐朽学者们永远都只会用他们的旧理论来捍卫他们亲手建立的"科学体系"，而这却恰恰违背了科学的真实性！他们用陈词滥调来解释这个世界的多变，用亘古不变的理论套用在各个领域，他们止步不前，犹如蛆虫！不仅如此，他们还一直试图将我这个眼中钉除掉，只是因为我的研究在冲击着他们的权威！

　　他们认为我们的情感、思维、个性与命运仅仅是宇宙循环高度进化中产生的科学效应，他们还认为一切超出他们大脑意识的自然界不可解说的现象即是巧合，他们把他们解释不了，我们却说得通的问题称为迷信，就好像这个世界就是他们创造的一样！但现在不同了，通过您的支持，我已经成功地为一批士兵赋予了超自然的能力。而这只是一个开始，您简直无法想象我们之后将要面临的美好！我们可以用这项技术颠覆这个世界，颠覆人类之前对科学、对生命的理解，我们完全能够创造出一个新的纪元，使人类迈入一个光荣的进化！然而这些都要归功于您对我的支持！我现在急切地希望能够与您见面并与您一起分享成功的喜悦。

您忠诚的部下 老铭

我亲爱的儿子：

　　你有着与生俱来的天赋，你强大、睿智，完美地继承了我所有的优秀血统，你将会是稻弦家族最为荣光的一员，我和你的母亲以你为傲，同时你也要记住，作为传奇一样的稻弦家长子，你所要经历的诱惑与磨难将会比正常人要多得多，尽管你的灵魂纯净而坚忍，但你的心智却需要在各种磨砺中才能体现出它的超凡。你的存在即是一种超脱与奇迹，然而无论你如何运用你那强大的能力，你终将走向所谓的误区，因为你的命运从你出生的那一刻起就已经违背了那些信仰均衡的恶魔的初衷，他们早晚会以所谓天使的姿态道貌岸然干涉你的一切，用他们偏执过激的正义衡量万物，不惜以一切手段维系他们眼中所谓的均衡。这些恶魔是我们家族的世仇，他们自以为能够为任何人的任何命运选择一切，就好像世间万物都如同他们的扯线玩偶一样。而你，则要以你那纯净无比的力量与斗志，打破他们虚伪的天平，让他们知道命运是掌握在你自己手里的，还给这个世界真正的本色！

　　　　　　　　　　　　　　　　　　你的父亲 稻弦瓒

目 录
CONTENTS

长女

"家族与荣耀，是通往内心所向的必经之路，抑或是路上的一颗绊脚石……"

星盟都市，安度洛斯国与翼之国战争后留下的产物，这所建立在两国战争时期主战场上的学院都市在短短数年就促使它所在的周边地区从战后的废墟中恢复了往日的繁荣，凭借得天独厚的地理位置以及科技上和管理上的优越性，星盟都市很快便发展成为了一个涉及各个领域的重要枢纽。由于具备最为先进的教学理念与至高的名望，获得星盟学院的入学资格几乎成为了这个地区大部分有志向的年轻人的梦想与追求。

尹兰礼则是为数不多获得入学资格幸运儿中的一个，武宗世家出身的尹兰礼从诞生的那一刻就注定了她略显沉重的命运，身为一个女性，尹兰礼在这个以武至上重男轻女的家族中备受冷落。但这并没有丝毫消减尹兰礼的父亲对她的期望，从尹兰礼有记忆的时候起，自己就一直在父亲严格的教育下修炼各种武技。直到现在，尹兰礼依然在道馆反复磨炼着自己的技艺，眼前的这个沙袋已经被尹兰礼击打得千疮百孔了，每天打漏数个沙袋已经是尹兰礼的必修课，今天也是如此。

"我始终相信，不管任何目的，只要付出足够的汗水与勇气，终将达到！显然，你的努力还不够！"伴随尹兰礼对沙包进行打击的同时，整个道馆都响彻着尹兰礼的父亲尹兰烈的咆哮。

"……"面对父亲严厉的咆哮，尹兰礼没有做出正面回应，而是再次运气，尝试将自己的力量聚集起来，完成自己一直都无法成功运用的那个招式……无奈这次的集气就像之前无数次尝试的一样，气力在集中到一点的同时就突然莫名其妙地溃散开来，当尹兰礼将拳头打击在沙包上的时候，这次攻击几乎已经没有任何内功的帮助了，少女的拳头就这么硬生生地猛力砸在了沙包上，溅起了几滴殷红的血花。

没有懊恼，没有愤怒，甚至懒得在乎疼痛感，这已经不是第一次失败了，尹兰礼将沾满自己血液的手收回，陷入了思考，虽然之前所学的心法与招式完全都是如行云流水般就领悟了，但这招将内力都集中在一点的招式却无论如何都没办法施展出来。按理来说，无论是气力和技巧，自己都已经远远超出了驾驭这个招式的要求，可却还是无法成功将其完成，问题到底出在哪儿呢？

其实如果以自己通过反复修炼对身体的掌控，就算不去运用任何内功，击碎眼前的沙包对于尹兰礼而言也算得上轻而易举，但偏偏按部就班地去运用内功时，效果却总是适得其反。

"'撼龙一击'作为我们尹兰家威力最强的招式，需要大量的磨炼，这不仅对于你的气力和技巧是一个挑战，更为重要的是你的态度与决心！这么多年你在修炼上从来都是顺风顺水，结果却被这最终一式整整困住了一年之久！你只有这点能耐么！礼！"与此同时，尹兰礼的父亲尹兰烈纵身一个莽跃跳到了尹兰礼面前，以万夫莫敌之势击向尹兰礼面前的沙包……

"撼龙一击！呵！"一股强劲的霸气由尹兰烈周身扩散放出狠狠地打在了沙包上，之后沙包如自由解体一样被尹兰烈这一击轰飞，碎落了一地。

"我不管那个星盟学院是个多么好的地方，总之如果你在开学之前还没能掌握这个招式，那么你就不能去上这个学！"尹兰烈抛下这句话没好气地走了出去，留下了尹兰礼一个人在道场。

事实上，能不能去星盟学院上学对于尹兰礼来说才不重要，这不过是个无关痛痒的威胁而已。尹兰礼向前走了两步，拾起了地上沙包的碎片，手中的碎片已经被父亲刚才的猛力击散成了夸张的形状。再次回想了一下刚才父亲使用"撼龙一击"的场景，尹兰礼轻叹了口气，同样的招式与套路，自己却一直无法做到像父亲那样在短时间内完成内力上的击中与爆发。

尽管如此，单就力道与对招式的驾驭而言，尹兰礼完全没感觉出父亲比自己强了多少，但事实摆在眼前，似乎也没有什么值得多想的。

"或许这就是对我当年过于自负的惩罚吧……"尹兰礼自嘲了一

句，看了看自己沾满血迹的手，准备去处理一下。

"你也知道这是对你自负的惩罚啊？我还以为你永远都不知道反省呢！想想你当初比我们提前学会其他招式时那不可一世的样子吧，怎么样？现在不行了吧？我爹早就告诉我说女人习武是不会超越男人的，而现在你和我就是最好的例子，真是烂泥扶不上墙，你看你把你爸气成这个样子，可悲又可笑！"道馆门口走进来挖苦尹兰礼的男性是尹兰礼的堂哥尹兰胜，虽然比尹兰礼大上一岁，但却是和尹兰礼一起开始习武的，由于尹兰礼天资聪颖，没过多久便把这个大自己一岁的堂哥远远超了过去，当尹兰礼已经练习最后一式"撼龙一击"半年时，尹兰胜这个堂哥才刚刚赶上进程，可没想到如今尹兰胜已经学会了"撼龙一击"，而尹兰礼却依然无法正确地运用这一招式。

"……"虽然觉得有点碍眼，但实在懒得跟这种人做什么纠缠，尹兰礼没有理会尹兰胜，抬着自己受伤的手走向门外。

"真是失败啊，这算不算罪有应得啊？"很显然尹兰胜属于那种得了便宜卖乖的家伙，见尹兰礼没有理自己，便更加猖狂起来。而尹兰礼也不是一个圣母型角色，她现在觉得自己需要放松一下，或许是放松自己的情绪，或许是放松一下自己的身体，总之要么二选一，要么一并做了。当务之急，便是还给眼前这个得寸进尺的尹兰胜一点颜色看看。

"胜哥，真是抱歉，我知道我对不起你，当初不该当着你父母的面儿在切磋时把你打得跪地求饶，以至于你现在都是这么可怜阴暗地对我怀恨在心，只知道张着你那张臭嘴四处讨人嫌。请你原谅我，我应该为你现在的行为负责，虽然我不认为你这种肮脏下作的家伙的责我是否能够承担。"带有极度傲慢和讽刺的语调一口气将这段辛酸的往事狠狠地回敬给了尹兰胜。尹兰礼的表情看似十分平静，但眼神中却显露着极度的鄙视与挑衅，逼迫着尹兰胜的每一根神经。

"你！你真是不想活了！我早就已经学会了'撼龙一击'！现在的我已经不再那么好欺负了，这下我要让你知道我的厉害！"尹兰胜的怒火和废话显然是成正比的，在他吼着这些废话的同时，身体也已向尹兰礼的方向袭来。

"撼龙一击！"尹兰胜带着自己必胜的信念对尹兰礼打出了他自认为最为强力的一击，但他可能永远也弄不懂为什么尹兰礼能够只用一只手就将这一击轻松地挡下；他也不懂为什么尹兰礼明明不会"撼龙一击"这个终极招式，却对这个招式的每一个细节都把握得如此完美；他同样不懂尹兰礼为什么能将踢技跟拳技衔接得如此巧妙，以至于让她在蹂躏自己时让自己连一点还手的余地都没有；他更加不懂这些奇妙的令他搞不懂的事情都是建立在尹兰礼的一只手不能使用的情况下完成的；尹兰胜其实还有更多的不懂，但面对眼前尹兰礼对着自己撞来的膝盖，他已经没什么可不懂的了……

黑色死神

"一切终归尘土，唯有黑暗永恒。"

　　总是有些天赋凛然的孩子能够在星盟学院开学之前就获得被学院校长召见的殊荣。稻弦燕静静地坐在校长室的外面，她个人显现出的气质与校长室古典冷色调的装潢完美地融为了一体，墨黑色直长发，深邃修长的丹凤眼与睫毛，五官精致，如一个优雅的人偶摆放在那里，她周围的气氛就好像凝固了时间一样，虽美，但若身处其境的话，必然不会舒服。

　　"稻弦燕，黑月校长有请。"门打开，一个穿西服，身上一尘不染的女侍走了出来邀请稻弦燕，校长身边的侍从显然不可小觑，但不知为什么，在与稻弦燕对视的瞬间，侍从不由得感觉胸腔一阵收紧，呼吸乏力。

　　"就像传言一样，您的眼睛似乎能把人吸进去呢。"回过神来，侍从自我缓解了一下尴尬的气氛，将稻弦燕带入了校长的办公室。

　　校长室简直奇大无比，甚至可以形容为宫殿也不为过，屋内的装潢具有浓重的宫廷气息，深红色的地毯搭配着不透光石材铸造的暗色墙壁，让人感觉高贵、舒适又不乏威严，看得出来这里的主人似乎并不太喜欢阳光，遮盖着窗户的帘布厚重严密，使月光连分毫都无法刺入。

　　与所谓的办公室在布局上有很大的区别，入口处的台阶通向房间尽头的沙发，两面巨大的窗户跟地板相连，直达屋顶，这大概是整个房间内唯一没有被帘布遮盖住的窗户了，华美的月光由窗口坠入房间的尽头，一个银色长卷发身材高挑的女人从房间中走了出来靠近稻弦燕，她的睫毛十分漂亮，软蓬蓬地搭在美丽妩媚的狐狸眼上，嘴唇性感圆润，一脸的娇态。

　　面对寒气逼人的稻弦燕，银发女人没有表现出任何反常。

她保持着一脸的媚笑用充满关切的眼神看着稻弦燕，银发女人浓而密集的睫毛像是搭在眼睛上的，看起来蓬松微垂，有着一种特殊的娇柔感。而她那妩媚的眼神与举手投足间不经意流露出的类似于撒娇的姿态，更是堪比任何尤物。

　　"真是个可爱的女孩子，虽然你肯定知道我是谁了，但我还是得正式地自我介绍一下。我叫黑月，是这个学校的校长，同时也是你今后的家长，以后这里就是你的家了，请千万不要见外。话说回来，从刚才你进屋子的时候我就感觉到了，这种暴走状态十分痛苦吧?"除了娇柔、关切和正常的断句，完全无法听得出黑月的语调中还夹杂着其他什么感情，黑月关心地询问着稻弦燕的同时，整个办公室的气氛都开始凝重了起来。

　　"你能……帮我吗?"随着稻弦燕的张口，整个房间的所有光亮全部被突然出现的黑色气息遮盖住了，无数条黑色的裂缝从半空中撕开，渗透出令人窒息的恐惧感，穿西服的侍从像被外力压迫一样地直接跪倒在了这恐怖的气氛中，只留得稻弦燕和黑月站在房间中央。

　　"当然了，不然我为什么要费那么大工夫把你从那些家伙的手中救出来呢?"就好像完全没有受到这种恐惧到令人窒息的气氛影响一样，黑月的语气依然娇气十足，游刃有余。而整个校长室的恐怖气氛此时几乎已经完全实体化了，黑色的气息遍布四周，裂缝狰狞地抽搐着，虽然听不到任何声音，但恐惧感却恨不得渗入一切能够渗入的地方，化作悲鸣，化作黑暗，感染万物。

　　"你……真的能帮我吗?"再次发出同样的疑问，眼睛死死地盯着黑月，稻弦燕的双瞳中有着无穷无尽的幽暗，如深渊一样地吸附在黑月的视线上。

　　周围的黑暗气氛更加猖狂地肆虐着整个房间，让原本华丽庄严的校长室变得如炼狱一样，虽然哪怕是想象一下都会感觉到与稻弦燕那双死神一样的眼睛对视后万劫不复的可怕后果，但黑月却依然平静地与稻弦燕对视着，没有显现出任何动摇。

　　"是的，我能帮助你哦!"保持着充满撒娇语调的说话方式，黑月的这句话中却包含着无限的亲和与坚定。就好像身处地狱都能够完全不被其影响一样，接着黑月伸出了她秀美的手，搭在稻弦燕的肩膀上。

兄妹

"无论年代瞬息万变，信仰有何差异，一个道理亘古不变，血……浓于水。"

　　星盟都市，这个建立在战场废墟上的城市的主体便是星盟学院，由于学院的过度发达与繁荣，很快便带动周边以学院为中心形成了星盟都市。整个都市的治安、法律与管理完全由星盟学院自主执行，犹如一个独立的国度一样存在于安度洛斯国与翼之国之间。相应的，在星盟都市的一些角落，也总是会有着各种各样的组织与团体。

　　雷龙会，作为整个星盟都市最大的黑势力组织，定期与其他帮会发生交战已经是家常便饭，之所以雷龙会能够做大做强，这与雷龙会领导人杰出的表现与不凡的能力是分不开的。

　　雷泽，身为雷龙会总头目雷彻的长子，自幼就四处参与帮会争斗和收并地盘等活动。在雷泽眼里，对手只分为眼前可以解决的和需要将来解决的两种，这个世界上从来不存在无法解决的对手。而同样徘徊在星盟都市与雷龙会对立的黑势力蝮蛇会，对于雷泽来讲，就是砧板上的一块肉，如今没有任何必要再与蝮蛇会进行纠缠，雷泽已经扬言要在近期内踏平蝮蛇会。而且所有人都相信，雷泽能够说到做到。

　　面临势不可当的雷泽，据说蝮蛇会上层准备耗费大笔的资金雇佣神秘杀手来取雷泽的性命。而雷泽却依然保持着他那不知恐惧为何物的架势，我行我素。毕竟，就算赏金再为雄厚，人们也很难想象有哪个不要命的杀手敢接下暗杀雷泽这宗听起来就已经令人手脚发抖的买卖。

　　如今，蝮蛇会已经到了面临生死存亡的关键时刻，恐惧的气氛弥漫在蝮蛇会上下，而雷泽现在正在处理的则是另外一个关于自己家人的问题……

雷龙会首领的房间内，一个黑发男性表情沉重地与他面前的金发少女对峙着。

"绝对不行！"充满了不容置疑的口气，眼前这个黑发的强壮男人猛力地敲击着桌子，青筋充斥着他棱角分明的脸，他就是目前雷龙会的主要负责人和大头目，雷泽。

而让他如此面红耳赤的金发少女，则是雷泽的亲妹妹，雷莉。

"你要知道，能够有幸获得星盟学院的入学资格是非常难得的！不许再跟我提出不去上学这种无理的要求！"甚至能够从雷泽的话语中感受到他惊人的力量一般，雷泽的声音撞击着天花板，发出阵阵回响。

"……"翠绿色的瞳孔清澈明亮，浓密的金色睫毛下散发出的眼神是一种不容侵犯的魄力，金发少女站在哥哥面前，沉默不语。

雷莉，雷泽同父异母的妹妹，与哥哥不同，雷莉有着来自母亲的一半异国血统，同时也继承了父亲傲人的身高与母亲的外貌，有着与哥哥完全不同的沉着气息。

"等你处理好其他帮会后再来说这些吧……我是不会轻易退出雷龙会的……"虽然欲言又止，但雷莉还是抛下了一句话，之后转身走向门外。对她而言，与雷泽的一切争执与理论皆是徒劳。

"帮会里的事情我自然会处理好！这不是你该管的！我说过了！你只需要去上学！其他的交给我来解决！"雷泽对着雷莉离开的背影大喝道，即便自己在部下面前是多么的德高望重，雷泽的气场却永远镇不住自己的妹妹。雷莉对此毫无反应，自顾走向门外，雷泽只感觉自己受到了轻视，心中一阵不爽。

"你给我站住！"咆哮声响彻整个屋子，雷泽的气势足以堪比任何一头凶猛的野兽，可雷莉看起来依然不为所动。

"就如之前一样，该说的都说了，这个问题解决不了的，哥哥！"简直就像是为了照顾雷泽的情绪而安慰了一句一样，雷莉不紧不慢地回应了一声，最后还是我行我素地走出了门外……

救世主

"一切错误的缘由都只怪你当初不够聪明和强大，不是么？"

稻弦燕睁开双眼，发现自己躺在一个纯白的屋子里，她的瞳孔开始有了明亮，不再像之前那样如无底的深渊一样充斥着黑暗与恐惧。不知道为什么，她已经没有了那种好像被黑暗无尽吞噬的感觉，反倒连一丝丝释放黑暗气息的欲望都没有，身体虽然虚弱，却透彻清爽。稻弦燕尝试起身活动一下，扭头发现一个银色直发的女人坐在床头暖暖地看着自己。银发女人的长相和黑月几乎是一样的，有着与黑月一样美丽的睫毛，性感圆润的嘴唇与高挺的鼻梁，唯一不同的便是眼前这个银发的女人散发出的是不可言喻的温暖与圣洁，与黑月的妖娆与神秘有着鲜明的区别。

"看样子是平静下来了，虽然你已经睡了一段时间，不过因为之前消耗了太多精力，你现在依然非常虚弱，起床之类的行为就请不要尝试了。"轻轻地将稻弦燕安置回床上，银发女人温柔的轻语回绕在稻弦燕耳旁。她散发出的亲和力给人一种温暖舒适的感觉，这种亲切圣洁感弥漫在稻弦燕周围，让稻弦燕无比舒适放松。

"我叫白月，是黑月校长的妹妹，负责星盟学院的医务工作，刚刚我已经通知姐姐说你醒了，估计她很快就会过来看你。"白月微笑着说道，语气中充满关怀与温柔。

"我之前……是怎么了？"再次恢复正常的稻弦燕回想起前些日子发生的一幕幕，心中百感交集。

"是因为你的能力啊，由于受到了不明原因的阻力而被禁锢，你的能力一直都在被压迫着，没有能够合理地释放出来，所以黑月姐姐并没有感应到你的存在。"白月的牙齿雪白，露出亲昵的微笑为稻弦燕解释道。

"能力？是什么？我还是不太懂。"稻弦燕仍然疑惑。

"这就要从头说起了，这个世界上有些拥有特殊潜质的孩子，而黑月姐姐的工作就是将这些孩子都纳入星盟学院，把他们的能力开发出来，让他们的能力用到有用和该用的地方。可是由于你的能力一直被压抑着，我们一直都没能注意到你，而当我们注意到时，你已经由于能力被压抑得太久而爆发成为了暴走状态并且遭到一些人的追杀。"说到暴走状态，白月的神情开始多出了一分无奈。

"我才接手你时，你已经进入纯粹的暴走状态了，当时真是把我吓坏了呢。"可能是回想起了可怕的一幕，白月皱了皱她秀美的眉毛。

"总之，现在已经没什么大碍了，你还是休息一会儿吧。"回给稻弦燕一个温暖的微笑，白月将稻弦燕的被子盖好。

勇者历尽千辛万苦，终于打败了魔王，拯救了整个王国，他凯旋，举国欢腾。

"黑月校长……是个什么样的人？"虽然被白月建议休息，但稻弦燕还是忍不住问道。

"她啊，曾经是一个英雄。"当白月说出"英雄"一词时，温柔的脸上闪现出了一丝短暂的凄凉。

"英雄……"稻弦燕重复着这个自己心目中神圣高尚的词。

"当年确实是个英雄，现在不同了，现在是救世主哦。"接过白月的话，此时黑月突然走进了屋子，带有她那娇气神秘的语调，靠到了稻弦燕床前。

"救世主……么？"稻弦燕看着眼前这个一脸柔媚娇态的女人，口中不自觉地嘀咕着，此时疲惫感再次袭来，稻弦燕的眼睛开始慢慢地闭合了起来。

"对，救世主哦！"

后来勇者成为了人们心中的英雄。而黑心的国王看到勇者的影响如此巨大，生怕勇者动摇了自己的地位，他找到了一个莫须有的罪名，强行加在了勇者的身上。勇者被迫害得家破人亡，放逐出了王国，而到最后勇者都一直不知道自己错在了哪里。

"错就错在他的目光太过短浅，只看得到国家的兴亡，却看不到整个世界的走向，所以，真正的勇者，不会成为英雄，而会成为一个救世主！……"黑月若有所思地轻抚着已经睡着的稻弦燕，将勇者的故事讲完……

吸血鬼

"我所渴望的，不是浮华与狂权，不是神性与全知，以血沐喉，开启新的征途吧！"

作为星盟都市活跃着的帮派之一，蝮蛇会上下现在弥漫着十分压抑的气氛，面临着雷龙会的巨大威胁，蝮蛇会的几个头目聚在会议室进行着讨论。与雷龙会雷泽一人掌管大权不同，蝮蛇会是由多个头目进行会议讨论决定事务行动的。

"已经没必要再拖拖拉拉了，现在会里这个状态，士气会越来越低落的，我们应该果断地组织起人员，放手一搏，跟雷龙会的那些浑蛋拼了！"留着一脸胡子楂的壮汉在会议厅里激昂地说着，他是蝮蛇会的头目之一，黑牙。

"别开玩笑了，现在无论是成员数量还是地盘跟战斗力，咱们都已经是彻彻底底地处在劣势了。要我说不如找几个精明点的部下，去把雷龙会的那个雷泽给办掉，反正雷龙会现在只有他一个当家的，这样多好，釜底抽薪，一了百了。"坐在一旁的长发男人一脸不屑地说着，他也是蝮蛇会的头目之一，漆林。

"暗杀雷泽？哈哈哈！也对，你没跟他交过手，会有这种天真的想法倒也正常！"黑牙大笑几声表示对漆林提议的蔑视，之后脸上露出了些许不愉快的神情。

"我看你是被那个雷泽打怕了吧，一晚上被雷泽带人夺走了三条街，亏你号称蝮蛇会'最强之牙'呢！是被人笑掉的大牙吧！"漆林满嘴尖酸地回敬着黑牙对自己的无礼。

"你说什么！"被漆林点着了内心的怒火之源，黑牙凶猛地砸了桌子一拳，站起身来。

"行了！现在已经够乱的了，你们就别再继续添乱了！"制止住两人的是一个身穿皮衣的黄发女人，她同样也是蝮蛇会的头目之一，紫怨。

"都已经到这个地步了，还是听听老爷子有什么要说的吧。苟爷，您怎么看？"紫怨转头询问坐在一旁的白胡子老头。

"要说这雷龙会，本来已经被我们吞并得差不多了，可是自从这雷彻的大儿子雷泽归来以后，咱们蝮蛇会便节节败退，被他打得没有还手之力啊。在座的各位只有黑牙跟雷泽交过手，也是完败而归，这雷泽不死，恐怕我们是没有回天之力了。"说到这儿，苟爷慢条斯理地喝了口茶，然后环顾四周，欲言又止。

"苟爷！您有什么话就说啊！都这个时候了您还卖什么关子啊！"黑牙急了，用他粗壮的声音催促着苟爷。

"对啊，苟爷，您什么大风大浪没见过，如今咱们这帮会都要被人平了，您有什么主意，倒是说出来啊！"漆林也跟着催促道。

"苟爷，我们都知道您对通灵之术和风水学有很深的研究，您要是有什么不好说的，我们也能理解，但都到这个节骨眼儿上了，您总不能看着我们几个干等死吧？有什么好主意，您快说来听听吧！"紫怨看苟爷一脸愁容，也忍不住劝了几句。

苟爷皱了皱眉，低头又喝了一口茶，这可把三个小辈儿给急坏了，但谁也没敢再催促苟爷，几个人就这么静静地凝在了房间。

"其实……咱们之所以来到这片地儿，是因为咱们都是恶人，而这个城市又是在战场上重建的，在这儿落脚，能够逃脱许多罪责。"

苟爷说了两句，低头又吸了一口茶，不错，几年前，黑牙、漆林、紫怨都是有名的恶人，三人陆续来到了星盟都市这个中立城市逃避罪刑，之后又在这里安定下来，与老风水师苟爷一起建立了蝮蛇会。

"最近……越来越多的东西，开始垂涎这个地方了！……"苟爷边说边叹气，好像随时都会绝口不讲一样。

"苟爷您说是什么东西？难道不是人么？"黑牙听着着急，不禁插嘴问道。

紫怨见黑牙打断了苟爷的话，一拳就揍在了黑牙脸上，示意让黑牙闭好他的嘴。

"是不干净的东西！……前几天它们已经尝试在寻找能够与它们沟通的人了，但很不幸，这个城市，能感应到它们的，恐怕就只有老夫我了。"荀爷说到这里，不由得摇了摇头。

"哈哈哈！我听懂了！您老人家的意思是，这世上有鬼，您能把那些鬼啊神的找来帮我们！您都这个岁数了，信些这个倒还真是可以理解！"漆林满嘴讽刺地挖苦着荀爷，显然他对荀爷刚才说的一番话没什么好感。

"也不算是神啊鬼的，但没准会比神啊鬼的更加恐怖。算了，我说了你们也不信，跟我来吧……"荀爷起身，带着三人走出了房间。

"荀爷，您这是要带我们去哪儿啊？找鬼去啊？哈哈哈！"漆林一点适可而止的自觉都没有，穷追不舍地寻衅着。

"闭上嘴！跟荀爷走就是了，别一会儿真撞见个什么，把你吓死！"黑牙在一旁对漆林怒道。

很快，荀爷带着三人来到了蝮蛇会后山的小竹林，走了没几步，荀爷突然停了下来，驻足在了原地。

"喂，你们就站在我身后，千万别往前走了。"荀爷吩咐了一句，之后从衣服里掏出来一小瓶装有红色液体的瓶子，将瓶子打开，把瓶内的液体洒在了面前不远处的地面上。

"这瓶子里装的是什么啊？荀爷？"黑牙刚问完，荀爷便扭头瞪了他一眼，示意他闭嘴。

接着，竹林深处出现了一个人影，缓步走了过来。人影越来越近，也越来越高大，当人影走到荀爷面前时，几个人可以清晰地看清楚，眼前的是一个银发红瞳、皮肤苍白的高个男性。男性身高有两米多，身上穿着十分凌厉的黑色长袍，一脸狰狞地看着眼前的几人，那眼神就好像是一个凶猛的野兽在盯着猎物看一样。

"看样子，你对我的存在略知一二?"苍白的男性开口对荀爷说。

"……你竟然能够说人类的语言，不可思议。"荀爷似乎有点害怕，但在反复观察与银发男人的距离后，荀爷还是鼓了鼓勇气开始了与这个苍白男性的交谈。

"很显然，你对我的了解仅限于那些古老的记载。要知道，我们也是要与时俱进的，否则就会被这个世界所淘汰。我感应到了你发出的信号，你有什么好提议要告诉我么?"苍白男性的瞳孔红得可怕，凶狠地盯着苟爷。苟爷观察着眼前这个男人，感觉到了状况有些不对。

"你是一个纯血鬼！"似乎意识到了什么，苟爷的身体吓得发抖，表情惊恐地说道。

"是的，但这值得你这么惊讶地叫出来么？"苍白的男性露出了诡异的微笑。

"不，我只感应到了这城市周围有吸血鬼存在，没想到竟然是个纯血鬼！"苟爷看着眼前的这个苍白的男人，感觉危险四伏。

"没关系，人类，即便是我这个纯血鬼，也是不能逾越'吸血鬼法则'的。也就是说，只要你不邀请我进入你的领地，我还是无法对你做任何事情。话说在距离的把握上你表现得十分完美，假如你再向前一步的话就已经踏出了你的领地，到时候我就可以随时把你撕成碎片。"吸血鬼露出了尖牙，不屑地说道。苟爷在听了吸血鬼的话后，不由自主地又后撤了几步。

"果然……我真是被逼疯了才会想到与你们这些邪恶的生物进行交易这种自杀一样的主意，把你召唤到这里来真是抱歉，我想我要走了。"苟爷浑身冷汗，转身要离开这里。

"既然来了，就谈一谈你的目的吧，虽然我确实是个你们认为邪恶的存在，但这并不代表我们不能相互利用。再说了，我想踏入眼前的这块领地只是时间问题，就算你拒绝了我，我依然可以通过其他人来获得进入的权限。"吸血鬼站在原地，就好像有一个天然的壁垒在防御着他一样，使吸血鬼无法再向前走上半步。

"不，还是算……算了，我是不会因为个人的问题，把你这种恶魔引入这个地方的。"苟爷示意其他人跟他离开，但却感到气氛有些不对。

此时的紫怨、黑牙、漆林三人虽然不敢靠近吸血鬼，但都直直地盯着眼前这个强壮骇人的魔物，感受着吸血鬼散发出的那无比强大的魄力，没有一点想要离开的意思。

"嘿，你的话，无论是什么样的人类，都能摆平吧？"漆林壮了壮胆子，对吸血鬼开口问道。

"不要跟他对话！"苟爷刚要阻止漆林，便被一股巨大的能量波及到，震倒了在了地上。

"现在你已经不是和我谈话的对象了，最好闭上你的嘴不要打扰到我，老头！"吸血鬼狰狞地看着荀爷，一副随时都要冲过去杀死荀爷的气势，无奈似乎被一堵看不见的墙挡在了外面一样，吸血鬼还是无法靠近荀爷。

"听我说，这个吸血鬼绝对不是一般的魔物，他已经活在这个世界上太久了，久到无论是什么能量都已经很难再限制住他了，唯独有'吸血鬼法则'的存在才能让他不是那么猖狂，如果我们将他引入了这里，无疑是自取灭亡！听我的！快离开这里！"荀爷从地上爬了起来，竭力劝阻着三人与吸血鬼交谈，但三人还是没有任何反应，完全沉浸在了感受吸血鬼那强大的魄力之中。

"无论什么能量都无法限制的强大存在？……现在就在我面前，真是天方夜谭！我们一直在追求的，不就是这样的一个盟友么！"兴奋已经盖过了对吸血鬼的恐惧，黑牙满脸喜悦地吼着。

"荀爷，不入虎穴，焉得虎子，如今有这么一个强大的存在在你我面前，如果就这么放弃了的话，太可惜了。"紫怨痴痴地看着眼前这个苍白的吸血鬼，不由得面带红晕，心跳加速。

"那么，你们愿意邀请我踏入你们的领地么？"吸血鬼的眼睛红得发亮，丝毫没有掩盖自己渴望的神态，浑身散发着邪恶的气息，对三人问道。

"不要答应！不要答应他！"荀爷声嘶力竭地吼道。

"愿意……"就好像着了魔一样，黑牙、紫怨、漆林三人从未见到过如此强大、完美、霸气的存在，他们异口同声地回答出了这两个字。荀爷只感到万念俱灰，赶紧从手中抽出符咒试图进行补救，而下一秒，他的上半身便已经和下半身分离开来了，在吸血鬼得到通行许可的那个瞬间，荀爷就已经被吸血鬼残忍的爪子撕裂开来……剩下的，就只有肮脏与血腥。

眼前这个高大、残忍、完美的存在令蝮蛇会剩下的三位头目惊呆了，他们全然顾不上荀爷的死，只因吸血鬼的力量而感到叹为观止，这个邪恶的吸血鬼，现在是他们的希望的来源。

"你……能够帮助我们么？"恐惧、兴奋，夹杂着喜悦的声音从紫怨口中颤抖出来，她走到吸血鬼面前，尝试与这个完美的存在进行沟通。

"通常我会杀死与我谈条件的人类。"吸血鬼舔了舔爪子上的血液，一脸狰狞地答道。三个人被吸血鬼吓得发抖，不敢动弹。

"但你们很幸运，在没有提出任何要求的情况下就把我邀请进入了你们的领地，所以相应地为你们办一些事情还是可以的！说吧！有什么要求?"吸血鬼甩了甩爪子，露出狰狞的微笑。

此时，对于蝮蛇会的三人而言，他们在这个代表无尽黑暗的魔物身上，看到的却是满满的曙光。

均衡

"以月为誓，世间之平衡，由我来守护！"

　　黑月静静地坐在她的办公室之中，这个如皇宫一样巨大的办公室中最为显眼的就是那两扇面朝月亮装潢华丽典雅的巨型窗户了，月光从窗户中直直地照在黑月的办公桌上。黑月一脸的娇态，悠闲地坐在正对月光的位置，等待着什么。

　　很快，顺着月光的方向出现一个人影，人影如天神下凡一样，瞬间就闪到了黑月面前，这是一个身穿铠甲与白色皮衣的成年女性，有着乌黑的长发和幽怨却不乏锐利的眼神，黑发女性站在黑月面前，轻轻鞠躬示意。

　　"我是新任天谴猎手长森，初次与您会面，黑月女士。"森将白色的单肩斗篷甩了甩，坐在了黑月面前的座位上。

　　"算不上是初次见面吧，之前不是还对我拿剑相向的么？也罢，您有什么需要向我汇报的么，我的天谴猎手大人？"黑月一脸懒散娇态，客气地询问着森。

　　"由于您干涉了您不该干涉的事务，因此您在近期可能会出现一些衰弱的症状，但从长远角度上来讲，您对那个女孩儿的干涉实际上是顺应着均衡所发展的方向的，所以不用有太多顾虑。"森静如止水，言语中不夹杂任何情感地对黑月说道。

　　"不用有太多顾虑？你们这些家伙可是差点就把那个女孩儿给杀死呢！要不是因为我还有这么点本事，估计当时救她的时候我大概也会一并被你们杀了吧！"黑月一脸愉悦地对森进行着充满娇气的训斥，而森依然静如止水，面不改色。

　　"夜长梦多，我们在执行任务时也无法将所有因素都考虑在内，这一点您也是清楚的。以当时的情况来看，那个女孩儿已经进入了暴走状态，如果不及时处理，日后一定会影响到这个世界的均衡，而我们虽然感应到了您和白月将要出手相救的可能性，但那微乎其微，目前来讲暴走状态只有通过您妹妹白月才能够解除，若你们没有插手，那么这个女孩儿必然酿成大患。"幽静地回答着黑月，眼前的森墨黑色的头发直长优雅，与她一尘不染的甲胄搭配在一起，带有一种冷漠的威严感。

"那么我呢，既然我的能力有所衰减，那么你们有没有感应到能够找机会杀死我的可能性呢？"黑月娇态的语调中夹杂了一些戏谑，显然是在为难森。

"目前还没有感应到能够杀死您的可能性，如果有的话，在风险允许的情况下，我自然会尝试将您杀死的。"森的语言表面依然平静，每个字眼间却蕴含着微妙的杀意，用她幽怨锋芒的双眼直视着一脸娇媚悠哉的黑月。

"话说回来，你不觉得很有意思么？同样作为超越凡人的存在，你要千方百计地去维持那些所谓的均衡和所谓的线型规律，而我只要做到保持自我就好了，这很讽刺不是么？"黑月的娇态与森一脸的冷漠形成鲜明的对比。

"万物必须和谐共存，秩序与混乱，光与影，像您这样绝对纯粹的存在是影响均衡的最大威胁，然而如若我有一天能够强大到足以击垮您，那么我本身即成为了影响均衡的存在，这是一个死结，我们各尽其职，不断向自己希望的方向努力就好了。这是世间万物的因果循环，没有什么讽刺可言。"森的言语一直静如止水，冰冷无比。

"有意思，那么对于你来讲，这个世界是什么样的？"黑月说话的同时对着皎洁的月光舒展了一下她白皙的美腿，动作娇态可人，色气十足。

"在我的眼里，这个世界是由无数条线交织构成的，而我的工作，就是保持些线维持平衡，不扯断，也不打结。"森话罢，从座位上站了起来。

"如今各种影响着世界均衡的线统统都在指向这个城市，甚至包括了一些古老的、邪恶的存在。其实你我都知道，这世界没有正邪之分，但我还是忍不住用这些词去形容他们，毕竟没有更好更贴切的词汇能够衬托出那种黑暗了，后会有期，我们之间的线暂时还没有要断的迹象，应该会再次见面的。"在冷冷的告别之后，森逐渐消失在了月光之下。

"这个新的天谴猎手长比之前的有趣很多啊！"森离开之后，乌云突然遮住了月光，将本来沐浴在月光下的黑月整个人都包裹在了黑暗之中……

"看来不能像之前那几个一样，说杀就杀了啊。"轻轻地了咬一下自己红润饱满的嘴唇，黑月娇媚的脸上浮现出了一丝坏笑。

血月

"燃怒之拳，架空荣耀与使命，涂炭生灵者！必遭天罚！"

　　对于在挑选礼物方面，雷泽完全没有天赋，在珠宝店踟蹰了好大一会儿，雷泽最终决定将这个银质的小狮子买下来送给妹妹雷莉。

　　由于之前对待妹妹的态度过于强硬霸权，雷泽现在深感愧疚。毕竟是自己的亲妹妹，虽然同父异母，但雷泽对待雷莉的用心程度绝不亚于任何一个亲生的兄长甚至是父亲。

　　或许是因为无法找到父亲与哥哥之间的平衡点，再加上自己糟糕的暴脾气，雷泽总是不能和雷莉正常地交流，两人一旦谈话，往往都是以争吵结束。其实雷泽心里很清楚，雷莉是自己在这里唯一的亲人，父亲雷彻现在在外休养，自己担负着雷龙会的同时，也担负着照顾雷莉的职责。总之，今天一定要去向妹妹好好地道歉，雷泽将礼物收好，走出珠宝店。

　　"如果您的妹妹知道您是如此地关心她，她一定会理解您的难处的。"跟随在雷泽背后的男人叫赛因，是雷泽最重要的部下。

　　"只怪我这糟糕的脾气，总是不能把感情正确地流露给她啊！"雷泽叹了口气，很难想象堂堂的雷泽也会有如此的苦衷。

　　"这也并不能全部怪您，雷龙会上上下下各种事务都需要您亲自处理，有时候不能够及时顾及亲人的想法，实属无奈。"赛因为雷泽开脱道，不希望雷泽过分地自责。

　　"嗯，如果哪天能够把这个城市统一的话，应该就有精力去好好地照顾妹妹了，真是想想就让人期待啊！赛因，努力收并蝮蛇会吧！"雷泽说完，却没有听到赛因的回应。

　　"赛因？"感觉到有些不对，雷泽迅速扭头，此时整条街却连一个人影都看不到了，苍白的月牙勾在凄冷的夜空中，无云无雾，气氛静得吓人。意识到了事态不妙，雷泽警惕地握紧拳头，寒气从四周飘过，充满着诡异的气息。

"出来吧！明人不做暗事，鬼鬼祟祟的算什么！"雷泽大喊道，充斥着战意，他的身体绷紧，散发出极强的魄力，吼声中带有绝对的逼战与挑衅色彩，丝毫没有怜惜自己身上的霸者风范，将其一并抖出。

很快，地上出现了一摊血水，血水是暗红色的，在雷泽面前扩散开，露出了半个人影，人影的肩膀宽大，沐浴在血水当中，骇人的血腥味儿也随之弥漫四周，接着人影从血水中浮现了出来。雷泽开始可以看清他的相貌与身材，修长的四肢，鲜红色的瞳孔，大得与身体不成比例的双手，眼前的吸血鬼满脸的狂气与狰狞，他比魁梧的雷泽更加高大，散发着无与伦比的张狂凶残的气息。

"本来想直截了当地暗杀掉你们两个就算了，结果发现你还蛮有意思的，通常来讲我是不会在如此明显的挑衅下现身应战的，但你……例外了。"吸血鬼似乎被雷泽充满霸气的挑战怒吼影响到了，看起来情绪很差，他的气魄直逼雷泽的眉心，用一副高高在上的眼神看着雷泽，好像是在吐露着对雷泽没有自知之明挑战的蔑视。

"赛因呢?!"雷泽如老虎一样地对吸血鬼咆哮着，没有显现出任何对吸血鬼的畏惧。喘着粗气的雷泽两眼充满杀意，死死地盯着眼前这个桀骜的魔物。

"被我放了血扔进血池了，不过生命力还算顽强，姑且算是活着吧，其实要不是你自不量力地向我挑战，把你放了血扔进血池也是一瞬间的事，那样的话或许你的痛苦还会少一点，而现在，恐怕你要为你的自不量力而付出代价了。"吸血鬼狰狞地笑着，满嘴的狂傲与不屑，用带有极度恐吓的口吻对雷泽说着狠话。

"那就好，我现在就杀了你，把他救出来。"雷泽的话语如不可动摇之力一样，迈开健步冲向吸血鬼。

"哈哈哈，哈哈哈！有意思！来啊！"面对呼啸而来的雷泽，吸血鬼狂妄地站在原地，如同对雷泽进行嘲笑般的让步一样，露出一身的破绽，一副要接下雷泽进攻的架势，打算用他那绝对的身体优势让雷泽知道他自己是多么的渺小与微不足道。

而就在雷泽靠近吸血鬼的同时，吸血鬼意识到一股异常的能量从雷泽身上涌了出来。这股力量非比寻常，虽然之前对雷泽的气势感觉到了些许诡异，但出于自负与狂傲，吸血鬼并没有过多地在意，而现在自己还来不及反应，就被雷泽一拳轰飞在了地上。

　　这一拳势如破竹地击碎了吸血鬼的平衡感与防御，他引以为傲的身体就如纸一样被雷泽的拳头压砸在地上，同样来不及惊讶与诡异，吸血鬼在毫无还手机会的情况下被雷泽顺势追上去擒在地上一顿暴打。雷泽的每一拳都如猛虎扑食一样，狠狠地撞击在吸血鬼的脸上，拳头的力度惊人，完全不像是人类生理范畴能够迸发出的力量，吸血鬼只感觉雷泽身后若隐若现着一只巨大老虎在支撑着他……

　　"赛因在哪里！把他放出来！"雷泽停止了攻击，狠狠地拽着吸血鬼的脖子大喝道。如虎的咆哮这次终于触动了吸血鬼的神经，他开始意识到眼前的这个男人非比寻常。

　　"你不该停手的……蠢货……"吸血鬼话罢的同时突然向后方的地面仰了过去，钻进了在他身后隐藏的血水当中。雷泽顺着血水穷追不舍，血水见雷泽如此难缠，为了拉开与雷泽的距离竟从中吐出了一个人来，是赛因！雷泽将赛因从血水中抱了出来，发现赛因的喉咙被割开了一个不小的口子，在不停向外淌血。

　　迅速地将西服扯了下来，雷泽急忙尝试为赛因止血，但于事无补，赛因已经失血过多，死在了雷泽的怀里，连遗言都没有说出。赛因那充满恐惧的眼神在捕捉到雷泽的面庞后闪过了一丝温暖，下一秒……便停止了呼吸。

　　赛因，雷泽最为睿智的部下，细心且忠诚，如今如此惨死在雷泽眼前，不禁让雷泽的情绪陷入悲愤。此时，一个巨大的虎影在雷泽身后若隐若现……

　　武者与巨人交战了数日，他发现巨人那坚硬的体魄能够在承受任何打击时都不为所动，武者在攻击巨人时因为巨人的这一特性而吃尽苦头，于是武者停止了与巨人的战斗，他回到了山里，潜心修炼自己的身躯与意志。他从山中的猛虎身上领悟到了如何碾压与粉碎任何敌

人的攻击气势，通过反复地回忆巨人的身体与能力，不断地将自己向巨人的方向锻炼。终于，他利用自身坚强的意志与优越的体魄习得了这一超凡的技巧，他在战斗中可以无视任何对手对自己进行的阻力影响，使自己的身体成为"无法撼动之物"。他在进攻时能够完全瓦解对手的一切防御与平衡，使他的进攻变成"无坚不摧之力"。武者最后通过这一技巧，完美地击败了巨人，成为了一代宗师。

"没想到你还是有点本事的，竟然能伤到我，不过作为代价，你也失去了一个部下呢。"再次从血水中浮现出来，吸血鬼身上的伤口在沐浴了鲜血后变得完好如初。不同的是，他那张狂妄的脸上多少有了一些不自然。显然，在饱尝了雷泽的铁拳后，吸血鬼此时也绝不会有多自在。

"……"雷泽愤怒得连话都说不出来，怒不可遏地冲向吸血鬼一拳砸了过去。如虎扑而来，夹杂着仇恨与怒火，雷泽的拳头展现出的气势与力道已经不再是一种进攻手段，更像是他愤怒的化身要击碎一切。而面对雷泽袭来的一拳，吸血鬼以近似完美的姿势将其防御了下来，即便如此，却还是莫名其妙地被雷泽打翻在了地上，但这次吸血鬼显然吸取了上次的教训，迅速化为血水逃离了雷泽的后续攻击。

"我说呢？……是阿瑞斯武神躯么？如梦如幻啊！听是早就听说过，但见的话还是头一回呢。"吸血鬼再次从血水中出现，显得有些乱了分寸。

雷泽意识到吸血鬼可以不断地通过化为血水逃离自己的攻击，开始思索下一次的进攻策略。就算吸血鬼可以躲入血水逃避雷泽的进攻，但也需要一定的时机，如果判断精确，应该可以在吸血鬼遁入血水之前将他从中拽出来。问题在于那摊血水好像随叫随到一样，总是能在关键的时候出现在离吸血鬼最近的位置让吸血鬼安全撤离。

这一次雷泽再次冲向吸血鬼，猛烈地挥舞着他布满怒火的拳头向吸血鬼的要害部位发动攻击。吸血鬼迅捷地闪避着雷泽的进攻，在吸取了前几次教训后，吸血鬼现在深知被雷泽的铁拳命中的可怕后果，十分谨慎地规避着雷泽的每一拳。

雷泽的动作凶猛快速，吸血鬼在躲避方面却更胜一筹，拳头总是在即将击中吸血鬼时被他巧妙地闪开。

雷泽的进攻不断深入，步伐推进得越发猛烈，但渐渐攻击衔接性却开始不再如之前紧凑。吸血鬼抓到雷泽一个明显的破绽，举起他骇人的巨爪狠狠地对着雷泽的胸口挠了过去，顿时血肉飞溅。这残忍的一击正中雷泽胸口，无论破坏力还是打击部位都十分到位。

吸血鬼本以为这一击至少能够将雷泽打一个趔趄，但情况却完全出乎了他的预料。这强力而残忍的攻击对雷泽的动作没有起到丝毫的干扰，就好像完全没有被伤到一样，雷泽顶着吸血鬼如此凶狠的攻击，硬是用他强有力的右臂一把擒住了吸血鬼。

这次雷泽不会再轻易地放过吸血鬼了，怀着同伴被杀死的血仇，雷泽的拳头天崩地裂般地撞向吸血鬼，打击着吸血鬼的身体。由于拳头过于沉重，吸血鬼被击中的部位明显出现了骨折的痕迹。

奋力挣扎的同时，吸血鬼看准一个雷泽出拳的破绽，抓住机会再次躲进了血水当中，并且几乎是完美地规避了雷泽的追击。吸血鬼在雷泽马上就追到血水的瞬间从血水中逃了出来，这一次吸血鬼身上的伤势并没有完全痊愈，显得浑身的狼狈。

定睛看了看雷泽的胸口，吸血鬼能够清晰地瞧见几道硕大的伤口在雷泽的胸口上撕裂着，显然自己刚才对雷泽的那一击是完全命中了，但他却可以在承受如此残忍一爪的情况下毫无影响地对自己进行还击，真是让人捉摸不透。吸血鬼满身伤痕，喘着粗气。

"早就听说阿瑞斯武神躯可以不受任何攻击的影响，自成一体，刚毅无比，今天算是见识到了。不仅如此，你的攻击我连防都防不了，这可真是奇妙。"吸血鬼被雷泽的拳头击中时，感觉他的拳头如火车头砸在自己身上一样，完全无法抵御，每一次攻击都是一次完美的碾压，崩坏着自己的一切防御与平衡感。现在自己身上的骨头已经被雷泽的铁拳砸碎了好几根，疼痛在绞杀着吸血鬼的每一根神经。

"只可惜你遇到的是我，我已经好久没有遇到像你这样的强敌了……"说着，吸血鬼口中开始冒出白色的雾气，身体逐渐变得模糊不清，散发出的气息变得更为诡异。头发如火炬一样开始竖立起来，身上的伤口也在瞬间消失，吸血鬼的变身短暂且果断，没有给雷泽一个反应的机会。

"能够逼我进入雾化，真是件十分了不起的事情呢，为了称赞你的表现，我会告诉你我的名字……以证明你有资格让我与你认真一战……在下修伊克·迪·卡维扎柯，人称夜怖，能够知道我的名字，是你这个将死之人的荣幸！"说完自己全名的同时，夜怖已经完全进入了一个雾化的状态，整个人看起来犹如一个缥缈的白色幽灵，只有血红色的双瞳没有改变。面对雾化的对手，雷泽无暇去考虑什么，挥起拳头就凶狠地砸在了夜怖的身上，而此时雷泽的拳头就好像打空了一样，感受不到任何打击感作用在夜怖的虚无的身体之上。雷泽再次挥拳命中夜怖，拳头却还是没有任何实质性的打击感。发现情况不对，雷泽意识到现在自己的攻击已经无法再对夜怖造成实质性的伤害，便下意识地准备后撤。

而就在雷泽刚想要撤退的瞬间，夜怖的巨爪挥舞在了雷泽的肩膀上狠狠地撕扯开了一个口子，虽然雷泽的打击已经无法再对夜怖造成任何实质性的伤害，但夜怖利爪的威力丝毫未减。

"要知道，我们吸血鬼在亘古时期可是一直都在与狼人作战的，那些野蛮鲁莽的狼人和你一样，只知道用粗暴的物理手段解决问题，而作为一个明智的吸血鬼，我们首先需要掌握的就是如何面对一个比自己强壮数倍的对手。"夜怖整个人看起来虚无模糊，血红色的眼睛好像在燃烧一样，散发着无比邪恶气息，肆虐张狂。

"后来，我们学会了将自己的身体雾化，融入黑暗与迷雾的能量，这样那些只会对我们挥爪子举拳头的狼人就再也伤不到我们了，再后来我们几乎灭掉了他们整个种族！而你现在的处境，就好像当时的狼人一样！彷徨！迷茫！不知所措！这下你一直依赖的蛮力与暴力已经无法再支撑你了！"夜怖逼近雷泽，整个天空都好像变成了血红色一样，与夜怖带来的恐惧融为一体……

雷泽不顾肩膀上的重伤再次发起攻击，夜怖甚至不再躲避，狂傲地站在雷泽面前任凭雷泽的拳头不停地击打自己的身体。

"徒劳！"夜怖举起巨爪残暴地甩向了雷泽，而就在夜怖攻击的同时，雷泽好像早就为这一刻做好了准备，瞬间就用手抓住了夜怖的手腕……

"果然，如果你是雾化的，那么你自身应该也不能对我造成任何实质性的伤害！既然你能够用你的爪子伤到我！就说明你不过是将身体雾化了，而这肮脏的爪子却还是实体的！"雷泽没有给夜怖任何机会，用他的巨力硬生生地折断了夜怖的双爪，并将夜怖抢了出去。夜怖的身体径直撞在了后方的墙壁上，在坠地的同时，双爪开始向外涌出大量的鲜血。由于被雷泽用他惊人的力量硬生生地扯断了双手，现在夜怖已经没有任何还手的余地，狼狈地蜷缩在了地上。

"我不管你是什么东西，也不管你的目的是什么，但你杀了我最忠心的部下！为此你要付出惨痛的代价！"雷泽走到蜷缩着的夜怖面前，他并不知道如何杀死夜怖，很显然，夜怖现在虽然身受重伤，可身体依然处于雾化的形态，此时雷泽对夜怖也并没有什么好的办法。

"哈哈哈……哈！"发出有些残喘不服气的狂笑，雾化后夜怖的脸模糊不清，只有血红色的双眼像在不停燃烧一样。

"就算我现在被你弄成这个样子，可你还是对我无能为力。另外，你认为如果雾化的我们这么容易就被击败的话，那么被灭绝的会是狼人么？你以为狼人们蠢到察觉不到我们的进攻方式会保留这不被雾化的双爪么？白痴，你还是中计了！"此时雷泽还没反应过来，身体便被脚下早就埋伏好的血水吞噬了进去……双眼混浊黑暗，血泉不停地围困着雷泽，雷泽可以感受到这股能量仅仅是限制住了自己的行动，即便如此，在短时间内雷泽却无法找出一个脱身的方法。

"我们吸血鬼有着大量的秘法，有的可以控制对手的情绪和思维，有的能够摧毁坚韧的铠甲，也有造成爆炸或销声匿迹隐身的法术。但除了雾化这个必备的秘法，我从来没有对那些其他的旁门左道有过丝毫兴趣，直到后来我从一个老吸血鬼那里了解到了一个我认为最为实用的法术，那就是制造这个血池。如你所见，现在困住你的这个血池是由我体内分流出去最为精华的血液而构造的，虽然我不停吸食着新鲜的血液，但真正在我体内被慢慢转化为精华的属于我自己的血液却少之又少。我通过分离出这些珍贵的精华，耗费了几十年的工夫去制造这个血池，它在我狩猎的时候可以帮助我脱离战斗，治愈伤口，甚至是短暂地限制住敌人的行动……"夜怖被折断的双爪不停滴落着脏血，他以一副傲然的胜者姿态对着被困在血池里的雷泽说道。

"非要说的话，我刚才最为明智的选择应该是借助我的血池迅速逃离这个地方。毕竟你比我想象的要强壮得多，与你这样的对手争强斗狠可算不上明智。但我的自尊心却迫使我要与你决一死战，要知道这血池作为我用身体内的精华凝住的一部分是非常珍贵的，同时它是可以随时被我污染的。换句话说，我接下来要做的就是引爆这个血池，让它与你同归于尽！"夜怖话罢，用他残破扭曲的爪子指向了血池，分流出了一股暗红色的血液形成了一个法阵，与此同时，整个血池的血水开始滚沸一样浮躁了起来……

雷泽感觉到困住自己的这股血水逐渐开始燃烧沸腾起来，腐蚀着自己的身体……

"作为代价，我可能需要再花上几十年的工夫和无数精力才能再次制造出这么强大的一个血池，但那些都与你无关了。总之，这场战斗总算可以结束了，去死吧！"夜怖用他残破的爪子引导着暗色的血液点燃了整个血池法阵，被困在其中的雷泽只感到血池蒸腾起来，肆无忌惮地燃烧着自己的身体，接着一道巨型的血光抹灭了整个法阵，赤色的尘埃与血腥味弥漫全场，空气中那诡异而凝重的杀戮气息逐渐消散，只剩下奄奄一息的雷泽倒在原地。

"这样都不死！"夜怖瞪着他血红色飘舞着的雾化双眼看着地上奄奄一息的雷泽，简直不敢相信，眼前的雷泽虽然已经垂死，眼神却依然坚定不屈，他死死地与夜怖对视着，让夜怖感觉雷泽随时都有可能再次站起来解决掉自己一样……

礼物

"一滴泪。"

这个夜晚的月牙显得狰狞可怕，夜怖使出了浑身解数将雷泽打成了濒死的状态，现在他只需要再对已经毫无反抗能力的雷泽进行最后的一击，便可结束这个血腥的夜晚……此时的夜怖也已经虚弱得摇摇欲坠了，引爆血池对他体内能量造成的缺失让他感觉拖起自己的身体都是一种负担，艰难地用残破的爪子引导着一股黑色的血液，夜怖靠近雷泽准备对其发起最后一次攻击……

这时，一股寒意从夜怖身后袭来，出于本能的反应，夜怖停止了对雷泽的攻击，不情愿地将头扭了过去。站在自己身后的是一个黑发少女，她深邃的眼睛好像隐含着无限的黑暗，这种感觉甚至让夜怖都不寒而栗。

"……"夜怖已经不想再开口说话了，现在他只想迅速解决掉雷泽，然后找个安全的地方恢复自己的伤口。

"我是星盟学院新上任的治安负责人稻弦燕，你现在在星盟学院所管辖的领域进行着不法行为，请迅速停止，否则我将会用武力手段强制你服从。"散发着黑色的恐惧气息，稻弦燕的气场比吸血鬼更为恐怖，黑暗的间隙开始不断从各个角落撕裂开来，之前笼罩整个街头凄美诡异的血红色月光被黑暗一口吞噬。夜怖只感觉一股恐惧感从内心开始扩张，不断向外涌出，与笼罩着自己的黑暗融为了一体。

"哈哈……就凭你？……这!!!"还没有来得及叫嚣，夜怖发现自己身体的雾化形态开始逐渐消失……如同被一种黑暗物质正在剥夺自己的能力。果不其然，这种强烈的排斥感是自己身处他人领地的警告，若再不撤离，夜怖很有可能会因为违反吸血鬼法则而暴毙在街头。原来，眼前这个叫作稻弦燕的小女孩的黑暗气息已经渗透了这个领域的各个角落，现在自己所处的区域已经完全属于眼前的这个女孩儿所有了……不甘心！今天夜怖的自尊已经被雷泽深深地践踏了，区区一个人类竟将自己打伤而且还逼得自己不得不开启雾化形态，最后甚至是迫使自己牺牲了最为珍贵的血泉才得以侥幸获得胜利。

现在更是被一个小女孩儿驱逐，夜怖的情绪坏到了极点，随时都面临着爆发，但强烈的排斥感刺激着夜怖的神经，这个区域已经不再接受夜怖，如果夜怖再不及时离开，很快就会因违背法则而灰飞烟灭。

"小姑娘……你……愿意我踏入你的领地么？"被稻弦燕释放出的黑色恐惧压迫的同时还要接受着吸血鬼法则对自己的强烈排斥，夜怖几乎是从嘴里挤出来这一句话。

"不，现在滚出这个地方！"稻弦燕的声音冷得令人冻结，夜怖虽不甘心，但因自己的状态已经差到了极限，识时务者为俊杰，于是夜怖迅速地撤离开了稻弦燕的视野，消失在了黑暗之中……

在目送夜怖仓皇而逃之后，稻弦燕身边环绕着的黑暗气息逐渐消散，月光也再次从阴影中浮现出来，静谧明亮。

快步走到垂死的雷泽面前，稻弦燕半蹲下来，试图对雷泽进行帮助。奄奄一息的雷泽看到了稻弦燕，竭力地动着嘴唇想要说些什么，意识到眼前的这个男人死期将至，稻弦燕低下头贴近雷泽的身旁，聆听雷泽的话语。

"……妹……妹……抱歉……"雷泽嘴唇嚅动着，眼睛逐渐变得空洞无神，失去了应有的光芒，接着停止了呼吸。稻弦燕并没能听懂雷泽说的话，她掰开了雷泽死死攥紧的右手，发现雷泽手中紧握着一个残破的小盒子，盒子里面装着一枚精美的银质小狮子……

第二天，雷龙会上下已经变得混乱不堪，昨晚雷泽的死讯已经在一夜之间传开，雷龙会本是雷泽一人当权，如今雷泽遭到暗杀，整个帮会立刻呈现出了群龙无首的状态。此时在雷泽的办公室内，雷莉静静地坐在雷泽曾经的位置上，回想着她与雷泽的最后一次见面……那时哥哥对着自己大吼大叫，逼迫着自己去星盟学院就学，而就是当时还生龙活虎的哥哥，现在却静静地躺在棺材里，再也无法发出他以往的气息。

作为雷彻的女儿，雷莉一直都在尝试干涉雷龙会的一些事务，她对帮派与战斗有着自己的见解。虽然雷泽出于对雷莉的保护，一直在极力阻止雷莉进行任何黑帮活动，但雷莉却对此毫不领情。毕竟在她看来自己已经长大了，是雷龙会的一员，不需要任何特殊的照顾。

"大姐，您的哥哥死了，您的继位也是顺理成章了，虽然事态动荡，但在会里您和您的哥哥一直在对抗也不是一天两天了，如今算是有个了断吧，现在我们应该怎么做？"站在雷莉面前身材高挑有些丰满的红发女性给人感觉飒爽干练，一身白色的皮质风衣，胸前裹着两层稀薄的裹胸布，傲人的胸围让人感觉她显得色气十足，风衣背后印有"天雷千红"四个繁体的大字，有着独特的巾帼气质。

她是雷莉的手下之一，名叫穗红，人称不死鸟。几年前，雷莉当时虽然名义上掌管着雷龙会手下的一个小分会，但由于雷泽极力拒绝雷莉参与帮派活动，出于对雷泽的畏惧，没有任何人敢加入雷莉的分会。后来雷莉硬是凭借一己之力击垮了当地相当出名的一个帮派，作为代价，帮派的头目成为雷莉分会的第一个部下，而当年的那个小头目就是穗红。

"通知雷龙会上下，我会在哥哥的葬礼那天继位。"雷莉心中还在回想着与哥哥最后见面的一幕。在她眼里，哥哥是一个霸权、任性、暴躁、控制欲望极强的家伙。

长时间地被哥哥教训与约束已经让雷莉对雷泽没有了任何好感，但如今雷泽的死却使雷莉有了一种非常不适的感觉。说不上为什么，雷莉的胸口隐隐作痛，她的思维却在极力否定着这股苦闷的原因是因为哥哥的死。

"……"站在一旁的水手服少女见雷莉心事重重，走到了雷莉身旁将手放在了雷莉的肩膀上表示安慰。

这个少女头上梳着两个短马尾，长相甜美可爱，却始终面无表情，她是雷龙会的头牌儿杀手之一，同时也是雷莉的贴身护卫，千花。

千花本是一个孤儿，被著名的暗杀大师收养，自幼就接受了诸多严酷的训练，后来技术精湛的千花成为了一个优秀的杀人机器，在师父死后便一直为雷龙会效力，直到有一天千花遇到了雷莉。不知道是什么原因，似乎是被雷莉特殊的气质吸引了一样，千花从此再也听不进任何人的命令，只是死心塌地地跟着雷莉。

而雷莉似乎也很喜欢这个不爱说话的小姑娘，由于雷莉身份的特殊性，帮会中的人也没有好的办法，最后索性成全了千花，让千花留在了雷莉身旁。

"这么做的话未免太急功近利了吧，毕竟您哥哥才刚刚死掉，虽然他一直在跟咱们作对，但是咱们也没有必要在这个节骨眼上做出继位这种明显不妥的举动啊！再说，如今会里上下波动很大，直接继位的话绝对会引起一些人的不满。倒不如先把您哥哥的死调查清楚，找出杀害他的凶手之后再择日继位，那样就显得更加顺理成章了，反正这个位置又不会有人来抢，不用着急这一两天吧？"坐在办公桌上发表意见的蓝发美女的相貌简直可以说是美艳绝伦，如同画中人物一样具备着不可言喻的完美外表。这位美人的名字叫天幽，曾经是帮派"蛇蝎会"的头目。当年本该被雷龙会本部灭掉的蛇蝎会由于被雷莉所率领的分会抢功而提前被雷莉消灭，同时由于雷莉贸然的抢功行为也让天幽的帮派因祸得福地避免了整个帮会被雷龙会消灭的惨痛下场。为了还给雷莉这个人情，天幽解散了蛇蝎会，自己只身加入了雷莉的麾下。与巾帼须眉的穗红和杀人如麻的千花不同，天幽的才能主要表现在她过人的才智方面，但在她的娇容月貌面前，即便是再为聪颖的才智，似乎也变成了点缀。大部分人对天幽的印象只有她那倾国倾城不可一世的绝色容貌，却鲜有人记得她还有着一个睿智机敏的头脑。

"大姐说什么就算什么吧，小事儿容得商量，继位这种事情，还有什么可商量的。夜长梦多，先继了位再说，会里有谁敢不服，砍了他便是！"穗红将手中的钢刀一甩，魄力十足地吼道。

"总之，这件事情就这么定了，准备好参加哥哥的葬礼，同时准备继位。穗红，会里如果有人在这期间想要寻衅滋事的话，严惩不贷！"雷莉说完，起身离开了办公室，脑海中不断地回放着哥哥与自己在一起的情形，除了他对自己的管教、限制、斥责，其他的事情似乎一件也没有。

雷莉强制回忆着哥哥曾经对自己的种种压制与局限，意图缓解胸口的疼痛，但悲伤的情绪还是止不住地扩散开来。雷莉身边唯一的亲人，那个动不动就对着自己大吼大叫、身为一会之长却还老是追在自己身后要管着自己的哥哥已经不在了……即便如此，雷莉也只是感觉到一种若隐若现的悲伤而已。她有点想要流泪，但从小到大，与生俱来就有着坚韧不拔性格的雷莉从来都没有流过泪，内心的疼痛还是在蔓延，她却不知道如何去遏止，任由这种寂寞与空虚感肆虐着自己的心……

葬礼如期而至，不少受过雷泽恩惠的小头目和极度崇拜雷泽的帮派成员在葬礼上哭个不停，他们无法接受那个豪气十足、极具领袖气概如战神一样的老大就这么离开了他们。

悲伤的情绪蔓延在整个葬礼会场，此时雷莉与她的三个部下静静地站在雷泽的棺前，等待着宣布继位。

被雷泽压制了如此之久，雷莉如今总算能够顺理成章地得到她渴望已久的自由与权力了。依靠穗红铁娘子的行事手段，整个帮会的交接工作没有任何人敢发出质疑。如今大权在握，雷莉却感觉不到她期盼已久的兴奋，反倒是被这悲伤的气氛所覆盖，胸口不停地疼痛。雷莉开始越发地想念那个总是找自己别扭的哥哥了，但多说无益，哥哥的尸体静静地躺在背后的棺木中，没有一丝温暖。

很快，帮会成员基本到齐了，众人已经知道雷莉将在今天继位，但还是有人没能摆脱雷泽死去的阴影，默默地掉着眼泪。

"继位开始吧……大姐。"站在身后的穗红轻触了一下雷莉提醒道。从悲伤的气氛中被惊醒，雷莉显得有点不知所措。

而这时一股黑色的气息从会场门口扩散开来，稻弦燕带着一种不可侵犯的气场出现在雷莉眼前。少女表情冷漠地径直地穿过整个会场走向雷莉。

她的气息不像之前那样骇人生畏，但依然让人无法接近。稻弦燕走到了雷莉面前，从口袋里掏出一个小盒子递给了雷莉，盒子有被明显破坏过的痕迹，但可以看出已经被稍微修复过了。

"你的……哥哥，生前……想要给你的。"稻弦燕试图将语气变得更加关怀一点，无奈自己实在不擅长安慰别人，虽然饱含诚意，但这句话还是说得磕磕巴巴。

雷莉接过盒子，将盒中银质的小狮子拿了出来，一抹来自哥哥的温暖从心中扬起，但很快悲伤的情绪再次覆盖开来，而且愈演愈烈。

"你的哥哥好像想要向你道歉来。"稻弦燕表示着遗憾，试图安慰雷莉似的说道。

"十分感谢你……"雷莉握着手中的银质小狮子，转身离开了会场，一种从未感受过的情绪从她身上肆虐开来。她疾步走着，只感觉懊恼与悔恨。

"大姐，继位仪式?"穗红似乎没有搞清状况，在背后追问着。

"取消掉……通知全会，葬礼继续……"雷莉背对着所有人，发布了命令，下一个瞬间，一滴液体落在了雷莉的脚下……

不孝女

"践踏一切，只为压抑已久的爆发。"

尹兰礼已经一整天没吃没喝了，父亲知道她把表哥尹兰胜打伤后，没有给她半点儿解释的机会，直接就将她关进了禁闭室。这里又冷又黑，但尹兰礼毫不在乎。

为自己的怒火与冲动付出应有的惩罚与代价是应该的，这个道理她非常明白，何况自己已经不是第一次被关入这个地方了。每次尹兰礼与别的孩子发生纠纷或争执，无论过错在于谁，父亲尹兰烈总是一马当先地冲出来将尹兰礼一顿斥责，之后将女儿关进禁闭室，尽显自己教女有方。

尹兰礼曾经问过父亲，为什么不给自己解释的机会，为什么只要一出事受到惩罚的总会是自己。尹兰烈给出的回答每次都十分简单：

"尹兰家上下二十多口人，门徒近百，凭什么只有你出事儿？你是肯定有责任的。既然有责任，就要面对责任，接受惩罚！"就是这个无懈可击的理由，无数次地让尹兰礼被关进这间漆黑的小屋，饱受饥饿和寒冷的摧残。

时间不知过了多久，父亲将禁闭室的门打开了，耀眼的光芒刺入黑暗的禁闭室，尹兰礼感觉自己的眼睛被光扎得有些痛，吃力地将自己蜷缩已久的身体舒展开来并试图缓缓地从地上站起。

"滚出来！你这不孝女！"都过了这么久，父亲竟然还这么大的脾气，尹兰礼不禁感到一丝不爽，从禁闭室里缓缓走出来。她现在需要喝点东西，然后找些吃的，但在看到诸多长辈一脸严肃坐在自己面前后，尹兰礼意识到接下来他们显然是要对自己进行一场集体批评大会了。既然懂得要为自己的冲动与怒火付出应有的惩罚与代价，尹兰礼便忍了忍性子，在长辈们面前正坐了下来，迎接所谓的"审判"。

"尹兰礼啊，你说说你，身为一个女孩子，你习武就算了，这也算是你父亲对你的一点寄托，但你从来就没有一个女孩子的样子！其实我之前就劝过你爸爸不叫你习武，他不听。你看，如今出这么大的事，你说这该怎么是好，阿胜都被你打进医院了。"第一个训斥尹兰礼的是梁婶。梁婶在尹兰家负责日常的家务工作，此时也坐到了尹兰礼面前对她评头论足。

"女孩子家家的，习武就算了，这也算是多少弥补了尹兰烈一直以来希望有一个武师儿子的愿望，但如今你对我家尹兰胜做出如此下作的偷袭行为，纯属卑鄙！身为尹兰家的人怎么能这么干！简直不知廉耻！败坏家风！"如此慷慨激昂地对尹兰礼进行斥责的大叔就是尹兰胜的父亲，尹兰傲。

尹兰傲人如其名，一脸的傲气与愤怒，指着尹兰礼怒骂起来。尹兰礼在听到偷袭和卑鄙这些字眼时，突然有了一些想要为自己辩护的冲动。无奈尹兰傲越骂越激烈，完全不容尹兰礼插嘴解释。就这样，当着诸多长辈的面儿，尹兰傲肆无忌惮地咒骂着尹兰礼，一旁的父亲尹兰烈却丝毫没有护着自己女儿的意思。

"行了别骂了，你凭什么说我是偷袭尹兰胜？"抓住尹兰傲骂自己时换气的停顿，尹兰礼插在中间回了一句嘴。尹兰傲一听，立马怒发冲冠，气得面红耳赤，恨不得冲上去痛打尹兰礼。

"闭嘴！不孝女！什么时候容你顶嘴了！！！"抢在尹兰傲之前，尹兰烈突然插话进来对尹兰礼训斥道。

尹兰礼只感觉自己孤立无援，心中也燃起了几分愤怒。

"凭什么说你偷袭我们尹兰胜？！你怎么可能不是偷袭！我们家尹兰胜老早就学会了尹兰家的绝技'撼龙一击'，而你因为天资愚笨，一直都未能学会！所以你一定是因为嫉妒尹兰胜，趁他不注意，恶意出手偷袭了他，然后将他打伤！不然还能是怎样！你这毒辣的小女！尹兰烈光教你练武，怎么没教教你怎么做人！"尹兰傲破口大骂，完全没有顾及尹兰烈的面子，而尹兰烈似乎也认定了尹兰傲的说法，将自己与所谓的罪人尹兰礼完全地划分了界限，任由尹兰傲不停地斥责自己的女儿。

"你们尹兰胜几斤几两？也配让我偷袭？"尹兰礼虽然深知自己要

为自己的怒火付出代价与惩罚，但也很清楚自己不能够被人随便栽上不白之冤，尽管自己确实没有掌握所谓尹兰家的绝技"撼龙一击"，但单是论格斗技巧与招式的应用，尹兰家上下应该是没有能够与自己相提并论的存在了。既然自己的父亲都不为自己说话，那么尹兰礼只好自己为自己辩护了。

"闭嘴！你做出了如此伤天害理的事情，还敢狡辩！给我跪下！我看你是目无王法了！如今叔伯长辈都在这里，为的是教育你下次不再犯错，你这等态度，是要逼我将你这不孝女逐出家门啊！"面对尹兰礼的辩解，尹兰烈的反应比任何人都激烈，显然他认为自己教女有方，刚正不阿。但事实却并非如此，尹兰礼心中的怒火与耻辱感已经饱和。既然话都说到这儿了，也没什么好辩解的，尹兰礼运了运气，进入了备战状态，如果这个情况下能够一脚踢断尹兰傲的肋骨大概就可以说明一切了吧……虽然身体已经准备这么做了，但尹兰礼的思绪还是冷静了下来，都已经酿成这么大的麻烦了，没必要再次意气用事，反正再委屈又能委屈到哪里去呢。

"爸爸，是不是每次我出了事，不管过错在于谁，你总是要先责罚我呢？"尹兰礼无奈地从脸上强挤出了些许微笑，一副坦然的样子对尹兰烈问道，之后尝试把僵硬的双腿伸直站起身来。

"你给我跪下！谁准你站起来的！"尹兰烈没有回答尹兰礼的问题，而是再次找到了尹兰礼的错误：竟然没经允许随便站了起来。

"是这样的，我现在是空腹，而且因为禁闭室太冷，我一直都蜷缩着身体在里面，现在都麻了，我想舒展一下身体准备决斗而已。我不求食物，至少给我一杯水吧。"尹兰礼一脸的释然，伸了个懒腰，抿了抿干裂的嘴唇。

嗯，之前的自己确实过于鲁莽，老是因为不理智而大打出手，刚刚冷静了一下头脑，突然间想起了尹兰家的一条家规：无论什么情况下，尹兰家的成员随时随地都可以向自己的长辈发出比武与决斗的挑战，以证明自己的实力。因为这条家规太老，而且规定过于烦琐，所以平时都不会有人去在意，如今尹兰礼十分庆幸自己在父亲的逼迫下好好地去读家规。

"唉！这孩子！你不就是想要杯水么？何必要这样呢，你要跟谁决斗啊，唯一跟你同辈儿的尹兰胜都被你打伤了，你难道是想欺负小辈儿们不成？！你是有多坏啊，你要水给你就是了。"梁婶一脸着急，以为尹兰礼要借着家规胡作非为，连忙端着杯茶递了过来。其他长辈们也开始了对尹兰礼的斥责，一个个喋喋不休地念叨了起来，更有人借题发挥，字字句句充斥着对尹兰礼的种种欺凌与诋毁。

尹兰礼孤立无援，面对众多长辈的斥责，慢慢走向梁婶，将递过来的茶杯一把摔在了地上，动作极其自然，很难想象这是一个两天也没能沾过一滴水的人能够办出来的。

"算了，水不要也罢。梁婶你多虑了，家规可没规定我能像叔伯那样欺负小辈儿，省得你们认为我是为了杯破水怎样怎样的。我要和他决斗，就现在！"尹兰礼用毫无水分的舌头舔了舔干裂的嘴唇，指着尹兰傲说道。

"反了你了！竟敢向你叔伯挑战！你眼中还有没有长幼之分了！"尹兰烈听到尹兰礼的话，怒不可遏地一个耳光就挥向尹兰礼，面对这记耳光尹兰礼躲也没躲，就这样被父亲充满怒火的耳光直接打翻在了地上……顿时头晕目眩，两天不吃不喝的尹兰礼眼前一黑接近陷入昏迷状态，但骨子里充斥的一股气息却还是支撑着她爬了起来。

"如今我不过想通过家法与叔伯进行一次决斗，你这么擅自阻挠，眼中还有没有家法了？"尹兰礼的脸颊被父亲这一巴掌打得瘀青，本来清秀美貌的脸蛋浮肿了起来，嘴角还不停地滴着血水。两天不吃不喝，蜷缩在冰冷的禁闭室，才放出来就蒙受各种冤情委屈，还挨了相当沉重的一巴掌，尹兰烈面对如此处境的女儿却毫无怜悯之心。在他看来，这都是自己教育的失败，这些后果也都是尹兰礼应得的。他现在更在意的是如今女儿搞出了这么大的是非，自己的面子该如何摆正，虽然想现在就当着众人的面儿将尹兰礼怒打一顿以显示自己的威严，但女儿竟然拿出了家规说话，尹兰烈也有点无可奈何。

"哼！大家可听好了，这个小女伤我儿子，如今还敢利用家规意图以下犯上！我要是不好好教育教育她，就是我同意，家规也不同意！毕竟按照家规来说，输的一方可是要被逐出家门的，受到这种挑战，我尹兰傲当仁不让！"尹兰傲见状站了出来，爽快地接下了尹兰礼的挑战……

很快，在尹兰家上下老小的围观下，尹兰礼肿着半边脸拖着自己疲惫僵硬的身体与尹兰傲踏上了比武台。这期间尹兰礼还是没能喝上一口水，吃上一口食物，然而也没有任何人敢提出这一点。毕竟家中是男人掌权，面对尹兰傲与尹兰烈两个一家之主，女人和小孩儿，还有弟子们都只能默不吭声地在台下保持着观望。

"烈兄，你这小女，我看你是念她是个女孩儿，对她太娇惯了！我家尹兰胜若要是这样，我早就把他逐出家门了！你就好好地在台下看看我是如何教育小辈的吧！"尹兰傲在台上威风十足，对台下的尹兰烈说道。

"我教女无方，养出这么个不孝女是我的责任，兄弟尽管替我教育她就是了。"尹兰烈怕面子上过不去，应和着回答。

"那么先要说好，既然是以家规提出的比武，那么就要按规矩办事！我跟这小女两人在台上比武，只要没人跌落下比武台或者一方已死，谁也不准前来干涉！否则就是无视家规！"尹兰傲对着台下的人大喊道，显然是一副要好好地教训尹兰礼不许任何人上前阻挠的架势。

"可以开始了么?"由于没有采取任何消肿和治疗的措施，尹兰礼的半边脸浮肿得更严重了，剧烈的疼痛与饥饿感交织的折磨让尹兰礼感觉麻木不堪，口水与血液混在一起从嘴角流下。尹兰礼不停地吸着嘴角的血水，毕竟嘴唇已经够干枯了，这些液体对她来讲显得十分重要。

"那好！比武正式开始！"尹兰烈宣布比武开始，台下的观众们静得连喘气都不敢使劲儿。

尹兰傲凌空一跃，起身冲向尹兰礼，带着自己儿子被打伤的仇恨与对这个小女的蔑视和强烈不满，他起手就使出了尹兰家的绝招"撼龙一击"……

他意图给予尹兰礼致死般的打击以彰显出自己的武艺非凡，以展示给大家妄图挑战自己权威者的恐怖下场，对眼前的小辈丝毫不存在任何怜悯与谦让之情。这记"撼龙一击"威力十足，在比武中起手便放出如此强劲的一招，可见尹兰傲完全不想给尹兰礼留任何后路。

当这非比寻常强力的一击撞向尹兰礼时，尹兰礼不紧不慢地抬起右手以一个极其简单的姿势用单手就完美地将尹兰傲的攻击防御了下来。由于身体原因，尹兰礼的皮肤黯淡不堪，满脸疲惫，但眼神却亮得可怕，带有满目仇恨地盯着尹兰傲，她只感觉体内的血液正在急剧升温，刺激着她释放出夹杂着怒火与狂暴的力量。

尹兰傲一时没有搞清楚情况，想要将自己的拳头撤回来，此时尹兰礼的手却死死地抓着尹兰傲的拳头，紧接着剧痛从尹兰傲被紧握着的手部开始向身体扩散。为什么一个连续两天没吃没喝的小姑娘的身体里能发出如此强大的力量，尹兰傲现在已经无暇去思索这些，对于他而言，当务之急便是脱离开尹兰礼。

急于脱身的尹兰傲抬起右脚踢向抓着自己手的尹兰礼，却在抬脚的同时被尹兰礼提前发出的一个侧踢绊倒在了地上。虽然身体已经完全失重狠狠地摔倒在地上，但尹兰傲的拳头却还是被尹兰礼死死地抓着，躯体冲撞地面的惯性与被尹兰礼拽着的胳膊朝着两个方向在用力，就在尹兰傲倒地的同时，胳膊也被尹兰礼硬生生地折了过去……

"呃啊！！！"

伴随着尹兰傲的惨叫，骨头断裂的声音清晰得连台下的人都能听到，尹兰傲就这样简单地在短短数秒内被废掉了一条胳膊。接着尹兰礼顺势将倒在地上的尹兰傲踩在了脚下，抬起了另一只脚对准毫无还手之力的尹兰傲的脊梁凶狠地跺了下去……

又是一声沉闷的骨头断裂声音，尹兰傲的哀号遍布整个武场。

台下的尹兰烈完全看不懂台上的情况，目瞪口呆地站在原地，想要思索问题出在哪里，却只觉得现在自己的头脑一片混乱，连思索的能力都没有了。

脊椎被残忍地踏断，尹兰傲的下身泛出了淡黄色的液体，恐惧随之开始遍布他的全身。数分钟前还威风凛凛的尹兰傲无论如何也想象不到，如今他竟然当着众人的面儿被自己的小辈儿打得脱尿。而尹兰礼这边的感觉则全然不同，饥饿感和疼痛感似乎已经完全消失了似的，尹兰礼的全身充斥着暴力带来的快感。她第一次感觉到自己怒火的发泄是如此的理所应当，呼吸也随之开始变得紧凑兴奋。看着叔伯如同一条败犬一样被自己踩在脚下挣扎，尹兰礼不可遏制地想要继续蹂躏脚下这个恶心的家伙。

尹兰傲意识到了情况的危急，开始大声求救，但此时台下没有任何人回应他。毕竟，事先声明过，这是通过家规进行的比武，要么死，要么跌下擂台，否则任何人不能干涉。

尹兰傲见求救无效，意图跌落擂台结束战斗。他的脊椎被狠狠地踩了一脚，四肢已经不由自己控制，只能努力地蠕动着身体逃向擂台的边缘，而尹兰礼显然没有任由他跌落出擂台的意思，一把拽住尹兰傲的腿将他拉了回来……

意识到自己又要再次面临尹兰礼的折磨，尹兰傲万念俱灰，双眼被绝望的泪水覆盖，发出了极度恶心的哀号声。

尹兰礼面对尹兰傲的失态显得十分乐在其中，接着又是一脚踩在了尹兰傲的小腿肚上。这一脚的力道与位置恰到好处，将尹兰傲的小腿踏成了一个不自然的扭曲形状，却未能将其彻底折断。

尹兰傲发出的惨叫刺激着尹兰礼的神经，她沐浴在这暴力带来的快感中，忘乎所以，接着尹兰礼再次抬起脚，准备对准尹兰傲的头颅来上一记重踏。

"你要做什么！你这不孝女！"尹兰烈见情况不对，终于按捺不住，对着擂台大喊道。

"做什么？你现在有权干涉我么？"尹兰礼听到了尹兰烈的叫声，寻衅一样地回应道。接着尹兰礼将脚踩在了尹兰傲的头颅上，开始一点点地向下挤压。在此期间尹兰礼的视线一直锁定在台下自己父亲的视线上，眼神中充满了无法形容的愉悦感。

"家有家规，他既没死，也没跌落台下，我现在对他做什么你管得着么？"尹兰礼的脚继续向下一点点挤压着，尹兰傲的头开始被踩得凹陷进去，进入垂死的边缘。

"住手！你这是大逆不道！"出于对家规的限制，尹兰烈没有敢上台阻止，只能站在台下大喊。

"……"似乎脑内闪过了一丝想法，尹兰礼从暴力的兴奋感中突然清醒了过来。对啊，自己并不是要来大逆不道的，差点又做过头了，险些把自己的叔伯给踩死，真是大逆不道，大逆不道。想着想着，尹兰礼将踩踏在叔伯头颅上的脚缓慢移开，接着突然又是一个踏跺跺在了尹兰傲的另一条腿上。此时尹兰傲已经进入了濒死阶段，连哀号都无法发出，两条腿和一只手臂已经被尹兰礼彻底废掉，如烂泥一般瘫在地上。

"你到底是想要怎样！你疯了！他可是你的叔伯啊！"看到自己的女儿如此残忍地对待着自己的兄弟，台下的尹兰烈歇斯底里地吼道。

"这不能怪我的……"尹兰礼用她干裂的嘴唇轻轻地为自己解释道。之后她再次抬起脚对准叔伯唯一没有残的另一只胳膊跺了下去……就这样，刚刚还生龙活虎不可一世的尹兰傲，此时已经成为了一个废人。

"你这不孝女！如此伤天害理的事情都能做出来！竟然还说不能怪你！"尹兰烈对台上的尹兰礼大喝道，言语中饱含着愤怒与绝望。

"尹兰家上下二十多口人，门徒近百，凭什么我就非要把他给废掉？他是肯定有责任的，既然有责任，就要面对责任，接受惩罚！"几乎是笑着说出的这句话，尹兰礼感觉现在自己活了这么大，受了这么多的苦，似乎就是为了现在这个时刻而准备的。愉悦与快乐充斥着她的身体，她开心得要死，不停地机械性反复踏跺着尹兰傲的身体。

"我是作了多大孽！教育出来你这么一个没有人性的女儿！"面对自己种下的恶果，面对自己常对女儿说出的那句无懈可击的话，尹兰烈竟然没有显现出丝毫的自责，反倒依然在怪罪尹兰礼。

"也对，比武输的那方要被驱逐出家门是吧？"尹兰礼看到如此的父亲，突然感到了一种莫名其妙的伤感，这使她从复仇与暴力的快感中清醒了过来，接着放开了濒死的尹兰傲，轻轻地跳下了擂台。

"好了，这下输了，如你们所愿，我被逐出家门了，做了这么过分的事儿，真是抱歉啊。"没有任何人敢上前进行半点儿阻拦，尹兰礼拖着疲惫的身体，大摇大摆地走出了家门。虽然饥饿、疼痛与对这个从小到大一直生活的地方的眷恋感在刺痛着自己，但现在尹兰礼感受到更多的，却是一种快感，形容不出来的释放感贯穿尹兰礼的全身，刺激着她每一个兴奋点。她现在十分满足，前所未有、空前绝后地满足……

"不过还是好渴啊……"肿着半边脸的尹兰礼望着璀璨的夜空自言自语道。

铁娘子

"所谓答案，便是径直通往真理；所谓障碍，便是挡我者死。"

蝮蛇会地区的街头，由于穗红的行动声势浩大，当穗红带人赶到蝮蛇会地盘的时候，蝮蛇会方面已经派出了众多人手前来迎击穗红。站在最前方迎接穗红的黑牙一脸的笑意，依然是满嘴的胡子楂。

"你是管事儿的？"跳下摩托车将钢刀扛在肩膀上，穗红一副标准的黑帮交涉架势寻衅般地对黑牙问道。

"大爷我在会里不过是负责清理虾兵蟹将的，这不，来清理你了。你们老大才死，新人就跑来我的地盘寻事，真是不知天高地厚啊！"黑牙一脸自信地看着穗红，回应道。

"好巧啊，老娘我在雷龙会里也是负责清理虾兵蟹将的，那正好，就让我先清理了你们，再谈别的吧。"穗红拔出钢刀，气势汹汹地走向了黑牙……

雷莉的三个手下分工非常明确，忠心耿耿性格平静沉稳的千花作为雷莉的贴身护卫，负责雷莉周边的治安工作；机智过人老谋深算的天幽负责安排梳理帮派里的大小事务；而手腕强硬处事果断的穗红则主要负责事务的执行与处理。

按照天幽的话说，虽然雷龙会的仇敌众多，但因为雷泽死前曾经扬言要铲平蝮蛇会，而恰恰就在这之后雷泽便被人暗杀，事有蹊跷，应该由此开始调查……

而还未等天幽把话说完，穗红就已经拎起了她的钢刀跳上摩托，带着她的手下们冲向了蝮蛇会的地盘……

此时雷龙会中，天幽一脸不爽地站在雷莉面前，她那张原本美艳无双的脸现在气得通红，不停对雷莉抱怨着：

"我不过是在跟她分析问题！结果那个胸大无脑的白痴就突然拎着刀跑出去找人算账了！她那该死的脑子都长到乳房上去了么！这已经不是一回两回了！气死我了！那个大奶白痴！我只是猜测而已！她竟然就这么带人跑去打架了！"天幽在抱怨的同时不停地强调着穗红的胸部，似乎对穗红的胸围怨气颇重。

"也就是说穗红现在跑去蝮蛇会找事了？"雷莉的反应倒是颇为平静。

"对啊！气死我了！我就说那个胸大无脑的……"

"带了多少人？"打断了天幽的抱怨，雷莉询问道。

"把她手下那群骑摩托的全带走了，也就几十个人吧，我们现在要去支援啊，而且还要尽快！现在她的摩托队估计已经到达蝮蛇会的地盘了，去晚了还不晓得那个大奶白痴会捅出什么娄子！"天幽催促着雷莉，可以看得出虽然对穗红有所不满，但某种程度上来说天幽还是非常在意穗红的安危，而雷莉则显得十分平静，不慌不忙。

"你觉得就凭蝮蛇会的那些家伙，能把穗红怎么样？连我哥哥的手下都能把他们打得七零八落，何况是穗红。"雷莉表现得对穗红十分放心，同时也可以看出雷莉对之前哥哥的部下评价不高。

"要是光是打就打得赢的话，那你哥哥早就把蝮蛇会给铲平了。我刚才说了，那家伙胸大无脑，这是斗争，不是游戏，没那么多规则可言。你应该听我的，速速把大胸给召回来。"天幽据理力争，催促着雷莉速速行动，雷莉拗不过天幽，拿起手机输入穗红的号码……

"别打了，那个大胸白痴压根儿没拿手机就去找蝮蛇会了。"天幽从袖子里掏出了穗红的手机，一脸的愤慨与无奈。

"给她手下打电话，通知她回来。"雷莉说道。

"你觉得她的手下劝得动她么？"天幽反问。

"我还没有继位，而且哥哥的丧事还没有彻底办完，这个时候想要派遣人手可不容易。"雷莉思索了一下，回答道。

"那边的事，我去解决。"天幽话罢，急匆匆地转身就要离开房间。

"幽，不用太着急，穗红可是咱们的铁娘子，若是连一个蝮蛇会都解决不了，那才显得不正常。"雷莉见天幽的反应有些激烈，试图去稳定一下天幽的情绪。

"若是连一个蝮蛇会都解决不了？大姐大，你有没有想过假如雷泽大人真的是被蝮蛇会害死的话，那么蝮蛇会是不是也同样有能力除掉穗红？如果我的假设是真的，那么穗红现在的处境就不再是你想的那么简单了，总之我去管家那里疏通人手的事情了，您还是把事情往坏的一面考虑一下吧！"天幽的口气中已经带有一丝训斥的色彩，扭身离开了雷莉的办公室。

"如果是那样的话……确实不妙啊。"似乎被天幽的话所点醒，雷莉嘴里念叨着……

此时蝮蛇会的地盘，黑牙只感觉手部震痛连连，能够握住刀柄就已经十分困难了，在与穗红过了几招之后，黑牙已经完全招架不住了，穗红的钢刀力道沉重出手凶狠，给人一种势不可当的感觉。

黑牙力不从心，穗红却越战越勇，挥舞着手中的钢刀对黑牙一阵穷追猛砍，不依不饶。尽管黑牙带领的蝮蛇会人多势众，但单是一个穗红就完全镇住了整个场面，包括自己的部下在内，没有任何人敢轻举妄动。

眼看黑牙就要被穗红凶狠的进攻击败，蝮蛇会的部下们却还是不敢插手干涉。

"真是邪门！自从那事儿以后，就开始接二连三地遇到你们这种怪人，明明是个小娘儿们，却这么能打！那句话怎么说来着？识时务者为俊杰，我才懒得跟你这种怪物女人较劲！兄弟们，给我撑着！"意识到即使自己继续硬撑下去，旁边已经被穗红震撼到的小弟们也不会主动帮忙，黑牙只能示弱，命令小弟们上前解围。

在黑牙的命令下，蝮蛇会的小弟们终于出动，将整条街包围了个水泄不通，只留下了穗红和她的几十个部下，而黑牙趁机从人群中撤离，逃进了街口深处。

"这儿交给你们了，我去追那个胡子男！"穗红见状，架着钢刀连砍带削，硬是从包围中撕裂出了一条血路，沿着黑牙逃窜的方向追了过去……而穗红那野蛮强硬的架势似乎也感染了她的部下，在激昂的吼叫声中，余下的两拨人马很快便战成了一团。

一路猛追，穗红随着黑牙进入一个小巷，虽然似乎意识到了当前情况不对，但穗红已经杀意盎然，懒得去思索太多，她将钢刀紧握在手，无所畏惧。

黑牙的逃跑方式十分怪异，好像总是有意无意地放慢脚步让穗红跟上一样。

很快，穗红便追着黑牙来到了一个死胡同，本以为黑牙这下走投无路了，结果前方却突然冒出大批早已埋伏好的蝮蛇会成员……

穗红见到眼前这一大批对手后，下意识地观察了一下身后，此时自己来到这里的道路也已经被大量的蝮蛇会成员堵了个水泄不通。

"啧，果然有诈……"轻轻哼了一下，穗红满脸的不屑。

"这样你都敢闯进来，真是不要命！这个地盘全是小巷高墙，建筑紧凑，当年你们老大雷泽都不敢轻易来这里找事，如今你这个小娘儿们竟然敢如此嚣张，既然你能打，那我的兄弟们就陪你打！像你这种不用脑子的家伙，活该落得如此下场！哈哈哈！"黑牙一脸胜利者的表情，得意忘形地叫嚣道。

"没有脑子的到底是谁啊？"穗红一刀将冲在最前头的蝮蛇会小弟砍翻在地，没有显现出丝毫的畏惧。

"这种小街小巷的，你们人再多也不能飞过来吧？人这么多却施展不开，一个一个上的话，老娘我把他们全部砍翻再去收拾你都来得及，而你已经无路可逃了，蠢货！"将脚踩在了地上躺着的蝮蛇会小弟身上对着黑牙叫嚣起来，穗红的黑道大姐形象表现得淋漓尽致。

"都这个时候了还在嘴硬，哈哈！那好啊，你就尽管试着来收拾我吧！看最后是谁先死！"黑牙嘴上并没有服软，可还是被穗红如此霸气的行为镇住了不少。

如风卷残云一样，挥舞着钢刀不停地砍翻着冲向自己的蝮蛇会成员，穗红的状态既不因为她的无限杀戮而显得兴奋疯狂，也没有因为一而再地重复着劈砍动作而表现出一丝倦意。很明显，穗红能够处理掉这些虾兵蟹将，她自己也十分明确，到此而来的目的也不只是处理这些虾兵蟹将。

没过多久，整个小巷便都布满了被穗红砍翻的蝮蛇会成员，余下的零星几人见穗红如此强大，纷纷止住了脚步，不敢再向前。

"现在最好把你的头儿叫出来见我，否则就过去砍了你。"穗红见自己已经把这些小弟吓得魂不附体不敢上前，便化被动为主动，将钢刀死死地指向黑牙，用标准的黑帮口吻威胁道。

"你们雷龙会到底是有多少怪物，本以为干掉了雷泽这个城市就是我们的了，结果像你这样的怪物人却不停地出现。我来这儿之前从没见过什么以一当百，万夫莫敌，结果到了这个城市，却接二连三地碰到这种古怪事儿，真是恶心！"黑牙被穗红的钢刀指得有点不自在，开始抱怨了起来。

"这么说你们承认雷泽的死是你们干的了？"穗红将钢刀扛在了肩膀上，一本正经地质问黑牙。

"对啊，是我们干的。"黑牙供认不讳。

"那你应该知道对我承认这些意味着什么吧？"狠狠将钢刀甩在了地上，利刃入地三分，直直地插在了地面之中，穗红用如宣判死刑一样的口吻对黑牙说道。

"当然，我对你承认了雷泽是我杀的，这就意味着你必须死在这里了。"黑牙一脸恶笑，回应着穗红。

苦行僧

"日行一善，缘自来。"

由于比武消耗了大量的体力，再加上长期没有进食而引起的强烈饥饿感，尹兰礼摇摇欲坠地走在下山的路上。

为了方便修行，尹兰家的府宅建立在了山腰上，没有邻居也没有治安，尹兰家就这么自给自足地过着武人的修行生活，从没有感觉过下山的台阶如此的陡峭难走。尹兰礼意识到自己的身体已经达到了极限，却想不出一个妥当的办法解决这个问题，最后不争气地失去了平衡，整个人软在了地上……

当尹兰礼再次醒来时，发现自己竟然身处在一个用竹子搭建起来的简易小棚子里面，摸了摸自己肿胀的半边脸，来不及在乎疼痛，出于本能地环顾四周，发现自己躺着的草垛前摆着用竹筒装着的清水和一些干果。

尹兰礼舔了舔自己干裂的嘴唇，已经完全没有了知觉，此时的思维还停留在犹豫着是否该将这些食物吃掉，手就已经不由自主地将食物抓了过来狠狠地塞进了嘴巴里了……

先是将竹筒里的水一饮而尽，然后索性连壳带仁将核桃坚果松仁之类的干果一并扔进嘴里咀嚼了起来，接着再将果壳杂质一并吐了个干净。在将所有的食物消灭完毕后，尹兰礼不禁感叹自己的饥饿感竟然促使自己学会了如此吃干果的神通技巧。

进食完毕后，尹兰礼再次转移注意力，开始观察自己刚刚醒来所处的小竹棚。竹棚显然是为了顾全自己而临时搭建的，大小只能容下半个人，简陋粗糙，搭建竹棚的竹材都是从附近就地取材截下来的。看到这里，尹兰礼意识到帮助自己的这个人绝非等闲之辈，毕竟能够在短时间内将如此坚硬的竹子折断并搭建成一个小棚可并不是一件容易的事。

这时突然感觉到了一些动静，尹兰礼朝竹林深处望去。一个穿着僧袍戴着斗笠僧人模样的人从竹林深处走了出来，手里拎着竹篮，里面装着一些蘑菇和几种干果。

看来这个和尚就是救自己的人了，尹兰礼拖着有些沉重的身体走上前想要打个招呼，而僧人也发现尹兰礼已经醒来，将斗笠摘了下来，露出了一张刚强硬派浓眉大眼的女人脸。

"贫僧胧耀，是修行路过这座山的苦行僧，昨日见你晕倒在了石阶上，便自作主张将你安顿了下来，现在你看起来气色比昨天好多了，坐下多休息会儿吧。"胧耀的眼神十分凌厉，通过她麦色的皮肤可以看出胧耀在修行途中久经日晒磨砺，散发着一种刚毅的气息。

自我介绍后，胧耀将盛满蘑菇和干果的竹篮放在了棚子旁边，开始收集地上的石头。

"我，第一次见到女性僧人……"在发现对方是女性后，尹兰礼一时不知该说什么，肿痛的半边脸让自己的发音也显得有点别扭。

"修行之路可是不分男女的。"回给尹兰礼一个微笑，胧耀将周围的石头堆成一堆，用草把竹叶捆在了一起，做成了一个竹叶制的小盆，搭在了石头上面，之后将干草放在石堆底下，拿来了两根干木棍简单地除了除外皮开始生火。

"贫僧先把这些蘑菇烤好，刚刚顺便在竹林里找到了一些草药，可以活血化瘀，一会儿帮你敷上，很快就会消肿的。"胧耀对尹兰礼吩咐了几句之后，便开始自顾自地烤起了蘑菇，对于尹兰礼为何会晕倒在荒郊野外，胧耀并没有过问一句，而是非常专注地把注意力全集中在了烤蘑菇上。

"你对这些还真是熟练啊，一直都在野外修行么？"尹兰礼见胧耀如此娴熟地做着这一切，便好奇地问道。

"对，但之前一直都是在老家的山里修行，如今出山修行，途经此地，才有缘见到了你。"胧耀熟练地把蘑菇放在石头堆上连熏带烤，然后将烤好的蘑菇整齐地放在竹叶做的小盆里面。

"幸亏被你救了，不然要是被饿死在外面可就太冤了。"尹兰礼接过胧耀递过来的蘑菇吃了一口，感觉香气十足，口感美味，虽然没有任何调料，但丝毫不影响蘑菇的可口程度，蘑菇的口感细腻蓬软，火候似乎也恰到好处。

"喜欢就好，能够遇见你也算得上是缘分，不过贫僧的行程紧凑，而且使命在身不能久留，所以可能无法照顾到你完全恢复状态。"胧耀再次递给尹兰礼一串蘑菇说道。

"赶路么？这蘑菇真是好吃，要是有点盐的话就更好了……那么您是有什么特殊的使命呢？"之前吃过的那些干果对于多日未能进食的尹兰礼来讲可谓杯水车薪，此时自己的状态依然是饥肠辘辘，听到了胧耀的话后尹兰礼虽感遗憾，更多的注意力却还是放在了眼前美味的蘑菇上。

"也算不上是什么特殊使命，只是贫僧外出修行的同时也在追赶着一个魔物，这个魔物通晓人性，非常棘手，我一路追它至此，想在它逃入目的地前击杀它，无奈技艺不精，被那魔物多次逃脱，现在估计它已抵达了目的地，并且躲了起来。"说到这里胧耀的表情变得严肃起来。

"听起来你似乎需要一个帮手，我能够帮上什么忙么？"尹兰礼提议道。

"以贫僧的能力，也只能勉强战得过那魔物，如今它到达了目的地应该受到了保护并且藏匿进入了人群之中，我若只身前往，必定败多胜少。如有你相助的话，定能事半功倍，况且降妖除魔乃替天行道，这正是习武之人的责任与义务。你要是真的有心相助，贫僧可就不推托了。"胧耀一脸正气地对尹兰礼说道，表现出相当愿意与尹兰礼同行的意愿。

"好啊，反正我现在也无处可去，虽然习武是父亲逼的，不过最近也算尝到习武带来的好处与回报了，不稍微尽一些义务的话或许真的说不过去呢。"回想到用武力将自己的叔伯好好地教训了一顿，尹兰礼心里又感觉到了一股舒畅淋漓。

"我就知道你会答应的，贫僧久居山中，早已参透世俗，无论世人如何遮掩隐藏，贫僧总是能一眼就看出此人本质。你胸怀正直之心，但眼中却充满了缥缈与迷茫，此次能够遇见你是缘分，如能够同行除魔，实乃有幸之事。"胧耀微笑道。

"不过这魔物到底是什么东西啊？"尹兰礼将话题转移回了魔物身上。

"这魔物通晓人性，平时以人形生活在人群之中，而且隐藏得非常好，一般修为的僧人都无法辨识它们，它们生性向恶，如若在月圆之夜看到夜空中的月亮，便会原形毕露，成为嗜血野兽，疯狂地袭击无辜，祸害世间。"胧耀说到这里，咬了咬牙。

"那么你追杀的这个魔物已经祸害了多少无辜了？"尹兰礼问道。

"不，它不过是个年幼的魔物，还未真正觉醒，因此机不可失，我们要在它酿成大祸之前结果掉它。"胧耀回答。

"哦……这样么，我对魔物倒是很少接触，之前对魔物的认识都是只要我们不去招惹它们就不会有什么麻烦，不过听你说完差不多懂了。"尹兰礼的回答有一丝犹豫。

"虽然它目前尚未有所作为，但天性使然，早晚会祸害人间的。"胧耀看尹兰礼有些犹豫，便再次强调了魔物的危害。

"而且此次一行，意义重大，贫僧从未感应到过如此多的异常能量都汇集到一个地点，怕是会有诸多变故，非同表面上看到的这么简单。"胧耀继续分析道，而且话题越来越严肃。

"异常的能量？那是什么？"尹兰礼似乎没有听太明白。

"万物阴阳均衡，人类在进化史中逐渐地开始过多依赖他们所创造的工具，不停对科技的利用已经让人类退化了太多，潜能无法被合理地挖掘，于是一个个沦为凡夫俗子。而即便大趋势如此，却还是有很多天资过人的人存在，他们生来就具备比常人要奇特的优秀能力，这些能力各种各样。而如今这些能量都在不约而同地向着一个地方靠拢，并且吸引了很多魔物，贫僧认为此事过于蹊跷，所以也想借此之行一探究竟。"胧耀解释道。

"那么你说的这个地方到底是……"

"这个地方是在战场废墟上重新建立起来的一个巨大学院，并发展成为了一个都市。"胧耀一字一句说出了都市的名字：

"星盟都市。"

雌狮子

"王者，即目空一切；王者，即无人能挡；颤抖于王威之下吧！凡人。"

穗红似乎感觉自己现在的处境并不算糟糕，尽管黑牙的手下源源不断，但自己的战意丝毫未减，而且整条小巷已经横七竖八遍地躺满了被自己砍翻的对手，目前的局面是，蝮蛇会的这群蝼蚁没办法拿穗红怎样，而穗红也不太可能轻易从这个包围之中全身而退。

"擒贼先擒王！"经过了短暂的对峙后，穗红起手打破了这一僵局，甩开钢刀冲向了小巷深处的黑牙，人挡杀人、佛挡杀佛的气势令黑牙的部下们纷纷吓得原地颤抖，不敢有任何作为。

黑牙仓皇拔刀应战，勉强用刀接下了穗红的劈头一砍，却还是被这一刀的力量震了个趔趄。没等黑牙缓过劲儿来，穗红毫不留情地提刀再次照着黑牙的头部猛劈了下去。黑牙猝不及防，手中的刀被穗红砍掉在了地上，胜负在两刀之后就已经完全决定了。穗红狠狠地将黑牙踩在脚下，用钢刀指着黑牙的鼻子。

"哼，你认为你逃得出去就尽管这么认为吧，打败我你照样还是得死在这里。"黑牙摆出一副大无畏的态度，表情却不怎么自然地对着穗红手中直直指着自己的刀尖。

"老娘我出不出得去对于你而言都是后话了，总之你是要先交待在这儿了！"穗红对黑牙举起了钢刀的同时，感觉到了身后的气氛有些不对头……

"砰！"一发从阴影中射出的子弹穿透了穗红持刀的右臂，剧痛随着麻胀感与烧焦的味道弥漫开来，中枪的穗红下意识地捂住伤口后撤，看到身后一脸阴险表情的漆林带领着十余名持枪的蝮蛇会成员走了过来。

勉强伸出尚能活动的另一只手，穗红试图将地上的钢刀拾起进行反抗，而漆林并没有留给穗红拾刀的机会，及时瞄准穗红的肩膀又补了一枪，彻底破坏了穗红的行动能力。

"给我老实点儿！一会儿再来收拾你！"对丧失了抵抗能力的穗红狠狠地丢下两句话，漆林将注意力从穗红的身上移开，大摇大摆地走到了被穗红打得狼狈不堪的黑牙身旁。

"损失了几十个手下，制不服一个女人！到最后还不是得靠我帮你收拾烂摊子！你们这些所谓的主战力也太丢人了吧？"满嘴的挑衅与讽刺，漆林对着狼狈的黑牙嘲讽道。

"要不是老子在前面给你吸引她的注意力，你能有机会在背后放暗枪?!"黑牙一点亏也不吃，没好气地对漆林反驳道。

"不知好歹！算了！没工夫和你打嘴仗，那女人还没死呢。"漆林见一时在黑牙面前讨不到便宜，提着手枪回到了重伤的穗红面前，将枪口抵在了穗红的头上。

"怎么样？刚刚还无人能敌的女霸王现在也只能任凭我把枪口顶在你脑袋上。有句话是这样讲的，当你意识到自己开始不行的时候就已经太晚了！你现在一定深有体会吧？"漆林似乎想从穗红身上找到一些存在感，趾高气扬地叫嚣道。

然而盖过漆林的叫嚣声的，是从小巷后方传来的种种哀号，与穗红当初硬是从蝮蛇会的包围圈中连砍带削地杀出一条路来不同，这次蝮蛇会的帮众如被山崩驱使着一样溃散四处，更有甚者夸张到被直接轰飞在了墙上。

"雷龙会的援军？哼，那可就恕不奉陪了！"漆林见雷龙会援军将至，为了避免不必要的麻烦，直接就扣动了顶在穗红头上枪的扳机……穗红虽然尝试闪开，但由于距离实在太近，子弹还是无情地射入了穗红的头部……

被子弹射入头部的强烈冲击力所波动，穗红的血液溅染了整个面部倒在了地上。

"备好枪，准备跟雷龙会的援军开战了！"解决掉了穗红后漆林对身后的部下下令道，整理残存的人手准备迎击巷口势如破竹的雷龙会援军。而事实上将蝮蛇会成员击溃得七零八落的却不是漆林所想的雷龙会的援军……

黑牙感到胸口一闷，那种令他深感恐惧久违的气息从巷口拐角另一方传了过来。没错，这种感觉……难道是雷泽来了？黑牙永远也忘不了这个令他惧怕的气息。

另一方面，位于雷龙会的高层办公室内，天幽现在正与雷龙会的长老诺仑理论着。

诺仑是雷龙会辈分最高的元老之一，他唯一的儿子赛因在前几天与雷泽一同死于暗杀，如今这个老人充满了自责与伤悲。

"雷泽大人和我的儿子尸骨未寒，你们却要动用雷龙会的成员去跟人打仗，我是不可能同意的！"诺仑悲愤至极地拒绝着天幽的请求。

"如今雷龙会已经不再是之前的样子了，既然到了该是改朝换代的日子，你们这些当元老的，该放权就放放权吧，如果您一再地耽误时间，怕是再想调动人员过去支援也晚了。"天幽对诺仑没什么好感，眼前这个白发老头已经被亡子之痛麻痹了头脑，完全听不进去劝。

"不，这个帮会，不能交给你们一群女流之辈！"诺仑显得有些悲愤地拒绝道。

"交不交给我们不是你一个人说了算的，你口中的这群女流之辈现在可是在为帮会拼死拼活地战斗着，反倒是你们这些腐朽的老骨头只懂得躲在总部跟怨妇一样哭丧着脸不愿意面对现实。事实上，我们这群所谓的女流之辈对你交不交出雷龙会的权力一点兴趣也没有，本来雷泽当年就一直压制着分会的发展，我们自始至终也从来没有得到过任何来自雷龙会本部的帮助。如今念在名义上是一个帮会的分上，帮你们调查凶手，需要借助你们一下而已，结果你们倒是卖起乖来了。也罢，那我们还是一如既往地做下去就好了，告辞。"天幽意识到继续和眼前这个老头纠缠也不会有任何意义，便离开了诺仑的房间。

看来想得到雷龙会的帮助是不可能了，天幽回到雷莉的办公室准备商讨接下来该怎么办，却发现办公室内空无一人……

"我就该想到雷莉这女人也是胸大无脑的！"用白皙柔嫩的玉手不

轻不重地砸了雷莉的办公桌一拳，天幽没好气地抱怨道。

　　蝮蛇会的地盘现在可谓是腥风血雨，黑牙虽然没有见过眼前这个不停击垮自己部下的金发女人，但她所散发出的这股气息却熟悉得不能再熟悉了。这个女人身上散发着和当初雷泽一模一样的霸气，甚至比雷泽有过之无不及。

　　黑牙意识到对手的可怕之处，不想自找麻烦，找了个机会迅速逃离了现场。

　　此时的小巷场面极其混乱，蝮蛇会的人员众多，但单是雷莉一人就完完全全地制衡住了全场。由于自己人已经与雷莉扭打在了一起，漆林的部下们不敢轻易开枪，但事态的发展却再明显不过了，如猛虎附体般的雷莉赤手空拳就硬是击溃了黑牙几乎所有部下。在雷莉清理完最后一个喽啰之后，漆林的持枪部下在雷莉面前一字排开，把枪口整齐地对准了眼前这个高大的女性。

　　"我的人在哪里？"雷莉面对漆林，语气显得十分冷静。

　　"你是说那个和你一样随随便便就能把黑牙的这群狗屎部下打翻的红发女人么？已经被我干掉了！"漆林摆出一副张狂的嘴脸，不停地对雷莉比画着手中的枪。

　　"干掉了么……还真是对自己蛮有信心的……"在被漆林告知穗红被干掉后，雷莉的反应相当淡定，好像根本不相信漆林说的话一样。

　　"对啊，被我亲手用这把枪顶在头上，一枪就轰死了！"漆林见雷莉的反应过于平静，感觉自己被轻视了，不停地强调着自己是如何杀死的穗红，尝试激怒雷莉。

　　"原来如此，也难怪你会这样想……"雷莉话罢，将她的右脚顺势抬高了起来……

　　"哈哈，故弄玄虚！还是担心一下你自己吧，我的持枪部下跟黑牙的那群乌合之众可不是一个档次的！开枪！"漆林办事果断残忍，既然雷莉已经完全暴露在火力范围内，自然不会放过这个机会，立即下令部下对雷莉开火。

　　与此同时，雷莉将已经抬高的脚狠狠地朝地面跺了下去……

如陨石袭地，雷莉这一跺对地面震击产生的力量摇撼着整个小巷的平衡。在巨大的撼动下漆林的持枪部下们都打着踉跄无法站稳，有的甚至不慎将枪从手中滑落到了地上，而此时雷莉趁机突进拉近了双方的间距，挥动她的重拳狠狠地砸在了漆林的胸口。漆林本来就不怎么强壮的身体如同碎纸一样地被击飞出了数米，倒在了地上。

　　还完全没有搞清楚是怎么个情况，雷莉就已经破阵成功，并在眨眼间切入了持枪队的后排击溃了漆林……而剩下的敌人也被雷莉这如神般的行为吓得无意再战，一个个丢下武器，原地颤抖。

　　雷莉没有搭理其他人，而是向小巷深处探去，只见穗红躺在地上一动不动，钢刀戳在地上，看起来十分凄凉。

　　"这次是直接被抵在脑门上的枪爆头了么……"雷莉走到穗红身旁半蹲下来，穗红那火红色的头发已经与头部流出的血液粘在了一起，五官也因失血过多而变得模糊。

　　"对啊，真是够残忍的……疼死老娘了！……"如尸体一样躺在地上的穗红竟突然回应了雷莉的话，语气中充满了不爽与愤慨。

　　"虽然没有切身体会到，但想想就知道应该会很疼，真是抱歉，我似乎来晚了。"雷莉用袖子擦拭着穗红脸上的血，略带温柔地关怀道。

　　"……"似乎有些不好意思，穗红感觉自己的脸很烫，值得庆幸的是她现在脸上都是血，否则一定会显得通红无比，虽然心里十分愉悦，但穗红却不由自主地甩开了雷莉的手。

　　"行了行了，别擦了，跟当年你差点把我脑袋打碎的那一拳相比，这一枪还真是太小儿科了！"试图以翻出当年被雷莉收服时的旧账来遮盖当下自己内心的愉悦与舒爽，穗红装作没好气地抱怨道。

　　"自己冲过来有什么收获么？"雷莉没有在意穗红的抱怨，硬是将受伤的穗红抱了起来，对怀里的穗红问道。

　　"他们说雷泽是他们杀的。"穗红说道。

　　"哦，还有呢？"雷莉听到穗红所说的话后并没有做出任何反应，抱着穗红一点点地走出满是横七竖八躺着蝮蛇会成员的小巷……

　　"还有就是我这次又冲动了，真是抱歉……"铁娘子穗红多少露出了自己服软的一面，依偎在雷莉的怀里道歉。

"你觉得就凭这些家伙能够暗杀哥哥么？"雷莉将眼神对在了穗红的视线上问道。因为血统的原因，雷莉的睫毛是金色的，翠绿瞳孔闪烁着不言而喻的魅力。

"怎么可能，就凭他们……"穗红深知雷莉哥哥雷泽的强大，单是以蝮蛇会的实力，就算是使出浑身解数，也是不可能打败雷泽的。

"总之他们已经付出不小的代价了，下次可别再这么胡来了。"

夕阳照射着小巷的出口，被雷莉一拳轰倒在地的漆林挣扎着爬了起来，用颤抖着的手尝试着将枪口对准雷莉离开的背影……而就在此时，他突然感觉到一种冰冷的金属物已经提前抵在了自己的后脑勺上，不知是什么时候开始，身穿一身水手服的千花已经手持着装有消声器的手枪站在漆林的背后了……

没有了打杀的喧嚣声，没有了枪击的不祥之音，沐浴着夕阳的光辉，雷莉抱着穗红走出了躺满敌人的小巷。

要知道，不是每个人都能像穗红一样在头部中弹后可以不死，至少漆林不行。

线

"为了信仰，苟活，还是毁灭？"

夜晚，皎洁的月光映入黑月宫殿一样的办公室，这次是森与黑月的第二次会面了。

与上次的情况有很大不同，森现在看起来显得颇为激动，幽怨的眼神中流露着对黑月的愤怒，她将手中的长刀直直地指在黑月的眉间……

而黑月则依然保持着她那一脸娇态的笑颜，看起来若无其事的样子。

"没想到你竟然能将事情做到这种地步！原来所有的线都指向这个城市的现状是你一手策划出来的！利用平衡的能量去破坏平衡，你以为你能够逃过天谴么？"森的语调显得很低沉，夹杂着怒火。

"天谴猎手大人，任何行为都是要考虑后果的，如今你就这样对我拔剑相向，就算你能杀掉我，这好不容易以我为主体建立的均衡能量也会荡然无存。每一个能量体系从这个世界上消散时，都会有一个与之相似的能量体系替代它。你也是作为上一任的替代品而出现在我面前的，假如我真的死了，却找不到能够填补我死去后这个空隙的替代品的话，那么之后产生的一系列连锁效应可不是你能够想象的。出于稳妥的考虑，我认为你还是应该冷静地去看待这个问题才对。"黑月面容娇态可人，用指尖拨弄着她圆润的嘴唇说道。

"你为何要做到如此地步！真是难以置信，回答我！你的企图是什么？"森不依不饶地将长剑死死地摆在黑月的面前，充满杀气。

"我不过是动用了一些小小的头脑，几个恰到好处的谎言和手段，然后杀了一两个该杀的人而已。当年的战争引起了这场异能波动，而我则是这一系列事件的起源点之一，为了维系平衡，很快便出现了和你一样的天谴猎手开始对我进行干涉，在大致了解了你们所谓的线型世界之后，我就在想，如果把握得当，是不是能够将这些你们口中所说关系着世间万物发展的线都控制到一个点上呢？后来我发现这并不算困难，甚至可以说是意外的容易。"黑月露着她白皙的大腿躺在沙发上，妖娆地伸了下懒腰，这个银发美女的一举一动都美得如梦如幻。

"可你又不是天谴猎手，你怎么可能做到利用线型世界？"森越发地感到眼前这个女人的可怕之处，她妖艳的外表下隐藏的是一副极度狡诈阴险的嘴脸，这让森非常不安。

"所谓的线，说白了不过就是事件发生的概率与相互间的连锁效应罢了，虽然没有你们通过能力看到的整体线络那么直观，但只要动点脑认真去分析的话，把自己的定位找准还是不难的。之后我就通过自身的效应带动了所有被我波及的异能者，因为这次的波动因我所发，所以我便通过蛛丝马迹将所有具备潜质的线都集中到了一点。而你们那些所谓的平衡法规其实涵盖的东西十分的广泛，我只要稍微谨慎些去选择我要干涉的事物，也就不会影响到自己作为纯粹能量的存在。"黑月若无其事般地说出了如此之大的阴谋，面带笑意地看着被惊呆了的森。

"真是可怕，你这么做是想要达到什么目的？"森没想到黑月竟如此轻易对自己告知了整个内幕。眼前这个女人深不可测，比自己预想的要强出太多，现在整个局面都在她的掌控之中，森只感觉自己是整个效应中的一个不起眼的环节，没有任何挣扎的余地与立场可言。

"我不过是想把以我为原点引起的这些效应聚集在一起……之后的并没有计划好，细水长流吧。"黑月一脸娇态，笑盈盈地回答道。

"我是不会允许你这么做的，就算无法击败你，我也必须用一切捍卫平衡！哪怕是自己的性命。"森用刀指向黑月，随时都准备着展开一场冲突。

"性命？身为一个天使，你的性命可称不上是筹码，更算不上是代价。再说，现在你已经知道了事情的大部分真相，就这么死掉的话真是蛮可惜的啊，而且如果你死掉的话，平衡会更难维系吧？"面对森的压迫，黑月不慌不忙地对森说道，显现不出任何的紧张感。

"我的死无关紧要，总会有人能够替代我的位置，一个也好，十个也罢，你的阴谋早晚会被我的继承者粉碎！"森大义凛然地说道，摆出了一副势必要与黑月血战到底的架势。

"说得不错，但这毫无意义。知道么，你的前一任在对我发出挑战前也是这么说的，她当时把所有的希望都寄托给了自己的下一任，也就是你，当时她拼尽了一切想要干扰到我，而最后在我杀死她的时候，她甚至连我的一根毛发都没能够伤到，你就是这样背负上一任前辈的寄托打算重蹈她的覆辙么？天谴猎手大人？"黑月用手指玩弄着发梢，漫不经心地质问森。

"……"听到了黑月的话，森收回呼之即出的杀气，短暂调整情绪，似乎意识到了自己的处境。

眼前的女人根本无法战胜，只能试着先让自己平静下来，森收回手中攥着的发抖的长刀，表情恢复到之前的死寂，看起来如同月光一样冰冷。

"安心做好你职责以内的事吧，我的天谴猎手大人，不要再尝试去对抗你完全无法对抗的对象了。"黑月起身将双手轻轻环住森的脖子，用着肉麻扭捏的语气对森说道。她的语气中包含的情感错综复杂，有温柔，有戏谑，有嘲笑。

"那么后会有期，黑月大人。"将斗篷抖开，森简短地告辞后，离开了黑月的办公室。

猎魔武僧

"邪魔外道，得而诛之！"

树林中，胧耀与尹兰礼在林地中迅速地穿梭着。在两人赶往星盟都市的途中，胧耀察觉到了一个路过的魔物不经意暴露了自己的气息，于是便带着尹兰礼顺着魔物所留下的气息一直追到了现在。

似乎由于天性使然，胧耀对于魔物表现出的执着十分浓烈，在对这个魔物穷追不舍地穿越了两个林地之后，胧耀与尹兰礼来到了一个相对隐秘的空地，四周的地形已经被完全封死了，看不出还有什么路可走。

胧耀驻步观望，将手腕上佩戴的念珠解开握在手中，凝神冥想了片刻，之后念珠开始发出淡淡的微光，像是在为胧耀提供信息。

"前面这个石头，没错！肯定在里面！"胧耀带着尹兰礼朝着前方的一块巨石走了过去。

"看起来这块石头不像是被移动过的样子，你确定在这块石头后面？"尹兰礼检查了一下巨石周围的泥土，并未发现任何可疑的迹象。

"这块石头周围的泥土并没有翻新的痕迹，不过魔物的气息绝对是顺着这个口流入进去的，虽然不知道它是用了什么方法，但这块石头里面应该隐藏着一个山洞。"胧耀话罢，走到了巨石前方，把双手盘在巨石的一端，扎了个马步，用力将巨石缓缓移开。果不其然，巨石的后方是一个洞口。

"你比我想象的可是要强壮不少……"尹兰礼抬头打量了一下眼前被移开的巨石体积，不禁叹道。

"除魔才是正事，我们进去吧，一会儿才是真正展现你我能力的时候呢。"胧耀轻抹了一下头上的汗滴，与尹兰礼踏入了山洞。

山洞的内部比尹兰礼想象中的要庞大得多，稀薄的光线从洞口向内射入，地上散落着零星的黑色羽毛，空气中弥漫着一股刺鼻的硫黄味儿。

胧耀感觉到气氛非常不对，将手中念珠攥紧在手里，小心翼翼地带着尹兰礼往洞内摸索，走了没几步，胧耀突然示意尹兰停了下来。

"这个洞里住的可不是什么普通的魔物！"胧耀俯身观察，隐约可以看到地上有着一个十分不显眼的暗色符咒。

"这是什么东西？"尹兰礼顺着胧耀观察的方向看去，也察觉到了这个隐藏的符咒的存在。

"类似于门禁符咒吧，如果踩上去就会触发法阵，通常都是些爆炸、昏迷之类的后果。"胧耀环顾四周，没有发现其他能够深入洞穴的途径，而就在这时，地上的符咒突然消失了，洞内也被一丝丝火苗照亮，就如同在示意让两人进去一样。

"哈，我们大概已经被发现了，不过看来这里的主人还蛮好客的！"胧耀见状，也没并没有多做猜疑，直接带着尹兰礼就顺着火光的指示步入了山洞深处……

两人在山洞中前行，其间浓重的硫黄味夹杂着各种化学反应营造的刺鼻气息不停地从洞内扑面而来。尹兰礼对这种令人反胃的气息十分不适，眼前一阵眩晕，而胧耀则完全没有表现出任何异常，专注地走在前面进行着探索。

顺着火光的指引并通过些许探索，两人最终来到洞穴的尽头。一个身穿破烂长袍的巨大怪物站在洞穴深处不停地往一个蒸锅里加入各式各样的药水与材料，这个怪物身材臃肿庞大，不到两米高，浑身布满黑色的羽毛，在意识到有人来访后，怪物缓缓将脸扭了过来，面向胧耀与尹兰礼。

眼前这个怪物的脸部被羽毛遮盖得差不多，长长的喙从中伸出，不难看出这个怪物的脸跟乌鸦很相似。

"嘎……两位……是顺着……我孩子的气息……找到这里的吧？"怪物发出的声音沙哑，语调怪异，用它长长的喙一张一合地对胧耀与尹兰礼说道。

这时，一只小乌鸦落到了怪物肩膀上，胧耀可以感觉到自己便是一路追着这只小乌鸦所散发出的气息来到这儿的。

"你是鸦人吧？看起来活了很久了……"胧耀拿着手里的念珠，面对这个看似友善的鸦人，丝毫没有掩盖自己的杀意。

"嘎……看来……两位……是来取我性命的……嘎……"鸦人似乎已经明白了胧耀来到这里的目的，沙哑地说道。

"既然如此，我想你不会还有什么遗言想要交代吧？魔物！"此时，胧耀手中的念珠开始闪烁着血红色的光芒，随时准备向眼前这个巨大的魔物发出攻击。

"嘎……风神之女……都要来杀我……我就不准备……抵抗什么了……"鸦人用它丑陋且怪异的眼睛盯着尹兰礼，用它沙哑的声音说道。

"嘎……但是……我的孩子们……还请你们……放过它们……"鸦人的声音依然沙哑古怪，不过勉强能够听出来它像在祈求着什么。

"你刚才说什么？风神之女？"胧耀一时没能弄懂鸦人断断续续且有些跳跃的话，通红的念珠紧握在手中不停地激昂着自己对鸦人发起进攻。

"……就是……你旁边那位啊……"鸦人伸出它残破畸形的爪子指着尹兰礼说道。

"我？什么？"尹兰礼被洞中呛鼻的味道熏得有些发蒙，完全无暇去理解鸦人所说的话。

"嘎……对……既然连她都要……杀我……那我就不得不死了……但……请你……放过我的孩子……我的性命愿意任你们……处置！"高大的鸦人话罢，指了指身后的一窝蛋，一瘸一拐地走到了胧耀面前，再次请求道。

"多说无益，你身为魔物！死不足惜！"胧耀手中的念珠已经红得快要燃烧了起来一样，握紧念珠对着鸦人的头部狠狠地砸了下去……鸦人面对胧耀的攻击完全没有任何抵抗，眼看着宣告着它生命结束的重拳袭向自己的眉心，被打翻在了地上，无力地抽搐了几下，魂归西天。

"解决掉了，这些鸦人的体力比人类好不到哪里去，若不是靠着邪法防御，像它这种岁数的鸦人，根本就不堪一击。"胧耀看着眼前这个被击碎的鸦人，不屑地说道，手中的念珠如同得到了满足一般，开始逐渐褪去了光芒。

"它们也会像你追杀的魔物那样祸害人间么？"尹兰礼用手遮掩着鼻子勉强张嘴问道，似乎对鸦人的死有些顾忌。

"这些鸦人只知道研究邪法，不过很少用邪法去制造灾祸，它们通常都会找上这样的一个山洞隐藏自己，然后依靠它的孩子，也就是这些小乌鸦，四处偷取邪法需要的素材和资料，一直在洞中研究邪法，直到寿终正寝。"胧耀对尹兰礼解释着的同时，小心翼翼地观察着大厅深处的那窝蛋和停留在上面的几只被吓得蜷缩在一起的小乌鸦。

"你要做什么？我们不是已经把魔物消灭了么。"尹兰礼见胧耀完全没有离开的意思，便问道。

"斩草除根才行，这些蛋和这几只小乌鸦，一个也不能留。"胧耀的眼神中充满了杀气，对尹兰礼说道。

"这些小家伙不过是负责偷取材料的吧？也要一并杀死么？"尹兰礼对胧耀这种赶尽杀绝的方法不太赞同，质疑道。

"既然是魔物，早晚会魔性大发，造成生灵涂炭。现在的问题在于，那该死的鸦人在这个位置设置了一个结界来保护它的孩子……如果想要摧毁这些蛋的话，就必须想办法突破这个结界，但想要突破这个结界，似乎要冒一定的风险。"胧耀看着眼前的这窝蛋和几只颤抖的小乌鸦，满面杀意地说道。

"既然如此，还是别冒险了，就放过它们吧，你们僧人不也是有着以慈悲为怀的教义么？"尹兰礼见状试图劝胧耀饶了这些小魔物。

"别把我们武僧与和尚混为一谈！再说慈悲为怀只是针对自然万物，这些魔物的存在本身就是伤天害理，岂能说留就留！"胧耀义愤填膺地回驳了尹兰礼，然后回过头满脸愁容地望着这个保护鸦人后代的结界。

"那你想怎么办？总不能一直在这里耗下去吧？"尹兰礼也没什么好气，洞中浓郁的异味儿让她十分不自在。

"这个鸦人的邪法应该不会有多厉害，因为它只是见到你我就吓得跪地求饶，由此看来，它设下的结界也不会是多么高等的结界。再说通常来讲，施法者只要死掉了，结界的威力都会大打折扣，以我多年修炼的身体，硬是吃下这个结界问题不会太大。"胧耀握紧念珠，盯着眼前的结界说道。

"等等，你非要这样做么？万一这个鸦人是个十分厉害的家伙怎么办？"此时的尹兰礼被洞中气味呛得说话都很艰难，而胧耀依然显得完全不受影响。

"知道为什么我不会受这些污浊的空气影响么？因为我的身体是所谓的金身不坏之躯，不仅能够抵御大部分邪术，而且还有类似于百病不侵的效果。为了习练这个技巧我在山中修行了太久了，如果这个鸦人真的那么厉害，它刚刚早就用邪法取咱俩的性命了。放心吧，看我破了这个结界！"胧耀似乎已经下定了决心，不顾尹兰礼的劝阻，一脚踏入了结界，如胧耀所想，保护鸟蛋的结界瞬间就被她的金身不坏所瓦解，化作一阵光芒，消失得无影无踪。

"哼，我就说了，不过是个低级的邪法结界而已，接下来要做的就是灭了这些魔种！"话才说完，胧耀只感觉眼前突然被黑暗笼罩起来，之后就好像被某种力量强扒开了双眼一样，胧耀的眼皮完全不听使唤，无论如何都无法闭合，只能不由自主地盯着眼前那莫名的黑暗。这时黑暗之中出现了一个头部长满蛇的女人，女人的表情狰狞无比，用她骇人的双眼对胧耀放出无比可怕的视线……

"美杜莎的直视！怎么可能！那个鸦人怎么可能掌握这种高等的邪术！"眼前的蛇发女妖死死地盯着自己，而自己的眼睛就像不受自己控制一样，不能转移视线，也不能合上。很快，胧耀的双脚开始逐渐石化，并向上一点点地蔓延……

"你怎么了？胧耀！"虽然能够听到尹兰礼的声音，但胧耀的视线依然无法从蛇发女妖的眼神上移开。

"你能够看见我眼前的这个蛇发女妖么！快击杀她！"情急之下，胧耀忙向尹兰礼求援。

"什么女妖？"你身边没有任何人！但你在变成石头！尹兰礼试图上前帮助胧耀。

"别碰我，否则你也会被石化的。果然，只有触碰结界的人才能看到她……"此时的胧耀双腿也已经变成了石头，身体也在跟着逐渐石化。

"不能再等了……如果蔓延到心脏的话我可就要死在这里了！那个鸦人竟然掌握了这么恐怖的邪法……也罢！"像是下了很大的决心，胧耀感受着逐渐石化的身体低语道。

"自作孽，不可活……但这不过是为了替天行道而已！"下一个瞬间，胧耀伸出了尚未石化的右手对准自己的眼睛硬生生地插了下去……伴随着一声哀号，血光飞溅……

就在胧耀的双眼被戳瞎的同时，她眼前的蛇发女妖也一同消失在了无尽的黑暗当中……失去了视力作为邪法的媒介，结界法术不攻自破，胧耀被石化的下半身逐渐开始恢复成原来的样子。

双眼不停流着鲜血，胧耀从石化变回肉身的躯体充斥着麻木感，双腿一软倒在了地上。目睹全程的尹兰礼在一旁不知所措地愣在了原地，傻傻地等待着胧耀做出反应……

此时已经失明的胧耀却先是如同挣扎般地活动了一下双腿……然后用她那红到已经燃烧起来般的念珠狠狠地砸向了大厅深处的蛋和小乌鸦们……胧耀攻击的位置没有丝毫的偏差，就如同她依然能够看到一样，鸦蛋和小乌鸦们瞬间被打得血肉模糊，惨不忍睹。

"焉知非福！"胧耀紧闭着她流着血泪的双眼对一旁已经被惊呆了的尹兰礼说道。

分裂

"此端的终结，彼端的降临。"

雷莉的办公室现在挤满了雷龙会上上下下各种干部，显然雷莉对当下的状况相当厌烦，可一时半会儿又不知如何处理，只能坐在原地静观其变。如果按照以往穗红在身边的情况，恐怕穗红早就会把这些个无礼的家伙赶出房间了，而如今这些干部来这里的原因，恰恰也是因为穗红。

"不由分说地就在哀悼的时间去其他帮派挑起战争，真是大逆不道！"

"而且据说还杀了蝮蛇会的一个头目，在这个节骨眼想要依靠这种残忍的手段向我们示威么？你以为这样雷龙会就是你的了？哼！"

"不仅如此，雷泽大人尸骨未寒，你这个当妹妹的不在家好好守灵，作为继承人竟然还随同属下一同前去闹事，成何体统！"几个雷龙会的元老你一言我一语地斥责着雷莉。

"当时情况危急，你们从头到尾一点忙也没帮，现在安然无事了反倒来打马后炮，这种行为才是真正丢脸吧？"站在一旁的天幽忍不住对这些不知好歹的元老进行回击。

"你这个倒戈过来的家伙！雷龙会何时容得你来插话了！"元老们不仅没有感到自责，反倒更加激烈起来。

雷莉见状，示意让天幽闭嘴，虽然心里很不爽，但天幽还是忍了下来，退到了雷莉身后。

"哼，总之捅了这么大的娄子，总得有人负责吧！你手下的这个穗红，一直对我们蛮横无理，无视帮规，如今犯下这么大的错误，应该严惩不贷！"雷龙会的元老们见雷莉有所让步，立即提出了要求。毕竟穗红平时手段严酷，从不给这些老骨头一丝面子，如今也难怪他们会趁穗红受伤跑来声讨穗红。

"要我说，这么大个雷龙会，实在是轮不到你这小姑娘坐这第一把交椅，现在你坐在你哥哥的位置上，难道不觉得受之有愧么！"元老们见雷莉默不作声，愈演愈烈地抨击着雷莉。

　　"……"面对这些穷凶极恶的斥责，雷莉充耳不闻，完全没有把注意力放在眼前这群叽喳乱叫的元老身上。

　　"对，要我说，照这么下去，堂堂雷龙会早晚会被你们这几个小妮子给祸害掉！你给我从雷泽大人的座位上滚下来！你这小婊子根本不配坐在上面！"似乎被大家的情绪煽动了起来，整个办公室的雷龙会元老们沸腾了起来，一个蛮横无礼的长老甚至冲在了前头对着雷莉破口大骂……

　　而下一秒，场面立刻降温变得冰冷下来，千花神出鬼没地出现在了大骂雷莉的元老面前，用消声手枪死死地抵在了他的头上。

　　"算了，千花……"雷莉刚想叫千花回来，千花的行动却快了一步……两声似有似无的枪响与血肉被子弹穿透的声音划破才沉默了不久的办公室……

　　刚刚那个对雷莉无礼谩骂的元老此时头上多出了两个弹洞，僵硬地倒在地上，脑中流出的血液很快便在地板上漫延开来，千花表情淡然地将消音手枪挂回大腿外侧，慢步回到雷莉身边。

　　"罗大人！罗大人！你怎么敢这么残忍！竟然对自己的长辈下手！"

　　"惨无人道！你以为你杀了罗大人我们就会被你吓倒么！要是你哥哥在世的话，定然会把你这个大逆不道的妹妹赶出这里！"

　　"竟然当着我们的面杀死了自己的长辈!目无王法！无法无天了！"元老们从惊愕中反应过来，再次吵开了锅。

　　"你们这些老骨头完全没有一点醒悟的意思啊……难道你们成天养尊处优的已经不知道自省了？现在你们的处境可是和地上这个脑袋上有两个洞的老浑蛋没有任何区别！"天幽再也忍不住了，厉声威胁着眼前这群嗡嗡叫的苍蝇。

　　"你敢威胁我们！这是要造反啊！雷龙会怎么会出现你们这群畜生！"

　　"好啊！有种你就把我们这些在场的雷龙会元老全部杀掉！谁怕谁！杀鸡吓猴这种老方法岂当能镇住我们？今儿么要么你下台，要么你就把我们全部杀死！堂堂雷龙会，还能容得了你们造次！"雷龙会的元老们纷纷表现出了自己大无畏的精神，不停地挑战着雷莉与她的部下，而这时大门突然被推开，一个高挑的身影从门外走了进来。看到那波涛汹涌的上身后，众人便知道是谁闯了进来。

穗红头上缠着绷带，一脸的霸气，如煞星般扛着她的钢刀大步流星走到了屋子中间，然后用她那标准的动作潇洒地把钢刀往地上一甩，将刀刃插在了地板之中。长长的风衣背后的"天雷千红"四个大字随着她的动作摇曳着，威风凛凛，霸气十足。

"要么我家大姐头下台，要么把你们全部宰了是吧？"穗红的气场震撼着整个办公室的雷龙会元老们。

"既然是你们逼着二选一的，那老娘可就当仁不让了！"狠狠地将入地三分的钢刀从地上拔出，穗红的杀气布满全场……

"有话好说！有话好说！"刚刚还在雷莉面前生龙活虎的元老们一下就蔫了下来，有的甚至被穗红吓得腿软瘫在了地上。

"我不是叫你好好休息么，怎么又跑到这里来了？"雷莉完全没有理会其他人的意思，而是用充满关心且带有一丝训斥的语气质问穗红。

"我要是一直躺在床上，这些老不死的还不得闹翻了天！"穗红不开心地回应着雷莉，脸上的红晕显然是因为自己感觉到了雷莉的关心而害羞。

"这些都已经无所谓了，可能是因为哥哥太德高望重了吧，所以我无法胜任这个职位也是很正常的。"雷莉语调平缓，显得非常释然。

"当初想要坐上这把交椅，为的是向哥哥证明自己即便是女性，也能成为一个优秀的黑帮，如今哥哥已经不在了，即便我坐上了这个位置也没有意义了。真抱歉，我也是最近才发觉原来事情是这个样子的。"雷莉从座位上站了起来，示意天幽和千花跟上自己。

"那……那我们怎么办？重新建立一个帮派么？"穗红似乎没有弄明白，追问着雷莉。

"哦，我想到了一个蛮适合我的点子，而且多少也算是满足了哥哥生前的遗愿吧……"雷莉抛下了一房间的元老走出办公室，对身边的穗红说道。

"什么遗愿?"穗红瞪大她艳丽的双眼问道。

"去那个星盟学院读书。"雷莉手中攥着一个银质的小狮子,语气平和温柔地回答。

初遇

"命运的交织点在此汇集，与甘露共舞吧，享受片刻的闲逸。"

稻弦燕这两天一直在处理星盟都市周边的治安工作，如今疲劳充斥着她的身体，黑色的间隙若有若无地伴随着恐怖的气氛从她身体中发散而出，这种感觉就如同当初的暴走状态一样令稻弦燕感到不安。虽然并不是出于自己的意愿，但黑暗气氛还是时不时地会从自己的身体中泄漏一样，这个不稳定的状态深深地影响到了稻弦燕的工作效率，使她不得不再次来到星盟学院的医务室接受白月的治疗。在短暂地进行诊察后，白月很快便得出了结果。

"基本可以确认你现在的状态是由于工作过度而引起的精神疲惫造成的，只要安心休息一段时间恢复精神就好了。"白月一脸的温柔，带着无比圣洁可人的微笑对稻弦燕说道。

"休息……但我手中还有一大堆的工作没有做完……"稻弦燕脸色黯淡，神态疲惫地想要拒绝白月的提议。

"工作总是做不完的，但是人的精力可是非常容易消耗掉的，如果你一直这么用有限的精力来对抗无限的工作，最后只会把自己累垮。还是听我的吧，这个是星盟都市温泉旅馆的招待券，借机会好好休息一下！对你目前的状态会有好处的。"白月笑盈盈地掏出几张金光闪闪的招待券递给了稻弦燕。

"那么……多谢了。"从白月手中接过招待券，稻弦燕想到自己不得不将工作滞后，无奈地叹了口气。

经过数天的长途跋涉，尹兰礼和胧耀总算来到了星盟都市。虽然途中的意外使胧耀失去了双眼，但通过自备的珍稀药材和优秀身体素质的支撑，现在胧耀眼睛的伤口已经基本痊愈了。

双目失明的胧耀凭借着自己优秀的感知能力在行动上几乎完全不受目盲的影响，两人就这样徒步来到了星盟都市。起初尹兰礼对胧耀的伤势有所顾忌，但显然这个坚韧不拔的女武僧的感知能力就如之前她所表现出来的一样，完美无瑕，无懈可击，即便失去了双眼，胧耀依然敏锐灵动，锋芒毕露。

　　"虽然之前有所预料……但没想到这个城市的气息如此混乱……"胧耀手持念珠站在星盟都市的边缘对尹兰礼说道。她那锐利的浅色双眼已经被挖去，当时应急包裹在眼睛上扯下的僧袍袖子血迹斑斑。

　　"那么下一步该怎么办？"尹兰礼和胧耀浑身上下都脏兮兮的，这几天的行程仓促疲惫，而且还发生了一些不小的意外。

　　"速战速决是不可能的了，看来我们需要先找一个地方休整一下，然后再见机行事吧，这个城市完全不像我想的那么简单……"胧耀话罢，从怀中掏出一个小口袋递给尹兰礼，口袋沉甸甸的，里面装满了各种珠宝。

　　"这些东西……"尹兰礼看着这些金光闪闪的珠宝，有点疑惑。

　　"替人驱邪除魔时硬塞给我的，如今算是有点用处了，找个舒服点的地方好好休息一下吧。"胧耀松开了手中紧握的念珠，将它挂在了手腕上，念珠也随之暗淡了下来，不再像在胧耀手中握着时那样蕴显着光芒。

　　"这里就是星盟都市了么……到最后还是来到这里了啊！……"尹兰礼望着都市中央的星盟学院，回想起了当初接到星盟学院入学通知书时的一幕。

　　而另一方面，在雷莉的家中，穗红的心情显得很好，尽管脱离了雷龙会，但自己依然留在了雷莉身边，负责打点雷莉的一些日常事务，眼前的生活比起之前来说反倒是显得更为自由舒适。

　　相应地，由于工作量的减少，平日里负责处理帮会事务的天幽突然无事可做了，于是百无聊赖的天幽向大家提议一起去泡温泉放松身体。这个提议第一时间便得到了雷莉的认同，经过了这么多的事件确实有必要休整放松一下了。于是雷莉、穗红、天幽、千花四人准备前往就近的一家温泉旅馆享受片刻的闲情。

"不过既然现在不是黑帮了，泡温泉的话也不能像之前那样包场了吧？"穗红突然意识到一个问题，因为之前去温泉泡澡休息都是以雷龙会的名义进行包场，如今几人脱离了雷龙会，便意味着少了一份必要性。

"不是不能，而是没必要了，不过像这个时节应该没什么人去泡温泉吧。管他呢，我现在只想早点把自己浸到温泉里。"天幽伸了个懒腰，惊艳绝伦的脸上显得毫无干劲儿，可能是由于过于闲哉的原因，天幽将之前的披散的头发盘了起来，穿着一件松垮的上衣便服，看起来十分日常，与之前在雷龙会时干练妖艳的形象全然不同。

"如果被雷龙会的人看到，他们一定认不出来你是谁，你现在看起来简直就像个宅在家里的大龄女青年。"见天幽如此懒散，穗红不由得想要调侃天幽几句。

"是是是……哪像某些人啊，未见其人先见其胸，走到哪里都会被人一眼就认出来。"尽管懒散，天幽的舌头依然毒辣无比，辛辣地攻击着穗红的胸围。

"天幽你又开始了！"穗红被天幽一说，看了看自己波涛荡漾的胸脯，不禁有些害羞，顺势靠到了千花身旁。

"……"见穗红靠到自己身旁，千花一脸不欢迎地用手指了指自己的胸，示意自己跟穗红不是一国。与年幼可爱的少女脸成比例一样，千花的胸围也好像没有发育成熟，全然没有女人的感觉。

备受天幽和千花冷落的穗红无奈地叹了口气，靠到了雷莉身旁，在对雷莉的胸围进行短暂观察后，穗红很自觉地将雷莉与自己划为了一国。就这样，四个人愉快地前往温泉旅店。

星盟温泉是十分出名的，由于地理位置尚好且气候宜人，这里温泉的舒适程度也闻名遐迩，只是由于星盟都市特殊的独立关系使这里的游客显得十分稀少。

星盟都市大部分居民都是前来求学的星盟学生和部分无国籍者，因此即便佳节旺季，星盟都市也不会如其他城市一样有着过多的喧嚣。如今是黑月正式接手星盟学院的第一年，从某种意义上来讲，星盟学院的校长，也可以说是整个星盟都市的市长。

黑月上任后大改学院章程，一反常态地向世界各地具有特异天赋的少男少女们分别发出了一份入学通知。这些接到入学通知的孩子在其他方面的素质各式各样，完全没有共同点，除了具备常人不具备的一些凛然天赋外，没有任何一种其他的标准能够划分他们。

有人认为黑月的行为是对堂堂星盟学院纳生不负责任的表现，但黑月却还是义无反顾地将此行为坚持到了最后，按照以往来讲，只有品学兼优、成绩出类拔萃的人杰才有可能通过残酷的竞争获得星盟学院的入学资格。而黑月上任后不由分说地就使用了大量的名额定向发放给了世界各地的这部分特殊人群，这就使得通过考试与选拔进入星盟学院的难度提升了不止一个档次。人们对黑月的这一行为怨声载道，黑月依然我行我素，坚持自己的做法。

作为承担维持黑月当政下治安稳定大任的稻弦燕现在感觉自己已经与温泉融为一体了，这种全身都浸在温泉中的舒畅感简直妙不可言，压力与疲惫烟消云散，浑身透彻着一股温暖的酥麻的气息，从额头到指尖，全方位地缓解着身体的每一个部分。

偌大的温泉只有自己一个人，稻弦燕心中默默地感谢着白月为自己推荐的这个如天堂一样的场所，陶醉地在温泉中享受着无限的舒适感。

而这时入口处走进来两个人影，尽管两人的气息不凡，但已经陷入全身放松的稻弦燕早就把警惕性降到了最低，全然不想再耗费一丝一毫的气力去感知别人。眼前刚刚进来的这俩女孩儿其中有一个戴着眼罩，却完全感觉不出她在行动上有任何障碍，另一个女孩长相清秀脱俗，是个十足的美人，两个人在稻弦燕的对面坐了下来，将身体浸入了温泉……

"啊……这个温度刚刚好，感觉骨头一下子就酥了……"胧耀将身体浸入温泉后不由得发出感叹，虽然眼罩遮住了她一半脸，依然可以看得出她的表情显得十分舒服。

"这个温度确实舒服极了！"尹兰礼将扎在脑后的辫子解开，与胧耀一同浸入温泉。暖意和舒适感瞬间包围住尹兰礼，温泉水向外不断散发着热气，与一些简单的香料散发出的气息混合在一起，让人感觉十分惬意。

稻弦燕陶醉地享受着温泉，并没有过多地在意尹兰礼和胧耀，而尹兰礼则开始注意到这个泡在温泉中的黑发少女，并且饶有兴趣地观察起了稻弦燕。

稻弦燕的头发乌黑浓密，又长又直，看起来柔顺光泽，细长孤锋的眉毛显现出一种黑色的神秘灵性，精致的丹凤眼搭配玉琢一样的鼻梁则中和了她眼神中散发出的不祥，如娃娃一样静静地泡在温泉里，与温泉的古典装潢和梦幻般的水雾背景融为一体，形成一道可人的风景。

似乎意识到了有人在观察自己，稻弦燕将注意力锁定在了一直看着自己的尹兰礼身上。

尹兰礼的身体修长白皙，浅绿色的长发落在肩膀上，清秀的五官与极具特色的棱角眼让尹兰礼看起来略显冷酷，但由于尹兰礼的性格本身即是如此，因此内外结合，反倒自然了许多。虽然与自己完全不是一个类型，但尹兰礼也绝对称得上是一个罕见的美人儿了。

而尹兰礼一旁胧耀的身材则更为成熟性感了一些，由于之前一直穿着略显臃肿的僧袍，因此就连尹兰礼也没有注意到胧耀竟然有着如此丰满妖娆的身材。由于长期在户外活动，胧耀的皮肤颜色略深，却不乏光泽柔韧，丰满的胸部圆润坚挺，紫色的短发如她的性格一样飒爽柔韧。虽然之前曾有着一双美丽的浅色双瞳，如今胧耀的眼部被眼罩遮盖着，即便如此，从她周身散发出的独特气质还是让她显得超凡脱俗。

稻弦燕感觉有些奇怪，虽说谈不上喜欢，但她对尹兰礼这样看着自己不仅没有一丝反感，反倒对尹兰礼也颇感兴趣，竟然就这样四目相对地观察起了对方。即便如此，对交际完全不在行的稻弦燕是绝对不会主动向尹兰礼搭话或者打招呼的，而尹兰礼的感觉也十分微妙，眼前这个精致得如娃娃一样的女孩儿就这样与自己对视着，双方明明第一次相见且什么话都没有说，却感觉不到丝毫的尴尬。

温泉门口处加入的新成员们打破了这一宁静的局面。

雷莉、穗红、天幽、千花四人步入温泉的同时不仅成功地干扰了稻弦燕与尹兰礼惺惺相惜的对视，还立刻吸引了温泉中三人的注意力。

胧耀虽然不能看到来者何人，但两股习武之人的气息已经被她感知得十分清楚。一位骨骼构造完璧坚韧，气息均衡、沉着，隐蕴着无限力量；另一个身体散发出的凌气势不可当，气息虽然急促不拘却魄力十足。除此之外，与这两人同行的另一人尽管不像是习武之人，但肯定也不会是等闲之辈。

雷莉走到温泉边缘，挑了一个宽敞的地方将身体浸入水中，之后将双目闭合朝上仰了过去，自顾自地享受了起来。

穗红跟随在雷莉后面踏入温泉，在感受到温泉带来的舒适感后，穗红索性将盖在胸上的浴巾摘了下来，露出了她那尺码略显过分的胸部，全裸在水里跟着雷莉一同享受这极致的乐趣。

天幽显然无法认同穗红那过于彪悍直爽的行为，毕竟温泉里还有其他人在，如此行为真是有伤大雅。

在小心翼翼地将自己白皙的脚尖浸入温泉后，天幽似乎感觉水温略高，放慢了频率一点点地将如玉般白皙剔透的身体泡进温泉。天幽很快也与雷莉、穗红融为一体，开始享受了起来。

不知何时泡进温泉的千花表情却还是如往常一样平静，警惕地环顾着四周，时刻保证着雷莉的安全。

尹兰礼在父亲的道馆中见到过不少奇人，可眼前的四人组还是让她颇为惊讶。她先是观察最先泡入温泉的雷莉，这个身高有一百八十多厘米的女人的身体散发着极度刚强深厚的气息，蓬松茂密的金发有着一种别样的高贵感，翠绿色的双瞳和金色的睫毛巧妙地搭配在一起，高挺的鼻梁有点异国色彩，让人惊叹如此美丽的五官交织在一起实属不易。

而在雷莉身旁的穗红则给人另外一种感觉，身材比雷莉矮了一些，穗红的曲线却凹凸有致，有着一头红色的波浪长发，浓眉大眼，嘴唇圆润朱红，皮肤娇嫩欲滴，左眼下方有一颗痣，极具色相。在穗红的背部与右臂上文着一只张开翅膀飞舞着的凤凰，这个文身色彩极度绚烂，与穗红的红发衔接在一起，美不胜收。而穗红身上最为显眼的特征，就莫过于她胸前那两个看似比例失衡的巨物了。

与穗红和雷莉相距较远的是天幽，有着几乎和穗红一样高挑的身体，天幽所散发出来的气质与美丽却不像穗红那样艳气冲天，而是一股淡淡的神秘妖娆之美。单论五官而言，天幽的长相已经可以说是完美了，硬要说的话，她绝伦天工般的脸颊甚至可以归为能够使男性魂不守舍的倾国之颜。浅蓝色的长直发，细致妖媚的迷离眼睛，淡雅的秀眉，任何一个细节毫无挑剔之处。天幽的脚踝上文有一只黑色的蝎子，右臂上则文着一条缠绕着自己的青蛇，看起来神秘且致命。

在一旁环顾四周的千花与前三位的体形相差甚远，娇小玲珑的千花有着一头蓝色短发，后方梳着两个长长的马尾辫，身体似乎还没发育成熟一样，吐露着少女的气息。

在观察完四人之后尹兰礼索性不再思索什么，闭目享受温泉的舒适。

温泉中七个人各自享受着泉水带来的乐趣，而穗红逐渐从舒适感中缓过劲儿来，想要起身找些喝的，似乎是用余光瞄见了什么，穗红将注意力集中在了稻弦燕的身上。

"哈？你不是那天葬礼上的那个女孩儿么？"似乎认出了稻弦燕，穗红手持一瓶温泉烧酒对稻弦燕问道。

另外几个人也被这句话打破了沉静与享受之情，纷纷将视线转移到了稻弦燕身上。

"……"似乎在考虑如何回应，稻弦燕看着穗红，沉默不语。

这时，雷莉突然起身移到了稻弦燕身旁，对稻弦燕伸出手示意友好。

"那天多谢你了，那个东西对我来讲十分重要，如果不是你将它及时送还给了我，或许我就会走错一大步。"雷莉翠绿的双瞳盯着稻弦燕，诚恳地感谢道。

"没有耽误到你就好……"稻弦燕不太会应付这种交际性的对话，在她看来，目的性更强的对话才能让她去思考如何应对。

"你是星盟学院的吧？"天幽突然插话进来，似乎意识到了什么问题，天幽的眼神中充满凌厉。

"是的，我负责管理星盟都市的治安工作。"稻弦燕这次的回答相当迅捷，显然，回答问题比主动与人搭讪对于稻弦燕来讲更容易一些。

"我很想知道雷泽大人的遗物是怎么交到你手里的？按照我的理解，你应该是在巡逻时看到了出事的雷泽大人，从他手中拿到的遗物对吧?"天幽语气凌厉不容让步，显得有些无礼。

"是的。"虽然稻弦燕所见到的远不止这些，但出于对吸血鬼等事件的保密，稻弦燕从中择取了一个平衡点。

"如果你没看到凶手的话，雷泽大人临死前的遗言竟然不是告诉你谁是凶手，而是将这个饰品交给你，这似乎不符合逻辑啊?"天幽的话直逼稻弦燕的谎言点，不善言谈的稻弦燕面对天幽如此一针见血的质问显得有些茫然，完全无法组织好自己的语言应对。

"天幽，你这样太无礼了。"制止天幽的质问的是雷莉，就好像打着圆场一样，雷莉使给了天幽一个眼色。见雷莉上前阻止自己，天幽立刻闭上了嘴，把准备继续发出的质问又咽了回去。

"抱歉，哥哥的死对她们来说可能影响太大了。"雷莉转向稻弦燕解释道，口吻温和无比，这一举动让一旁穗红醋意大增，满眼仇意地瞪着稻弦燕。

"没关系!"稻弦燕才刚刚通过温泉有所放松，就再次沦入了如此尴尬的境界，似乎对她而言，即便是想偷享片刻的安宁都是如此困难。

"我已经决定前往星盟学院就学，以后我们会经常见面的，到时候还请多多关照。"雷莉似乎意识到了身后的大胸女人醋意十足地在怒视着稻弦燕。如果不有所控制的话，穗红不知道什么时候就该对稻弦燕大打出手了。客气地寒暄后，雷莉回到了穗红身旁。尽管如此，穗红依然苦大仇深地盯着稻弦燕，怒火丝毫未减。

为了安全起见，雷莉将手从水里放在了穗红的手上，紧紧握住。

穗红在察觉到雷莉这一行为后瞬间醋意全消，满脸通红地闭上了嘴，脸上露出格外满足而又有点不自在的羞涩神情。

"对了，说到入学，既然你是学院内部的干部，那么能为我私下解释一下那个录取通知书的发放标准么? 是不是只有拥有类似于超自然能力的人才能获得录取通知书? 为什么雷莉、穗红和千花都收到了录取通知书，唯独我这个没有超自然能力的人没有收到?"尽管是假设，但天幽的提问有理有据，再次让稻弦燕陷入了尴尬的境地。

"我不太明白你在说什么……"稻弦燕实际上对此事也并不了解，

只能苍白应对。

"我是说，是不是只有拥有超自然能力，也就是所谓的超能力的人才会接到那份录取通知书。因为我家老大雷莉有着雷打不动的奇异体格，穗红的伤口能在短时间内愈合消失，千花则是永远能够隐藏自己不被人发现。她们都在同一时间收到了星盟的录取通知书，唯独我这个所谓的正常人没能收到，于是我就推测录取通知书的发放准则与此有关。"天幽说出这些话的同时，胧耀第一时间顿悟了什么，原来刚才从门口走进来的有四个人！其中有一个自己从始至终都没有发现！那个人便是刚刚天幽所说的能够隐藏自己的千花。

"喂，当着外人说这些似乎不太好吧？"穗红用眼瞥了瞥温泉一旁的尹兰礼与胧耀。

"没关系，如果是指我们的话，我也是收到录取通知书的一员，我叫尹兰礼，是个武师。"完全不想被排挤在外，尹兰礼对自己做了一个简短的自我介绍。

"哈，那么这位武师小姐，你的能力是……"天幽的注意力一下子就被尹兰礼吸引了过去。

"真抱歉，恐怕您的推断并不太准确，我没有任何异能或者天赋凛然的地方，却还是接到了录取通知书。"尹兰礼直视着天幽回答道。尽管感觉上有所区别，但尹兰礼的长相却和天幽有着异曲同工之处，两人都有着秀美迷人的面孔，除了发色有着明显的区别外，在五官的搭配与构建方面，尹兰礼与天幽显得格外的相像。

"是么，那或许是由于我没能够收到那该死的录取通知书而变得有点敏感吧……刚才有所失礼，还请多包涵。"简单地寒暄了几句，天幽识趣地闭上了嘴，开始安静地享受着温泉。

在两人对话期间，胧耀几乎动用了所有感官来感知位于这个温泉的第七个人的气息，但无论怎么搜索，她都无法感知到千花在哪里。而以尹兰礼的视角来看，千花就身在眼前的角落中静静地浸在温泉里。

"尹兰，现在除了你我之外，温泉里有几个人？"胧耀小声对尹兰礼问道。

"五个啊，怎么了？"尹兰礼简单地扫了温泉一眼回答道。整个温泉视野宽敞，一览无余。

　　"果然……还真是可怕的能力啊……"胧耀到现在还是感受不到一丝来自千花的气息，这让她有些焦虑的同时又觉得十分兴奋，一个人竟然能完全藏匿自己的呼吸与气场，甚至不影响所在位置的气流变化，真是天方夜谭。

　　"看来我们来这里算是来对了……"胧耀手腕上的念珠发出了淡淡的红光。

月圆夜

"满月下杀戮的狂宴，汝等劣兽贱种，还不跪拜在吾之裙下献出卑命！"

艳红色的华丽长发，优美花哨的宫廷长裙，坐在装甲运输车内部的红发女子双眼充满桀骜高贵，散发着不可一世的狂傲气息。

"真是可怜的小姑娘，明明弱得连手上的镣铐都挣脱不开，却要一直被比自己强大数百倍的对手追杀，命运还真是喜欢捉弄人啊，啊哈哈哈，哈哈哈！"发出夸张十足爽朗不羁的狂笑声，动人的声线中包含着嘲弄与耻笑的气息，红发美女面对眼前这个唯唯诺诺的小姑娘不停地戏谑道。

"红叶大人，后方又有敌袭。"语调完全没有高低起伏和感情色彩，一旁身穿黑色女仆装的少女就像一个机器人一样对红发美女报告道。

"哈哈哈！这些低级的、肮脏的、下贱的、龌龊的野兽，妄图挑战我红叶凛的权威，真是熊心豹胆！"一脚踢开装甲运输车的后门，只见几个黑色的影子跟在装甲车后方狂追不止，见车门打开，影子一跃而起，直接扑向了红叶凛……

而就在黑影接近红叶凛的瞬间，气流、动向，以及一切的一切都定格在了原地，就连落叶也中止在了半空中，飞速旋转的车轮还能够显现出残影，此时也是一动不动。整个画面中只有红叶凛游刃有余地用手从半空中划出一道间隙，吐露着无限的杀意与狂傲。

"去死吧！死吧！死吧！畜生们！啊哈哈哈！"伴随着肆虐张狂的大笑，整个画面似乎又如再次被激活一样，落叶袭地，装甲车继续疾速前行，而两个黑影面前多出的间隙却开始沸腾着混乱的光线与磁场，以毁灭一切的姿态将黑影吞噬得精光。

伴随着哀号与血花四溅，红叶凛霸气十足地站在装甲车的后方，张狂地欣赏着自己创造出的近乎完美的破坏产物。

"这一而再、再而三的袭击还真是够烦的啊，真搞不懂黑月大人为什么非要咱们把这个小祸种带回去。"红叶凛扭头看了一眼缩在角落中的小姑娘，不开心地抱怨道。而一旁的黑衣女仆则机械性地将目光锁定在右手握着的银色怀表之上。

装甲运输车疾驰在苍白的月光之下，今晚的月亮圆得惊人，两旁的树林黑影窜动，时不时传来狼嚎。

"等等！前面的是什么！"运输装甲车前方突然出现一个巨大的身影，摆出一副要阻止装甲车前进的架势，霸道地拦在了道路中央。

"加速撞过去！别停！"没有丝毫犹豫，红叶凛一脸不屑地看着车前方的影子，对司机下令道。

收到了红叶凛的指令，装甲车加足马力，径直地撞向了眼前这个巨大的影子，强大的冲撞力排山倒海般地倾泻在了黑影身上……让人意想不到的是，重达数吨的装甲车加足马力地碾向黑影的同时，车头竟然奇迹般地被黑影抬了起来，接着整个车厢开始失衡，下一秒，装甲车被硬生生地掀飞了半空中……

"嗷呜！！！"一阵低沉的狼嚎，黑影一跃而起，在半空中将装甲车举了起来，从半空中狠狠地掷向地面……眼看运输车就要坠在地上的同时，整个画面突然再次静止，连风的流向与空气都停在了原地。

运输车在距离地面几公分的位置悬浮着，大门敞开，红叶凛慢条斯理地从门中走了出来，后面跟着抱着小姑娘的黑衣女仆。在与运输车有了一定距离后，时间再次流动了起来，运输车撞毁在地面，产生了一场不小的爆炸。

黑衣女仆手持银色的怀表，面无表情地看着上面的指针，嘴里默念着什么。

"哼！真是蛮力十足的畜生！闯出这么大的祸，你们的麻烦可大了！"红叶凛对着眼前的巨大身影大喝道。而周围很快就聚满了更多黑色的阴影，这些阴影比起红叶凛面前的阴影相对小了许多，但数量非比寻常，一双双黄色的瞳孔充满恶意地盯着黑衣女仆怀中的小女孩儿。

"把那个孩子……交出来！"月色一闪，站在红叶凛面前的巨大身影显现出了它的面貌。红色的身躯与毛发，锋利的犬牙，强壮到看起来有些畸形的骨骼与肌肉，完全没有任何美感的兽脸，就如传说中的一样，这是一个狼人。与其他散发着黄色光芒瞳孔的恶狼不同，眼前这个巨大狼人的瞳孔散发着血红色的光芒，杀意盎然。

"你这畜生竟然会说话啊！既然如此，我就用人话来告诉你们吧，想从本大小姐手里夺走这小姑娘是不可能的，你们还是乖乖地滚回树林里啃骨头去吧！"红叶凛踩着精致的红色高跟鞋，一脸傲慢地看着包围着自己的这群恶狼，眼神充满鄙夷与不屑。恶狼们见眼前的这个女人如此张狂，怒意不止，铺天盖地地扑向红叶凛，一副势必要将她撕成碎片的架势。

就在遮天蔽日的狼群接近红叶凛的同时，时间又一次凝固住了，唯独红叶凛没有受静止的影响，她迅速地用手在静止的狼群中划出一条巨大的间隙，然后消失在了树林中。红叶凛的行为历历在目，狼群和风甚至是空气依然定格在原地，无法有任何作为。

很快，时间再次流动，间隙也膨胀起来释放出无数条裂痕与混沌的光芒由狼群中心开始肆虐，恶狼们被炸得支离破碎惨不忍睹。尽管如此，生还的恶狼们还是迅速调整好状态，不仅没有表现出一丝恐惧，反倒显得更加狂暴，向红叶凛逃走的方向疯狂追去……

"哎呀呀呀……照这样下去，事态不妙啊，刚刚你通知黑月大人我们遇到麻烦了吧？……"红叶凛拎着自己华丽的宫廷长裙，迈着碎步优美夸张地进行逃跑，身旁的黑衣女仆一脸的木讷，抱着昏迷不醒的小姑娘与红叶凛一起穿梭在树林之中，而就在前方不远的地方，已经可以看到星盟都市的影子了。

扭曲

"妄图颠覆世界者，终将被世界同化。"

位于星盟学院内，森和两个与自己身穿同样铠甲的天谴猎手站在黑月的办公室中静候着。今晚的月亮圆得出奇，月光径直地洒落到黑月的办公室中央，映在森与另外两个天谴猎手的脸上。

与森几乎一样，随从她的两位天谴猎手的相貌也精致美丽。装备着巨弩的天谴猎手的头发是深褐色的，扎成了辫子高高地盘了起来，高贵典雅。艳丽的外貌不具备任何现代色彩，看起来像是古代的贵妇一样。

而装备着一把银色长枪的天谴猎手则有一头银色的头发，并且用辫子在头的一侧缠绕出了一个头花。同样是银色的瞳孔与乳白色的皮肤也让她看起来圣洁无比，搭配白色的皮质风衣与银色的甲胄，看起来就好像是一道耀眼的银白色圣光化身。

"欢迎欢迎，真是抱歉，通知你们有紧急事务，结果来迟的却是我。"从阴影中扭动着性感的曲线，黑月出现在天谴猎手面前。黑月没有表现出任何的不妥，眼前的三个天谴猎手却还是满怀敌意地盯着黑月。

"如此急迫地让我带手下先来见你，有什么紧急情况发生么？"面对眼前一脸娇态毫无紧张感的黑月，森表现不出任何好感。

"是这样的，我在位于安度洛斯的南部地区发现了一个具有奇妙能力的小女孩儿，由于她的能力实在是太有趣了，于是我就派手下去那里想将她接过来，但就在快到达这里的途中却出现了一点小小的变故……"黑月仰头看了看窗外浑圆的月亮，银色的秀眉皱了一下。

"我的人员似乎受到了某些在月圆情况下就会威猛无比魔物的袭击，因此不能够将那个小女孩儿顺利地带回到这里，而我这边一时又无法调遣出能够与这种强大魔物抗衡的人手，所以现在是用到你们的时候了，请去帮我的人解决一下麻烦，并将小女孩儿顺利地护送到我这里。"黑月的语气中饱含柔媚,脸上的娇态与天谴猎手冷漠的表情形成鲜明的对比。

"我想我们的关系能够维持在互不侵犯、心照不宣上便是我做出的让步了,如今你竟然妄图指使我帮你完成你的阴谋?"森没好气地对黑月说道,眼前这个阴险无比的女人已经越来越得寸进尺了。

"哟,看来您的心情不大好嘛,如果是因为预测不到关于我的线的走向而伤了您的雅兴,还请多多担待啊。"黑月漫不经心却饱含讽刺意味地对森说道,娇态的眼神中吐露出一丝诡异。

"……"虽然森沉默不语,显然是被黑月的话戳到了硬伤。

是的,从与黑月见面的那天起,自己对关于黑月线的感知就越来越混乱,目前已经到了完全无法辨识跟黑月的线有关的任何线的走向。而黑月的影响范围之大简直不可思议,从而产生的蝴蝶效应几乎打乱了森之前一直依赖与完善的整体布局的全部。

如今整个星盟都市的走向已经完全混乱,尽管森想去尝试梳理,但却无从下手。

"其实你的那些能力只能用于预知对你没有任何提防的对手,只要了解到你能力的运作原理,将一切事件的发生性都中和一下,你就什么也无法预测了,不是么?不过说起来容易,我在落实的时候也是耗费了不少精力的。"黑月娇滴滴的脸上浮现出一丝坏笑,对森说道。

"真是狡诈下作的行为,你这种祸根,留在世上只会造成更多的威胁!"森身旁装备着银枪的天谴猎手似乎已经无法忍受黑月了,将手中的银色长枪对准了黑月的脸。

"这么做就太不明智了,或者说,你们天谴猎手的眼里是看不到自己的线的?"黑月面对指向自己的长枪不慌不忙地说道。毕竟单在这个办公室,黑月就已经面对过森拔剑相向的场面了。

受到黑月的提醒,森立即将视野转换到了"线型世界",惊讶地发现,自己的这条线已经在诸多事件上与黑月那混乱不堪的线交织在了一起,完全梳理不开,由于这些天过度关注于黑月反倒没有注意到那条关于自己的线已经如此扭曲不堪,处境堪忧。

"果然啊,你们这些家伙的控制欲太强,从来都不会观察自己的线，而是一味地妄图去干涉别人，现在该是为此而付出代价的时候了。你应该发现了吧，如果不出什么意外，现在我们应该是一条线上的了，虽然不知道你们有没有能力自行脱离这个现状，不过目前来看似乎事情已经由不得你们做主了。我的手下现在面临危机，或许你们该在化解这些问题之后再来与我算账也不迟哦。"尽管看不到森的"线型世界"，但单凭感觉与判断利用各个事物间的联系产生的效应就将森拉上了贼船，虽然不知道黑月在幕后使用了什么样的手段，可目前来看，黑月的计划运行得精彩绝伦，让人望而生畏。

"你到底是怎么做到的……"森完全摸不透黑月的想法，她的视野停留在线型世界中，满脸绝望。

自己身为线型世界的观察者与守护者，以维护线型世界的平衡为己任，如今所有事件的走向不仅被黑月弄得乱七八糟完全寻不到一丝规律，自己也惨遭暗算被黑月硬是归到了一国，屈辱感与不甘心充斥着森的胸腔。

"现在可不是讨论这个的时候，你也能感应到关于小女孩儿这条线的重要性吧？如果能够帮我顺利地将她护送到我这里，我会给你一个满意的答案的。"黑月用她面带娇态的表情看着森，示意森去干活。

森无奈地甩了甩斗篷，带着两名部下离开了黑月的办公室。

月亮依然圆滑地贴在夜空中，将苍白的月光打在黑月的办公室中央，三个天谴猎手走出门外后，背着巨弩的猎手停住了步伐，站在了黑月办公室的门后。

"何等阴险邪恶的存在！如果就这样任由她猖狂放任，太危险了。"手中的巨弩就好像在低鸣着一样，外表如同贵妇般的天谴猎手对森愤慨道。

"你要明白，艾瑞丽欧，我们现在的处境过于劣势，不足以与她抗衡，等到时机成熟再考虑其他的吧。"森示意让艾瑞丽欧将她的巨弩收回去。

"那么我们现在要听从那个恶心的女人的命令，去对抗狼人么？"装备着长枪的猎手对森问道。

"目前看来只能是这样了，艾瑞丽欧、卡西迪娜，我们走吧，先去把那个小女孩儿找回来。"

天谴之夜

"我的介入，只不过是为了偿还。"

位于星盟都市的边境地带，红叶凛与黑衣女仆奔逃在树林中，周围满是恶狼穿梭的黑影，以两人不紧不慢的移动速度来看，再次被包围只不过是时间问题了。

"下一次时间静止还有多久可以使用？"红叶凛手里拽着她华丽的裙摆，喘着粗气问道。

"已经可以使用了，但是如果它们不聚集过来的话，我无法调整好静止范围。"黑衣女仆抱着小姑娘，机械性地迈着步子回答道。

"好，下次它们再攻过来时我就开启一个更大的间隙要了它们的……"还没等话说完，一阵巨大波动就从右侧的树林袭来，猛烈的震荡感与气流撞击开来，浑身血色的巨型狼人突然冲了出来用它庞大的爪子由上而下凶狠地砸向了黑衣女仆……

女仆灵巧地向后一个撤步规避开了正面的打击，但狼人攻击带来的冲撞力还是将黑衣女仆震飞了一段距离。

由于怀中抱着小女孩儿造成了行动上的困难，黑衣女仆的平衡感尚未恢复，狼人便顺势将爪子上翻，将女仆撩飞了起来。

考虑到需要保护怀中的女孩，黑衣女仆被狼人的这一击掀飞在了树上，头部与树干重重地撞在了一起，坠到地上，而她的这一极具牺牲性的行为也恰好保全了怀中的小女孩儿毫发未伤。

"十三，你还好吧?！要是没死的话就赶紧给我站起来啊！"在刚才一系列事件发生的同时，红叶凛这边也已经被数条黑色的恶狼包围住了。

"……只不过是撞了一下而已……反倒是大小姐已经被完全包围呢，这次一定会死掉吧……"黑衣女仆十三缓缓从地上撑起身子用毫无情感的语气回应红叶凛。怀中的小女孩儿一脸的憔悴，吓得蜷缩在十三的怀里。

周围再次被恶狼们包围得水泄不通，血红的狼人满脸狰狞地盯着十三怀中的小女孩儿，没有了之前多余的对话，没有了杀戮前的静默，狼人带领恶狼们一跃而起扑向了十三怀里的小女孩儿。而这一刻时间再次定格，眼看眼前的黑衣女仆将小女孩抱走逃离，恶狼们却只能定在原地一动不动。受够了这种手段一而再、再而三的折磨，时间恢复的瞬间，恶狼们迅速扭转狼头急不可耐地追寻猎物，但撞见的却是身后那大得可怕狰狞沸腾的混沌间隙。

"啊哈哈哈！一群肮脏的畜生！给我死吧！"红叶凛站在间隙后方不远处张狂地大叫道。

间隙迸发出的不稳定能量充斥着电流与炸裂，黑色的空洞张牙舞爪地肆虐着，将恶狼们的躯体撕裂成肉块打落在地上，而饱尝这一方式折磨的恶狼们这次反应更加迅速了，急忙回避着间隙的侵蚀。在沸腾了一小段时间后，间隙开始逐渐闭合，只留下了几具恶狼的七零八碎的尸骸在原地。

"嘛……反正你们这群家伙的嗅觉比狗还厉害，躲也躲不了，跑也跑不过你们，倒不如在这里把你们全部消灭来得舒服。"红叶凛与抱着小女孩儿的十三已经完全没有了逃跑的意思，站在这个相对开阔的空地，准备决一死战。但境况已经相当明朗，大群的恶狼将三人围得水泄不通，血红色的巨型狼人也在后方跃跃欲试地嚎叫，而红叶凛尽管有着强大的伤害间隙，却也无法抵挡源源不断的狼群。

"要不是因为你这蹩脚女仆的时间静止能力那么渣，也不至于落到这个处境，哼。"红叶凛面对数量如此多的对手，开始抱怨了起来。

"那还真是抱歉啊，我也没能想到大小姐您的能力如此废柴，连续使用了如此多的间隙炸裂也没能够解决实际问题。"机械性地还嘴，黑衣女仆十三完全没有任何甘愿被红叶凛埋汰的意思。

"你还能再将时间静止一次么？"红叶凛低声对十三问道。

"缓冲还差一点儿，依照现在的局面来看，肯定来不及了。"黑衣女仆十三看了看手中的银色怀表答道。

"那如果不解放我的时间轴的话，还能再施放一次时间静止吧？"红叶凛稍作考虑后问道。

"那就没什么问题了，不过如果不解放废柴红叶大小姐的时间轴的话，大小姐您也会被我一起静止的。"十三似乎听懂了什么，想要确认一样似的对红叶凛说道，把目光锁在手中的银色怀表上盘算着。

"别管那么多了！把我一起静止掉就是了，然后抱着那女孩儿能逃多远就逃多远吧，你这种废物女仆，跟我在一起只会碍手碍脚的。"大义凛然地说出这些话，红叶凛决定让十三先走，牺牲自己来拖住敌人为十三的逃跑争取一些时间。而话音刚落，红叶凛只感觉自己就好像被定格了一样，尽管思绪和视野没有任何变化，但身体却无法进行任何活动。眼前的恶狼们和自己一样，也在这一刻同样一动不动完全僵在了原地。

果然，十三已经开启了她的时间静止带着小女孩儿逃跑了。就算是红叶凛自己让她这么做的，可十三竟然在下一个瞬间就弃自己而去，红叶凛不禁感叹十三这个既听话又薄情的面瘫女仆的行为是多么的混账。

已经没工夫考虑十三是多么的混账了，没有了时间静止的帮助，红叶凛甚至无法使用引以为傲的间隙炸裂能力，因为她开启的间隙中产生的能量异变完全是不可控的，这些炸裂与磁场的波动首先伤害的就会是红叶凛自己。

显然现在冒险打开间隙被炸个尸骨无存还不如乖乖被狼群吃掉。红叶凛面对把自己包围了个水泄不通的恶狼们，已经没有了任何的战意，一屁股坐在了地上。

"真没想到我美艳无双、聪明盖世、天资过人的红叶凛竟然会死在这里，臭十三，本大小姐临死前也要诅咒你这个黑心女仆不得好死！"尽管口气又冲又横，但红叶的脸上已经显现出了恐惧之情，一只恶狼终于带头发起了进攻，怒气冲冲地奔了过来，猛力扑向了红叶凛……

就在这时，一道银白色的光芒划破树林中的黑暗，径直打在了即将扑杀红叶凛的恶狼身上，恶狼被这一击穿透钉在了一旁的树上，一命呜呼。

刚刚那道白光正是由艾瑞丽欧手中的圣银之弩所发射的。森与艾瑞丽欧和卡西迪娜在千钧一发之际到来，三个天谴猎手如天神下凡一样出现在了红叶凛面前。

　　艾瑞丽欧抬着银质的巨弩，开始发射银矢射杀眼前的恶狼。被突如其来的天降神兵吓了一愣，狼群们迅速转移进攻目标，集体扑向天谴猎手。一道寒芒从前方划破开来，卡西迪娜长驱直入，挥舞她手中银色的长枪在狼群当中撕出一道口子，展开了华丽的屠杀。

　　显然现在的情况是三位帅气华丽的银色美女正在保护自己并消灭敌人，尽管事态转变得有点迅速，但红叶凛可不会因为这么一点变故就失去了思维的着重点。

　　"如果你们是黑月大人派来的援军，那么最好现在沿着我背后的这条路去追我的部下十三，她刚刚保护着那个小女孩儿从这里逃跑了。"见狼群无穷无尽，红叶凛对手持长剑看起来像是头目的森说道。

　　"艾瑞丽欧、卡西迪娜，你们两个负责清理这里的敌人，我去寻找那个小女孩儿。"简单地吩咐了一下任务，森甩了甩白色的单肩斗篷，疾步消失在了后方的森林之中……

　　圣银巨弩发出的秘银箭矢不停地将恶狼们的身体穿透并钉在树上，艾瑞丽欧迅捷地填充着弹药，向漆黑的狼群中发射一连串的进攻。而在狼群中央用长枪厮杀着的卡西迪娜身法轻盈进攻凌厉，以横扫千军之势阻拦着狼群接近身后的艾瑞丽欧。但狼群犹如无休止般地不停涌进，完全没有减少的迹象。卡西迪娜在接连击杀了数十只恶狼后似乎察觉出了几分端倪，在一个华丽的横扫将眼前的狼群击溃的同时，猛地将手中的银色长枪掷向了隐藏在森林中的一个黑影。

　　"呜嗷!!"低沉的哀号从长枪刺去的方向传来，狼群们也开始迅速撤退，很快便消失得无影无踪，空旷的场地只留下卡西迪娜、艾瑞丽欧和红叶凛三人。

　　"既然如此……那么热身结束了，女人们!"一个身材与刚才浑身血色的巨型狼人类似的黑色狼人从树林中走了出来，卡西迪娜掷出的长枪狠狠地贯穿在它的肩膀上，鲜红的血液不停从狼人的伤口中向外流淌。

"能够掌握号令如此庞大的狼群的能力，相信你也是一个老狼人了，识相的话就退开吧。既然是影狼人，应该在遇到比自己强大的存在后就会逃跑的吧。"艾瑞丽欧将手中的巨弩对准眼前的这个黑色的狼人，口吻中带有些许威逼的色彩。

"我只不过不太明白你们这些低阶天使为什么会介入这种冲突里来？如你所说，我是一个影狼人，所以我不会贸然挑战任何实力在我之上的敌人。"黑色的狼人越走越近，艾瑞丽欧的将她的圣银巨弩直直对准在影狼人的眉心当中。

"既然像你这样老的影狼人都已经参与到这场纠纷当中来了，我们这些所谓的低阶天使也不过是来履行应尽的职责而已，如果你再靠近的话，我可就要对你发起攻击了。"艾瑞丽欧魄力惊人，威逼着一步一步向前靠近的狼人。

"我不过是想把这个还给你身旁的这位雪白的天使小姐。"狼人悠然地走到卡西迪娜面前，将插在自己肩头的长枪拔了出来。血光四溅的同时，狼人哀号了几声，把沾满着狼血的长枪递给了卡西迪娜。

"真幸运，两位天使小姐，你们现在能够并肩作战，假若从你们当中单拽出来任意一个，我想我就没有任何必要夹着尾巴离开了，那么后会有期。"影狼人表现出的温和显得有些诡异，移动着它巨大的身影消失在了树林之中。

此时在树林深处，森被一个巨大的血色狼人拦住了道路。

要务在身，不能与对手纠缠太久，森将长刀抽出，在观察眼前这个血色狼人的外形之后不禁心中一紧，对手是个血狼人。这种狼人永远都会和敌人战斗到底，至死方休，而且由于对于战斗从来不知疲倦，也毫无收敛，因此能够在无数次战斗中活下来的血狼人少之又少。眼前这个血狼人看起来绝对是身经百战，十分棘手。

血狼人的呼吸急促凶狠，不耐烦地看着森，双方有着相同的目的，都相当急切地想要快速解决这场战斗。

对峙片刻后，血狼人挥舞着巨大的利爪扫向森，尽管这一击来势汹汹，但对于森来讲血狼人的动作可谓充满破绽。森用一个巧妙的走位闪开了血狼人的进攻，之后以无比迅捷的手法一刀切中了血狼人满是破绽的腹部。

坚韧强硬的肌肉与厚皮为血狼人抵挡了大部分伤害，森的这一刀出手不轻，得到的实际效果却微乎其微。

血狼人低嚎着，试图用它的利爪擒住森。此时森在血狼人的爪子与胸口前的狭窄空间活动十分有限，好在血狼人过于鲁莽毫无技巧可言，森在面对血狼人的擒拿时显得游刃有余。

两次扑空之后，血狼人刚要发起第三次进攻，森的长刀就已经提前划出数条刀锋袭向了血狼人的胸口。森此次的攻击刀刀命中要害，无奈血狼人的厚皮实在过于坚硬，就算森已经将自己的剑术发挥到了极致，除了在血狼人的胸前留了一道不大的伤口外，完全没能够阻拦住血狼人那气势汹汹不顾一切的进攻。

此时血狼人强顶着森的进攻猛力将双爪以下坠的姿势砸向森，按照当下的情形来看，森所处的位置已经完全来不及躲闪了，只能勉强用她手中的长刀来招架血狼的攻击。由于血狼人的攻击力道十分强劲，森在招架住血狼人攻击之后，被巨力弹开飞出了数米之远。

硬生生地拦下了这异常强力的一击之后，手中的长刀开始崩裂解析，将损坏的长刀收回刀鞘，森把装备在她腰间的另一把长刀拔了出来继续应战。森的身上携有三把长刀，这使她能够在长刀被折断的情况下继续切刀进行战斗。

"我可没时间在这陪你玩挠痒痒游戏，识相点的话就让出条路给我吧，否则接下来对你的攻击可就不会像之前那样留情了。"森拔出的长刀闪耀着银色的光芒，充斥着一股神圣的气息。

"天使……你为什么要干涉我呢？"血狼人用爪子蹭了蹭自己被森切开的伤口，将沾满鲜血的爪子放到嘴旁伸出舌头舔了几口，眼神中吐露出兴奋张狂的红色。

"我只不过是在维系均衡的一部分，如果你还知道我是一个天使，你应该知道你如果继续与我战下去会凶多吉少的。"森的银色的长刀不停地发出耀眼的光芒，如示威一样低鸣。

"我确实知道你是天使，但在我眼里你依然是一个对手，对手就要被打败，而我会因此更加强大！"血狼人话罢，竟然俯身以四肢着地的姿态全速冲向森，在饱尝血液的快感后血狼人的行动更为迅捷残暴。森深知自己的长刀面对这种对手时在防御能力上有着致命的缺陷，便极力避免在交锋中使用长刀去抵挡血狼人的进攻，而是不停地依靠巧妙的走位对血狼人进行闪避，并试图抓住机会反击。

狼人的双爪坚硬无比，进攻的姿态虽然毫无章法但非常狂野粗暴，想要在规避开狼人攻击的情况下跨过狼人的双爪防御，将刀砍在狼人的身体上是件异常困难的事情。

尽管如此，森还是抓住了狼人一个较大的破绽，疾步从巨爪的间隙中闪入狼人的近身范围内，迅速抽刀对狼人进行了一次巧妙的还击，但由于出刀角度和预判并不理想，刀身在撤回收招时有了明显的破绽。

血狼人在挨了这不痛不痒的一刀后以数倍的巨力挥舞着利爪偿还给森。再次陷入困境的森一个后撤步将刀反向抽出勉强招架住了血狼人的攻击，虽然在自己所处的位置上有预备一个提前量并且已经尽可能地使刀的受力降低，但由于血狼人的力量有着完全压制性的优势，森在抵御这一击时还是被震飞了好远，银色的长刀也一同被击断折损在了地上。

这是第二把被折断的刀了，森将破损的长刀收回刀鞘，抽出配在她腰间的第三把长刀，继续应战。

"你比想象中要弱得多啊，如此脆弱的武器……毫无力量的攻击！……"血狼人没有急于发起下次进攻，而是与森攀谈了起来。

"在对抗你这种庞大的巨型敌人的情况下，我的武器确实没什么优势。"森拔出的第三把刀散发着血色的光芒，除了视觉上有所变化，并不能感觉出第三把刀与之前的两把有任何区别。

"如果你有什么保留的话，最好提前施展出来……照这样下去你可是连伤到我都做不到！"血狼人似乎已经认定眼前的天使已经无法与自己抗衡，开始有些放松警惕，对森叫嚣道。

这时一道银色的寒芒由树林中掠出，径直打在了血狼人的身上，而后数只银矢接踵而来，将血狼人打退在了身旁的一棵树上，并将它的身体洞穿在了树上。血狼人只感觉被银矢贯穿的伤口如被灼伤一样，完全使不上力气，艾瑞丽欧与卡西迪娜从树林中出现，以奇袭的方式限制住了这个巨大的血狼人。

"越是强大的魔物，在被圣银箭矢射中后就越是痛苦，如果你不挣扎的话，过不了多久圣银的毒性就会有所减弱，到时候你自然会从树上下来。"森将血色的长刀收回刀鞘，用她幽怨冷漠的眼神盯着血狼人说道。

卡西迪娜走近血狼人，将贯穿在血狼人身上的银色长枪拔了出来，甩了甩银枪上的血，将长枪佩回到了背上，抬头看了看血狼人，耸了耸肩膀。

"猎魔人的卑鄙手段……恐怕只有你们这些下阶天使才会使用！真是龌龊至极！这次的耻辱，我迟早会加倍奉还！"越是挣扎，圣银的毒性就越是灼伤着血狼人的全身。在血狼人的咒骂声中，三个白色的身影消失在了树林中。

"没想到这些狼人如此难缠，耽误了这么多时间，不知道那个小女孩儿现在会在哪里。"意识到时间被耽误了不少，森与她的部下加紧了脚步。

偏移

"失之毫厘。"

位于星盟都市的温泉旅馆门外，稻弦燕慢步从温泉旅店中走了出来，此时的自己浑身热气腾腾，神清气爽。尽管在享受温泉的期间被一群无礼的家伙扰乱了一些兴致，但总的来说现在自己的状态还是得到了相当大的舒缓。

简单整理了一下思绪，稻弦燕多少还是有些在意关于雷莉哥哥雷泽的死因。那夜的吸血鬼到底是何来历，整件事情的起因经过又是怎么回事，正在稻弦燕思索这些的同时，一个怀中抱着昏迷不醒小女孩儿，面无表情身材修长的黑衣女仆出现在了自己面前。

"你是星盟学院治安负责人，我认得你，现在我需要你的帮助。"将手中的孩子塞给了稻弦燕，女仆十三的语调没有任何停顿和起伏，和她一脸的面瘫相对应得完美无瑕。

"这是……"稻弦燕接过小女孩儿看了一眼，有些迷惑地对十三问道。眼前的这个小女孩儿看起来十岁左右，有着一头漂亮的黑色短发，长相甜美，身上沾满了泥土，显得有些凌乱。

"请把她交给黑月校长，这个任务非常重要，虽然我很确信还是由自己亲手交到黑月校长手中比较合适，但是我现在需要去救我家那个废柴傲慢的大小姐，所以这个任务就拜托你了。如果是像你这种职务的角色的话，一定能够完成的。"总算找到了值得托付的人，十三将怀中的小姑娘交给稻弦燕后扭头跑进了温泉旅馆外的树林之中。

看来是被硬性托付任务了，那个面无表情的女仆是黑月校长的手下么？稻弦燕抱着怀中的孩子稍微思索了一下，看来眼下能做的也只有带着孩子回到星盟学院，将其交给黑月校长处理了。事不宜迟，稻弦燕决定立刻返程回到星盟学院。

另一方面，森和她的两个部下也回到了星盟都市，尽管多次开启"线型世界"尝试寻找线索，但关于星盟都市的"线型世界"已经被黑月搅和得一团糟，完全没有办法从中查出任何有价值的信息。

这个城市当中充满了过多的神秘与未知，让一直试图观察与思考并掌控一切的森从心底开始对其感到厌恶。眼前的混沌不过是一个序幕，更大的阴谋正在从中酝酿着，每一个线索都在进入黑月的干涉范围后混浊不清。在没有辨识能力的情况下森步履艰难，她深知黑月的可怕以及事态的严重性，但却如深陷泥潭一样无法有所作为。

自始至终，森从来都不会考虑自己的感受与自身的利益，她是一个天谴猎手，维系均衡的存在，她站在太多的立场考虑太多的后果，有着太多顾忌以及太多的目的，如今这种混乱的处境给她带来的唯一不同是：自己似乎越来越关注关于自己的那条"线"了。

"我们下一步该怎么办？"艾瑞丽欧走到森的身后问道。

"现在我越是妄图干涉一切，就越是会被这些事物所影响同化，或许该是从自身出发考虑原因的时候了。"森踌躇了一会儿，对艾瑞丽欧回答道。

"您这是什么意思？"艾瑞丽欧显得有些诧异，一直古板沉着的森突然冒出这种言论着实让人感到有些意外。

"既然现在我们已经无法掌握整个世界的走向，也找不到所谓的平衡点来进行修复，那就只能先尝试让自己不被人掌控了。"森的语调有些无奈，用她幽怨深邃的双眼看着艾瑞丽欧。

"你是说要我们从自身出发来看待问题？这可是一直以来被看作是作为天使堕落的开端啊！身为天使之所以能维系均衡与协调，就是在于我们能够抛开自身去审视整个世界，你确定要这么做么？以自身来看待问题？"卡西迪娜如同冰山美人一样，她的声音动人柔美，话语充满对森的质疑。

"找不到平衡所在的我们本身已经堕落了，这么做只不过是改善了一个看待问题与解决问题的方法。说到堕落，最主要的问题是假如我现在的这个选择真的产生了堕落的效应，甚至万劫不复，你们两个又是否能及时地将我审判或制止?"森似乎已经做出了觉悟,话语间似乎在对两名部下暗示着什么。

"你确定要这么做么?"艾瑞丽欧充满不安地问道。

"也只能这样做了,现在的线型世界已经陷入混乱,只会把我们带入阴谋与误区,它已经不再是我们维系平衡的准则了。"森的视野在"线型世界"停留着,看着一条条凌乱不堪的线,眼下的选择已经非常明确了。

"那你还真是疯了。"卡西迪娜将自己银色的眉毛皱在了一起对森斥道。

自始至终,天谴猎手们一直都在奉行着维系线型世界的平衡,如今森想要背道而驰,听起来令人完全无法接受。

"所以我才想问你们,假如我真的堕落了,甚至万劫不复,到时候你们能够及时了断我么?"森问道。

"想都别想,谁会为你的那种亵渎平衡的行为收拾烂摊子!"卡西迪娜没好气地答道。

"果然……你们还是要那样么……"得到否定的回应,森却没有显现出任何失望,只露出了些无奈的表情。

"对,帮你收拾烂摊子的话是不可能的,不过既然你要堕落,那我们只能奉陪到底和你一起堕落了。"艾瑞丽欧那张贵妇人的脸上显现出了一抹微笑,以一个极度自然的语调说道。

此时的森虽然失去了方向,失去了她看待世界的平衡点,甚至失去了信仰与自己前进的目的,但此时她看着眼前自己的两个部下,心中却有一种久违的暖意扩散开来……

星盟都市的街道之中,稻弦燕从刚才开始就觉得气氛有所不对,显然是有什么东西一直在跟踪自己,而那个跟踪着自己的家伙的目的相当明确:就是现在怀中抱着的这个女孩子。

稻弦燕放慢脚步,努力感知着周围的一切。在大致确定对方的位置之后,稻弦燕瞬间施放出骇人的黑色气氛将整个街道全部覆盖,黑色的裂缝从半空中撕裂而出,狰狞地散布着令人恐惧发狂的绝望气息。一个身影被稻弦燕逼迫从阴影中现身出来,高大的身躯、银色的头发与血红的双眼。眼前这个人稻弦燕记得十分清楚,他就是杀死雷泽的吸血鬼。

"我们又见面了，你这个可恨的小姑娘，这次你不会又想用你那令人讨厌的黑色能力将我赶出这个领域吧？"夜怖的笑容张狂十足，肆无忌惮地散发着他强大的气场，意图是要对抗稻弦燕周身的黑色气息。

"我还没去找你，你倒自己送上门来了，我有很多问题需要找你解决，这次是不会轻易放跑你的！"稻弦燕见夜怖不停地维系着自己的气场，也不甘示弱地增强着周围黑色气氛的波动。两人还未开战，周围的气息就已经凶狠碰撞了起来。而在这方面稻弦燕显然更胜一筹，她所散发出那骇人至极的黑色气息简直将整个街口化为了人间炼狱，而相比之下，夜怖所散发出的魄力完全不值一提。

"你的这些黑色能力还真是够凶狠的啊，不过我已经吸取上次的教训了，任你再怎么施力，我只要把身边的领域维持住，你就别想再驱逐我。"虽然在气场上斗不过稻弦燕，夜怖却还是摆出一副无所谓的样子保持着他张狂的姿态。

"就别再担心我驱逐你的问题了，这次即便是你想逃也没那么容易的。"由于稻弦燕怀中抱着小女孩被局限了大部分的行动力，所以并没有急于出手向夜怖发起攻击，但这却对她施放黑暗气息没有丝毫的影响。黑色的恐惧气息蔓延在夜怖周围，就算是身为强大完备的吸血鬼，夜怖的胸口依然被稻弦燕的黑色气息压抑得难受至极。

"或许你可以将你手中的那个小女孩儿交给我，这样我们就可以免去一场不愉快的战斗。"夜怖被稻弦燕的气息压制得十分不自在，摆出了一副寻衅的姿态对稻弦燕说道。

"果然你的目的是这个小女孩儿么？"稻弦燕将怀中的孩子放在了身后的一个角落，向前一步。

"正是如此。不知为何，我大老远就能感知到这个小女孩儿的存在，而且她所散发出的诱惑力简直无法令人抗拒。"夜怖露出一脸的贪婪说道。

"那恐怕以你的话是不可能从我手中把她夺走了。"放下小女孩儿的同时，稻弦燕那黑色的气息怒不可遏地肆虐开来，让人窒息的压力冲击着夜怖的胸腔，夜怖勉强维持着自己的笑容，呼吸备感吃力。

夜幕与黑暗

"生于黑暗，沦于黑暗。"

　　胧耀和尹兰礼此时正在旅馆休息。这里的床铺松软轻柔，环境幽雅，对于连续风餐露宿好几天的两人来讲，能够有一个挡风遮雨的房间便是很棒的一件事了，何况现在所能享受的要远远超出这个范畴。

　　"如之前所感知到的一样，这里乱得可以，到处都是奇特的气息，异能者和魔物充斥各个角落，没想到会有这么多的不稳定因素集合在一起。反倒是这城市表面上看起来显得相当平静，这些徘徊在城市中的魔物单是猎杀都猎杀不完，更别说其中大部分甚至强于我。当务之急是调查清楚缘由，整理好思绪。"胧耀对尹兰礼说道，然后将一根绳子递到了尹兰礼的手中。

　　"帮我把它挂在房梁上。"对尹兰礼交代完，胧耀将枕头系在了绳子一头。

　　"你这是要干什么……"尹兰礼踏上桌子把绳子挂在了房梁上，绳子的另一头吊着枕头，在半空中晃晃荡荡。

　　"知道么，习武之人在发出声音的时候可以将自己的内功融入音波之中，加强自己发出的声音，甚至改变其作用。"胧耀摆弄着吊在房梁上的枕头对尹兰礼说道。

　　"你是指狮吼功、千里传音那种小说里才会有的东西么？"尹兰礼能够想到的也只有这些了。

　　"亏你还是个习武之人呢！竟然说狮吼功和千里传音是小说里才会有的！"胧耀被尹兰礼的话触碰到了笑点，笑着哼了一声，瞬间改变了两人对话的严肃气氛。

　　"我习武也只是学习自己家族的流派而已，尹兰家可没有类似于你所说的这样的武功，而且关于内功，我到现在也理解得不是很透彻，除了能够用气力强化自己的筋骨与意志，像是类似于把气力集中爆发或是凝聚在一点的技巧我都无法掌握，所以你跟我说这些我当然不会太懂了。"似乎感觉胧耀笑得有些莫名其妙，尹兰礼很认真地对胧耀解释道。

"怎么可能，以你的内功深度，将气集在一点应该是信手拈来。"面对尹兰礼的抱怨，胧耀表示完全不能理解。

"我也不明白，但只要我尝试把气息集中在一点的话，那些气力就会立马溃散，我也是因为这个才被家里人排斥的，毕竟作为一个武师无法学会自家最强的武功是件很差劲的事。"尹兰礼在说出这些话的同时，突然回想起了自己在武场蹂躏尹兰傲的一幕，不由得心情大好。

"不可能，那你现在尝试运气集中，我来感知一下试试。"胧耀将手放在了尹兰礼手腕处感知其脉搏以及气息的走向。尹兰礼深吸一口气，试图将全部气力集中起来，但就在这些气息即将聚向一起的瞬间便突然溃散开来，整个过程完全不可理喻。如同明明已经凑在一起的一个整体突然间变得支离破碎，而聚集的过程中却完全没有任何东西介入。

"这……这种情况我还是第一次遇见，完全没有任何征兆就突然间消失了！"如果胧耀还有眼睛的话，估计现在一定瞪得很圆，这不可思议的现象让她完全摸不着头脑。

"所以说嘛——先别在意这些了，话说你把枕头吊在这里干吗？"尹兰礼将话题再次转回到了吊着的枕头上。

"是这样的，比如说这个枕头，我在发出声音时将内功融入声波中，声波就会以一个波动的形式直线打出去，然后撞击在这个枕头上，之后这股气息会反弹回应给我，我便可以确认这个枕头的位置，从而判定我所处的环境。"胧耀对尹兰讲解道。如她所说，尽管失去了双眼，但胧耀在行动上却一直没有受到过任何障碍。

"而有了这样的一个对环境的基本认识，再配合我长时间锻炼出来的敏锐的感知能力，分辨气流的走向以及流动规律，就算我看不到任何东西，也能对周围的环境了如指掌。"胧耀说到这里，不由得顿了一下。

"之前一直困扰我的问题在于声音的速度有一定延迟，因为在我得到音波带来回应的时候，对方的位置通常都会已经开始有所变化了，而且在某些特殊的环境下我还会受其他噪声或障碍的影响导致判断误差，那是我失明后所需要顾忌的主要问题，不过现在我发现了新的问题。跟新的问题相比，我之前面临的这些小麻烦就显得不值一提了。"胧耀的眉头锁着，用感知力掂量着眼前的枕头。

　　"今天在温泉，有一个人一直藏匿着自己，无论是呼吸还是存在感，甚至是从她身边流动的气流，都让我无法感应到她的存在。"胧耀回想当时的情景，十分不甘心。

　　"这就是你当时问我温泉里有几个人的原因？"尹兰礼搜索了一下记忆，当时在温泉里，确实有一个一直沉默不语、存在感极低的小姑娘躲在角落静静地泡着温泉。

　　"对，而且到最后我也没能确定自己是否感觉到了她的存在，她简直就好像与整个环境融为一体了，完全没有改变自己所处位置气流的走向与声音的回路。才刚刚来到这里，便见识了如此不可思议的能力，真不知道这个都市到底有多少需要解开的谜团。"面对未知的谜团，胧耀的语气没有表现出一丝怯懦，反倒显得战意无穷，充满斗志。

　　"倒是接下来我们要如何行动呢？虽然这地方混乱不堪，但表面上可是相当的平静和谐，就算想要插足进到这摊浑水里也需要一定措施吧。"尹兰礼泼冷水般地将充满斗志的胧耀拖回现实。

　　"哈？这个还用问么？你应该比我清楚吧？"胧耀不仅没有回答尹兰礼，反倒将问题抛给了尹兰礼自己。

　　"我？我怎么可能比你清楚，你又是感知魔物啊，又是解开谜团的，我只不过是陪你来这里被你收留的流浪犬而已，我还能清楚什么？"尹兰礼完全不懂胧耀在说什么，似乎由于两人这几天的关系变得逐渐熟悉亲密，在交谈时也开始以拌嘴和轻微的争吵为主旋律了。

　　"好好想想啊，你的脑筋还真是死板，无意中透露了那样重要的情报，现在竟然敢像个没事人一样似的反问我了。你要是一直这样迟钝的话，以后咱们两人的探险中别说是眼了，估计命都得跟着丢。"胧耀对尹兰礼也一改了之前谨慎严肃的说话方式，带有些许调侃与争吵的语气回敬道。无论从哪方面来讲，双方似乎都很享受这个争吵的过程。

"哈？那你告诉我是哪个家伙不听劝告非要逞强去碰那个结界才丢的眼，你这是自己在给自己找坑绊么。"尹兰礼抓住胧耀的话茬进行着强有力的反击，出发点直逼胧耀当时因自负犯下的错误。

"好好好，不吵了，我认输。之前你在温泉时不是说过自己被星盟学院录取么？如果没猜错的话，在场的那几个人里除了那个嘴巴很厉害的女人外，其他几个都有着所谓的异能，她们应该全是因为这个原因才获得入学资格的。这点我也感知到了，在对话时那个嘴巴厉害的家伙也透露了不少。而你同样也有着入学资格，我认为你应该直接顺水推舟，去那所星盟学院就学。毕竟目前来讲，进入那所满是异能者的学院无疑是了解真相的最好方式了。"胧耀停止了与尹兰礼的吵闹，将自己的想法一并说出。

"其实也可能并不像她们说的，那几个被学院录入的人未必都是因为具备异能才获得的资格，因为我就没有任何异能，不也一样获得了录入通知么。"尹兰礼反驳道。

"你的思维方式还真是够偏执的，或者说是因为你的脑袋不够灵活转不过来弯儿？咱们现在能够知道的是有三个拥有异能的家伙都获得了录取资格，而你作为一个没有异能的人也获得了录取资格，按照常理思考，你会想到什么？"胧耀纠结了一下，打算帮尹兰礼理清思路。

"意味着她们三个不一定确实拥有异能啊，我已经说得很明确了。"尹兰礼顺着胧耀的问题回答道。

"不，三个有异能的人获得了资格，一个没异能的人也获得了资格，按照常理思考的话，不会去怀疑三个有异能的人是否没异能，而是会先怀疑那个所谓没异能的人有可能拥有异能，懂了么？"胧耀用着如绕口令一样的表达方式为尹兰礼解释道。

"你是说我也有异能？"突然意识到了问题所在，尹兰礼如梦初醒。

"你在泡温泉的时候就应该意识到这个问题了吧？"胧耀无奈地回应着尹兰礼。

"等等，外面的情况似乎不太对……"突然中止了发言，尹兰礼和胧耀似乎同时感到了一股说不出的压抑。

"虽然刚刚就多少能察觉到一点，但突然就变得猛烈了啊，这股压抑感……"胧耀将手腕上的念珠握在了手里，念珠在胧耀的手中开始逐渐发出亮光。

"这是什么情况……"尹兰礼开窗从窗口向外望去，外面的街口被黑暗的气息覆盖得严严实实，不断有黑色的裂缝从空中撕裂开来，形成一道道巨大的黑色逆流。

"我能感觉到那个方向有着打斗的迹象，你能看到什么？"似乎能感觉到尹兰礼看到了惊人的东西，胧耀问道。

"怎么说呢……街口似乎是被黑色的雾气包围着，但并不影响视线，看起来好像是先前温泉里的那个黑发女孩儿在和一个看起来好高的男人在战斗着，但再详细的就说不准了。毕竟是夜里，而且他们打起来的地方从这里望去也显得角度有限。问题在于这股骇人的恐惧感到底是怎么回事……"尹兰礼感觉十分压抑，却又说不出具体的原因。

"既然如此，咱们过去掺和一脚，帮帮那个女孩儿吧，毕竟一面之缘。"胧耀话罢，跃上了尹兰礼面前的窗户。

"这么轻易就决定去插手管闲事了么？"眼看胧耀要从窗户往外跳，尹兰礼追问道。

"不，实际上是因为我感应到了那个女孩儿的对手是个魔物！"只要一提到魔物，胧耀就显得亢奋了起来，手中的念珠也开始红得发亮。话声未落，胧耀人已经跳出了窗外。

"还真是不管不顾的性格啊！"对胧耀的鲁莽行为再次进行了感慨，尹兰礼也只好跟着从窗户中跳了出去。

前方发生战斗的街口简直如同地狱一般，黑色的气息遍布着每一个角落，散发着无尽的恐惧。尽管心里有所排斥，尹兰礼还是硬着头皮随胧耀冲了上去……

此时夜怖感觉非常力不从心，没有了血泉的帮助，再加上之前与雷泽战斗时元气大伤，更让他预料不到的是稻弦燕散发出的黑色气息竟然如此凶猛，压制着自己连招架攻击都显得艰难无比。若不是因为稻弦燕在肉搏能力上有着很大的缺陷，夜怖现在恐怕已经被打翻在地上了。

经过几回合的交手，双方实力也基本显现了出来。事实上论速度，夜怖更胜一筹；论战斗经验与出手技巧，夜怖更是高过稻弦燕不止一个档次。

尽管如此，从稻弦燕周身散发出的这股黑色气息却压抑得夜怖完全无法发挥出他的肉搏能力，甚至就连行动都无比艰难，如同深陷泥泞。

这时又一个战力杀入了夜怖与稻弦燕的对抗中，起初胧耀本打算直接杀进去出其不意地将夜怖这个魔物的要害粉碎，可在接近黑色气息中心后，胧耀才发现自己能够在这恐怖的气氛中维持住清醒和自我就已经谢天谢地了。

即便如此，胧耀还是尽可能克服着周边环绕的黑色气息为自己带来的不适，全力打出一个飞踢踹在了来不及防备的夜怖身上。夜怖被这突如其来的一击踹了个踉跄，他的巨爪在黑暗气氛的笼罩下完全施展不开，连正常状态下两成的水平都发挥不出来。

只感觉自己内心的怒火全部憋在了胸口被这些恼人的气息压抑得无处发泄，夜怖无论如何也无法释放出自己的力量。

稻弦燕散发出这不分敌我的黑色气息无差别地肆虐着每个在场人员的身心。整个区域的气氛骇人无比，绝望的哀号无声无息地渗入脑中，折磨着一切，恐惧如此真实地蔓延在街口四周。

原本就已经开始坚持不住的夜怖见中途又杀出来一个对手，识时务地试图撤离。虽然想要在临走前撂下几句狠话，但自己被黑色的气氛压抑得甚至连讲话的余地都没有。好在在逃跑方面夜怖还是相当得心应手的，似乎把握好了提前量，在稻弦燕追击自己的瞬间，夜怖顶着黑色气息强烈的压抑变身雾化，抵消了稻弦燕的攻击，之后顺势疾步消失在了阴影中。刚想要再次追击，稻弦燕突然意识到了更为严重的问题，迅速将黑暗气息收回，发现刚刚自己放在角落中的小女孩儿已经不见了。

由于被黑色气息压制得死死的，胧耀在吸血鬼逃跑时完全帮不上半点忙，现在周围的气氛有所改善，她才能勉强顺过来呼吸的频率。

"逃得好快……已经追踪不到他的气息了……"胧耀说话时的呼吸很急促，刚才稻弦燕制造出的黑色气氛让她一时半会儿很难缓过劲儿来。

"……"由于太过专注于释放黑色的气息来压制吸血鬼，稻弦燕在与夜怖打斗的同时竟然忽略了被自己放在一旁的小姑娘，这可真是个重大的失策，想不出什么好的办法，稻弦燕只能静静地站在原地，既懊恼又不知所措。

这时尹兰礼才刚刚赶到，之前稻弦燕所散发出的浓重黑色气氛让尹兰礼寸步难行，现在状况总算有所缓解，但从稻弦燕和胧耀两人的表情上来看，似乎形势却还是不容乐观。

"话说这些骇人的气息是怎么回事？那是你制造出来的？"胧耀可以说是被这些气息折腾得够呛，对站在一旁的稻弦燕问道。

"真抱歉，我现在有急事需要离开，多谢你刚才出手相助。"稻弦燕并没有回答胧耀，而是迅速地离开了街头。

"啊……是去追那个魔物了么……走得可真急啊。"意识到即便自己跟过去也起不到什么帮助，胧耀只能在原地念叨了几句。刚刚那股黑色的压抑感已经逐渐消退，胧耀只感觉能够维持现在这种呼吸通畅的感觉真好。

"承蒙你的勇猛，现在咱们要再洗一次澡了。"尹兰礼跟胧耀光着脚就从房间内跳了出来，再加上刚才些许的打斗和被如此强烈的压抑感干扰，两人一身冷汗，四肢酸痛。

"也好啊，洗完之后顺便再去泡泡温泉吧。"胧耀活动了一下关节，光着脚走向旅馆正门。

"你对那温泉还真是念念不忘啊……"面对胧耀如此洒脱的举止，尹兰礼对其说道。

"对啊，如果这次温泉里还有什么我感知不到的奇特家伙，记得告诉我哦。"有些调侃地对尹兰礼说道，胧耀显然对之前在温泉发生的那件事还有着些许的顾忌。

失算

"你能预见的，便是发生的。"

　　星盟学院内部，森带着艾瑞丽欧和卡西迪娜再次回到了黑月那如宫殿一般的办公室。

　　黑月舒适地躺在房间尽头的沙发上，用纤细的指尖玩弄着自己秀美的银色发梢，看起来她已经在此静候多时了。

　　"真是令我意外，可爱的、全能的天谴猎手大人们竟然空着手回来了，看来以后我要在计划事件时加上一个备注了：不要让天谴猎手们护送小女孩儿，因为她们办不到。"黑月见森等人没能顺利带回任务目标，无不辛辣地用充满娇态的口吻对森嘲讽道。

　　"那已经不重要了，我来这里有其他的目的。"森冷冷地回应黑月，她的表情已经恢复了如初次与黑月见面的状态，冰冷死寂，毫无情感。

　　"那就只能是关于你们要与我背道而驰的可能了，怎么样？我的天使大人们？走向平衡的线已经逐步向我靠拢，于是为了对抗我，你们不惜准备脱离你们信仰的平衡么？"黑月似乎猜到了森的决定，一脸喜悦地问道，现出对森的这一举动而感到了十足的喜悦。

　　"恐怕就是这个样子，你处心积虑地扭曲了线的走向，但这不代表一切因素都会受你掌控，至少我是不会被你利用的。既然信仰已经失衡，那么我如果继续走下去的话只能身处泥泞，越陷越深，现在我要依靠自己的方式解开问题所在，恢复整个平衡。"森的语气冷淡且坚决，用她幽怨死寂的双眼看着一脸娇态的黑月。

　　"你要明白，平衡现在之所以掌握在我的手里，并不是因为什么阴谋，而是因为我顺应了所谓平衡的走向与其融为一体，而你则是过于想要支配与干涉一切，致使你与你固执的行为一同扭曲了自己。至于你现在所做的决定，甚至可以理解为一种偏激的自暴自弃，不过折中地来想，这样做对你而言似乎确实是个不错的中和方式。比起刚才你空手而归给我小小的意外，我倒是觉得你能够选择现在的这条道路更加令我惊讶一些。"黑月笑盈盈地对森说道，起身走到了森的面前。

"那么，你现在决定如何处置我这个罪魁祸首呢？"用白皙透嫩的双臂轻柔地环在了森的脖子上，黑月将她那美轮美奂的脸靠近森的面颊，就好像逼迫着森做出行动一样。

这时办公室的门突然被人推开，稻弦燕有些匆忙地走了进来，打破了黑月与森的对峙。

"黑月大人……"见到办公室还有其他人在，稻弦燕欲言又止，站到了森的身旁。而当森见到稻弦燕时，不由得将眼神定格在了她身上，露出一种难以形容的神情。

"怎么了？稻弦燕，有什么事情就直接说吧，这三位大人并不算外人。"黑月没有顾忌什么，对稻弦燕吩咐道。

"十分抱歉，我刚才在外面遇到了自称是您手下的人，她交付给我了一个瘦弱的小姑娘让我务必将她护送到您这里，但途中由于我个人的疏忽把那个女孩儿给弄丢了。"稻弦燕在交代事情时满脸的不自在，将头压得很低，语气中也饱含着浓重的悔意。

"啊，将那个小女孩儿带到我这里来是件如此困难的事情么？竟然连你都被牵扯进来了却还是没能把人给我带到，要知道那个小女孩儿对我来讲可是很重要的，这下托你们的福，我需要处理的问题可就一下子变多了。"黑月用她充满娇气与调侃的语气训斥着稻弦燕，脸上显现出了若有若无的困扰之情。

这时黑月办公室的大门再次被推开，拖着疲惫的身体，头发乱糟糟、满身尘土的红叶凛跟黑衣女仆十三一脸狼狈地走进了黑月的办公室。

"呃……那个女孩儿呢？"红叶凛瞪大眼珠仔细环顾了办公室内几圈后，并没有发现小女孩的身影，便开口问道。

"这个应该是我要问你的吧？为什么你会先问起我呢……我最得力的两个手下加上三个天谴猎手的帮助，竟然还是把人丢得这么彻底。

算了，那么天谴猎手大人们，既然你们准备与你们的信仰背道而驰，我也就不强留你们了，等我腾出时间后自然会好好招待你们的。现在我要处理一下家务，不介意的话还请给我让出一点私人空间好么？"黑月对森微笑着说道。就算意外缠身，黑月依然自始至终都保持着她固有的娇态与有些做作的温柔。

"那么后会有期，黑月大人，对这次意外我表示非常遗憾。"森将肩上的披风抖开，转身带领两名手下离开了黑月的办公室，而直到临走前森那幽怨的目光都始终定格在稻弦燕的身上。此时的稻弦燕由于搞砸了任务，一直满心悔意低着头，完全没有感觉到森的视线。

"那么，那个小女孩是怎么弄丢的呢？"目送森与她的部下离开之后，黑月用她充满娇态的语气对稻弦燕问道。

"我在接手她之后遭到了一个吸血鬼的袭击，在打斗中由于我的疏忽把那个小女孩儿给弄丢了。"稻弦燕回答着黑月，一脸的遗憾与歉意。

"也就是说现在那个女孩儿落到了一个吸血鬼手里咯？"黑月大致梳理了一下事情的结果，轻轻地叹了一口气。

"要知道那个女孩儿可是我计划实施中最为重要的一环啊，竟然就这么简单地被破坏掉了。这下不要说是如何实施下一步了，就连之前的很多准备都一并被废掉了。"黑月耸了耸肩，娇态的脸上流露出了几丝倦意。

"黑月大人，我这就带人去把那个女孩儿找出来，我是不会让您的计划轻易失败的！"红叶凛忍不住了，插话进来，试图将功赎罪。

"算了，焉知非福呢，要是我非要让所有的事态都得按照布置好的计划那样进行，不容得一丝的偏差与意外的话，与那些笨蛋天使可就没什么区别了。你啊，还是先回去打理一下你那脏兮兮的衣服和乱糟糟的头发吧，今天的事情就到此为止吧。"用着充满安慰的温柔与娇态口吻，黑月阻止了红叶凛的行动，示意对话结束。

线的波动

"效应本身，便是意外与偶然的最大化体现。"

尹兰礼和胧耀在冲洗身体过后再次来到了温泉，恰巧又遇到了白天在温泉见到的雷莉等人，看来并不只是胧耀一人对这温泉情有独钟。

"哟，这不是白天的武师小姐么，看来你们也对这个温泉情有独钟啊。"天幽一眼便认出了尹兰礼，对尹兰礼打着招呼。

"刚刚进门时就发现你们也在了，真是蛮巧的。"尹兰礼回应天幽的同时，将目光锁定在了天幽的脸上，发现天幽和自己的长相不仅形似，就连神态也都有着异曲同工之处。

"也不能算巧啦……要不是我家老大跟那个大胸白痴喝多了吵着要来泡温泉，估计现在我们已经睡了。"扭头看了看醉醺醺地泡在温泉里的穗红跟雷莉，天幽带有些许不爽地抱怨道。

"……尹兰，现在温泉里有几个人？"胧耀轻声询问尹兰礼，试图判别温泉里的人数。

"六个！……别告诉我你还是没能察觉到那个小姑娘……"尹兰礼低声回应着胧耀。胧耀听到尹兰礼的回应后，把嘴一咧，显得十分无奈，看样子她还是没能感知到千花的存在。

"……你旁边的这个朋友的眼睛是看不到的么？"天幽观察了一下戴着眼罩的胧耀问道。

"对，不过如你见到的，她基本上是不受这个影响的，因为可以通过感知力来了解周围的环境。"尹兰礼看了看泡在角落里的千花，叹了口气。

"所以说你一直感觉不到千花的存在对吧？"天幽似乎听到了刚才尹兰礼与胧耀低声的交谈，保持着一贯刨根问底儿直截了当的说话方式对胧耀问道。

"……正是如此。"胧耀被天幽突如其来的问题问得一愣，只感觉这个女人的嘴巴既凌厉又口无遮拦，气场也强得迫人心弦。

"这个你不用在意啦，其实大部分时间就连我们也是察觉不到千花在哪里的，哈哈哈。"穗红突然从身后一把搂住了天幽，满身酒气地摆着一脸开心的醉态说道。

"喂喂你干吗啊……不要随便胡说啊。"背部突然被两坨软绵绵的双峰顶住，天幽的脸立刻红了起来。

"我哪有随便胡说啊，明明平时就很难注意到千花嘛！老大！你说对吧?!"穗红现在的状态是很典型的喝高了，满脸醉意地询问泡在一旁的雷莉。

"……"雷莉坐在温泉里，头部上仰着，似乎早就已经进入了睡眠。

"真是不负责任啊，竟然睡着了！你给我起来啊！"喝多了的穗红酒劲儿正浓，竟然走到了雷莉面前举起拳头对着雷莉的后脑勺敲了过去，但是反复敲打了几下，雷莉却还是没任何反应，保持着原有的姿势继续睡着。穗红见状无可奈何地往雷莉身边一坐，抱着雷莉一同睡了过去。

"下次她们要是再敢喝这么多我就把她们都丢到海里去……"天幽看着这两个不省人事的家伙，悻悻地说道。

"听起来你们感情不错呢。"胧耀虽然看不到，但通过耳朵与感知也能对当下的情况有个大致的了解。

"啊，其实本来是敌对关系的，不过不打不相识，后来久而久之地就成为一伙儿的了，你们俩呢？一位武师小姐，另一个，那……你是僧人么？"天幽看着胧耀手腕上与脖子上的念珠问道。

"是的，我和这位武师小姐也是前几天才认识的，结伴而行来到这里。"胧耀脖子上的念珠的型号很大，垂在她傲人的胸部上，天幽将视线锁定在胧耀的胸部上停留了一会儿，感到十分不爽。

"那为什么你头上有头发?"天幽一脸疑惑地问道。

"没有头发的那是尼姑吧？我是武僧啊，武僧，或者是苦行僧！跟和尚啊、尼姑啊那些职业是有本质区别的！"胧耀再次被触及了敏感的话题，极力解释道。

"一般提起僧人什么的，不都会第一时间想起来光头么，你这样可是连一点僧人的样子也没有啊，我说得对吧？武师小姐，你认为呢？"天幽据理力争，试图争取尹兰礼的认同。

"其实我当时也是这么认为的……"尽管有些对不起胧耀，但尹兰礼还是说出了当时的真实感受。

"天哪……你们就不能讨论一些更有意义的事了么……"胧耀无奈地叹道。

与此同时，蝮蛇会的本部的地下室内，夜怖恶狠狠地坐在沙发上，用他血红色的瞳孔看着眼前的这个瘦弱的小姑娘，紫怨和黑牙则在站一旁静候着，不敢轻易言语。

"不过你们办事儿倒是挺麻利的，竟然趁乱把这个小女孩儿给掳了过来，这下可省了我不少事儿。"夜怖稍许称赞了一下紫怨和黑牙，将注意力再次转移到小女孩儿身上。

"你有名字么？"将目光盯锁定在小女孩儿身上的同时，夜怖血色的瞳孔逐渐地开始放大了起来。从小女孩儿身体与灵魂中散发出一股特殊的气息，让夜怖不由得想立即杀死眼前这个女孩儿，吮食她的血液。

"我叫环……"小女孩儿满脸恐惧地看着夜怖，颤抖地回答道。

"那么，环，你浑身上下都弥漫着诱惑我杀死你的气息……"夜怖锋利的巨爪好像随时都准备撕裂环脆弱的身体一样，满脸欲望地盯着她。

"不过越是具有诱惑性的东西越是危险，像你这种程度的小女孩儿，以如此弱小的身体活到现在，从理论上来讲根本就不可能，所以我也不会傻到轻易杀死你的。"夜怖摸了摸环的脸，克制着自己的欲望。

"给她洗个澡喂点吃的，尽管有可能是个危险的家伙，但就现在来看，这个小姑娘的身体已经虚弱到一定地步了。"夜怖吩咐黑牙将环带走后，此时地下室内只剩下了紫怨和夜怖两人。

"能够遇到这么多的异能者可真是有意思啊，即便是在亘古时期，异能者也是屈指可数的，像今天那个用黑色气息战斗的女孩儿那样强大的，更是凤毛麟角。"回想一下刚刚与稻弦燕的战斗，夜怖不由得感叹道。

"无所谓对手怎样，总之我会一直追随您的，夜怖大人。"紫怨对夜怖的眼神中饱含爱意，语气涵盖着一股痴迷。在紫怨眼里，夜怖强大、不羁、狂放，且具有一种令她如痴如醉的邪恶气质。

"女人，这么做对你来说毫无益处，要知道我是不会为你那可笑的组织提供任何多余的帮助的，而且以目前这个城市的状况，你那苦心经营的黑帮，迟早会被这些异能者挤压得荡然无存。"似乎在拒绝紫怨的示爱，夜怖的话直击问题所在。

"我已经很清楚蝮蛇会现在的处境了，这几年我在蝮蛇会上耗费的心血确实会让我舍不得这个地方，但现在我已经有充分的理由放弃它了。我的大人，无论你是否愿意帮助我，我都愿意誓死追随在你身边。"紫怨的身体成熟性感，紧身的皮衣包裹着她凹凸有致的身材，艳美的五官吐露出一股浓烈的爱意，缓慢地移动身体靠近夜怖，紫怨将脸贴近，眼神充满渴望地看着夜怖。

"知道么，像我这样的一个近似于拥有无限寿命的吸血鬼，假若有了人类那短暂炽热的激情，那么岁月一定会将我折磨得遍体鳞伤，直到我的心智被完全摧毁，变成一个疯子。而你在人类中也只不过是个年轻的女性，应该尝试找一个和你同类的伴侣，有些东西勉强不来的，比如说种族之间的差距。"夜怖用他锋利的爪子托起了紫怨的下巴，以一个长者的口气对紫怨说道。

"确实，有的东西是勉强不来的，比如我对你的感情！"面对夜怖的劝导，紫怨不管不顾，硬是将自己圆润性感的嘴唇对着夜怖吻了下去……

夜路

"大小姐是怎样炼成的。"

星盟学院内，稻弦燕在宿舍门口静候着，不一会儿，身穿华丽长裙，梳洗完毕的红叶凛便调整好了自己的穿戴，带着女仆十三从大门中走了出来。

"走吧，让我们把那个小女孩儿找回来！我红叶凛才不会容忍黑月大人的计划坏在我手里！"红叶凛的语气霸道凌厉，充满一股大小姐的气势。

"我们要从哪里开始调查？"尽管黑月已经吩咐稻弦燕不必再追究小女孩儿的事情，但由于对自己的失误抱有很大的悔意，稻弦燕还是决定弥补自己的过错，听从红叶凛的建议，一同寻找被自己弄丢的小女孩儿。

"要知道本大小姐可是无所不能的，刚刚我已经通知手下的人去打探消息了，咱们现在要做的就是悄悄地走夜路出去不被黑月大人发现，然后与我的线人会合。"红叶凛仔细观察自己华丽的裙子有没有瑕疵的同时，用漫不经心的口吻回应着稻弦燕。

"那么请赶快出发吧，大小姐，靠走的话，到线人那里需要半个多小时的样子。"十三催促道，顺便扯下了红叶凛裙摆上一丝细小的分叉线头。

"不要着急啦，那群家伙又不是神仙，没个一时半会儿是不可能把情报收集得那么齐全的，咱们慢悠悠地走到那里的时候能够得到情报就已经谢天谢地了。"红叶凛端详完毕自己的裙子后，似乎接近满意，迈开大步开始前行。

"你也是受黑月大人恩惠才成为她的下属的么？"红叶凛似乎觉得单是赶路过于乏味，顺便开始与稻弦燕攀谈了起来。

"是的，黑月大人在关键的时候曾经救下了我的性命，并收留了我。"稻弦燕至今也忘不了自己被追杀的场面，尽管到现在她也不知道当时一心要置自己于死地的那个人到底是谁，甚至没有一丝印象。

"说来话长，我也是被黑月大人救了呢。对了，话说你有特殊能力的吧？是什么能力呢？"红叶凛对稻弦燕问道。一旁的黑衣女仆十三沉默不语，面无表情地跟在红叶凛后面。

"一种能把黑暗实体化的能力吧，我也说不好，总之简单来讲就是对人造成压迫感与恐惧感。"稻弦燕本身也不太清楚自己的能力具体能达到什么效果，只能尝试解释个差不多。

"有使用次数或者程度上的限制么？"红叶凛听得很认真，对稻弦燕的提问也相当专业。

"不，只要我想的话，就可以一直维持能力的释放，但是如果太久的话可能会导致失控。"稻弦燕尝试精准地回答红叶凛的问题。

"哈，这样看来你的能力还真是好用啊，虽然没能感受到具体是个什么概念，不过大概其也能知道个差不多了。"在简单通过稻弦燕的介绍进行了解后，红叶凛觉得稻弦燕的能力一定不会只是普普通通的程度。

"那么你呢，你也有特殊的能力么？"稻弦燕对红叶凛问道。

"这个可就说来话长了，还涉及一个又臭又长的故事啊。"红叶凛皱了皱眉，似乎有点懒得讲。

"反正还需要走很多路，不介意的话就说来听听吧。"稻弦燕对此颇感兴趣，对红叶凛劝道。

"啊，那我可就说了哦。"红叶凛叹了口气，准备讲述她那所谓又臭又长的故事。

"在我很小的时候我就发现自己可以开启一种间隙裂缝，原理大概就和空间转换有些相同吧。我总是能开启一个通往任意地点与之相连接的裂缝，那个裂缝维持的时间不久，每次开启的裂缝都是随机连接世界某个角落的。这非常有趣，因为我每次使用这个能力时，都会产生不同的结果。"红叶凛回忆起当初的时光，似乎充满了怀念。

"你是说每次你使用能力，都会随机地打开一道连接这世界某个角落的裂缝，但你自己也不能预判每一次打开的裂缝通往哪里?"稻弦燕完全听不出来这个能力的用处。

"对啊，我把这个裂缝称为间隙，间隙对面的一切对于我来讲都是不可预知的，直到后来我开启了一个连接着火山中心的间隙……"说到这里，红叶凛显得有些不自在，高贵精致的脸上显出了几许忧愁。

"要知道我并没有能力将这个间隙强行关闭，只能由它自然闭合。有时候间隙会存在短短数秒，有时甚至会长达数十秒，而那次从间隙中不停涌出来的岩浆持续了接近一分钟，差点儿毁了我的家。不过与其说是差点儿，不如说当时的情形跟被完全毁了也没多大区别了。"红叶凛说到这里时显得有些无奈，将眉毛皱了皱。

"想要继续听下去就不许打断我。"见稻弦燕想要开口提问，红叶凛提前发出警告道，让稻弦燕把已经到了嘴边儿的话又咽了回去。

"从那之后我吸取了教训，意识到了这个能力的危险性，假若这随机开启的间隙通连接的是更为危险的地方，恐怕我就不单单是被毁了屋子那么简单了。这个能力就像一个潘多拉的盒子，你永远不知道里面隐藏着什么，它总是诱惑着我去使用它，于是我做了一个权宜的决定，以后使用能力都只会在无人的开阔场地，这样一来满足了我对开启间隙的渴望，二来则保证了假如我连接到了危险的间隙，自己能够全身而退。"红叶凛说到一半儿，停顿了一下，用她凌厉傲气的双眼环顾了一下四周，之后再次准备开口讲话。

"就这样我每天花上一段时间开启各式各样的间隙，通往雪山的，通往森林的，有一次我甚至在一个辽阔的野地开启了一道通往大海深处的间隙，仅是短短数秒海水就淹没了我的鞋子，还好那次间隙持续的时间不算长。"红叶凛兴致勃勃地聊着自己当年的事情，很快便沉浸在了回忆当中。

"直到有一天我感觉自己已经不再满足于只打开一条小的间隙了，因为我发现当我打开的间隙越大，那么这个间隙通往的地方就越远。那天我一定是疯了才会那么做的……我用尽了全身的能力，打开了一个我能够做到的最大的间隙。我只感觉那是我能力的极致体现，这个间隙连接在了不知道是怎样的一个空间，还没等我做出反应，一股能量就从间隙中爆发了出来，我的身体瞬间就被这股能量打碎在了地上，当时我甚至可以清楚地看到自己的手臂被一道磁能冲击在我眼前撕裂散落，下一秒我就两眼一黑死在了间隙前方。"红叶凛绘声绘色地讲述着自己悲惨的过去。稻弦燕听到这里，已经开始有些无法理解红叶凛所说的故事了，因为现在的红叶凛皮肤光滑柔嫩，一丝受伤的痕迹也没有。

"别着急，接下来才是我要讲的重点环节。"见稻弦燕一脸的惊愕，红叶凛继续说道：

"当我再次醒来时，发现自己身处在一个纯白色的房间，我当时还以为那是天堂，因为我从来都没有见过站在我眼前那么美丽的两个女人，而且她们看起来几乎没有什么区别，就好像两个天使一样。那是我第一次见到黑月校长和她的妹妹白月，之后发生的事情你大概能想到了，是她们救了我。据说天底下只有白月大人的医术能够将一个四分五裂的濒死倒霉鬼的性命从地狱里拉回来，反正我是深信不疑。"红叶凛荡气回肠地说完了她的故事，让稻弦燕开始有了共鸣，因为自己也是被白月所救，深知白月的手法惊人。

"不过说到现在其实关于我的能力方面还是没说到点子上，在我被黑月大人和白月大人救了以后，我开始意识到了一个可怕的问题，那就是在我痊愈后再次尝试开启间隙时，发现自己只能够打开通往那不规则炸裂能量的间隙了，尽管当时只是开启了一点点儿，但是里面迸发出的脉冲还是将我震晕了整整两天。之后我甚至连打开间隙的胆子都没了，因为每次只要尝试开启间隙，我都会被间隙另一头那紊乱的能量重伤。而黑月大人则为我想出了一个绝佳方法解决这个问题，她找到了一个能够将时间相对静止的家伙，这个家伙的能力神奇之处就在于，她能够在静止一个区域的时间后，解放被静止范围内的个体，这就构成了我们能够相辅相成的一个重要条件。"红叶凛说到这里，没好气地瞥了一旁的黑衣女仆十三一眼，而十三则表情死板木讷不甘示弱地将眼神回给红叶凛，让红叶凛十分不爽。

"在她把时间静止并解放我之后，我将开启一道间隙，虽然间隙是我开启的，但由于它不属于我身体的一部分，所以间隙的能量会在到达时间被静止的区域的同时一同被静止。而这时由于我是被解放的，只需要撤离间隙炸裂的范围后让十三将时间的流动恢复，就可以制造一场完美的精准的爆炸。不需要预判，不需要火药，不需要引爆时间，我开启的间隙可以随时随地引发一场强烈的爆炸，这就是我现在的能力。尽管它只能配合时间静止才能施展出来，但你要知道这种炸裂就如我说的那样，它不光包含普通的爆炸，而且充斥着各式各样的能量，磁场的波动，脉能的冲击，因为那个空间有着太多的不稳定因素，所以谁也想象不到我的能量到底会有多么恐怖。这种释放感让人无法自拔，而我也很愿意将用这份能力为黑月大人献出自己的力量。"红叶凛说完，又一次将目光放在了十三身上，似乎还是对之前将自己独自抛在树林里的行为怀有巨大的怨气，红叶凛没好气地将眼神对着十三瞥过来、瞥过去地发泄着。

"这些经历听起来真够惨痛的。"想到刚刚描述被间隙炸得四分五裂的那段，稻弦燕觉得红叶凛现在能够如此精神地站在这里真是十分难得。

"相信你的经历也好不到哪里去，不过看你也不想讲，我也不强求，总之现在你我都是黑月大人的手下，我实在想象不出来有什么能比为这样一个完美的大人效力更为令我愉悦的事情了，所以我现在非常满足。相信你也对黑月大人抱有和我一样的感情，所以无论有怎样不堪回首的过去，你和我现在都应该感到相当知足了不是么？"红叶凛的言语中无不吐露出对黑月的喜爱，这一点完全能够引起稻弦燕的共鸣。黑月身上散发出的那种高贵又不拘一格的迷人气质确实令所有人都向往，并对其产生一种想要追随的感情。

"嗯，那就让我们尽快弥补给黑月大人造成的麻烦吧。"稻弦燕被激活干劲儿，加快了前进的脚步。

胡萝卜

"怎么会有人喜欢吃这种红色怪东西？"

　　蝮蛇会的内部，紫怨靠在夜怖的怀里睡得正酣，在确认紫怨已经睡熟后，夜怖轻轻地将紫怨的脸从自己的胸前移开。刚才面对紫怨浓重的爱意，夜怖不得不使用了一些低级的催眠秘法迫使紫怨进入了梦乡，尽管夜怖并不擅长施展和摆弄这些技巧，但由于紫怨的意志对夜怖过于服从，致使催眠过程进展得十分顺利，连夜怖都不敢相信自己能够这么轻易地将一个成年人类引导进入了睡眠状态。

　　回想着刚才紫怨渴望自己的眼神，夜怖似乎被触动了什么，但很快又警醒了回来。对于已经活了如此之久的夜怖而言，紫怨对他的爱只不过是一个执着人类女性的激进感情而已。这种情感既荒谬，又可笑。

　　起身来到门外，夜怖有些在意环的状况，走出地下室开始寻找环，因为蝮蛇会的成员普遍还没见过自己，夜怖尽量使自己在不去惊动别人的情况下行动。很快，夜怖便顺着小女孩儿留下的些许气味儿来到了蝮蛇会的厨房。

　　厨房中央，一个胖胖的厨师正在为环料理着食物，而环则坐在一旁的桌子上，狼吞虎咽开心地吃着已经准备好的各种美味儿，似乎已经和胖厨师打成了一片。

　　"美味儿的蔬菜汤马上就做好咯，里面放了胡萝卜等各种蔬菜，还有超级美味的牛肉粒！小环你一定会喜欢的！"如同亲切的叔叔一样，胖厨师似乎在对待孩子方面十分有一套，乐呵呵地在为小环准备着食物，全然没有察觉到一旁的夜怖。

　　"不，我不喜欢吃胡萝卜！才不要吃胡萝卜，大叔你自己吃好了！"环一听到胡萝卜就开始露出一脸的不乐意，但可以明显看出环不过是在跟眼前这个可爱的胖大叔撒娇耍性子而已。

"不不不，胡萝卜是必须要吃的，大叔我做的胡萝卜，保证好吃得不得了！让小环一下子就喜欢吃胡萝卜！乖孩子是不会挑食的！小环要当一个乖孩子，对不对啊？"胖厨师和颜悦色地对环说道，把环哄得十分开心。

夜怖在一旁看着两人快乐美好的画面，决定要上前打破这个气氛，毕竟手头还有问题需要那个小女孩儿解决，不能在这个地方浪费太多时间。

胖厨师被突如其来的夜怖吓了一跳，高大强壮的夜怖浑身邪气凛然，红色瞳孔与露在外面的犬牙让夜怖即便是面无表情也显得狰狞无比。

胖厨师第一时间将环保护在了身后，下意识地提起了一把厨刀颤抖地指着夜怖，毕竟夜怖的外形让人一看就知道来者不善。

"环……这……这是吸血鬼……我听人说过……他们专喝小女孩儿的血，你快跑……我拦着他……"胖厨师被吓得连话都说不清楚，他让环从后门逃走，自己则手持厨刀浑身颤抖地站在夜怖的面前。

"你……你……不能过去……我是……不会让你这怪物伤害小环的！"胖厨师的声音已经颤抖了。夜怖完全没有对眼前这个胖厨师施加任何压力，但胖厨师面对狰狞骇人的夜怖，自己已经开始逐渐崩溃。

"既然害怕的话，为什么还要逞英雄呢？那个小女孩和你非亲非故，这样值得么？人类？再说你这种程度的家伙，怎么会有胆量站在我的面前？"夜怖似乎对眼前这到底说不清楚是勇敢还是懦弱的厨师说道。

"环……是一个好孩子，我是不会让你……"还没等胖厨师说完话，夜怖的巨爪就已经划过了他的胸膛将其一分为二。夜怖只觉得自己最近被太多的人情世故纠缠在身，这种感觉真是恶心至极。他已经被紫怨的爱意搞得十分不痛快了，现在急需将这份懊恼发泄出来。

在残忍杀害了胖厨师之后，夜怖从后门向环离开的方向追了过去，留下胖厨师的尸体四分五裂地散落在地上。可能谁也不会知道这个胖厨师的名字叫阿禹，阿禹之所以在蝮蛇会这样危险的黑帮担任厨师，为的就是依靠这份不错的工资支撑起他的家，而阿禹的女儿，就是一个年龄和环差不多大、可爱活泼的小姑娘……

夜怖很快便在一个角落中找到了环，环见到夜怖后吓得像一只小猫一样蜷缩在那里，瑟瑟发抖。

"饭也吃了，澡也洗了，走，跟我去个地方吧。"夜怖将小女孩儿拎了起来托在了手上。

"我不是叫那个留胡子的笨蛋看着你的么？为什么你会一个人跟厨师在那里？"夜怖发现自己从头至尾也没看到黑牙，便向环问道。

"他在我洗澡的时候，跑出去打架了……"环回答的声音非常轻，显然是被夜怖吓得不轻。

"莫名其妙的家伙，真是没脑子……算了，我们走吧。"夜怖没好气地抱怨了一句，带着环离开了蝮蛇会的总部。

红叶凛的愤怒

"感受凌驾一切的狂气吧，你们的性命……一文不值！"

在稻弦燕与红叶凛前往目的地的途中，一股追打的声音从前方传来，定睛一看，逃在最前面的那个即使在晚上依然戴着墨镜的矮子就是自己手下的线人海戈丁。

红叶凛的线人海戈丁此时正在带着两个同样身高不超过红叶凛腰间的小哥们儿玩命地逃着，他身后追着十多个身穿黑西服手持砍刀的黑帮，场面看起来还算得上稍具规模。

"啊，看来我的人又把事情搞砸了，这些疯子在收集情报时从来不懂得什么叫作适可而止，总是要把所有事情追根问底地全部查清……"红叶凛无奈地抱怨的同时迈着大步迎了上去，示意十三跟上。

"不过也正是因为这一点，本大小姐才喜欢用这几个疯狂的探子来搞清楚一切！啊哈哈哈！"狂气四射，红叶凛大小姐的气势淋漓尽致地展现了出来，嚣张地拦在了海戈丁与黑帮之间。

"哟，这是哪家来的神经病？穿着演戏的裙子就跑出来了，快给老子闪开，不然后果自负！"追在最前面的黑帮一脸胡子楂，气势也很嚣张。没错，他就是本来负责看管环的事务，但中途发现有人在附近偷窥便带领着手下一路追出来的黑牙。

"……还是让我来吧，你不会想用能力把这群人都炸成碎片吧？"稻弦燕见红叶凛气势汹汹，权衡利弊，决定还是由自己来解决这个局面。

"哈？你确定你能够搞定？"红叶凛嘴巴一咧，显得有些不乐意。

没等得红叶凛把话说完，稻弦燕便释放出了她那黑色的恐惧气息弥漫全场，骇人的暗黑裂缝从半空中撕裂而出，暴虐地扭曲着所有人的心灵。红叶凛第一次见到如此恐怖的异能，眼前的这些黑色物质虽不是实体，却如此具象化地影响着一切，融入心灵让人感到无尽的嘶嚎从中滚沸升腾，炸裂出一个个带有绝望与黑暗的裂痕，并化为痛苦散布在每个角落，内心世界被严重撕扯从而影响到了自己所看到的一切。眼前的痛苦与黑暗绝对不是实体，但却真实得让人不寒而栗。

所有人胸腔都被这种压力顶得无法自由收缩，呼吸因此严重受阻，有的人甚至不堪负重直接昏死在了原地，稻弦燕在瞬间就统治了整个局面，效果拔群。

"……"稻弦燕似乎也在为周围这黑色气息的强度感到疑惑，静在了原地。而黑牙与他的手下此时已经连心脏都要被吓得从胸口中飞出来似的，如同鼠窜一般地仓皇而逃。

见敌人已经被吓跑，稻弦燕将黑色的气息收回，用了仅仅数秒的时间就简单迅捷地解决了这场冲突。

"这、这、这这就是你的能力?!"勉强调整着呼吸，此时的红叶凛还未能从惊恐中缓解过来，用颤抖的声音对稻弦燕怒吼道。一旁的十三无力地趴着，面无表情地将脸紧贴在地上。而海戈丁跟他的两个小手下此时已经因黑色气息强大的压迫而昏迷了过去。

"敌我不分就算了，连程度都不能控制么？几个混混儿而已，你刚才那程度是想干吗？想连着我们几个一同吓死么……"没好气地用秀美修长的腿将地上的海戈丁一脚踹醒，红叶凛对稻弦燕抱怨了起来。

"抱歉……我也不知道为什么，可能是因为使用过于频繁的原因，在程度上不太好把握。"稻弦燕回想了一下最近的经历，虽然在温泉得到了一定的休整，可很快就再次卷入了如此大的麻烦之中。稻弦燕并没有感觉到疲惫，但在使用能力时对细节的把握似乎还是出现了问题。

"算了，早知道就一个间隙把他们轰成肉渣了，没准这样他们还能痛快点，你的能力才叫真正的让人生不如死。"红叶凛见女仆十三还在地上躺着一动不动，一脚踢了过去，示意十三赶快起来。

"快起来！你这没用的笨蛋女仆到底要躺到什么时候！"红叶凛满心不爽地吼道。

"这次真的是被吓到了，实在不想起来，请允许我与地面融为一体。"十三依然保持着之前的姿势躺在地上毫无表情地做出回应。

"赶快给我起来！别耍宝了！"红叶凛完全不觉得十三这么做有任

何笑点，硬是将她拽了起来。

"啊，活着可真好……"十三的扑克脸没有丝毫的改变，机械性地叹了口气并赞美着生命的美好。

"红叶大小姐！天哪！你又长高了！"海戈丁站起身来仰视着红叶凛说道。

"别废话了，你这白痴，叫你收集情报结果收集到黑帮头上去了？"红叶凛俯视着眼前的这个矮子，口气中充满了老大范儿。

"是这样的，我们通过由我发明的魔物分类搜查仪器，从星盟都市内诸多魔物中分析出了几个吸血鬼的位置，然后开始调查。因为红叶大小姐所要寻找的吸血鬼从描述上来看应该是个厉害的家伙，所以我们把搜寻范围缩小到了纯血系的吸血鬼，而这个城市目前只有两只纯血鬼，于是很快我们就找到了红叶大小姐您要找的那个小女孩儿。尽管没能看到那只吸血鬼，但我们发现那个小女孩儿正在黑帮的监视下被囚禁着。再之后我们试图继续深入调查，就不小心被黑帮发现了，于是果断逃离了现场，结果那群黑帮却穷追不舍，我们一路逃到这里遇到了您才得以保全。"海戈丁头头是道地讲述着侦察过程，对红叶凛的态度完全是低三下四，点头哈腰。

"哈？你什么时候发明的魔物侦测器？给我瞧瞧。"红叶凛被海戈丁口中所说的魔物侦察器吸引住了，十分想见识一下。

"真抱歉！红叶大小姐！刚刚逃跑时弄丢了，不过如果想再造一个，只需要短短几天就可以！"海戈丁对红叶凛回答道。

"真是废物！算了！走，带我去那个黑帮，咱们直接拆了他们的老巢把那个小姑娘找回来。"红叶凛一声令下，海戈丁急忙叫起来自己昏迷着的两个伙计，跑到了前面带路。

"刚才的人是蝮蛇会的吧？之前负责治安工作的时候接触过。"稻弦燕回想着刚才见到的黑牙等人说道。

"无所谓，不管什么会，妨碍了本小姐，就都得付出沉重的代价！"红叶凛一心想要找回小女孩儿，根本不在乎稻弦燕想要表达什么。

"我是疑惑，吸血鬼为什么会把那个小女孩儿带到蝮蛇会监控呢。据我所知蝮蛇会尽管势力不小，但是跟魔物之类的应该并没有任何关系。"稻弦燕分析道。

"都说无所谓了，我们现在杀过去把他们踩在脚下问个清楚就是了！十三，时间静止缓冲恢复多少了？"红叶凛狂气十足，大步流星地踱着脚步，询问十三关于时间静止的问题。

"已经基本恢复了，请放心使用，如果不是像上次那样的车轮战，正常情况下以大小姐您的破坏力来说，是绝对够用的。"十三手持着银色怀表面无表情地绷着脸机械性地做出回答。感觉她在讲话时只有嘴巴会动，五官其余的部分则一直是处于一个不变的状态。

"也罢……不过就这么直接去砸蝮蛇会的场子真的没关系么？咱们可是背着黑月大人出来找人的……"稻弦燕还是有很多顾虑，试图对红叶凛警告道。

"天上地下，唯我独尊，黑月大人是不会因为这种细节问题怪罪我们的。换句话说，黑月大人从来不会怪罪任何人，放开手想干什么干什么就是了！总之一定要把那个小女孩儿夺回来！"此时几人已经走到了蝮蛇会的大门前，蝮蛇会那厚实的铁门紧闭着，看样子是已经察觉到来者不善，提前就准备好将红叶凛等人拒之门外。

"咱们可以从后门或者翻墙过去，这种程度也想拦住我们，真是可笑。"海戈丁见状，左顾右盼地开始寻找其他进门方式。

"十三，准备好。"红叶凛走到大门前的同时，时间跟着定格在了那个瞬间，除去红叶凛，在场的一切都变得静止不动，停留在了原地。红叶凛在大门前方用手悠然地划开一道巨大的间隙，然后从容优雅大方地迈着她的步子转身离开。

接着时间开始正常运转，间隙带来的爆炸与脉冲将厚重的铁门扭曲变形，一瞬间就轰开了蝮蛇会坚挺的大门，四分五裂的铁碎零落一地，满是狼藉。

红叶凛威风凛凛地站在飞扬的尘土中，以一副凶神恶煞、霸气十足的架势迈着大步踏进蝮蛇会之中，蔑视地看着包围上来的蝮蛇会成员，狂气的笑意中饱含着傲慢与不羁，那股身为大小姐高高在上的气势力压众人……

仿佛看待蝼蚁一般，红叶凛全然不顾周围黑压压的一片敌人，径直走进了蝮蛇会总部的深处，而黑牙与刚刚醒来的紫怨则仓促地迎接着眼前的这个不速之客。

"你们两个是管事儿的吧，废话不多说，赶紧把那女孩儿给我交出来，当然你们要是非要试图螳臂挡车的话，我会提前给你们警告的！"红叶凛话罢，还没等紫怨与黑牙做出任何反应，整个大厅的空气就好像凝住了一样，所有人一动不动，却感觉不到局限感，只是整个时间如冻结了一样，定格在了原地。

红叶凛则全然不受任何影响，用她的手在半空中划出了一道间隙，罩在了围在她身边离她最近的一拨蝮蛇会成员面前……

当时间再次流动，血花弥漫着肮脏与恶心的气息遍布全场，四分五裂的蝮蛇会成员如同碾压一样地被间隙爆发的能量冲碎分离在地上。由于过于接近间隙中心，甚至连哀号与悲鸣都来不及发出，数名蝮蛇会成员的身体就这么碎成了肉渣。目睹了整个过程却无法理解发生了什么，紫怨跟黑牙两人被这一幕惊得完全丧失了思考能力，愣在原地不知所措。

"本大小姐还有急事，不想和刚才的那群倒霉鬼一样的话，劝你们识相点把小女孩儿给我交出来！"红叶凛大小姐的凌厉霸气配以刚才恐怖的行为，震撼着包括稻弦燕在内的所有人。而海戈丁与女仆十三却习以为常地面对着这一切，看样子是已经适应了红叶凛如此残忍无情的处事作风。

稻弦燕并没有急于表现出自己对红叶凛的强烈不满，而是选择静观其变。

"你们应该是星盟学院的干部吧？这么做的话不怕你们的暴行被传出去么？硬是强行闯入私人领地，还犯下了如此大的杀人罪行，这就是你们作为这个都市的管理者所展现出来的样子么？"比起吓呆了的黑牙，紫怨则显得镇定许多。就武力来讲，蝮蛇会这边是不会有任何胜算了，紫怨只好抓住一个切入点尝试在对话与立场上占据一丝有利位置。

"哈？你这种连最基本的形势都看不清的家伙竟然能干到黑帮头子这个地步，还真是个奇迹啊，只可惜到此为止了！"红叶凛对紫怨的无礼感到十分愤怒，扭头示意女仆十三将时间静止。而还没等十三做出反应，稻弦燕迅步将十三一把抓住阻止了这一行为。红叶凛先是愣了一下，之后表情逐渐再次演化成愤怒。

"你这是要干吗?!"被稻弦燕拦腰阻止了行动，红叶凛怒不可遏地吼了起来，给人一种恨不得随时会将间隙砸到稻弦燕身上的感觉。

"那个女人说得合情合理，我们既然是来找人，那就应该按照目的来做，没必要把事情搞得这么大，毕竟我们是背着黑月大人来的，如此招摇过市没有任何好处。再说原本这些人就与我们实力相差悬殊，黑帮都是识时务的，全然不用赶尽杀绝。"稻弦燕的语气平稳，试图安抚红叶凛激动的情绪。而红叶凛尽管怒火中烧，却一时半会儿挑不出词儿来反驳。

"还是这位小姐通情达理，你刚刚那股要把我们赶尽杀绝的气势可真是够吓人的。当时我就在想，大不了横竖都是死，干脆什么都不要告诉你好了，不过即便现在我想告诉你那小女孩儿的去向，恐怕是也办不到，因为刚刚我们也把她给弄丢了。"紫怨缓了口气，对红叶凛说道。

"怎么弄丢的?"稻弦燕紫听怨一说，立即紧张了起来。

"那位吸血鬼大人不过是命令我们照顾一下那小女孩儿的状态，我们将那小女孩儿喂饱后吸血鬼就带着她消失了，如今我们也正愁去哪里找他们呢。"紫怨耸耸肩，无奈地叹道。

"满嘴胡言！不把女孩儿交出来你们全都得死！"红叶凛才不吃这一套，怒气冲天地对紫怨威胁道。

"即便把在场的人全都杀死，你还是得不到一点情报啊，反倒多了一份过错，这是何必呢，小妹妹。"已经掌握了一定立场，紫怨以一副大姐姐的口吻对红叶凛说道。并且紫怨似乎已经断定红叶凛不会再做出什么过于鲁莽的行为，语气中甚至流露出了些许的讽刺色彩。

"十三！给我把他们都定住！我要炸碎他们！"身为狂气大小姐的红叶凛才不可能因为如此简单的理由就忍气吞声，即便得不到任何回报，单是以自己能够杀个痛快为目的也足够了。红叶凛张狂地对十三下令将时间静止，准备大开杀戒。

而就在女仆十三将手中的银色怀表握起的同时，一段轻柔的音乐提前打破了气氛……是手机铃声么？红叶凛心中有一百个不情愿，却还是从她华丽的裙子下方掏出了一部镶嵌着各种珠宝的花哨手机，迅速地接听了电话。周围没有任何人敢发出任何声音，生怕干扰到红叶凛。

"是……黑月大人……是……是的……真是抱歉……对不起！……我知道错了！请您原谅我！唉……黑月大人！黑月……"似乎对方将电话强行挂断了，刚刚还怒火中烧狂气十足的红叶凛一下就蔫了下来，一蹶不振地坐在了地上。

"哈哈哈，果然被发现了。"在场的所有人都没有理清状况的时候，女仆十三机械性地笑了三声，面无表情地对红叶凛嘲笑道。

"闭嘴！你这个废柴面瘫白痴女仆！"红叶凛一改之前狂妄的气势，示意叫十三闭嘴，之后扭身走向出口。

"黑月大人是怎么跟你说的？"稻弦燕跟上去询问道。

"叫咱们迅速回去，似乎要好好地说教一番呢……"红叶凛俨然没有了之前的状态，像是受到惊吓了一样，垂头丧气地回答道。

"被抓了个正着呢，又给黑月大人添麻烦了啊……"稻弦燕将眉头锁在了一起，一脸的自责。

"虽然明知道黑月大人不会发脾气的，但是这种不情愿回去的感觉还真是强烈啊，今天姑且放你们一马，小女孩儿的账本小姐早晚会来讨的！"撂下了几句毫无气势的狠话，红叶凛带着海戈丁与女仆十三同稻弦燕悻悻而归，留下了一片狼藉的蝮蛇会。

原力所在

"可以颠覆平衡之物，源于它自身。"

　　星盟都市的温泉旅馆当中，尹兰礼只感觉现在身体轻飘飘的，心情舒畅淋漓，口中不吐不快，在忍受了搂着自己半天的穗红那穷凶极恶的巨大胸部的挤压后，醉酒的尹兰礼终于开始爆发了。

　　"你这个女人到底是吃什么长大的啊！为什么会有这么这么这么大的胸部啊！你的异能难道是让乳房变大么！"在酒精的作用下，尹兰礼自己都惊讶自己竟然能口无遮拦地说出如此尖酸刻薄的话，而且连续用了三个"这么"，真是痛快极了，尹兰礼对当下自己的这个状态感到无比的享受。

　　穗红原本只是喝多了顺势搂住了尹兰礼而已，如今被尹兰礼的行为惊了一下，完全没反应过来。而手持酒瓶在一旁开怀畅饮的天幽听到尹兰礼如此言论，兴奋至极，赶快拍手叫好。

　　"说得好！这个家伙就是传说中的巨乳女妖怪！能力就是让胸部不停地变大啊！变大！变大！"天幽跟着尹兰礼，一同挥起手臂，开始对穗红那大得离奇的胸部进行声讨。

　　原本穗红还对尹兰礼这一失礼的举动感到有些愤慨，可在尹兰礼得到天幽的支持后，穗红反而觉得自己好像做错了什么似的，愣在了原地不知如何是好。

　　这时千花从温泉的另一边悄然无声地走到了振臂高呼着的天幽和尹兰礼身旁。穗红原本以为千花是来阻止天幽和尹兰礼这一白痴行为的，不由感叹还是千花懂事儿，没想到千花竟然跟着天幽与尹兰礼一起挥舞起了手臂，用行动谴责着穗红的巨乳。

　　"大姐大！你看她们！你管不管了！"穗红就像受欺负的小孩儿一样寻求坐在一旁同样处于醉酒状态的雷莉的帮助。雷莉定神将视线放在了穗红的胸部上，凝视了几秒，看得穗红满脸通红。

"赞！"伸出大拇指一脸认真的表情，雷莉一把将穗红揽入怀中，然后对着穗红通红的脸蛋来了一个长吻。这时穗红的脸烫得散发出的热气简直盖过了温泉，飘飘然地钻进了雷莉的怀里。

"啊啊啊！啊啊啊啊，啊啊啊啊！啊啊啊啊！"胧耀在将温泉边上的最后一壶酒灌下肚后，开始对着空气发出了连续不间断的叫声。

"耍酒疯的我见多了，像这个样胡闹的我还第一次见……"天幽将手中酒瓶中最后几滴酒倒进嘴巴，对胧耀这乱喊乱叫的行为表示无奈。

胧耀依然继续不间断地发出着声音，开始在温泉附近走动，然后突然加速，一把抓住了尹兰礼身旁的千花……

"果然，毕竟算是实体，如果是不停通过回音来定位的话，还是能够找到啊，不过还真的是一点气息都感觉不到！但是触摸起来质感却如此真实！真是奇特的能力！"肆无忌惮地摸着怀里的千花，胧耀的臂力让娇小的千花完全挣脱不开，只能不停地做着无力的反抗。胧耀的胸部尽管不如穗红那么霸道，但也算得上是乳量惊人了，小千花就这样在不停地被挤压下挣扎来挣扎去，十分有趣。

"原来是在通过声音定位来寻找千花啊，这个尼姑大姐还真是执着呢……"天幽将空酒瓶扔在了一边，伸了个懒腰。

"是苦行僧！不是尼姑！"胧耀大声纠正着天幽故意犯下的错误。

"好好好，苦行僧苦行僧，话说武师小姐，刚刚我们都大概其地介绍了一下自己的身世，就差你了，有没有兴趣聊一下啊。酒也喝光了，那边的两位也睡着了，真是无聊啊。"天幽百无聊赖地提议道。而尹兰礼这时也由于酒精的缘故，有了一种十分想要讲述一番的欲望。

"是这样的，我啊，身为一个女孩子出生在了……"

树林中，夜怖怀中揽着羸弱的小姑娘快速地穿行在小路之间，夜怖的行动速度在吸血鬼中也算得上是名列前茅了，环这种如此身轻体薄的小姑娘对夜怖的行动完全造成不了任何影响。

通过抄近道疾行，夜怖仅用数小时就将环带到了安度洛斯国的领地。

　　这个区域经常会有具备感知魔物能力的神官进行巡逻，而夜怖已经与这些对信仰狂热至极没有头脑的家伙打过太多年的交道了。他们感知魔物的方法夜怖都已经非常熟悉，只需要巧妙地改变自己的部分气息，便可完全规避神官们的警戒。

　　夜怖带着环潜行进到了一所墓地的地下室，在确定没有被任何人察觉后，夜怖将环放了下来，示意让环跟着自己。

　　"虽然很久没来了，不过这里倒是没有任何变化啊。也难怪，即便是安度洛斯国的神官也不会经常来这种古墓吧……"夜怖打开了转角处的一个暗门，里面漆黑一片，没有半点光亮。

　　"你没有夜视能力，还是我抱着你走吧。"在让环进行短暂的活动来舒展僵硬的身体后，夜怖抱起了环继续在地下室中前行。可能是由于周围过于阴冷黑暗，环被吓得瑟瑟发抖，十分畏惧地蜷缩在夜怖的怀里。

　　"这没什么好怕的，或许适当的交谈能让你放松一点。要知道，我在吸血鬼当中可是个异类。"夜怖试图通过对话缓解怀中颤颤发抖环的恐惧感。

　　"我之所以是一个异类，是因为吸血鬼是个寿命近似无限的种族，这使我们在体能方面表现得相当不尽如人意，几乎大部分魔物都要比吸血鬼更为强壮坚韧，不过由于寿命上占有绝对的优势，因此吸血鬼可以将自己无限的寿命投身于研究秘法，从而修炼出强大的秘法，达到无坚不摧的程度。而我则不屑于整日与那歪门邪道的秘法纠缠不清，所以我选择成为一个吸血鬼战士。要知道这可是十分可笑的，如果你还是听不出其中的笑点的话，那么换作人类，大概可以理解为我是一个聋子但却想成为音乐家。"夜怖说到这里，感觉自己的比喻有些别扭，却又不知道如何更正。在纠结了一会儿后，夜怖索性继续讲了下去。

　　"在其他吸血鬼修炼秘法的时候，我却执着于以一个吸血鬼的姿态到处捕食人类。你永远想象不到在不借助任何秘法的情况下猎杀一个人类是多么的困难。不能飞，不能隐形，不能催眠别人，也不能变成蝙蝠。我庞大的身躯与外观让人大老远就可以看出我是个吸血鬼。而我当时能利用的只有我那比人类稍微强壮迅捷一点的身体，尽管如此，我还是坚持这样做，不去借助任何秘法。"夜怖讲到一半，分散了一些注意力开始观察周围的情况，道路前方黑压压的什么都无法看清。环紧紧地抱着夜怖，她能够感觉出来夜怖之所以说了这么多是为了缓解自己的恐惧，但并不明白为什么夜怖会这么做。

"在我接近成年的时候，尽管我不会运用任何秘法，可那时的我已经可以单独与一头成年的血狼正面交锋并且全身而退了，那可是大部分活了好几个世纪的吸血鬼都不敢尝试的。当然，有得必有失，在一次埋伏中我由于无法将自己雾化致使差点被几个狼人撕成了碎片，如果换成其他吸血鬼，恐怕早就要送回浴血之池进行身体再造了，而我只不过是在血泉里躺了几天就再次完好如初了。虽然如此，我还是吸取了些许的教训，开始试着稍微学习一些秘法。说实话，尽管我极力排斥学习秘法，但不得不承认我在这方面还是挺有天赋的，然而在我学会了最基本的雾化之后，我就再次放弃了学习秘法的道路，继续用身体来战斗。"夜怖尽量地让自己讲述的故事显得有趣，试图分散环的注意力。以现在的漆黑程度，环什么也看不到，但夜怖很清楚，现在经过的这个过道，布满了各式各样的尸体与残骸，似乎也是因为对杀死胖厨师的事情感到一丝愧疚，可能连夜怖自己都没有意识到，他在行动上对环多了一分关照。

"其他吸血鬼为了习练秘法，需要消耗大量新鲜血液，他们强迫着自己不停地去杀戮，从而获得血液来炼制使魔，施展秘法，构建仪式。而由于我从来不接触那些秘法，所以我杀的人相比于他们简直少得可怜。但事实上我比他们中的任何一个人都更热爱杀戮所带来的快感，正因为这样，我的杀戮是一种享受，而他们则是为了杀戮而杀戮，毫无乐趣，至少我是这么认为。"夜怖终于抱着环走到了地下室的尽头，将环放下来后，夜怖点起了墙上的一个火把，方便环的视线。

透过火光，环能够清楚地看到地下室尽头的高处吊着一个被钉在墙上的干尸，干尸身穿长袍，枯瘦得如同一个骷髅一样。

"要知道，想要杀死一个拥有高强法术的吸血鬼所需要付出的代价几乎可以用惨烈来形容，于是安度洛斯这些狡猾的神职者发明了一个更为卑鄙的手段来将那些强大的吸血鬼封印住。他们通过一些仪式将那些强大的吸血鬼以祭品的形式封印在墓地的底层，然后利用所谓圣灵的力量将其永远地禁锢住。之所以说是永远，是因为这个仪式可以破坏一个吸血鬼血液中的自我修复能力，让吸血鬼一直处于干涸的状态，就好像你眼前的这个可怜的老家伙一样。"夜怖从手中分流出了一股新鲜的血液，注入了干尸的体内。

"其实只要适当地对这些可怜的老家伙进行些许的援助，他们自己就会被唤醒，这甚至不需要你去特意为他们多做些什么。"夜怖说着的同时，眼前的干尸逐渐恢复了饱满，血液开始流淌在干尸的体内形成一股快速的循环。不一会儿，干尸的双眼开始冒出鲜红的血光，四肢也微微地颤抖了起来。

"这个老家伙和我的交情可是相当不错的，他教会过我一个相当实用的秘法。如果不是因为那个秘法，我大概会被一个人类打得四分五裂吧，哈哈哈。"伴随着夜怖的笑声，干尸恢复成了一个老人的样子。老人佝偻着腰，身体枯瘦直长，他的眼睛有些向外凸出，看起来感觉眼球随时都会掉出来一样，浓密的胡子中隐藏着尖牙，很难看出他和夜怖同样属于一个种族。

"我亲爱的……挚友，你可知道这个女孩……意味着什么？"老吸血鬼刚刚恢复人形就把所有注意力全部放在了环的身上，他那凸出来的眼球死死地盯着环，让环感觉不寒而栗。

"你以为我把你弄活是为了什么？快告诉我，这小女孩儿到底是怎么回事？"夜怖见老吸血鬼如此惊讶地观察着环，催促着老吸血鬼为自己解答。

"如果没看错的话……这个女孩儿应该是原力精华啊……真是天方夜谭，老朽活了……这么多年，总算能亲眼看到如此纯粹的……未被利用的……能量了。"老吸血鬼的声音停顿得相当有规律，时而拉长音来表达自己激动的情感。

"死老头，给我解释清楚点，你应该知道我最讨厌的就是那些无味的历史了，别在我面前卖弄你的那些不着调的知识。"夜怖没能听懂老吸血鬼说话的重点，不过还是能感觉到自己似乎有了重大的发现。

"按照这个世界的循环来讲，万物……终归平衡……但事实上……平衡永远没有一个定性的标准……于是阴差阳错……总会有一些能量多余出来……而那些能量才是真正违背世界平衡的存在，这……即是原力精华。"老吸血鬼似乎明白夜怖的急性子，用简单易懂的语言为夜怖解释道。

"大概懂得了，也没什么特殊的嘛。"听了老吸血鬼如此简短的解释，夜怖完全没有领悟到所谓的"原力精华"有什么厉害之处。

"原力精华乃破坏守恒的关键……其效应最大化的体现……能够直接地……任意地……改变世界！"老吸血鬼再次强调"原力精华"的重要性。这次夜怖似乎顿悟了一些，露出了些许惊讶的神情。

"也就是说只要合理应用，将这个'原力精华'的效应发挥到最大，就可以颠覆整个大循环，甚至是世界的面貌？这样来讲的话，可就显得有些过于强大了。"夜怖看着眼前羸弱的环不由得感叹了起来。

"无须合理地应用，因果循环，其平衡的钥匙就是原力精华……只要开启，其效应……就是最大化的……"老吸血鬼的发言让夜怖更为惊叹不已，甚至不需考虑如何应用即可以产生最大的效应，从而改变一切……

"如果是这样的话，反而更不能轻举妄动了啊……"夜怖反复打量着环，无论如何也无法将"改变世界"、"颠覆一切"等词与她挂上钩。

"话说……你我就不要……妄想利用原力精华了……如此纯净的能量……我们这些低级的存在是无福消受的……她只会不停地吸引更多的贪婪者为其灭亡……从而变得更加……强大！"老吸血鬼抑扬顿挫地说道，之后将环抱了起来。

"我们要离开这里了，否则被神官……发现……原力精华在此……那可就太糟糕了……"老吸血鬼抱着环，带领夜怖向地下室外面走了出去……

意外

"我有两个身份，一个是光明的使者，一个是黑暗的信徒。"

　　稻弦燕和红叶凛回到了黑月的办公室，如预想的一样，黑月懒散地躺在办公室尽头的沙发上，一脸的娇态笑意。红叶凛与稻弦燕违背了她的命令私自行动，却看不出黑月有任何不悦。

　　"唉呀呀，两位小功臣回来了啊，真是十分热忱的小家伙呢，已经可以做到全然不顾我的命令，硬是以为了保全我的计划为借口跑去发泄任务失败的不满情绪这种程度了啊。"黑月满口尖酸娇柔地对红叶凛和稻弦燕说道。两人多少能够从气氛中感觉到黑月那若有若无的不满。

　　"是我错了！黑月大人，但我就是受不了您的计划会毁在我的手里！无论如何也想要补偿回来，尽管我知道事情既然已经发生就改变不了了，可心里这口气就是咽不下去……"红叶凛在黑月面前完全没有了大小姐的气势，如同女儿面对妈妈一样恭敬，语气中充满了不甘与悔恨。

　　"抱歉，黑月大人，这件事我也有责任……"稻弦燕刚开口说话，就被黑月示意打断了。

　　"好了好了，我只是想让你们明白，无论事态怎样发展，都不会完全按照我们的计划那样一成不变的，面对那些已经发生的事情，就不要不停地去悔恨与追补了，还有更多有意义的事情在等你去做呢，别因自己的偏执而迷失了道路，这是我第二次用同一个道理教育你们了。小稻弦，你已经多久没好好地休息过了？一直强迫自己硬挺下去的话，到时候如果再次进入暴走状态恐怕就连我和白月妹妹都救不了你哦，总之你们都退下回去休息吧，今天的工作到此为止。"话罢，黑月将她修长的美腿搭在了沙发上，示意两人退下，稻弦燕和红叶凛小心翼翼地走出黑月的办公室，松了一口气。

"虽然知道黑月大人不会生气，但是越是这样越会感觉内疚啊！……"红叶凛抚摸着自己的胸口叹息道，黑月对她的这种软性说教起到的作用似乎更加明显。

"摸来摸去还是平平的……"站在一旁的女仆十三摆着自己的扑克脸，机械性地用语言对红叶凛发起攻击。

"你给我闭嘴，废柴面瘫女仆！"红叶凛啪一巴掌甩在了十三的脸上，气急败坏地吼道。

"哎——呀——好——疼。"面部依旧没有任何改变，女仆十三毫无情感地发出了回应。

"到此为止吧，你也别做傻事了，我们还是乖乖地按照黑月大人的吩咐去休息吧。"稻弦燕走出办公室后感觉浑身倦意四起，告别了红叶凛，转身离开了走廊。

"这个女人真是令人讨厌啊，属于那种无论如何都喜欢不起来的类型呢。"红叶凛对着稻弦燕离开的背影一脸不爽地说道。

"而且她的胸部也要比大小姐大上不少。"女仆十三保持着她标准的扑克脸在一旁充满讽刺地补充了一句。

"闭嘴！你这个恶心的满嘴废话的母猪女仆……"刚要恶狠狠地怒骂十三，走廊尽头的走来的三个人影吸引住了红叶凛的注意力。走在前方的是一名身穿白色袍子身材高大表情严肃的中年男性，眼神中充满了傲慢与自负，背后的两个类似于侍卫的家伙穿着全身铠甲，身体被包裹得非常严实。从装束上不难看出这三个人是从安度洛斯国前来找黑月大人的，但现在这个钟点进行会见，多少还是让红叶凛有些诧异。

在发现红叶凛与女仆十三后，走在前面的中年男人丝毫没有掩盖自己的不快，先是对着红叶凛蔑视地看了一眼，然后哼了一声走过去。这一套举动让红叶凛相当恼火，但由于刚刚已经做了不少错事了，不能再招惹更多的麻烦，红叶凛勉强将这口气憋了回去，悻悻地带着十三离开了走廊。

进入黑月的办公室后，趾高气扬的中年男人一脸傲慢地看了看躺在沙发上懒散的黑月，不由得皱起了眉头。

"我是安度洛斯国的外交理事官，审判者瓦里恩，我不远千里从首都安格利斯塔前来，你就以这等不堪之态来接见我么？"瓦里恩的语气中充满了傲气，指责着黑月的同时还不忘摆摆架子。

"啊，真是抱歉啊，由于你们信仰的那个神没能保佑好我的腰，因此我现在实在不好站起来会见高尚的您啊，不介意的话就请让我保持这个姿势吧。"懒散地躺在沙发上，黑月娇气十足地说道，白皙的大腿摆出的曲线优雅动人。

"哼！真是不知分寸的女人！我可是代表教皇前来会见你的！现在我的话即是教皇的话！你胆敢如此面对我，简直就是对教皇的不敬！"瓦里恩感觉自己没有受到足够的重视，便将教皇的名义搬了出来，试图警告黑月自己的重要性。

"哦，我懂了，您的意思就是，您的话就是教皇的话啊？那么刚才您说的那个'哼'，也就等于是教皇对我说的'哼'咯？"完全不吃瓦里恩那套，黑月抓住瓦里恩的一个话茬开始调侃道。

"岂有此理！你难道不知道事先了解一下你要面对的是何等人物么?! 我可是神圣安度洛斯国的审判者，瓦里恩·谢格里顿！若是在安度洛斯国领地内，像你这种地位的人胆敢跟我如此无礼的话，那么早就已经人头落地了！"瓦里恩只感觉眼前这个轻浮的女人不仅自不量力目中无人，而且有点得寸进尺，继续试图用自己的权威地位对黑月进行恐吓。

"审判者啊……应该是安度洛斯国相对高级的官衔了吧？那么您有证明审判者身份的'天平十字架'来证明自己是一个审判者么？"黑月优柔地扭了扭她纤细动人的腰调整了一个姿势，对瓦里恩问道。

"哼，算你还有点见识，还知道'天平十字架'！看吧！这就是我的'天平十字架'！作为审判者至高的象征！能够如此近距离地见到它是你的荣幸！"瓦里恩从怀中掏出了一个银质的精美十字架，无比自豪地说道。十字架的做工细腻，由一个天平与花纹十字组合而成，不仅上方的雕刻工整精致华美，而且还散发着一种独特的威严。

"如您所说，您果然是一位高贵的审判者，那么既然如此，您也一定认识代表安度洛斯国最高官衔圣裁官的'天使十字架'吧？"黑月懒洋洋地坐了起来，从大腿外侧摸索着什么。

"简直是荒唐，我身为一个审判者，怎么可能不认识象征圣裁官身份的'天使十字架'！你这女人满口废话，不着边际！真是可恶至极！"瓦里恩见与黑月交谈了如此之久却还未将话题摆正，心里对黑月的厌恶之情又多了几分。

"哎呀，找到了，看，既然您认识这个东西，那就好办多了。"黑月从裙子内侧掏出了一个金光闪闪的十字架，一脸娇态有些戏谑地说道。她手中的十字架就好像是被祝福过一样闪耀着绮丽夺目的光芒，架身上方雕刻着的天使如活物一般惟妙惟肖，让人感觉圣洁无比。

"这是——'天使十字架'！不可能！你、你怎么可能会有这种东西！"瓦里恩的脑子直接进入了一个混乱的崩溃状态，尽管如此，瓦里恩的身体还是不由自主地向"天使十字架"跪拜了下来。

"对一个代表身份物件的崇拜程度竟然超过了拥有者本身，还真是可悲啊……"

鲜血与审判

"最难满足的东西，就是好奇心。"

另一方面，夜怖与老吸血鬼带着环很快便踏出了安度洛斯国的边境，回到了星盟都市的周边地区。与来的时候的心情完全不同，夜怖在离开安度洛斯国的途中可谓是百感交集，一个作为原力的存在就这么被自己只身一人鲁莽地带进了安度洛斯国，万一当时被那些狂热的安度洛斯国教徒发现的话，后果简直不堪设想。总之现在算是相对安全了，夜怖松了口气，感觉一旁老吸血鬼的状态似乎有所不对。

"喂，琉，你发什么呆呢?"夜怖的话才刚刚说完，就察觉到了三股气息已经在向这边飞速前进，单是从速度与气息来看，就知道这三个家伙并非等闲之辈。

"啊……这下麻烦可大了……来者不善啊……"老吸血鬼琉开口的同时从手中分流出一摊血水隐藏了起来，转身对环施展了一个类似于催眠的秘法，使环强制进入了睡眠状态。

这时，一道银光划破黑暗以惊人的速度从树林之中飞出刺向琉的胸口，未见其人，却先被其兵器击中。琉完全抵不住眼前这突如其来的袭击，银枪直接戳中他的胸口并将他贯穿，强劲的冲击力使琉被银枪拖着飞行了好一会儿，直到被钉在了背后的一棵树上。没等琉做出其他反应，数发圣银箭矢紧随其后，打透了琉的血肉一同钉在了琉的身体上。圣银灼伤发出的血腥味混杂着血液烧焦的蒸汽从琉的伤口中扩散升腾，三个银色的身影从树林中走出，森与艾瑞丽欧和卡西迪娜先发制人，直接控制了整个局面。

"把那个女孩儿交过来，否则就只好把你也钉在树上了。"森的口气冰冷不容妥协，对夜怖说道。

"……"血脉开始从心脏中膨胀，巨爪也随时能够展开杀戮，夜怖已经进入战斗状态，准备袭向眼前这几个天使。

"把那孩子交给她们吧……这些天使非同小可……完全没有胜算的战斗……不如直接放弃来得明智一些……"被钉在树上的琉劝说夜怖将孩子交出，他的伤口不停地被圣银箭矢上的毒性洗刷着，蒸腾冒出白烟的血液伴随着痛苦不停地从琉的体内涌出。

"哈？你说什么？"夜怖完全没想到琉竟然会打退堂鼓，扭过头用他血红的双眼疑惑地看着被钉在树上的琉。

"看什么看，都叫你把……那女孩儿交给她们了！"琉的表情非常扭曲痛苦，语气也显得不容置疑。夜怖才要开口质疑，发现琉脚下若隐若现地有着一摊血水，在明白了琉的意图后，夜怖做出一副不甘心的样子，将环抱了起来递给森。森一把接过环，对艾瑞丽欧与卡西迪娜示意撤离。卡西迪娜上前走近被钉在树上的琉，想要将贯穿着琉胸口的长枪抽出来，又好像意识到了有些不妥。

限制琉移动的主要原因是来源于艾瑞丽欧的圣银箭矢，自己的长枪不过是单纯的以物理伤害将吸血鬼钉在了树上，因此拔出来长枪对限制吸血鬼的行动在理论上来讲是不会构成任何影响的，可这种不愿意将长枪拔出来的心情却还是一直在卡西迪娜的心头突显着。

"卡西迪娜？怎么了？"催促着卡西迪娜快点，艾瑞丽欧在树林尽头呼喊道。

"来了……"似乎感觉自己是多虑了，卡西迪娜伸手将插在琉胸口的长枪抽出，扭身要离开的同时，隐藏在琉脚下的血泉突然爆发将琉的整个身体强行吞噬了进去。卡西迪娜几乎是第一时间做出反应将长枪甩向一旁的夜怖，可长枪却没有任何实感地从夜怖已经雾化的身体中心穿了过去，此时艾瑞丽欧的圣银箭矢也已经及时地射向夜怖，不等夜怖做出闪避，数枚箭矢便打在了他雾化的身体上。尽管箭矢直接洞穿了没有实体的夜怖无法将他钉在树上，圣银的毒性却烧灼着夜怖雾化的身体，这让雾化的夜怖备感痛苦。

森怀里抱着环距离夜怖和卡西迪娜还有艾瑞丽欧的战场已经有了一段距离，此时的她并没有办法第一时间介入战斗，将环轻轻放在地上之后准备支援的同时，一股暗色的火焰便突然扑向了森，抽刀抵挡并迅速后退，从身后出现的琉指挥着无数团暗色的火焰向森袭来。森连躲带挡，瞬步移动到琉的面前，照着琉的要害精准无误地抽刀劈砍了下去。长刀切入的位置不偏不倚，却得不到任何实质性的触感，此时琉的身体也已经进入了雾化，森的刀剑全然伤不到琉一丝一毫。

"老朽……也算很久没活动过了……能够遇到你这样……的对手……深感荣幸。"

另一方面，雾化的夜怖完全可以无视使用长枪的卡西迪娜。无论她如何挥舞长枪对夜怖徒劳地进行攻击，得到的结果都是零。而艾瑞丽欧的圣银箭矢则显得威胁性极强，无论是箭矢发射的角度之刁钻还是圣银对身为魔物的夜怖产生的烧灼都让夜怖不得不小心翼翼地规避着这密集且快速的攻击。

三人缠斗在一起，夜怖一点便宜也占不到。艾瑞丽欧的行动速度非常迅速，夜怖也只是勉强能够跟上艾瑞丽欧的步伐，却来不及将自己的巨爪实体化对其进行攻击。

双方僵持之际，夜怖终于抓住了艾瑞丽欧走位上的一个破绽，拦身过去将他骇人的巨爪脱离了雾化甩向艾瑞丽欧，不料卡西迪娜支援刺来的一枪及时地戳在夜怖实体化的巨爪上阻止了夜怖。

见对夜怖的攻击产生了效果，卡西迪娜用银枪试图挑开夜怖巨爪中的筋脉，而就在银枪将要划开的夜怖巨爪的同时，夜怖却再次回归雾化，成功规避了这次攻击。

数枚银矢在夜怖与卡西迪娜纠缠的短短数秒时间内就已经离弦而至洞穿了夜怖的身体，连续被多枚具有毒性的圣银箭矢击中，夜怖苦不堪言，情急之下再次将巨爪实体化，砸向了卡西迪娜……

琉对暗色火焰的运用已经到了炉火纯青的地步，这些诡异的暗色火球不仅没有飞行规律，而且来去自如瞬息万变。森不停地躲避并用刀招架着这些暗色火球的袭来，却还是无法完全避免被火球击中。不仅如此，由于琉处于一个雾化的状态，所以森的刀刃对琉来讲完全构不成任何威胁。这场对峙没有悬念可言，持久下去，定是森会被琉击垮，可琉却在几番攻击后停止了动作，将暗色的火焰收了回来。

"你是在试图……拖延我，等待你的两个同伴解决掉……我的同伴后……然后一起合力击败我么？"琉说话时语气停顿让人听起来着急。

"……我已经在这个世界上……活了太久了……你手中的武器与你的能力……我都能了解得差不多……尽管被封印了……但你手中的这把武器我真是太熟悉了……"看着森手中握着的长刀，琉的眼神中充满了对往日的回忆。

"'泯灭福音之吼'……'索隆米尔的倒刺'……这原本是亘古时期黑暗英雄索隆米尔与龙王交战时使用的大斧，几个世纪后落入安度洛斯国之手，被安度洛斯国那些愚蠢的家伙重铸净化之后竟然变成了如此可笑细小的一把刀，真是无比的讽刺……不过这个作为安度洛斯国圣物之一的武器为何会在你的手里呢？而且封印这把刀的能量的纹路和你散发出的气息完全一致，也就是说，是你自己将这把无坚不摧的神器封印成了一把脆弱易碎的垃圾……这又是为什么呢……"琉总算将话都说完了，看得出来他对森十分感兴趣。

"另外……你的两个同伴……怕是没办法过来支援你了……"琉的嘴咧得有些夸张，用他凸出的眼球瞟了一下夜怖与另外两个天谴猎手战斗的方向……

面对夜怖巨爪的袭来，卡西迪娜急忙做出反应试图撤离，这时脚下突然出现的一摊扩散开的血泉死死地粘住了卡西迪娜的双腿。夜怖的巨爪如期将至，将卡西迪娜砸倒在地上后，血泉顺势困住了卡西迪娜。如同深陷泥泞，卡西迪娜越是奋力挣扎，越是感觉血泉将自己包裹得更加严实。

艾瑞丽欧用圣银巨弩不停地射出箭矢掩护着被困住的卡西迪娜，阻止夜怖对其有所作为。但在失去了卡西迪娜的掩护后，艾瑞丽欧在与夜怖对抗时开始力不从心，身手灵敏地跳跃在树与树之间并抓住一切机会对夜怖进行射击的同时尽可能地拉开自己与夜怖的距离。夜怖则强顶艾瑞丽欧这些火力，实体化了自己的巨爪，一鼓作气攻向艾瑞丽欧。

似乎早就在等待夜怖这么做了，艾瑞丽欧瞄准夜怖刚刚实体化的双爪，连续射出了数枚圣银箭矢，穿透力与冲击力合并在一起，实体巨爪状态下的夜怖被艾瑞丽欧的圣银箭死死地钉在了地上。

　　"真是狡诈阴险……猎魔人类型的天使……"被圣银不停地洗刷着自己的血液，哪怕没有做出任何动作都感觉身体要被烧焦了一样，夜怖这下算是被限制住了，由于自己没有血泉能够进行支援，又不能将被钉住的爪子卸下来，夜怖只能无可奈何地躺在地上。

　　艾瑞丽欧很清楚自己不可能真正意义上做到杀死一个吸血鬼，于是在将夜怖定身后，她第一时间尝试把被困在血泉中的卡西迪娜解救出来。无奈血泉的构造奇特，卡西迪娜被牢牢地抓在了血泉中央，完全挣不开身。在几次尝试失败后，艾瑞丽欧决定暂时先将卡西迪娜留在这里，前去支援与琉交战的森。而就在她回身背向困住卡西迪娜的血泉的瞬间，狡猾的血泉突然翻滚着血浪一并吞噬了背对自己的艾瑞丽欧……

　　"多少算是平手吧……无论是我的同伴还是你的同伴……都不会前来插手……你我之间的战斗了……"此时琉与森的对峙依然僵持着，由于对森有很大的兴趣，琉并没有急于开战的意思。

　　"老吸血鬼，你应该明白，并不是所有问题都能得到答案的，我必须带走这个孩子，她对我而言至关重要。"森将长刀收入刀鞘之中，尽管刀刃锋芒，造型精致华美，但无论如何也看不出森手中的刀是传说中的圣物。

　　"你身上还有两把刀……和'索隆米尔的倒刺'一样……你把其他的两把圣物也封印了……这太奇妙了……即便作为一个天使……这种行为也毫无道理可言！……"察觉到森的身上还佩有另外两把刀，琉对森的兴趣显得更加浓郁了。

　　"作为一个吸血鬼，你的好奇心有些严重，难道你就不能和你的同族一样试着冷眼以对与自己不相干的事物么？"森回应琉，语气还是一贯的沉稳冰冷。

　　"简单分析一下……也能够猜个差不多不是么……你刚才跟我交手

时也一直隐藏着实力……现在从你身上被封印的武器来看……你也在有意地封印这些武器的威力……换句话说……由于某种原因而迫使你不得不拒绝使用你真正的实力……但这些原因却是一个软性的障碍……并不是你不能……而是你不想……"琉凸出的双眼有些偏离聚焦地四处打量着森的一切。

"分析得真是有趣，看来你的想象力和你的好奇心都十分丰富。"见琉说得头头是道，森若无其事地回应。

"好奇心是样好东西……若不是因为我的好奇心……我想我永远也不会尝试去发现与修炼那些被禁止的血族秘法……因为这所谓的好奇心……我现在是整个世界上为数不多的能够运用'血亲律令'的吸血鬼……不过也正是因为我的好奇心，我被永远地放逐出了血盟……"琉对森一言一语地说道。他说话的方式非常奇特，断句与语调规律性十足。

"我的一切与你无关，恐怕你是无法从我身上满足你那旺盛的好奇心了。"森用她幽怨十足的眼神看着琉，尽可能地拖延着时间。

"不……我的好奇心所关心的……并不是你为何要去隐藏你的实力而不去发挥其作用……我所关心的是……在隐藏你的实力与夺走这个小女孩儿之间，你会做怎样取舍……我可不认为你在保留实力的情况下……能将这个小女孩儿和你的部下带走……与我一战吧……让我瞧瞧……你到底是何方神圣……"琉从手中分流出一股血液，在地上召唤出了一个法阵。形势已经相当明显了，琉想要逼迫森拿出真正实力与自己一战。

"你做出了一个不太明智的选择，吸血鬼！"断定眼前这个老吸血鬼势必要与自己血战到底，森将手中的长剑拔出直指天际，如同回应森的召唤，数缕圣洁无瑕的光芒跃动出现在森的周围凝聚成一股纯净的光能将森的身体完全覆盖。

在光芒聚变升华爆出一道闪耀的洗礼后，原地悬空的森以大天使的姿态降临在琉的面前。眉心前方浮动着圣焰，白银甲胄上的花纹因注入了圣能显现出了更为华丽的纹理和光芒，两道由燃烧圣焰组成的双翼从森背后张开，在半空舞动拍打出厚重的声响。森一头黑发被圣光注入了能量，变成了圣洁的银色随着气流四处飘舞。而那把本无太多亮点的长刀，这时已然变成了一把骇人的黑色巨剑，剑身的花纹散发着无比沉重的邪恶气息，与浑身圣洁的森完全相反。

"大天使形态么……同时解放了自己与手中所持武器的力量……比我预计的似乎更为强大一些……不过问题并不算严重……"面对开启了大天使形态的森，琉没有显出过多的意外。他的口中开始默念起咒文，将一旁的法阵启动开，法阵散发出的能量震撼着整个树林，一个虚无的影子从法阵中心逐渐形成，开始变得清晰真实。

森见状试图去摧毁琉的仪式，这时一口血泉突然从自己下方扩张喷开，限制住了森的身体。

"真是卑鄙！"森身后由圣焰形成的双翼开始快速舞动，制造出一阵阵热浪驱逐血泉，而琉则继续专注地引导着他面前的法阵。

"通常大部分吸血鬼……都会选择奴役使魔来为自己进行战斗……因为使魔有着对主人的无比忠诚……但这些忠诚也不过是建立在……吸血鬼对其绝对的能力压制为前提下的……因此所有的使魔比起它们的主人都相对脆弱……当然……也会有部分胆子较大的吸血鬼甘愿冒一些危险，与次元恶魔们签订契约来获得一个无比强大的同伴……但恶魔们既不讲信用又贪婪……它们早晚会将吸血鬼自身吞噬……而我……则通过一次偶然的机会……掌握了一种与上古亡灵签订契约的手段……它们相比于使魔们更加强大……也要比恶魔们更加信守自己的诺言……"琉抢在森挣脱血泉之前完成了整个仪式。法阵中被召唤出来的是一个身材巨大的骷髅人，它头戴皇冠，手持一把巨大的斧头，背部披着皇室的斗篷，散发着一股独特的亡灵才具备的强大气息。

"如你所见……李奥瑞克王……古代王国汉都拉斯的统治者……亘古时期最为杰出的帝王之一……同样也是最为强大最为古老的亡灵……天使……这下你有一个好对手了……"琉将话说完，化身成为一摊血泉消失在了森的眼前，留下巨大的骷髅王李奥瑞克手持它的斧头，大步迈向森……

"如果你能够在短时间打赢李奥瑞克的话……那么还是能够抓到我的……不过这并不容易……那么我就姑且先行告退了，天使……"通过血泉移动到了躺在一旁环的身后，琉将环抱了起来再次化为一摊血泉离开。森刚要上前追捕，巨大的斧头砸在了她前行的道路上。

"看着点……天使！"空洞的瞳孔散发着被诅咒的红色光芒，李奥瑞克用沉重沙哑的声音对森说道。

顺应

"不要试图把复杂的东西简单化，那样做除了能够简化你的思维外什么作用都没有。"

星盟学院黑月的办公室内，瓦里恩单膝跪拜在黑月面前。在黑月手中代表仅次于教皇地位的圣裁官之标识"天使十字架"绝对是货真价实。无论黑月身份如何，单是面对如此神圣之物，如真理般信奉教条教义的瓦里恩也必须对其表示绝对的服从与尊敬。

"嗯，还算识相，不愧是安度洛斯国的审判者，在硬性礼仪上表现得还真是不错啊。真抱歉，本来是不想拿出这个小东西来压您的，可刚刚发生了一系列的意外事件让我实在没什么心情陪您玩了。请问您代表教皇前来找我，是有什么他老人家的神谕要传达么？"黑月将天使十字架挂回了裙子内侧，一脸娇态地对瓦里恩问道。

"我的大人，是这样的，由于您在星盟都市上任后所做出的杰出表现，教皇决定召见您，打算与您商议关于您的领土相关事项的问题，这可能涉及我国对这座城市的经济以及各方面的支持。您需要在一日之内准备好一切，与我们一同归国。"瓦里恩一改之前的狂妄与傲气，十分恭敬地对黑月表明来意。

"啊，真是符合你们安度洛斯国硬派的处事风格啊，毫无预兆就发出这种召见命令，而且完全不打算给我考虑的时间就要把我带走呢。好吧我知道了，您暂且和您的部下先退下吧，我会在一天之内准备好与你们同行前往安度洛斯国的。"黑月爽快地答应了瓦里恩，示意让他退下。

"好的，我尊敬的大人，明天见。"瓦里恩例行了一个告别礼，带领两名部下走出办公室。

在目送瓦里恩与他的两名护卫离开后，黑月脸上的微笑即刻消失得一干二净，拭去了笑意与娇态，静静地走到了洒满月光的窗前。

此时的黑月看起来就好像是另一个人，淡漠的表情夹杂些许不安，不再上扬的嘴角显现出的冷锋让人不寒而栗，刚刚还软蓬蓬迷离错综的眼神也开始变得尖锐险恶。黑月深知教皇根本就不是一个会在对别国政权与统治上进行协商的人，此次召见不过是以此作为借口，而教皇真正的目的，自己基本上也能猜到个差不多。

　　"没想到一个意外而导致的效应竟然会如此迅速地演变成这种规模……所谓的线还真是个可怕的东西啊……"自以为掌握了一切的黑月意识到了问题所在，由于个别意外没能让自己的计划按部就班地顺利展开，其造成的负面效应已经开始让黑月感到了事态开始脱离出了她之前的预料。

　　环的丢失造成了更多的不稳定因素，还没等到黑月做出任何反应，后果就接踵而至，每个因素都在潜移默化地影响着线的走向。如同一个严密且复杂的迷宫，仅是在一个路口选择错误，那么整个道路都会完全不同。黑月没有天谴猎手能够将视野转化成"线型世界"的能力，因此她也不可能像森那样及时开启"线型世界"的视野对意外与突发事件的线进行梳理与调和，更何况作为将森的线型世界亲手打乱的始作俑者，黑月深知每一个因素造成的效应被放大后将会是何等的混乱难缠。

　　"命运……到底是注定的……还是只不过是'伟大的可能性'呢……"静默地望着窗外的月光，黑月暗红色的瞳孔中闪过一丝暖意。

　　星盟都市的郊外，巨剑与巨斧不停碰撞出的声音回响在整个树林，森的每一次挥剑都伴随闪耀着神圣的光芒，灼热的圣焰与圣力共同冲击着李奥瑞克王坚硬的躯体。骷髅王手中狂野的巨斧却没有因此而停止过挥舞，即便次次攻击都被森巧妙地招架躲避，李奥瑞克王依然毫无倦意地发起着冲锋，狂暴地将巨斧砸向森所在的方向。

　　被巨斧的冲击弹开后顺势翔空而跃，森通过抖动背后由圣焰形成的双翼在半空中短暂停顿了一下，之后急速地转身回旋俯冲下降，用她的巨剑对准李奥瑞克王放出了一记绝杀，如同光之彗星般在空中斩开出大道极致炫目的耀光，森的攻击最终死死地撞击在李奥瑞克王的身上。

骇人的巨剑直接洞穿了李奥瑞克王的骨架身体，没有留给李奥瑞克王挣扎的余地。森召唤出圣光注入了巨剑之中的同时，李奥瑞克王空洞的胸口被闪耀的光能充斥膨胀起来，而后飞掷的银枪从旁边的树林中恰到好处地贯穿而出，径直戳在了李奥瑞克王的头部，此时已经从血泉中脱离出来的艾瑞丽欧与卡西迪娜及时赶到并给予了李奥瑞克王最为致命的一击。

骷髅王被命中要害，巨大的身躯崩裂在地上化为如同小山般的白骨堆。在确认战斗结束后，艾瑞丽欧将巨弩佩回身后，靠近森的身旁。

"那边被钉在地上的吸血鬼也逃跑了，如果现在追的话勉强追上还是没有问题的。"简要地报告了一下情况，面对变身浮动在半空中浑身闪烁着圣洁光芒的大天使森，艾瑞丽欧没有做出任何评价，表现得非常淡定。

"那个女孩儿还在他们手里，抓紧时间追击。"森对艾瑞丽欧和卡西迪娜下令。

在变身后森的外形上与之前有着很大区别，气质却依然如之前那样冰冷。卡西迪娜走到了森的面前用一种复杂的眼神看着变身成为大天使的森，似乎想对森的外形评价一番，却欲言又止。

"那个……你的头发变成银色之后看起来可真像我妈。"将银枪从李奥瑞克王的头颅中拔了出来，卡西迪娜一本正经地对森变身后的形象做出了一句评价。

"……受宠若惊。"不知该如何回应卡西迪娜的评价，森只好对卡西迪娜回应以简单的寒暄，之后转身准备追击吸血鬼。

"不客气。"卡西迪娜将长枪挂回背上，快步跟上了森。

就在三人即将离开的时候，巨斧却再次从天而降砸在了地上，拦住了森等人前进的道路。李奥瑞克王的骨架悄然无声地重组，重生之后出现在三人的面前。

"刚才没能把他彻底击垮么……"将各自的武器抽出，三个天谴猎手立即进入了战斗状态。

"战斗……才刚刚开始！"挥舞着巨斧，李奥瑞克王再次奋起，与森三人展开了第二次战斗。

树林的另一端，夜怖与琉进行着逃亡。很显然，两人如果试图与进入大天使形态的森进行正面对抗是颇为不明智的，作为吸血鬼永远要以知难而退为基本才能让自己过得更为舒适。过久的生命让他们遇到的麻烦与挫折多到数都数不清，如果每次都要硬性对抗，即便是永恒的吸血鬼早晚也会面临被终结的恶果。

"那些天使真是难缠，照这样看来，再次被她们追上只是时间问题吧。"夜怖身上被圣银箭矢穿透的伤口蒸发着白烟，流出的血液也因圣银的烧灼而冒着腥臭的气泡。看得出来，夜怖在刚才与两名天谴猎手的战斗中吃了很大的亏。

"因为箭身没有留在你的身上……那些圣银洗刷你血液的时间不会持续太久的……但现在像你这样大幅度地移动……想必一定很痛苦吧？"琉抱着环，用有些幸灾乐祸的语气对夜怖表示着慰问。

"你最好说点有用的，死老头，我们现在该怎么办？"夜怖表现得比想象中来得坚强，至少从说话的口气与身体的行动上来看，似乎感觉不出他现在正经历着被圣银不停洗刷血液的痛苦。

"短时间内她们是追不过来了……李奥瑞克王的不死之身在灵界可是相当有名的……尽管每死一次复活的时间都要相应加长……当他们忙活完之后……我们好歹能够建立一个结界来隐藏气息了。"琉凸出的双眼看着怀里的环，不祥的气息在他的瞳孔中来回滚动。

"我在一个都市里面找了个据点，有一群人类的小势力现在为我服务，或许我们可以到那里去建立结界。那座城市有趣的事情可不止这一件，你一定会喜欢那地方的。"夜怖考虑了一下后对琉提议道。在他看来，琉一定会对星盟学院有着十分浓郁的兴趣。

"人类？你竟然堕落到开始与他们为伍了，那些家伙可是最不值得信任的，不过当务之急是如何解决这个'原力精华'……既然以你我的能力无福消受……那么这个小女孩儿只会为我们增添不必要的烦恼……如果只是那些天使的话还能勉强应付……要是被更加强大的对手盯上的话可就要另算了……假如我们再想不出来更好的对策的话……就有必要尝试用其他方式处理掉她了……"琉抱着昏睡着的环，走到了树林旁边的一座峭壁上。

"尽管直接对'原力精华'进行攻击很有可能会被反噬……但只是单纯地将她扔到悬崖下面的话……没准运气好可以将她摔死也不一定呢……尽管不知道这个方法是不是有效……但理论上是值得一试的……"琉用他苍白的双手将环高高举起，试图将其扔下悬崖。夜怖见状，突然萌生了一种阻止他的冲动。

"等等！我或许有个办法！你先给我住手，死老头！"一把抓住了琉阻止了他的行为，虽然不知道自己为什么要干涉琉的这一看似完全合理的做法，夜怖还是硬着头皮这么干了。

"看样子似乎你有什么好的办法可以解决问题……不过按照目前的形势而言……好像我们找不出比将这个孩子扔下去更为合适的方法了……"琉将环轻轻地放下，充满疑惑地用他凸现出的眼睛看着夜怖。在琉看来，他并无法理解为什么夜怖会在这个问题上如此在意。

"让我想想，或许咱们可以联系'血亲议会'，将这个女孩儿交给他们处理。"夜怖刚才的一系列行为只不过是想单纯地阻止琉将环杀死，并完全没有考虑其他的因素。

"你和我现在都是处于被'血亲议会'驱逐的状态，这个想法完全不切实际……"一口否决了夜怖的提议，琉冷冷地说道。

"那么或许我能够通过一点儿私人关系解决这个问题，很久以前我曾经无意解开过一个封印，说实话那个封印太过古老了，以至于我都无法推断那是什么年代的封印，总之最后我从那个封印中救出了一个女性吸血鬼。作为报答，她赠予了我一个纹章方便我以后找她，到后来我才知道这个纹章似乎是血盟中直系血亲才享受的贵重物品，不过由于平时很少和血盟有瓜葛，所以就一直也没用，现在似乎正好能够派上用场了。"夜怖从他黑色的皮衣中掏出一个圆盘形状的纹章递给琉。事实上，夜怖也不过是急中生智才想起了曾经救过一个贵族吸血鬼这件事。若不是为了环，他可能永远都记不起来自己还携带着这样的一个纹章。

"这是血薇家族的仪式纹章……虽说不是'血亲议会'的成员……但也算得上是血盟当中地位较高存在了……我记得血薇家族的血主母安蒂诗娜在我还年轻的时候就已经颇具盛名了……这个家族要比你我想象的更为强大……"琉从夜怖手中接过纹章，仔细观察后说道。

　　"看来多少能起到些作用了？"夜怖见有戏，连忙将环抱过来，他可不希望琉再产生将环扔下悬崖之类的想法。

　　"啊……只能说可以尝试一下……那么尽快带我去你所说的据点吧，我想我需要进行一些仪式。"琉将纹章放入了衣袖，与夜怖踏上了前往星盟都市的道路。

开幕曲

"来认识一下我的将才们吧。"

星盟都市的温泉旅馆之中，几个少女互相产生了一种相见恨晚的感觉，雷莉、穗红、千花、天幽、尹兰礼和胧耀六人挤在一个房间，将被子和褥子拼凑到一块儿后横七竖八地躺在了一起。

"刚刚你讲到你向你那个该死的叔伯发起了家族挑战，继续说啊，我还在听呢。"穗红的醉酒状态丝毫没有好转，趴在地铺上催促着尹兰礼。

"然后我就将那个老家伙的手给折断了！就像这样！咔嚓！"尹兰礼一脸醉态兴奋地对着众人比划着，在场的所有人都在专注地听着尹兰礼讲述她是如何扬眉吐气战胜自己叔伯的过程。

"哈？你叔伯应该很厉害吧？这么被你咔嚓就将手臂折断了啊？"穗红插嘴发出了疑问。

"我不过是在能力的集气运用上不行，但是要是论实战，就是十个叔伯也不怕！其实我早就受够我家中的这些长辈了！正好顺水推舟！全部解决！"尹兰礼在摄入酒精后兴奋不已，颇具气势地说道。

"真是和我们有着类似的经历呢！感同身受！"天幽似乎被尹兰礼引起了共鸣。

"那个，话说你们收到的录取通知书上说过是什么时候报到么？"胧耀似乎是第一个开始步入清醒的，突然间插入了一句与现在气氛完全不相干的问话。

"啊……应该是19号吧……没错的……"穗红想了想答道。

"现在应该已经过凌晨了，今天应该就是19号吧？"尽管目盲，但胧耀对时间日期却有着相当明朗的认识。

"哈?!今天就要报到么？大姐！怎么办？"意识到问题所在穗红突

然酒醒了一半。

"那边的武师小姐不也是被录取的么，一起去报到就是了，现在睡觉吧，天幽明天还要考试。"此时雷莉酒也醒了不少，躺在地铺上说道。

"考试？那是什么？"胧耀看起来对此颇有兴趣，对穗红问道。

"啊，因为天幽这个笨蛋没被录取，所以要去争夺现场考试的录取名额，据说竞争相当激烈呢，不过没我们什么事儿就是了。"穗红回答胧耀的同时还不忘挖苦一下没被录取的天幽。

"哈？你这个胸大无脑的家伙，竟然敢正面挖苦我来了！"天幽听到穗红的话后毫不示弱地进行着抗议。

"那么这个现场录取考试对考生有什么要求么？"胧耀继续追问下去，表现出了浓厚的兴趣。

"据说是分武者考试和智者考试吧，要么能打，要么脑子够好，和尚小姐你对此有兴趣么？"穗红见胧耀跃跃欲试，回问道。

"我都说了！不是和尚也不是尼姑！是武僧啊！武僧！"胧耀再次强调着自己身份的同时，也暗下决心准备参加当天的考试。

"好啦好啦，总之早点休息吧，明天还有诸多事情要处理，晚安。"天幽意识到时间已经不早，便对众人催促道。随后，几人借着醉意很快便进入了梦乡。

清晨，位于星盟学院内，接到命令的红叶凛与稻弦燕一大早就来到了黑月的办公室中待命，这时从办公室尽头出现的黑月让两人眼前一亮。

换掉了之前的黑色长裙，身着白色教服的黑月出现在了办公室中央，华丽无瑕的绸缎与蕾丝花纹衔接得巧妙精致，配合黑月性感高挑的身材，可谓是惊艳四方。将平时散落的卷发统统盘了起来并装饰上了华丽的头饰，黑月的表情还是和往常一样，一脸娇态与柔媚，笑盈盈地看着被自己惊呆了的二人。

"你们两个小家伙能不能不要这样看着我，本来我就已经感觉很不适应了，再搭上你们两个的眼神，真是成心想让我脸红么？"黑月对稻弦燕和红叶凛惊呆了的表情做出了一个小小的回应后，又以她习惯的姿势慵懒地躺在了沙发上。

"我因为一些突发的事务，需要出差几天，今天是新生入学报到的日子，我已经吩咐白月和其他老师做好相应的准备工作了，你们两个主要负责治安的管理，最好不要惹出什么麻烦来。不过，如果真有什么意外发生了就让它发生吧，别老是拘泥于小的失误而耽误了其他更为重要的事情。现在我来向你们介绍一下今后要与你们一同工作的几位老师吧！"黑月将一旁的投影仪打开，办公室后方的墙壁上出现了一个宽大的屏幕，映出了各种图片，首先出场的是五官与黑月几乎一样的白月，相比于黑月一脸的娇态，白月的照片则显得更为亲和圣洁，母性十足。

"我妹妹白月，她是学院的校医，你俩的性命都是被她救的，应该蛮熟悉了。她主要负责新生入学接待与后勤事务安排工作，有什么问题可以直接去医务室找她，另外今天的开学典礼也是由她来主持。"黑月说完，将大屏幕切换进了下一个画面。第二个出场的是一位紫发的女性，看起来成熟干练，是个标准的大美人。

"这位是白兰朵老师，她负责安排武者类考试方面的工作，我不在的这段时间她和白月就是这里的老大哦，有什么事情最好听她的。白兰朵老师的性格可是相当严厉的，你们要是老像在我面前犯错那样去到白老师面前犯错，估计就算是有几条命都不够用的吧。"俏皮地对稻弦燕和红叶凛笑了一下，黑月将画面切换到了下一张，此次出场的是一个看起来像是铠甲一样的家伙。

"这位是爱因斯特图教授，他是个从翼之国来的……机甲人，反正据说他曾经是个优秀的科学家，后来由于某种原因他逐渐将自己的身体改造成了机甲。不过就我和他认识了这段时间来看，实在是没感觉出来他的身上现在还残留着多少人类的情感。爱因斯特图教授在今天是没有被安排任务的，但以后会负责一些学生的课程。另外他还是星盟学院图书馆的馆长，有什么学术性的问题你们可以去图书馆找他咨询，总的来讲他是个有些古怪但是十分厉害的家伙。"黑月介绍完毕后，便将画面切到了下一张，随着几声不规律的杂音从机器中发出，大屏幕突然黑屏，然后被嘈杂的雪花覆盖。

"哎呀呀，看来这个机器也被冥夜老师干扰了，总之冥夜老师是个非常孤僻厉害的家伙，等你们见到她时再慢慢了解吧。她这次负责智者类考生的监考工作。"在摆弄了几下投影设备感觉没有希望将其修好后，黑月懒洋洋地从沙发上起身走了下来。

　　"总之入学方面的事务就交给你们了，我就安心出差了，这段时间恐怕你们是无法联系到我的，有什么问题就找白兰朵老师解决吧，工作愉快哦。"对稻弦燕和红叶凛嘱咐了两句之后，黑月离开了办公室。守在办公室门口静候的瓦里恩对黑月行了一个礼，跟随着黑月向走廊尽头走去。

　　"您将事务交给了两个少女就出发了，真是不可思议。"瓦里恩并不敢对黑月表现出任何不敬，但还是不自觉地表现出了对黑月的举动感到诧异。

　　"她们两个可是比看上去要精明得多哦。"黑月一脸娇态地笑道，同瓦里恩走出了走廊。

血薇

"怜悯是最愚昧的罪赎。"

蝮蛇会的地下室，琉正在专注地制造结界来隐藏吸血鬼那与生俱来所散发出的独特气息。夜怖看着昏睡过去的环，心中百感交集。

此时的夜怖实在搞不清楚自己为什么要救下眼前这个脆弱小姑娘的性命，而紫怨还是依然保持着对夜怖的迷恋，环绕在夜怖的身边。

站在一旁的黑牙对昏睡在夜怖怀里的环没有任何好感，毕竟就是因为这个女孩儿，才引来了诸多可怕的角色。红叶凛之前在蝮蛇会大闹一番的景象让黑牙久久不能平静，但当时出头镇住局面的紫怨大姐现在却毫无怨言地侍奉在夜怖身边，自己也不好发表什么其他的言论。

"我想我有话要对你说，你不会拒绝与我独处一会儿吧？"紫怨的眼神中充满了对夜怖的渴望。而更重要的是，紫怨似乎完全没有想要掩饰这种渴望的意思，就这样怀着极度崇拜与爱慕的眼神盯着夜怖，这让夜怖颇感不适。

"或许你该尝试答应她的请求……这个女人现在浑身在散发着一股想要与你交媾的气息……而解决这个问题最为简单的方式只有满足她或者杀了她……显然她现在是我们的同伴……所以你应该用另外一种方式将问题解决……"琉在构建结界的同时对夜怖分析道。

"或许你该闭嘴，我会把问题解决的！但不是以你说的那样！"对琉大声吼叫了几句之后，夜怖将紫怨带出房间，打算再次将紫怨催眠。

"嗯，年轻人……接下来……我需要几个人手来帮忙……你最好叫上十个你最为强壮的手下过来……之前的战斗与制造这个结界耗费了我太多的能量……恐怕我无法独立完成下一个仪式。"将夜怖支走之后，琉摆出一张以他的脸来讲还算亲和的表情，对一旁待命的黑牙说道。

"嗯，好的，我这就去叫我的手下过来。"对眼前这个怪里怪气的老吸血鬼没有任何好感，不过考虑到蝮蛇会需要依附吸血鬼强大的力量，黑牙还是走出了地下室去召集自己的手下前来帮忙。没过多久，十个西装革履的蝮蛇会精英便集合在琉的面前。

"很好……十个年轻的……鲜活的……壮年……"琉走到十个人面前，用他凸出来的眼球上下打量着这十个蝮蛇会的成员，这一诡异的举动让蝮蛇会的成员感觉非常恶心。

"那么……祭祀开始……"琉话罢，地上突然扩散开来的血泉瞬间就将蝮蛇会的十个成员困在了地上，还没等他们做出反应，琉将手指化为巨爪一口气切断了他们的双腿，血液如泉涌而出，滋润着吞噬他们的血泉。

"你要做什么！快住手！你不是我们的盟友么！"黑牙上前试图阻止，被地上的血泉一同困在了地上。

蝮蛇会成员们的大腿被残忍地肢解，苦不堪言，而琉锋利的巨爪并没有停下的意思，又开始向众人的其他部位割去……

"痛苦吧……恐惧吧……你们的血液……将补充我身体的能量……而你们的灵魂……则会被我用来当作祭品来举行仪式……恐惧与痛苦将使你们的灵魂在脱离肉体时显得更为纯净……因此……我会一步步地将你们折磨至死……以此来……获取你们更为纯粹的……灵魂……"琉细心地把握着分寸让如弯刀形状的巨爪割裂的每一个部位都不会致命，开始了对蝮蛇会成员的折磨，整个地下室的气氛瞬间变得如同地狱。被血泉困住的黑牙只能眼睁睁地看着这一切的发生，无法做出任何抵抗。

此时在另一个房间的夜怖再一次地将紫怨进行了催眠，看着眼前熟睡的紫怨，夜怖感觉自己对她似乎有了一种亏欠。长久以来，这些所谓的人情世故从来没能够给夜怖造成过任何困扰。而现在夜怖开始越来越无法自拔地被一系列此类问题纠缠不清，包括自己对环的保护，包括自己对紫怨的情感，甚至还有在杀了那个厨师后内心深处唤起的一股罪恶感。这些嘈杂的感情纠缠在了一起，让夜怖的心境倍加泥泞。

将紫怨轻轻地安置在了沙发上，夜怖决定先回到地下室看看琉的进展情况，还没等进门，浓烈的血腥味儿便扑鼻而来，夜怖意识到情况不对，急忙将门打开冲了进去。

　　此时地下室已经是一片狼藉，诸多蝮蛇会成员被肢解得四分五裂散落在地上，尸体的表情痛苦扭曲，不堪地遍布在各个角落。

　　"琉！这是怎么回事！"夜怖完全没能料到会发生这种情况，对琉吼道。

　　"收集仪式所需要的必需品而已……不过目前来看似乎还不太够……"琉并没意识到夜怖对他这一行为的强烈不满，而是在因仪式的问题困扰着。

　　"你竟然用我的人来收集血液和灵魂！"夜怖这次的语气显得更为强烈与愤怒。

　　"怎么了？他们不是你的人么？你有什么问题么……"琉用他凸出的眼睛看着夜怖，完全不明白夜怖为何在发火。

　　单就吸血鬼的角度来讲，琉是不会理解夜怖的感情已经细腻到会因人类的生死而感到愤怒与怜悯，毕竟一直以来吸血鬼都是依靠吸食人类的血液来维持生命的。

　　"你这样做会让我对他们有所亏欠的！"夜怖大声呵责着琉，他只感到怒火攻心，甚至有一种想要攻击琉的冲动。

　　"你亏欠人类？这是什么逻辑……就好像人类以猪羊为食而感觉亏欠猪羊么？这是食物链的客观事实……我们与生俱来就是要以人类的血液作为生存的基本……你现在觉得自己对自己的食物有所亏欠所以不想继续利用他们了？……我完全不懂你在说什么……"琉被夜怖反常的行为弄得有些迷糊，试图对夜怖进行梳理。

　　"……"在听完琉的话后，夜怖意识到确实如此，自己现在竟然开始会为那些一直以来都作为食物被自己所屠杀利用的人类而感到亏欠与同情了。脑中的理智在极力试图唤醒内心残忍的一面，情感则在另一个角度对其进行排斥。

　　"你的思维似乎受到了一些干扰而变得不那么清晰了……不过这并不会构成我们交流的阻碍……出于对你异常状态的尊重与关心……我还

是要未雨绸缪地先向你询问你下……我可以杀死这个小头目收割他的血液与灵魂么？……只差一点点……就足够完成下一个仪式了……没有什么比他更加合适成为我祭品的人选了……当然……这个前提……是建立在征得你同意的基础上……"琉靠近已经由于过度惊吓而进入了休克状态的黑牙，摆弄着巨爪随时都准备对其落下。

"……"夜怖不知道自己该如何回答，只能沉默不语。作为一个人类，一个合适的祭品，黑牙的死理所应当，夜怖完全没有任何理由阻止。黑牙一直听令于自己，现在将他杀死可以最高程度地体现黑牙的价值，这种利用以吸血鬼的角度看来颇为有效应当。可夜怖此时却感觉自己无法开口放权让琉将黑牙杀死，只能静在原地。

"你的沉默是在暗示需要我来帮你做出选择么……也好……"琉话罢，果断地用他的巨爪径直劈下将黑牙的躯体切割成了两半，用手中分流出的血液作为媒介收割了黑牙的灵魂。

"这才是我们应该做的……对么？"夜怖努力地将自己的思维拉回到一个吸血鬼范畴，不自然地对琉问道。

"这句话……应该是我对你说的……你难道想让我对这个人的死表示非常遗憾么？他们是人类……我们是吸血鬼……我们利用他们……杀死他们……吸取他们的血液……收割他们的灵魂……这简直如同鸟儿要飞……鱼儿要游泳一样合理……你到底要让我重复这些单调易懂的道理多少次？"残忍地将黑牙的血液与灵魂完全抽空，琉扭身用他凸出来的眼球盯着夜怖说道。

"抱歉，我的状态似乎不太好。"夜怖尝试振奋一下精神，以掩盖他的沮丧之情。

"先不要管那些了……我们现在要通过这个纹章来建立与血薇家族的召唤仪式……如果顺利的话……血薇家族会派出一位负责处理事务的高级成员通过仪式完成空间转换被传送过来……而这个仪式所需的一切材料……都已经通过刚才小小收割……准备完毕了……"琉咧着嘴兴奋地将收割来的灵魂筑成了一个法阵，用血泉中的血液不停地洗刷法阵，将仪式激活。

"悉听尊便，那就让我们来将血薇家族的吸血鬼召唤过来吧。"想到问题终于面临结果了，夜怖起身准备为琉搭把手。

"你不用勉强……我知道你之所以选择不学习秘法……其中重要的原因就是在于你厌倦杀戮……法阵已被激活了……我们这边的状况完全传达给了血薇家族……以这个纹章所获得的权限来讲……血薇家族会相当重视这件事的……"法阵被鲜血簇拥，不停地闪烁出暗色的光芒，向与其连接的另一个位面传送着信号与请求，琉与夜怖充满期待地在原地静候。很快，法阵连接的一端开始有了回应，代表接受请求的血色光芒映入了法阵中央。

"快……夜怖……分流出你的血液来……血薇家族已经派出人手将要传送过来了……我们需要尽快引导完成这个传送仪式……"琉催促着夜怖用分流出的血液支撑住整个法阵的传送枢纽，与法阵另一头的血薇家族建立空间转换。

随着引导仪式的进行，夜怖与琉便发现整个仪式已经不再受自己掌控，法阵另一头的能量将整个仪式瞬间占据，恐怖的压迫感随之而来，包围法阵的血泉不停地涌动着肮脏的血水，铺天盖地的能量泄漏让法阵紊乱无序地颤抖着。

"这是怎么回事，我感觉我完全无法涉入引导这个法阵。"夜怖对法阵紊乱的反应不能理解，急忙询问琉。

"我也一样……看来现在只能任由这个法阵自己完成仪式了……法阵那头的能量过于巨大……你我插手不插手……似乎都没什么必要了……"琉的老脸显现出几抹诡异的笑容，兴奋地感受着从法阵另一头不停涌动出来的能量。

"这么说有一个相当强大的家伙要传来这里了？"夜怖见琉如此兴奋，对其问道。

"何止如此……"面对夜怖的疑问，琉只是简单地回应了四个字。他凸出的眼球一直盯着面前的法阵，所有注意力都被法阵对面的能量所吸引了过去。很快，聚变停止，法阵因为负载了太多能量而崩溃炸裂，只留得尘埃散布，定眼看去，留在法阵中心的人影显得十分娇小。

"那么，就是你们两个得到了'原力精华'？"稚嫩的声音从尘埃中发出，一个身穿红黑色礼服的金发少女从法阵中央走了出来。少女看起来只有十四岁左右，稚嫩的脸蛋精致无比，有着十分美丽的双眼与睫毛，但与这张少女气息浓郁的脸蛋格格不入的眼神却显得过于阴沉老练，吐露着令人无比心寒的锐利。少女站在琉和夜怖的面前，用血色的瞳孔上下打量着二人。

入学礼

"双眼能够洞悉的世界，并非真实。"

　　星盟学院中，雷莉等人一同来到了学院内部。在告别了准备报名参加考试的天幽与胧耀之后，被直接录取的雷莉、尹兰礼、穗红和千花四人与其他前来报到的学生陆续进入了流程。简单进行了身份确认与上交资料的程序后，几个人被安排到了学生宿舍中等候其他考生考试完毕进行集体会议。由于每个宿舍都是独立的，四人决定暂时分开回到各自的宿舍中进行休整。

　　雷莉花了十几分钟的时间将执意要与她一起住的穗红和千花赶回了她们自己的宿舍，之后才回到了自己的房间。

　　星盟学院的宿舍不仅设施一应俱全，在装饰与布局上也相当用心。精巧的木质家具配以简洁舒适的睡床，造型与装扮上有着些许宫廷气息，却去掉了那种臃肿的奢华感。茶具与零星部件摆放得工整优雅，房间的色调阴冷不失柔和。雷莉稍稍作些观察，感觉十分满意。

　　几天前自己还不过是哥哥手下名不见经传分部的黑帮头子，一心以成为像哥哥那样的雷龙会的龙头老大而努力着，而现在的自己却已经失去了哥哥，并与雷龙会断绝了关系。雷莉轻轻地躺在了床上，心中滑过了一份凄凉。

　　床垫的软度刚刚好，这让雷莉感觉轻松了不少，转过头来想想，有着无比忠诚的千花、穗红和天幽追随着自己，又认识了像尹兰礼、胧耀、稻弦燕这些个有着奇特经历与能力的朋友，自己又有什么其他好奢求的呢。蓬软舒适的床垫让雷莉有了一丝睡意，扭身将枕头垫正在脑后，雷莉很快就进入了梦乡。

　　与此同时，位于雷莉隔壁的房间，千花在进入宿舍后先是将窗户打开，观察了一下周围的环境，条件反射似的在心中拟定了一份紧急逃生路线，然后简单对着镜子整理了一下自己的仪表，轻轻地将门关上，打开窗户爬了出去。

千花从空间狭小陡峭的窗台上灵敏地移动着，径直地绕到了雷莉的房间，悄然无声地将雷莉房间的窗户打开，低身钻进了雷莉的宿舍。见雷莉已经熟睡，千花静静地找到了一个舒服暖和的角落，窝在了地上如同一只小猫一样陪同雷莉一起进入了梦乡。

与雷莉不同，由于本性原因，千花即便在睡眠状态也会警惕着一切，因此可以对雷莉起着很好的护卫作用。而对于千花而言，只有雷莉在自己身边的时候，她才是最为安心的。就这样，主仆两人在房间中享受着无比温馨的睡眠。

穗红回到宿舍先是冲了个凉，然后对着镜子打量起了自己的身材。果然，才几天没注意，似乎胸部又变大了，穗红对着自己丰满硕大的巨乳进行着奢侈的抱怨，之后将裹胸布围在了胸前，穿上外套准备出去呼吸一下空气顺带适应周围的环境。在学院里拎着钢刀到处晃荡绝对是一件极度愚蠢的事情，这一点即便是穗红也十分清楚。但考虑再三，穗红最终还是决定将钢刀架在了风衣后面隐藏起来，之后走出了门外。

尹兰礼的宿舍中，在经过了简单地收拾与调整之后，尹兰礼已经准备离开房间前往考场，看一看胧耀参加考试的状况。

将宿舍的门打开刚要往外走，尹兰礼便被一个身材修长长相怪异的家伙挡在了面前。眼前这个人的脸上涂着不规则的油彩，穿着笔挺的西服，戴着一顶高高的帽子，看起来有些像马戏团里的小丑，却又比那些小丑美观了不少。

"嘿，这位漂亮的小姐，我，以一个健全的、高尚的、帅气拉风，无与伦比棒绝人寰的绅士身份向您问好，如果您能告诉我如何能够找到这个学校的防火储水池的话，那么您可算是帮了我这个水管工的大忙了！顶好的美人啊，善良的小姐哦，您是否能给我一些指引呢？"小丑模样的男人说话的语调十分调皮卖弄，从背后如变戏法一样掏出了一把钳子，夸张地在尹兰礼的面前挥舞了两下，以表明他的动机是要为储水池的水管进行修理。

"如果是找消防蓄水池的话，那么应该在每个建筑的地下一二层都会有的。"尹兰礼看着眼前这个行为夸张怪异的家伙感觉十分有趣，同时又有些不自然的厌恶夹杂在里面。

"顶好的姑娘，您简直就是雅典娜与海伦的结合，美丽又智慧，我将化身为一个英勇的骑士或者是勇猛的将军，前往那个消防蓄水池，将那万恶的不知好歹的充满罪孽的水管给修好！"小丑模样的男人夸张地对尹兰礼鞠躬感谢，然后手持水管做出了一副极度英勇的架势，假装如一个战士般地疾步冲锋出了走廊。

目送这个奇怪的家伙离开后，尹兰礼走出宿舍。在宿舍门口她发现了之前有过一面之交的稻弦燕，此时的稻弦燕神态有些匆忙地带着几个部下正在四处搜寻着什么。考虑到她似乎有任务在身，尹兰礼便没有打扰稻弦燕，一路来到了武者类考生考试的地点。

武者考试地点是一个十分宽广的体育场，由环形走廊支撑在外围形成一个巨大的半球形平面，走廊之中有着横列的座位，视野辽阔，单就体育场来讲，这种建筑风格算得上是相当花哨了。

位于体育场中央的考试地点，数十个考生围着一个高个子女性站成了一圈，中间的高个子女性梳着高马尾，英姿飒爽地宣布着考试规则。

"欢迎各位来到星盟学院进行武科类的考试，我是考官白兰朵，由于名额有限，所以在你们这一组中的四十位考生只有十人可以晋级。比赛的规则十分简单，一会儿在我吹口哨之后你们要以这里为起点绕体育场开始进行赛跑，前十名最先跑够十圈的考生就可以获得录取资格。在赛跑期间允许你们进行互相打斗与干扰，另外在最先跑完十圈这个命题之外，无论使用什么手段，只要在哨响之后能够触碰到我的考生，将会被直接视为通过，并占取一个名额。"语气干练十足，没有任何拖沓，白兰朵简单快速地讲述着考试规则。

在将规则讲述完毕后，白兰朵示意让考生们站到起跑线上集合并示意裁判鸣枪宣布比赛开始。而就在枪响之后，所有考生不约而同地上前将白兰朵包围，看样子似乎没有一个考生打算通过跑圈来获得录取资格。

"这下可有意思了……"坐在观众席上的尹兰礼不禁皱了皱自己的眉头，单是试想一下这个女考官要面对四十个从各地选拔出的习武人才的围攻，且不能被其中任何一人所触碰到，这就已经是天方夜谭了……

　　而另一方面，天幽此时已经与其他考生一同进入了智者考生的考场。与之前的一路走来的肃穆古典的环境截然不同，智者考生的考场内置在一个房间中。虽然是室内，这个房间是却奇大无比，环境犹如世外桃源，小溪流水，绿草花香，构造十分奇特，一口瀑布从房梁涌动下来，流入两旁的河道。河中央一个头戴面具的女人悬浮在水面，等待着考生的到来。

　　"我是负责对你们进行智者类考试的考官冥夜。所谓智者考试，指的并不是单纯对知识的涉猎与思维敏锐性，而是考验你们对头脑的应用以及对身体的掌控程度。考试中我们不会涉及过多的知识与学识问题，而是将引导你们进入思维的终端，感受这个世界不同层次的不同作用与效应。只要你们能够在心无旁骛的基础上跟随住我的引导，即可以通过考试，反之则会落入水中被冲走。现在你们已经被施加了'效应'，请站到水上来。"水面上的女人完全没有张口，而在所有人的脑海中却可以清晰地听到她的话，这种心灵渗透的语言传递方式让在场的智者类考生都惊讶无比。

　　考生们陆续站到了房间中央的水池之上，如冥夜所说，被施加"效应"之后，考生们暂时地与水融为了一体，悬浮在了水面之上，完全无法理解这个叫作冥夜的考官是如何做到的。天幽对眼前这些完全违背物理常识的现象感到十分不适。

　　"顺应环境，改变自己，影响他人，孩子，如果你再将自己的注意力偏移到其他的事物上，那么很快你就会从水面落下去。"脑海中回响起了冥夜警告的声音，天幽赶紧将注意力转移到了冥夜身上，不敢再有丝毫怠慢。显然冥夜能够涉入每个人的思想，而且能够与其进行一对一的交流。

　　"现在闭上眼，我将引导你的思维突破到终端，假如中途你脱离了引导，那么将视为你的考试失败，你也会随之掉落进水里。"冥夜开始引导着天幽进行冥想。天幽将双眼闭上的同时，脑海中浮现出了星盟都市的画面，包括雷龙会，包括自己曾经居住的地方，星盟都市的一切都在天幽的脑海中具体化了。

"这是你思维的出发点，你最基本的认识，你所看到的一切，也是你的双眼为你带来的最为直观的对这个世界的印象，它局限着你所有的思维，一切意识的回路都将通往这个出发点。"随着冥夜的低语，天幽眼前的画面中出现了几个端点，这些端点分别代表着天幽身边的人，包括雷莉、穗红、千花，甚至之前跟自己作对的家伙、雷龙会的成员，还有当年自己手下的人等等。

"这些是固定你思维结构的人为概念，也就是你所认识的人，他们是时间与空间对应发出碰撞，从而产生一系列事件不可或缺的因素。而那些经历则改变着你对整个世界的看法与认知，这整套过程将你的思维局限在了更为深层的人为环境中，使你的思考模式越来越狭隘。"冥夜的低语环绕着天幽。此时天幽的思维被冥夜引导着开始将眼中的画面更为抽象地转换起来，每个人物的端点开始被无限拉长，衍生成为一条条线。

"大部分人对于思考问题的态度与方式都是出于自身。局限性在此发挥出的效应往往可以被最大化，即便人们将思维的层次延伸一些，也不过是思考诸如生命的意义、死亡的价值，这种十分具有立场色彩的直观问题。有时候，只有试着脱离生命的范畴，将思维扩展到更高的层次，才能接近真相的终端，比如说，这个世界。"冥夜的低语继续引导着天幽。天幽尝试用自己的思维将眼前的画面扩充改变，但却有些力不从心，眼前这些线形画面的延伸势必会交织成为一个更为复杂的线路图，想要理清所有线路的走向对于天幽目前的思维的灵敏度来讲是极度困难的。

"试着将每个端点延伸，你被你思维固化的局限性所困住了，现在你需要冲破它们，要知道思维的可塑性比你想象的要强大得多。"顺应着冥夜的低语，天幽努力地试着将自己的思维向外延伸扩散，咬紧牙关逼迫着这些线路组织在一起。

"过于激进了，不要强迫你的思维，顺其自然，思维作为一个不稳定的无结构存在本身就具备无尽的发散性。释放，而不是压迫它们。"随着冥夜所提示的步调，天幽缓解了一下情绪，将眼前的这些因素与线路混为一体，自由发展。很快，一个编织着无数交点的网格画面于天幽的脑海中组建而成。

"很好，我们现在进入了一个新的思维层次，你可以看到这些因素以时间作为枢纽，交织出各式各样的事件带动新的延续，现在你需要再次整合你的思绪，带动并激活起那些你从未触及过的端点。"冥夜的低语试图将天幽引入了一个新的高度，但天幽却对此完全不能理解。

"那些端点代表着什么？我没见过的人与物？那么我怎么去确立他们的起点与终点？如何去判断他们的所在？这是不可能做到的。"天幽在心中对冥夜说道。显然，单是通过冥想与扩散思维去感知自己从未接触与见到过的事物，对于天幽来讲简直是天方夜谭。

"这就是效应所在，你已经明确了你所能够识别端点的所在，事物间有着各种千丝万缕，因果循环，现在你需要通过你的思维，找到那些你未知的线索，连接它们，组成一个更为严密的世界观。这只不过是一个起步，你无须找到这些端点的起点与终点，而是需要确认未知线上一个概念的位置，之后它们自然会顺着思维无限扩散，这需要一些意志力与想象力的支撑。"冥夜指引着天幽进行再次的冥想。

天幽调整着自己的思维，尝试掌控与感知眼前这些线路之间的联系。很快，天幽便感知到了一个新的端点，并将自己的思维顺着端点延续了下去。端点开始向双方发散，成为一条线。接着又是一个端点的出现，天幽再次将这个端点延伸开来，并逐渐掌握了规律。

"继续下去，尽可能地去发现一切你所能够探知到的未知因素，进而了解这个世界。"冥夜的低语在天幽耳旁环绕，对天幽鼓励道。

此时星盟学院体育场之中，尹兰礼惊愕地坐在体育场上方的观众席回想着刚才四十个有习武功底的学生围攻考官却无法触碰到考官一根毛发的场面，那种情况已经完全脱离正常规避攻击的范畴了。叫作白兰朵的考官面临如此众多考生的夹击，游刃有余地闪避了一切攻击的同时还在不停地用笔在手中的笔记本上记录着什么。这个状态在持续了数分钟之后，终于有人放弃了触碰到考官的选择，乖乖开始跑圈，其他人见状也纷纷放弃了试图触碰到教官的选项，果断加入了跑圈的行列当中。

四十个考生开始一边互相打斗一边向前冲锋。随着比赛的开始，队伍逐渐拉长，不断有人被甩到后面，然而冲在最前方的考生又随时随地会被身后的考生追上拽回去，场面混乱激烈。

尹兰礼在观众席上看得十分开心，虽说是考试，但是由于如此奇特的竞争方式再加上考生们都具备相当的武学素质，所以大大提升了比赛的观赏性。

观众席上提供的视野相当完美，尹兰礼甚至能够看出下方参与考试的考生各自属于什么类型。比如在整个场面后方缠斗追赶的考生普遍属于具有一定肉搏优势但在速度上无法领先的群体，他们不停地追赶着前方的考生，并想尽一切办法将他们揍一顿甩在后面。

中间的部分则较为混乱，各式各样武艺超群的考生都在其中互相摩擦的同时还不忘追赶着在最前方领先的家伙们。

那些最前方领跑的考生显然脚下功夫十分了得，无奈他们不敢跑得太快，因为体育场是圆的，他们的前方就是整条队伍的尾巴，也就是一开始提到的那些肉搏能力拔群的家伙，如果他们试图去超越被留在队伍最后的那群较为能打的考生，显然是非常不明智的。而此时背后紧逼着的那些气势汹汹准备后来居上的家伙又在不停地给他们施加着压力，最为致命的是，照这样发展下去，由于跑在最前方的那些考生被整条队伍最慢的尾巴限制住了前进的道路，使得队伍中部的考生总是有机会抓到他们。因此似乎无论位于整支队伍的哪一个部分，似乎都有取胜的概率，整个过程自成一体又互相矛盾，完全无法预料到底结果会是如何。

另一方面，智者考场内，在不停地将端点开启与延伸了一段时间后，天幽终于构建出了一个完整庞大的线型世界。这些线路毫无规律地交杂在一起，每增加一条线，就使整个结构更加混乱一分。

"很好，这即是单纯地以这个城市为范畴，你所能延伸到世界的思维终端。你在引导下完成了这些，意味着你成功地通过了测试。"随着冥夜的低语从脑海中消失，天幽睁开眼，发现周围依然浮在水上的考生寥寥无几，大部分考生此时已经落入了水中。

"您刚才在引导我的同时也在引导着在场所有考生么？"对考试模式产生了疑问，天幽在内心中对冥夜问道。如果冥夜是以一对多进行如此细致的引导的话，那么天幽完全无法想象得到冥夜是如何做到应对与处理如此大的信息量的。

"这仅仅是将意识涉入你们的脑海罢了，我的职责与义务而已。你已经获得了入学资格，请去进行登记报到并处理其他事项吧。"冥夜的低语最后一次出现在天幽的脑海中，之后天幽能够感觉到冥夜已经将思想从自己的内心中剥离开来，断开了联络。

武者考场方面，在第一轮考试结束后，胧耀与其他武类考生进入了体育场进行第二轮武类考试。白兰朵站在体育场中央对几个考生简单地进行了考试规则的说明，并示意让考生们准备考试。随着枪响考试正式开始，与之前的情况如出一辙，所有的考生都不约而同地将目标转向白兰朵，试图以触碰到考官的方式获得录取资格。

与上轮的情况几乎没有区别，在围攻白兰朵数分钟无果后，几乎所有的考生都放弃了继续进攻白兰朵，纷纷跑到操场上开始进行激烈胶着的赛跑，唯独胧耀停在了原地，感受着白兰朵的气息。

"你的眼睛是怎么回事？"白兰朵见眼前这个戴着厚厚的眼罩的小姑娘气质不凡，饶有兴趣地对胧耀问道。

"不过是因为我的鲁莽而付出的一些代价，那么如您刚才所说，只要我触碰到您的身体的话，就可以获得录取资格么？"胧耀感受着白兰朵的气息，只觉得白兰朵的气息空洞，波澜不惊。但刚刚已经有数十个武艺超群的考生对其进行围攻却未能得手，由此可见事实上白兰朵实力非凡，只是气息过于深沉，深藏不露而已。

"是的，只要触碰到我就可以获得录取资格，多说一些关于你鲁莽的事情吧，我对此还蛮感兴趣的。"白兰朵用余光观察着不远处其他考生的乱斗，对胧耀说道。

"还是打完再说吧。"胧耀话罢，急奔冲向白兰朵，用狂风骤雨般快速凌厉的双拳开始不停地对白兰朵发起猛攻。穿梭在空气间落空挥舞着的拳头发出嗖嗖的声响，胧耀连打带踢将自己的攻击间隔缩短到极限，却依然无法击中来回闪避的白兰朵。

"拳速不错，但是准度太差。"白兰朵的身体穿梭在胧耀拳与拳之间，语气轻松地评价道。

"我只能通过感知您气息的流动定位，偏差是不可避免的。"胧耀已经试图用自己丰富的战斗经验将视觉丧失的偏差值折到最小，但在对白兰朵的这次进攻中，每次闪避的频率已经缩短到了极限，所以偏差变成了不可避免的存在。

"也对，那么为了公平起见，我闭上眼就是了。"白兰朵说完，将双眼闭合，继续闪避着胧耀的进攻。一直维持着如此迅猛的出拳频率让胧耀的气力处于透支状态，得到的收益却微乎其微。白兰朵的闪避能力犹如身体本身就在排斥着胧耀的拳头一样，每当拳头将要触到她时，白兰朵总是能以一个迅捷的动作巧妙地规避掉。

"呵！"胧耀突然发出一记重拳砸向白兰朵，而白兰朵只是很巧妙地将身体稍微倾斜就完美地将这一击规避开来。闭着双眼的白兰朵此时已经感觉到了胧耀的气躁，单纯地以触碰为前提的对决，打出力道如此之重的一拳，不仅没有准度和速度上的优势，还会消耗更多的体力，实乃不明智之举。突然胸口一震，白兰朵感觉似乎被什么东西击中了一样，可胧耀的气息明明还在原地，思维短暂停滞了一下，白兰朵不由得睁开了闭着的双眼想要搞清发生了什么。而就在刚刚自己分神的瞬间，胧耀的膝盖已经趁机撞了过来，狠狠打在了白兰朵的身上。这一击力道不轻，结实地击在了白兰朵的胸上。胜负已分，胧耀成功地触碰到了白兰朵。

由于一直闭着双眼，白兰朵对刚才发生的一系列过程感到了些许的不解。

"在你膝盖撞过来之前，似乎有什么东西打到我了，是……声波？"白兰朵对胧耀问道。

"对，大概其预料到了如果用音吼功打出的声波击到您的话您可能会出现破绽，毕竟您是闭着双眼的。考虑到您的身法如此之好，如果我不用些小聪明，恐怕是永远也触碰不到您了。"如胧耀所计划的一样，通过音吼功击中闭着双眼的白兰朵的瞬间衔接最为迅速的一击，在白兰朵犹豫不解的片刻对其进行触碰并获得胜利。而其中唯一让胧耀有些在意的，就是刚刚自己的膝撞在力道上明明颇具伤害，可在打到白兰朵身上的时候却显得不痛不痒。

"真是精彩，很高兴你能够获得录取名额，名字是叫……胧耀么?"白兰朵对胧耀的表现非常满意，对胧耀问道。

"是的，在下胧耀，是一名武僧，我的眼是由于中了邪法才丧失的。"胧耀将话题衔接回了一开始的阶段。

"是什么邪法会把眼睛弄瞎呢?"白兰朵接着话题问道。

"在剿灭鸦人的时候不幸激活了'美杜莎直视'的结界……"胧耀向白兰朵告知当时的情况。

"于是你为了避免被石化废掉了自己的双眼?"白兰朵似乎猜到了之后发生了什么，对胧耀说道。

"是的，被您猜到了。"胧耀感觉自己当初的行为十分愚蠢，显得有些不好意思。

"真是非常英勇呢，你已经获得录取资格了，现在去报到吧。"白兰朵对胧耀进行了简短的称赞后，再次将注意力转移到了还在不停打斗奔跑着的其他考生身上。

龙吼女王

"宁赞渎神罪，不扛亡国耻。"

安度洛斯国无论是街道的布局还是建筑的工艺与装饰都充满了宗教气息。黑月坐在神官专用的汽车内从窗外望去，远远就能看见屹立在市中心的信仰之塔，这里是安度洛斯国的首都安格利斯塔，被誉为神圣之巅的城市，集合了高度信仰与宗教文明。在安格利斯塔所有人民都信奉着唯一的神，并狂热忠诚地追随着神的代言人——安度洛斯国的教皇。

在进入朝拜广场的入口处，聚集了一大群人，他们围绕着一个被吊在十字架上的女人进行着声讨，场面显得有些混乱。

"处决她！处决她！以教皇的名义！审判这个恶魔！"

"愿神能够净化她肮脏的灵魂！真是太可怕了！"

"真是可怕，如此危险的怪物怎么可以被公然放在这里？"

人群中传来各种各样的声音，黑月示意让车停下，定睛观察了一下被绑在十字架上的女人。这个女人瞳孔的颜色泛着黄光，一头火红的长发垂在地上，嘴部被施附有咒语的结界封死，虽然备受屈辱地被展示在众人面前，女人眼中却依然散发着无限的狂野与不屑。

"那边的是什么情况？"黑月指了指十字架上的女人，对瓦里恩问道。

"哼，这个女人在三天前我出行的时候就已经被吊在这里示众了。如今只能算是个一直与教皇厅作对的山匪头子，因为不肯向教皇低头认罪忏悔，于是教皇下令将她游街示众，其实对待这种家伙本该直接处决掉的。"瓦里恩似乎对十字架上吊着的女人相当了解，对黑月讲解道。

"你刚才说到她如今是个山匪头子，那么之前呢？"黑月顺着瓦里恩所说的问了下去。

"说来话长，两年前在多尔蒙山脉也就是冻原国与安度洛斯国领土的交界处，发现了丰富的矿产资源，伟大的教皇以发动圣战为要挟逼迫冻原国将多尔蒙山脉划分到安度洛斯国的领土当中。要知道小小的冻原国在教皇神圣的光辉之下，简直不堪一提，冻原国很快就将多尔蒙山脉拱手递交成为了安度洛斯国的领土。于是教皇派出了大量的人员前往多尔蒙山脉进行勘探与开采矿产资源的活动，可当地原属于冻原国的一些个村落却对我们发起了武装反抗。

"那些暴民以保护他们的家园为由，向我们的开采队发起了进攻。他们这种无视神威的愚行触怒到了教皇，教皇派出军队对这个村落进行讨伐，这时候问题就出现了。这些暴民的血液中似乎继承了一部分魔物的血统，单兵作战能力十分顽强，于是这场无休止的争斗就一直持续到了现在。而前些日子，教皇在处理完手头的事务后终于有足够的精力来照顾多尔蒙山脉的这些烂摊子了，他派出了现任安度洛斯国的圣骑士赛琳维西亚大人前往了多尔蒙山脉，仅仅三日就杀死了多尔蒙反抗村落的长老，将那些个村落毁于一旦，而余下苟且残喘的暴民，则在多尔蒙建立起了一个更为隐蔽的据点，成为了山匪。接下来发生的就如您所见，我们的部队在几次围剿之后擒获了他们，那个十字架上的女人就是山匪首领，一个十恶不赦毫无信仰的恶棍。"瓦里恩一口气将整个事情的缘由全部告诉了黑月。

"真是一个十分典型的关于安度洛斯国的故事呢。"黑月对瓦里恩报之一笑，示意司机继续前进。

"真是意外，我以为像您这样高贵的人，是不会在意那些有罪的家伙的背景的。"似乎感觉黑月对刚才的山匪头子很感兴趣，瓦里恩对黑月说道。

"我不过是觉得封在她嘴上的那个结界挺有趣罢了。"黑月对瓦里恩娇笑着，然后将视线偏移回了车窗外面。

"那个结界是大洗礼师们花了整整一天的时间才完成的，这就涉及一个更有趣的问题，这个山匪头子具备相当令人头疼的能力，她能够发出一种震耳欲聋的吼叫，使人闻风丧胆，就连最为坚定的战士也很难与之正面交锋。但现在如您所见，她最终还是被绑到了这里迎接应有的审判。任何与伟大神圣的教皇作对的行为，都是自寻死路。"瓦里恩自豪地说道，无论何时都不忘歌颂赞扬他伟大的教皇。

"那么这个山匪头子叫什么名字？"黑月将沉浸在对教皇无比崇拜的瓦里恩打断，对其问道。

"她叫厄迦丝，被人称为龙吼女王，不过在我们看来，只不过是个阶下囚罢了。"

骚动

"她的脑壳可真硬。"

　　星盟学院的学生们聚集在中央大楼的会场等待着集体会议的召开，包括胧耀和天幽，通过考试获得了录取资格的学生正在进行着最后的手续递交申报工作。整个会场有条不紊地进行着会议前的准备工作，白月与白兰朵在会场中央指挥着工作进程，并用广播向尚未到场的人员进行通知。

　　此时正在学院外面晃荡的穗红百无聊赖地躺在高高的围墙上，虽然说是追随着雷莉来到了学院上学，但这种学院气氛却让穗红十分排斥，如同逃学孩子一样的心理，穗红就是不想去参加开学会议。无论是否真的存在，穗红还是能够感到学院带来的一种约束感在她身边徘徊，虽说躲也躲不掉，可她就是不想去面对。

　　星盟学院的建筑布局与风格将现代风格和古典气息完美地交融了起来。而穗红现在所躺着墙上的装饰就显得有些华丽夸张了，装饰物看起来是在巨大的石料上雕刻华美的花纹并以一个违反物理学定律的角度与高墙完美拼接了起来。如此壮观的装饰物遮挡着穗红大半个身子，配合上墙壁的高度，使墙下方的行人完全不可能注意到高墙上还躺着如此一个美女，而穗红也恰恰因此而感到颇为惬意。

　　话说这个会议要开到什么时候啊，不知道天幽的考试通过了没有，在思索着一个个问题的同时穗红不经意地向高墙下方瞟了一眼，看到了一幕不可思议的画面：十来个全副武装的持枪黑衣人正好埋伏在穗红所处的高墙下的草丛之中。穗红下意识地将身体向墙的内侧移动了一些使自己更好地隐蔽起来，然后开始梳理目前自己所处的情况，简单地分析了一下为什么学校的围墙下会藏着如此诡异的一批武装人员。穗红踌躇了半分钟，发现以自己的思维和头脑完全无法理出任何头绪，与其继续浪费时间，倒不如按照自己的心情我行我素来得舒服。果断关闭了头脑的运转，她爽朗地纵身从墙上跳了下去落在了草丛中黑衣人们的面前。

"喂，你们这些家伙鬼鬼祟祟地在这里做什么呢?"魄力十足地对着十几个黑衣人质问道。穗红感觉自己的行为鲁莽透了，心情却无比的畅快，果然不用脑子思考问题，而是依照心情随心所欲想做就做来得舒服一些。

"瞄准!"不由分说，随着一声令下，黑衣人们瞬间将手中的机枪齐刷刷地对准了穗红。面对如此处境，穗红猛然将背后隐藏的钢刀抽出然后潇洒地撇在了地上，钢刀入地三分，硬生生插在土中，风衣随着穗红的动作四处摇摆，背后的"天雷千红"四个字格外显眼。霸气凛然地面对着数把指着自己的枪口，穗红的脸上没有丝毫的畏惧之情，反倒越发地彰显着自己那股独特的黑道大姐大的魄力。

"果然啊，这种处境的话，就算处理掉你们也是理所应当吧。"依然没有弄清楚眼前这批黑衣人是做什么的，不过既然面对如此情形，只有先用穗红最擅长的解决问题方式来处理了。一想到这里，穗红就感觉心中舒畅淋漓。

此时星盟学院的大会堂中，胧耀和天幽进行完毕了最后的报名手续，与尹兰礼一同陆续入座等待着大会的开幕。雷莉和千花还有穗红迟迟未到让天幽感觉十分不开心，犹豫再三，天幽还是打消了回去叫她们的念头。星盟学院的会场相当宽阔，此次参与会议的人员几乎囊括了星盟学院的全体师生，场面壮观。

由于校长黑月目前不在，大会的主持工作由其妹妹白月来担任。身穿白色西服的白月微笑地站在讲台上方，将话筒摆正，宣布大会开始。

"各位来自世界各地的学员，欢迎加入星盟学院，我是负责主持此次大会的白月。如今在座的各位已经正式成为星盟学院的一分子了，星盟学院……"白月那沁人心脾美妙的声音才刚刚开始发表演讲便突然中断。此时会场上方发生了令人惊恐的一幕，数十个全副武装的黑衣人从天窗中降落进入会场，各个入口也在短时间内被冲进来的黑衣人包围了个水泄不通。

"哈!？这是什么情况？"在一旁负责治安维护工作的红叶凛看到如此一幕先是吃了一惊，然后没好气地叫道。

"总之归根结底应该算是蠢货大小姐您的失职吧。"站在红叶凛身旁的十三面无表情地回应道。

持枪的黑衣人们很快便控制了整个场上的局面。由于切入会场的节奏过于突然，还没有来得及搞清状况，整个会场便已经掌控在了别人手中。白月将眉头紧皱，显得十分无奈，突如其来的变故让她感觉混乱不堪，一时半会儿尚未梳理清楚目前的状况。

这时黑衣人中的一个看似像是头领的家伙将头盔摘下走上了讲台，他有四十来岁，一头灰色的短发，嘴上布着凌乱的胡子楂，沉着精明的双眼环顾了一下四周，很有礼貌地将白月面前的话筒接了过来，清了清嗓子，开始发言：

"各位好，真抱歉选了这么一个日子对这里发动袭击，但像今天这样的机会对于我来讲可是百年难得一遇啊，不仅大名鼎鼎校长黑月不在，而且你们还有着如此繁多的工作要忙，所以我便不客气地乘虚而入了。废话少说，为了避免出现不必要的意外，各位还要对我的无礼多担待一下！'弄臣'！动手！"随着灰发头目的令下，之前尹兰礼看到过的那个小丑模样的家伙从会场后方出现，在夸张地摆弄了几个姿势后，小丑打碎一旁的消防警报器，触发了大会堂的消防安全系统。被激活的消防系统第一时间做出反应，将瓢泼大水洒向整个会场。

消防系统很快便将场内所有人打湿，此时大部分人还都没反应过来目前的状况。台下被淋得如落汤鸡一般的红叶凛却再也按捺不住自己的怒火了，华丽的长裙被水浸得一塌糊涂，象征高贵的长发也变得凌乱无比。红叶凛满腔怒火地走上了台前，示意身后的十三将时间停止，但十三却毫无回应。红叶凛刚想回头斥责笨蛋十三，发现自己的间隙能力似乎受到了一种局限，无法施展开来。见红叶凛神色不对，稻弦燕尝试唤出体内黑色的气息来拯救当前的局势，却也感觉到体内的异能无法顺利地施展出来，力量就好像被锁死了一样封在体内，无法被运用或驾驭。

"这位小姑娘，如果你是想用你的异能来阻止我的话，那么就不要浪费力气了，刚刚用来灭火的水中被我派人混入了一些能够暂时屏蔽你们异能的药剂。话说这个配方也算是我死去的弟弟为我留下的珍贵遗产之一了，愿他的在天之灵能够安息，总而言之徒劳的反抗还是不要做的好。还有就是在那边的那位紫发美人儿，别以为我不知道你是谁，我劝你老实一点儿，不要伺机尝试节外生枝，毕竟你的学生们现在是我的人质，就算你本领再高，这种局面也是无法轻易逆转过来的吧？"将话筒关掉丢在一旁，灰发头领对白兰朵进行着警告。目前来讲，他的声音现在只有站在台上的红叶凛和白月还有白兰朵能够听到。

持枪的黑衣人们的行动十分专业，看不出一丝破绽，虽然场内不乏身怀绝技的高手，但想要从如此严密的掌控下找出突破口改变当前的局面是不可能的了。尹兰礼和胧耀轻声交谈了几句，决定先静观其变。

"我想我已经能够猜到您是谁了，对于您弟弟的死我深表遗憾，但我不明白如今您策划这起袭击的目的是什么？报复么？"白月对着灰发男人问道。显然白月能够认出眼前的这个灰发男人的身份。

"已经发生的事情没必要追究谁对谁错，造成当初那个局面的原因是不应该归咎到个别人头上的，这事儿永远也说不清楚，而现在我有着更为紧迫的任务。开门见山地说吧，我这次来这里的目的就是你，白月小姐。"灰发男人对白月说道。

"什么？"白月感觉有些困惑，完全想不出为什么灰发男人的目的是自己。

"作为异能研究领域为数不多尚且活着的尖端存在之一，之前你与其他学者一同研究的那份如何将异能解除的资料一定还在你手里吧？请把那份备案交给我，拿到备案我立刻会撤走这里所有兵力。"灰发男人开门见山地对白月说出了他的条件。

"那份资料的备案已经被我封进数据库中暂时淘汰了，从理论上来讲，通过那份备案确实能够以某些手段将'后天异能者'的异能消除，但由于当时战乱而导致的技术遗失，以目前掌握的技术是不可能再将这份技术还原了。无论你有什么目的，我想我都帮不了你。"白月用不容

177

置疑的口吻拒绝了灰发男人。尽管自己所处的立场似乎没有任何优势，可出于对自己工作的负责与实事求是的精神，白月完全无法妥协。

"你处心积虑地动用了这么大的声势不过是为了夺取一个区区已经报废的备案？真是有病啊！"红叶凛走上前站在灰发男人面前做出一副要保护白月的架势，已经无法施展异能的红叶凛所展现出的气势还是丝毫未减弱。

"哈哈哈，筹码越大，计划进行得就会越顺利。小姑娘，恐怕你还不了解你身后那位紫发的美人儿的可怕之处，我若是没有现在在场这么多人作为筹码，是绝对没有立场与你们进行这等对话的。而现在，无论如何你也要将那份备案交出来了，白月小姐，这次我可是将手下'先遣军'的所有精英全都召集了过来，因此我是不可能空手而归的！'暴徒'！进来！"灰发男人再次下令。入口处的门被强行轰开，一个身材巨大的光头男人闯进会场，被顺势带来的还有数个被打伤的学院的警卫。光头男的肌肉已经发达到看起来有些扭曲的程度，肩上和腰上都捆绑着巨大的炸药包，金属的面具遮盖着他的脸。他的面具已经伤痕累累，可以清晰看到面具上方印有一个红色的"Z"形字母。

"'屠夫'！你也进来！"灰色头发的男人继续下令。另一个入口处走进一个手持大砍刀的面具男，刀刃上血迹斑斑，可见此人也已经沿途击败了不少学院的警卫。砍刀男同样戴着铁质的面具，头上梳着凌乱的辫子，肌肉绷紧有韧性，从线条上来看要比"暴徒"美观得多。

"白月小姐，我并不想发生任何不愉快，尽管我为制造不愉快而做了充足的准备，但事态最为理想的发展还是你能够顺利地将备案交给我，否则……"灰发男人说到这里，突然停顿了一下。

"等等，'枪神'的队伍没跟你在一起么？"似乎发觉缺少了什么，灰发男人对大个子光头"暴徒"问道。光头男摇了摇他粗壮的脖子，表示自己也不知道。

"该死，我从进来之后就一直在想，为什么这个学院屏蔽了所有的无线电通信线路？'弄臣'，你带几个人去看看'枪神'的队伍出了什么情况。"灰发男人对一旁穿得小丑模样的家伙下令道。

怪里怪气的"弄臣"做出了十分夸张的动作表示回应，带领着几个部下走出了会场。一旁的白月则再次陷入了困惑，据她所知，学院内部应该并没有设置任何用来屏蔽无线电通信的设施系统。

"白月小姐，你拥有的考虑时间少之又少，你应该多少能够了解我现在的心情，如果不想将事态继续扩大化的话，还请你果断地将那份备案交出来，不管它对我是否真的有用，我都必须得到它。"转而再次对白月进行劝说，灰发男人对白月显得恭恭敬敬，语气中隐约能够听出些许威胁的口吻。

"如果你无论如何也要得到它，那么我拿给你就是了。你现在的做法太极端了，不过或许你有你自己的苦衷。那份备案在档案室，我要去那里将它拷贝过来。"白月答应了灰发男人的要求，示意带上灰发男人去取。

"不，我是一个明事理的人，既然你肯答应我的要求，那么我便会对你投以一定信任的回报，白月小姐你自己去将那份备案拿来就好。毕竟整个会场的人都在我的手里，相信你也不会尝试去做什么愚蠢的事情的。"灰发男人为白月让开一条道路，放白月通过去档案室拷贝他所要找的备案资料。目送白月离开后，灰发男人将目光转移到了白兰朵的身上。

"许久不见啊，恐怕你对我没什么印象吧，圣骑士大人，确切地说，应该是前任圣骑士大人。"灰发男人对白兰朵说道，脸上浮现出了无奈的微笑。会场并没有想象中的那么平静，一些嘈杂的骚动在人群中涌动，但总的来说局面仍在黑衣人可控的范围之内，此时能够听清楚台上灰发男人讲话的，恐怕只有红叶凛与白兰朵自己了。

"有意思……"对灰发男人回以微笑，白兰朵的神态显得相当从容。

学院的高墙外围，穗红重复着她残暴的挥刀动作在黑衣人群中抹杀开来，由于战斗一开始她就从天而降切入了持枪黑衣人们的近战范围，因此距穗红较近的黑衣人们并没有贸然开枪，而是纷纷掏出了铁棍与穗红展开肉搏。黑衣人们训练有素，在格斗技巧上相当娴熟，可面对杀气腾腾势不可当的穗红，也只能勉强招架。

穗红用她那极具破坏力不计后果的出刀方式大开杀戒，完美地破坏着整个战斗的节奏。

　　陆续将数个黑衣人砍翻在地后，穗红被外围持枪黑衣人巧妙的走位包围了起来。无论自己所处的角度还是所站的位置，完全没有任何可以躲闪的余地。稍微回想一下，自己刚刚的打法还是过于激进了，虽然冲垮了对手的阵形并成功砍翻了几个家伙，但同时也给予了他们调整距离向自己射击的空间。没有做出停滞，黑衣人迅速扣动扳机对穗红进行一通扫射。穗红调整身体的角度利用钢刀进行掩护，密集的射击还是令完全暴露在攻击范围之中的穗红身中数枪，就在千钧一发之际，位于后排的几个黑衣人停止了射击，闷头倒在了地上。

　　发现同伴莫名其妙地倒在了地上，余下的几个黑衣人迅速机警地环顾四周，却找不到同伴是因何受伤，陷入了困惑。此时被子弹穿透了多处的穗红也暂时地失去了行动能力，跪倒在原地。

　　"还真是似曾相识的处境啊……"穗红悻悻地嘟囔了起来。

　　"那是什么！瞄准她！"似乎察觉到了情况很不对，黑衣人们的视线捕捉到闪过的一抹黑影，试图对突如其来的黑影进行应对。无奈这个黑影行动过于迅速且毫无气息和存在感可言，完全无法被探知的影子就这样从黑衣人群之中穿梭了过去，伴随着消声手枪低沉的闷响，余下的几个黑衣人在很短的时间内便被及时赶到的千花轻松地解决掉了。

　　"虽然觉得如果再来早一点会更好，不过总的来说还真是恰到好处的支援啊，过来拉我一下……千花……我的大腿似乎被击穿了，另外这些黑色的家伙到底是什么情况啊……"见及时赶到的千花如此迅速地收拾掉了敌人，穗红急忙向千花提出求助。可面对穗红的求助千花没有理睬，而是隐藏住了自己的气息再次遁入阴影躲避了起来。

　　"喂喂！千花！你这是在干吗?！不要跑啊！"穗红完全没有弄懂目前的情况，而这时从后方悄然无声地顶在自己后脑勺上冷冷的枪口似乎让她明白了什么……

　　"又要被爆头了么……"这大概是穗红因枪击进入昏迷前脑中闪过的最后一个想法。

　　将穗红结果掉的是一直潜伏着在旁观战的黑衣人头目。与部下的穿着打扮全然不同，千花从暗处观察着眼前这个头目一样的家伙，高挑成熟的身材，亮金长发中分流出来两股辫子，在辫子的末端装有类似于左轮枪口一样的发饰，身穿一身暴露的黑色紧身皮衣，脚上踩着的巨大高跟鞋的底部也是由左轮手枪的枪口构成，同时手中还握着两把金灿灿的大尺寸左轮手枪，眼前这个金发女人的装扮无论从哪个角度来看都显得略微夸张。

"时间紧迫，别躲了，来战一场吧，我知道这个红发女人没死，不过你要是再不出来的话，我可是会把所有子弹都打进她的脑壳里的，你确定真的要我这么做么？"金发女头目将手中的枪顶在了已经倒下的穗红头上对空喊道，威胁着千花现身。

女头目的眉毛颜色很浅，与眉头紧紧地锁在一起，板着脸警惕地等待着千花的出现。

静谧片刻，千花并没有决定现身，回应给女头目的只有从各个角度中射出的子弹，由于完全感觉不到千花的气息，而且所处的场景遮掩物实在过多，女头目只能利用翻滚躲避攻击并盲目地朝子弹射来的方向进行象征性的还击。

反复几回合下来，女头目依然没能寻到千花的踪迹，被千花的暗枪打得略显狼狈。这时千花停止了进攻。使得一直处于被动挨打状态的女头目总算有了得以喘息的机会。在短暂调整了呼吸后金发女头目断定千花之所以停止了攻击是因为需要空隙换弹，如此良机不能错失，将手中的左轮枪对准最后一次向自己射出子弹的方向，金发女头目双枪齐驱，一通乱射，狂怒密集的子弹果然将千花从隐蔽的草丛之中逼了出来，现身在了女头目的面前。

"小姑娘，你还真是挺能藏的，不过单是以这种下作的偷袭是绝对无法赢得了我的。我是'先遣军'的队长之一，代号'枪神'。你能够在我眼皮底下干掉我所有的部下，值得称赞。来，一决高下吧！"枪神将手中的黄金左轮手枪抬起，对千花寒暄了几句。

"……"千花没有做出任何回应，同样将枪口抬了起来，眼神交际的瞬间，冰冷的子弹急剧升温向对方射出。千花利用自身优秀轻灵的移动能力借助墙壁对枪神进行跳跃射击。由于快速移动中的千花的气息无法被捕捉，这使得"枪神"对千花的瞄准变得十分困难。不仅如此，枪神自身还要时刻注意规避着千花对自己进行射击造成的威胁。

权衡了一下战场的形势，"枪神"并没有急于发起攻击，在象征性地对飘忽不定的千花射了几枪后，"枪神"开始进行后撤并不断通过翻滚来调整自己与千花之间的角度以阻碍千花对自己的进攻。在大体上适应千花的行动速度和进攻方式后，"枪神"利用一个侧翻将自己所站的位置调整到了最佳。

开火对跳跃中的千花进行了一阵点射，由于无法通过气流走向判断千花的动作，"枪神"只能凭借预判和运气尝试射中千花。无奈千花的动作刁钻迅捷，使得"枪神"的攻击频频落空。

如飞行一样双脚横踏在墙壁上向前突入，千花很清楚"枪神"在机动性上远不如自己，所以只要与其拉近距离并不断地通过闪避逃开枪神的视线，便可获得最为有效的进攻权。而"枪神"自然也意识到了对手的意图，见千花如此明目张胆地进行突入，便开足了火力对千花进行凶狠的压制。

随着千花突进距离的接近，"枪神"转移身体的同时甩动着她那一头金黄色的长发，从她头发中分流出的两个辫子末端发饰的枪口也一同向千花所在的方向射出了子弹，枪神的压制效果拔群，逼迫千花后退让自己获得了更好的作战空间。

面对如此强大的火力压制，千花的突入节奏完全被打乱，索性放弃了反击开始急速后撤，试图尽快从"枪神"的火力压制下脱出。但"枪神"的攻击愈演愈烈，头上的双枪发饰配合手中的两把左轮，换弹动作与攻击角度搭配得接近完美，在向千花进行逼迫式走位的同时，"枪神"还在不停地通过甩腿的方式将高跟鞋下方的枪口对千花进行射击，如同舞步一样开始占据整个战斗的节奏。弹道的覆盖与攻击的间隔恰到好处，将千花压制得毫无还手之力。"枪神"整个过程中动作的衔接之巧妙令人叹为观止，如同利用弹药与枪械完成了一段华丽的圆舞曲。

千花使出浑身解数规避着"枪神"的攻击，并不断后退寻找喘息的机会，当前的形势过于被动，必须找到机会反击才行。于是千花打算在"枪神"如此凶猛的火力攻击情况下尝试进行换弹反击。没有任何的多余动作，千花选择了最为巧妙的一个空当为双枪换好了子弹，而就在自己挥枪反击的瞬间，一颗流弹正好打在了千花持枪的右手臂上……

　　"能从我的绝技'金属华尔兹'之下逃脱就已经是你的荣幸了，竟然还敢在我的枪口下换弹？""枪神"说话的同时，又是两声枪响，千花的左手也被击中，而另一发子弹则穿透了千花的腿部，胜负瞬间决出。此时的千花不仅丧失了持枪能力，就连行动能力也被枪神剥夺。"枪神"潇洒地抖动了一下自己华丽的金发，无数个空弹壳从她的头发中掉落下来，居高临下地俯视着倒在地上的千花。

　　"不过也算是个难缠的家伙了，是因为你身体太小的缘故么？完全感觉不到你的气息呢，总之到此为止了，小女孩儿。"用鞋底的高跟左轮以踩踏的姿势瞄准跪倒在地上的千花，"枪神"准备发动最后的攻击……

　　在躺满了黑衣人的场地，传来了最后的一声枪响。

主母

"能掌控世界者，绝不轻易将其改变。"

在蝮蛇会的地下室当中，夜怖没有搞懂目前所处的状况，只能跟随琉一同向眼前这个看起来只有十来岁大的少女跪拜着。金发少女先是走到了昏睡在一旁的环身旁端详了一下，之后优雅地坐在了沙发上。整个地下室的气氛可以用死寂来形容，夜怖扭头瞥了一眼身旁的琉，琉躬着他修长的身子，满脸陶醉地将额头紧紧地贴着地面，表现着对眼前这个被传送而来的少女无限的仰慕与崇敬。夜怖虽然不能感同身受，但也能估量出个大概，眼前这个看似年纪不大的少女吸血鬼，一定非同小可。

"这果然是'原力精华'，真是完美无瑕的存在。你们将我召唤到这里来是一个相当明智的决定，我是艾洛雪·安蒂诗娜·血薇，血薇家族的血主母，你们的行为让我很满意，现在可以向我报出你们的姓氏了。"稚嫩的童声与娇小的外表，如此一个可爱的少女却是传说中的血主母，夜怖有些无法释怀地盯着安蒂诗娜，而琉对此却没有显出多少顾虑，缓缓地将身子抬起站好，对安蒂诗娜鞠躬示意。

"在下阿贝恩·琉·坎比翁，能够为血主母服务……真是荣幸至极……"琉小心翼翼地介绍着自己，对待血主母不敢有任何怠慢。

"已经被灭族的坎比翁家族的人么？我多少好像知道一些关于你家族的故事，如果你姓坎比翁，又以一个活着的姿态站在我的面前，那么你只可能是那个当年被血亲议会驱逐的疯子了。"安蒂诗娜用她老练阴沉的暗红色双眼上下打量着琉。琉的胡子浓密，发色黯淡枯萎，枯瘦的身体躬了起来，脸上的皮肤已经苍老到接近枯萎，双眼无神且眼球明显地向外凸着，像是随时都会掉出来一样。

"没错……在下正是被当年血亲议会驱逐……坎比翁家族的最后一

名吸血鬼。"琉的声音在颤抖，从中也能听出些许喜悦之情。夜怖对琉的身世也只是略知一二，听闻琉是其家族最后的一名成员后，不由得提起了兴趣。

"再怎么说，以一个纯血鬼而言，你衰老得过于迅速了，研究上古秘法所造成的后果么？"安蒂诗娜优雅地端坐在环的身旁对琉说道。喉咙中发出的声音无比稚嫩，安蒂诗娜的话语中却有着一种恐怖的威慑力。

"我尊敬的主母大人……如您所说……我现在的样子只不过是探索高等秘法所造成的负面影响中微不足道的一部分……但付出与回报总是会成正比的……"琉无不自豪地用他沙哑的声音回复着安蒂诗娜。

"很有趣，如传闻中一样，你是一个疯子，那么你杀死了你家族所有的成员这个传闻也是真的么？"安蒂诗娜饶有兴趣地对琉问道。

"那不过是一个试验……我用我家族所有成员的灵魂与血液进行了一次仪式……但仪式并没有成功……对于我来讲……那不过是一场代价稍大的探索……"琉在回应自己杀戮了所有家庭成员的时候没有显现出任何的不正常，淡然无比。

"那么你那么做的目的是什么？你追求的是什么？无比强大的法术，摧毁一切的力量，还是能够统治一切的权力？"安蒂诗娜继续问道。

"是对事物真相的探索……我很明白自己的定位……这个世界上有着太多能够凌驾于我的存在……我不过是……想让好奇心……得到满足……因此我在获得'原力精华'后……选择了向您臣服，并将它献给您……为的就是能够明白'原力精华'的存在……对这个世界……意味着什么……而当'原力精华'属于您之后……您又会如何利用它……"琉凸出的眼球凝视着安蒂诗娜回答道。

"你的想法很有趣，但过于天真了。告诉我，你认为'原力精华'是什么？"安蒂诗娜不屑地对琉投以一个微笑，问道。

"改变世界之物……乃平衡之冲突所在……拥有着破坏一切的能量……其产生的效应足以颠覆万物……只要加以利用……就可以将其产生的效应平定所有！"琉兴奋地回应着安蒂诗娜的问题。

"陈词滥调……毫无新意……"安蒂诗娜对于琉的回答给予了相当差的评价。

"但……'原力精华'存在的意义不就是如此么？只要能够驾驭'原力精华'的人拥有了它……就可以制造一切效应！"琉极力为自己的回答做出辩解。

"拥有'原力精华'？孩子，你犯了一个原则性的错误，这个错误是通常人类才会有的对一切理解的通病，人类的寿命不过只有不到一百年而已，但他们却时常认为自己拥有了一个历史足足几千年的古物，然而事实上来讲，却是这些历史悠久的东西拥有了他们，这是一种本末倒置。'原力精华'早在这个世界诞生的纪元就已经存在了，它所涵盖的万物比你想象的要多得多。你以为你能够控制它，但到头来只会被它所同化，成为'原力精华'的一部分；你以为能够利用它，然而事实上却是被它所利用；你以为你能够通过'原力精华'改变了整个世界，但到最后真正意义上被改变的，却只有你自己。"安蒂诗娜轻轻地抚摸着昏睡中的环，对琉进行着说教一样的对话。

"但'原力精华'的效应能够带来巨大的能量与支配万物的权力这应该是正确的吧？即便是利用，也是相通的，从中获益不也是理所应当么？"夜怖在这个时候插话进来，就算是不太在意礼数的夜怖也意识到了自己的行为可能有些无礼。

"从某些角度上来讲，'原力精华'确实能够加速一些目的与欲望的实现，但欲望是无穷无尽的，这种利用关系终将会把使用者带入歧途。无论是谁，都会有自己的能力无所触及的一面。目前血盟中包括我在内硕果仅存的几个能够驾驭'原力精华'的长老已经达成了共识，那就是当我们中的任意一人得到'原力精华'后，都要将其瓦解封印。"安蒂诗娜的目光锁在了夜怖身上，似乎对夜怖刚刚突然间的插话感到了有些不悦。

"也就是说，我们要摧毁这来之不易的能量，而不去加以利用么？"夜怖的眼神变得锐利了起来，对安蒂诗娜问道。

"是的，因为吸血鬼现在有着稳定的国度，安全舒适的生存环境，我们无须借助'原力精华'来达到什么必须完成不可的目的，但这并不意味着'原力精华'落入其他种族的手中也不会得到利用，所以瓦解'原力精华'的力量并将其封印住是最为明智的。"安蒂诗娜用她暗红色的瞳孔与夜怖对视着，稚嫩的声音中有着无比沉重的威严感。

"这简直是一种浪费！如此强大的'原力精华'落入吸血鬼手中的意义即是被瓦解封印么？！据我所知，就算是血盟内部也不像你所说的那么和谐安定吧？各个血亲间的明争暗斗和血系的对抗已经持续了多少年了？我们完全可以利用这个力量建立一个完美的国度，或是创造一个完美的信仰！或是其他！……"夜怖被安蒂诗娜如此消极的态度搞得情绪激动了起来，带有怒火地吼道。然话未说完，夜怖便感觉到了一股不可抗拒的失衡感，紧接着身体被悬空吊了起来，然后被重重甩飞在墙上。

"是谁允许你跟我这么讲话的？混小子？不要试图用你那才从棺材里出来没多久未经世事的简单想法来顶撞我！"安蒂诗娜稚嫩的脸上露出的表情令人不寒而栗，夜怖将深陷进墙壁中的身体挣扎出来，浑身如同散架一般。

"或许你们这些身为亘古时期之前便具备神性的吸血鬼早就已经适应了顺从自己的命运，并放弃了试图改变这个世界，追求所谓安逸的生活，但这并不代表我们也要像你一样！血主母大人，就算您的威力无边，这种屈膝于命运随遇而安的行为我还是无法认同。"夜怖的胸腔似乎被刚才的撞击折断了一样，艰难地对安蒂诗娜反抗道。

"屈膝于命运？你知道什么是命运？正在发生的与尚未发生的一切都是命运！你以为你能够对抗命运？但你连命运是什么都不懂！只有卑微的蠢货才会想要得到地位，只有弱小的臭虫才会想要变得更强大，只有你们这些什么都不懂的废物才会想要弄清楚一切未知！只有被命运玩弄的孬种才会期盼着对抗命运！你一心想要对抗命运，最终只会成为命运的阶下囚！"安蒂诗娜无论在气场与言谈上都显得无懈可击，用长辈的语气狠狠地训斥着夜怖。

"主母大人……以一个头脑简单好战的吸血鬼而言……您大可不必过多地在意他所说的话……那么……您的意思是……将这个小女孩儿身上的能量瓦解掉？"琉试图打破这一局面，插话说道。

"是的，我需要将她带回血盟，之后处理掉她身上的'原力精华'，这样一来在今后很长的一段时间，这个世界上是不会再衍生出第二个类似于她一样如此强大的能量的。相应地，为我献上'原力精华'的你们也可以得到可观的回报。"安蒂诗娜站了起来，走到了半跪在地上的琉面前，打量了几眼。

"通常来讲我都会自行决定奖赏措施，但考虑到你是个疯子，或许我该听取一下你的意见，以你那错乱的脑子，一定会向我提出一个既有趣又疯狂的要求。"安蒂诗娜幼小的身体站在琉的面前，微笑地对琉说道。

"这真令我受宠若惊……血主母大人……对知识的渴求让我的思维长期处于饥渴与困惑的状态……强烈的求知欲让我无法忍受肉体对我精神的禁锢……尽管如此……生命的意义即是依附这身皮囊……而这该死的躯体又无时无刻不在限制着我思维的延伸……它们相互矛盾……令我苦不堪言……我渴望拥有神性……但那遥不可及……如果您能够为我指明方向的话……"琉的声音带着颤抖，兴奋地对安蒂诗娜请求着。

"这是一个老生常谈的问题了，思维与肉体互相局限并且相辅相成，但由于拥有接近无限的寿命，大部分吸血鬼都能够合理地找到折中点来进行弥补，毕竟时间能够提供给思维的活动空间比想象中的要大得多。而像你这种不惜消耗自己寿命杀鸡取卵的饥渴行为我也不是第一次见到，对你这种疯子而言，或许将你的灵魂直接从肉体中剥离出来对你而言会显得好很多。有趣的是，尽管从来没有用到过，但我确实拥有进行这项仪式的一切手段。让我感觉不太开心的是你的态度。琉，你明明知道我掌握着'巫妖转换仪式'的手段，却不直接向我索求，而是一步步地让我自己提出，这样做确实显得精明，但对我而言却有些失礼。"安蒂诗娜稚嫩的脸上显出一丝诡异，对琉冷冷地说道。

"这不过是一个善意的分歧……最终我还是将自己的命运交给了您……在目的上我和您完全一致……"琉将身子躬得更低了，极力向安蒂诗娜展现着臣服。

"目前我见过的吸血鬼巫妖也只有一个，虽然掌握着这个仪式，但我从没想到真的有一天会去使用它，或许这也是一种宿命吧。你要知道，灵魂与肉体的剥离会让你痛不欲生。而讽刺的是，这个仪式结束后，你从某种意义上来讲也可以说是永远地死去了，这便涉及不到生不生的问题。除了你的骨骼，你身体的其他部分将会全部被抹除，而思维也将无限发散。与你活着的时候尝试将思维向外延伸相反，当你成为一个吸血鬼巫妖，你要做的会是绞尽脑汁地局限住自己的思维，好让它们仍然能够为你提供意识。你不再有起点与终点，生命与你已经毫无关系，你的灵魂将陷入无尽的深渊，时刻感受着痛苦与折磨。况且当你成为一个吸血鬼巫妖之后，你的身体却无法再享受到血液为你带来的滋润与满足，而你对血液的渴求会越发地空洞，这一点是身为吸血鬼的你永远无法适应的。它为你造成的痛苦会随着时间不停地加剧，撕裂着你的灵魂，直至糜烂。语言能够表达得十分有限，恐怕只有到你面对的时候才能真正地体会到。"安蒂诗娜用她老谋的暗红色双眼注视着琉，讲述关于成为一个巫妖的一切。面对这些骇人的形容，琉却感到无比的向往。

"那么你，脾气暴躁倔强的小子，我该如何奖赏你呢？看起来你对力量的渴求更少，一些幼稚的想法与混乱的感情充斥着你的内心。如果你愿意，我倒是有着一个不错的提议。"安蒂诗娜转向夜怖，笑盈盈地对夜怖说道。

"愿闻其详，我尊敬的主母大人。"此时的夜怖已经收起了自己的情绪，恭敬地回答道。

黑月的线

"迷乱与失控。"

信仰之塔的中心，安度洛斯国首都安格利斯塔的心脏位置，接见大厅内，黑月站在中央，被由六个角度同时贯彻射入的阳光笼罩着，这让很少接触阳光的黑月感到有些不自在。整个接见大厅富丽堂皇，玛瑙与宝石镶嵌成的壁画与威严华丽的建筑构造结合得完美无瑕，大厅的六个角度交接的三个位置分别象征着"太阳"、"月亮"、"星光"，现在位于"太阳"席位上正襟危坐的少年就是现任安度洛斯国的教皇。

事实上，绝大部分人都很难想象这样一个十八岁的少年竟是如今整个世界最高权力的拥有者。教皇身上的穿着犹如一座小山，乍一看似乎臃肿不堪，搭配上等绸缎饰物的线条组成得井井有序，精美的宝石与金饰交相辉映在教皇身上的每一个角落。过于奢华与沉重的装扮让教皇的行动相当不便，因此在教皇左右安排的两个身穿金甲的护卫随时都在扶持教皇进行动作。这一做法在大部分人眼里象征着教皇至高无上的尊严与权力，黑月却一直觉得十分可笑。

在一旁"星光"位置上站着的女人有着一头淡蓝色的长发，可能是由于此次出席的场合较为正式，女人身上的装扮也华丽得令人叹为观止，纯白色的绸缎配以华美的银质肩甲，胸前绚烂的宝石组成美轮美奂的剑形十字架图案，眼前的这个女人正是现任安度洛斯国圣骑士赛琳维西亚，拥有着代表着安度洛斯国军事最高领导人的称谓。浅蓝色的眉毛，淡雅的双眸，轻皱眉头板着那张美丽的面容，圣骑士大人站在原地，散发着一股带有丝丝忧郁的圣洁气息。

赛琳维西亚的身旁站有一名副官，副官身穿着全身铠，看起来干练十足，黑色的短发配以色彩略显阴暗的深色衣着，单独看起来并无异样，却与这个圣洁的大殿有些格格不入。

此时位于"月亮"位置上的女人正在一脸敌意地看着黑月，她就是现任安度洛斯国的圣裁官莉丝塔娜。她有着与黑月一样的银色秀发，但与黑月那色相十足的大波浪散发完全不同，莉丝塔娜的银发是用金色的十字架发饰工整地盘在头上的，身上穿着象征圣洁与公正的银白色长袍，淡黄的瞳孔中映出对黑月强烈的敌意。

　　"星盟学院现任校长黑月，应召唤前来拜见至高无上的教皇大人。"单膝跪拜在教皇面前，黑月娇态做作的举动让一旁的莉丝塔娜感到十分不快，严格按照礼节来讲，只有他国领袖或特使才有资格只向教皇单膝跪拜。但出于场合关系，莉丝塔娜并没有急于对黑月进行斥责，而是将不满压了下去。

　　"黑月，距离我们上次见面，是什么时候了？"教皇的声线十分好听，充满了孤高的气息，眉清目秀的脸上有着与他年龄不相符的沉稳。

　　"大概五年了吧，如今您也长大成为一个英俊的男人了啊……虽然没有刻意地去关注过，但多少也有所听闻您在近些年有着十分活跃优秀的表现呢。"从黑月与教皇的对话中能够明显地听出两人之前的关系非常熟悉，一脸娇态显得有些故作扭捏的黑月与教皇沉稳的态度对比鲜明。

　　"那么你知道我为何召见你来到这里么？黑月。"教皇对黑月微笑地问道。

　　"按照您手下告诉我的情况的话，您是因为想要对我的领土进行支持与援助才把我召见到这里来的。"黑月一脸娇态地笑着回答教皇。双方的交谈单从表面上看起来相当的融洽，心照不宣。

　　"事实上我将你召见到这里来还有其他的目的，比如说让你知道，刚刚你说的话中，存在的问题。"教皇突然将语气的温度降低，气氛中隐藏着的一抹诡异逐渐开始从整个大厅显现出来。

　　"是么？既然如此，那么刚刚我说的话中存在的到底是什么样的问题呢？单以我的理解，真是想不透啊，如果可以的话，还请教皇大人您点明。"黑月依然保持着她娇态的微笑，对教皇答道。

　　"你刚才说到星盟学院是你的领土，但这片领土只不过是我国与翼之国在战争中发起纠纷的中立区域。这场战争确实没有分出胜负，也确实是因为你的介入才得以和平收场的，但这并不代表你就有资格获得这块领土的所有权！而且你竟然还公然继承了星盟学院校长的位置！你这种行为是对神的藐视！"教皇将积压着的愤怒一并放出，之前的看似和谐的气氛变得荡然无存。

"那么看来您把我叫来的目的不是为了向'我的'领土进行援助和支持咯？"面对已经龙颜大怒的教皇，黑月的语气还是淡然十足，娇态依旧，说话的重心依然不着边际，让人感觉无可奈何。

"蠢女人！你还不懂么！犯下了如此大的罪行，竟然还在想着那不着边际的利益！"一旁的莉丝塔娜总算忍不住了，开口对黑月进行着呵责。

"真抱歉啊，我本来就是为这不着边际的利益而来的，所以其他的问题实在是没有心思去在意呢。"黑月在回应莉丝塔娜时看似与之前没什么差别，但莉丝塔娜却在某个与黑月对视的瞬间感觉到了一种威慑，尽管似有似无，心底却突然变得压抑了起来。看着一脸娇盈盈的黑月，莉丝塔娜努力地否认着刚才那骇人至深的眼神是黑月发出的。

"你的态度是想戏弄我么！黑……月！"教皇的忍耐力已经被黑月那扭捏做作不可一世的态度挑战到了另一个高度，尽管身为教皇，年龄却是血气方刚，这使得他没能压下这股不悦。

"我怎么敢戏弄尊敬的教皇大人您呢？明明是以对我进行援助与支持的理由将我召见而来，结果话不出三句便将我批为有罪之人。与其说我戏弄您，倒不如说是您戏弄我吧？"圆润的嘴唇轻翘上扬，娇态的微笑妙不可言，黑月与愤怒的教皇对视着，眼神中若有若无地传达着一种黑月特有的威慑力。大厅中的气氛与局面不断微妙地变化，教皇默不吭声，迫于目前的状态不知说些什么，只能在胸口积压着愤怒，而黑月尽管似乎游刃有余，却也无法脱离这僵持的气氛。

"您……是前任的圣裁官吧？"打破这一局面开口讲话的是之前一直没有发言的圣骑士赛琳维西亚。

"确实如此，我还以为你把我忘记了呢，赛琳维西亚将军，哦不，现在应该是圣骑士赛琳维西亚大人。"黑月用眼睛瞟了一下沉默着的教皇，对赛琳维西亚说道。

"既然如此，那么您应该知道自己现在的处境吧？我们所讨论的是领土问题，还请您认真对待。"圣骑士赛琳维西亚对黑月的语气毕恭毕敬，没有丝毫的怠慢。

"圣骑士小姐，论对这个国家做出的贡献，相信把你们在座的各位一并加起来也比不过我；论现在我们各自的身份，你们连我是一个领主的土地所有权都要剥夺。如果我真的去认真对待这种对我饱含歧视与不公的状况的话，你觉得我会怎么做呢？"柔媚娇态的微笑依然在黑月的脸上挂着，但她娇态的语气中却显得锋芒毕露。包括教皇与圣裁官在内的大厅所有人都被黑月所营造的气氛僵持在了原地，没有一人愿意继续开口。

"那么就当是对我领土支持援助的谈判失败了吧，由于身上还有许多事务需要处理，如果没有其他问题的话，我就先行告退了。"黑月笑盈盈地看了看在场的几位首脑级人物，娇媚地摆出一个告别的姿势，然后大摇大摆地朝大厅出口走去。

门口的两个教皇护卫用利刃将出口封锁，挡在了黑月面前。

"没有教皇的命令，任何人都不许私自离开大厅！"教皇护卫可以称得上是全副武装，厚重的头盔覆盖着他们的面孔，低沉的警告从护卫那硕壮的身躯中发出。见黑月要擅自离开，赛琳维西亚也将腰间的佩剑拔出，走上前要阻止黑月。值得一提的是，赛琳维西亚虽身着华丽的盔甲，佩剑却是一把断刃，看起来一副残破不堪的样子。

"都先退下……"教皇的命令让赛琳维西亚和门卫都停止了动作，黑月媚然一笑，转过身来面对教皇。

"黑月，你当真要迈出这扇门？你甚至不知道我下了多大决心才做出把你召见到这里的决定！而我最为真实的目的，你也全然不知！"教皇显得有些歇斯底里，对黑月说道。

"真是感谢您能够为我开路啊，亲爱的教皇大人。"娇盈盈地对教皇抛去一个甜美的微笑，没有对教皇说话的重点进行任何回应，黑月轻轻从护卫中间穿过，迈着优雅的步子走出了神圣的接见大厅……

直行在走出信仰之塔的大道上，黑月此时脑中在思考着各种问题。经过环的事件之后，黑月已经意识到，即便是自己也无法让每个因素都疏而不漏。而人的欲望永远都会处于一个无限扩张的状态，如今黑月要做的便是不断地减少自己"线络"中的"变量"。

教皇对于黑月来讲，即是一个巨大的"变量"，假如能够合理地加以利用或许会收益无穷。但将视角转换到更为宏观的位置，只有从小的细节出发再将其效应扩大化才能让事态的发展更为精准。但效应本身却也是一个"变量"，思维的过程即是不停地将因果互换，发生碰撞，产生新的思路，再将其润滑完善，之后继续循环。黑月在思维的终端审视着自己的处境，通过之前不停的升华已经让自己达到了一个相当美妙的高度，可这对于黑月想要驾驭的一切而言还显得远远不够。

之前的自己一直在尝试着控制、利用、引导、疏通所有事物的走向与联系，但万物之间那潜移默化的微妙关系却总是在阻碍着自己无法使结果变得如预计的那样完美。因此黑月不停地减少她所干涉的范畴，不停地消除进程中的"变量"，她认为当"变量"被控制在一个合理的范围与数量的时候，"变量"也就变成了"定量"。

事实不然，整个世界瞬息万变，命运、脉轮、线络，这些事物本身便不具备任何的"定量"，即便是黑月自身，也不过是整个循环中相对而言稍微活跃一点的"变量"而已……

黑月迈着她优雅而紧凑的步子，将高盘在脑后的华丽银发抖开，回归成了自己那艳气十足的形象，径直走进之前路过的朝拜广场中心。那个叫作厄迦丝被人称为龙吼女王的山匪头子依然锁在原地，被那些所谓的信仰者斥骂着。

黑月看着台上的厄迦丝，轻叹了一口气，然后用她优雅充满娇态的身姿踏上了高台，将厄迦丝的头抬了起来，与之对视着。这一行为引得在旁的护卫冲上高台要对黑月进行阻止，台下那些围观者也开始议论起来这个看似轻浮女人的行为。

面对身后冲上来的护卫，黑月将手伸向自己的大腿边缘，摸出了一个金闪闪的东西高高举起。

"天……'天使十字架'！"一眼便认出了黑月手中的物品，在场所有的人如同条件反射一样在黑月面前跪拜下来。此时的厄迦丝神态疲惫不堪，充满了对眼前发生的一切而感到的迷茫。

"你是叫厄迦丝吧，似乎被困在这里很久了呢。我虽然有权力让这些家伙不干涉我，不过以我的体质和能力，可是无法为你解开你嘴上的这个结界的，但或许我可以引导你通过自身的力量将这个结界冲破也说不定呢，现在看着我的眼睛。"黑月软蓬蓬的银色睫毛轻轻地抖动着，暗红色的瞳孔与厄迦丝的目光衔接了起来，充满了无尽的理性与温和。在娇柔入骨的目光中厄迦丝的情绪开始变得亢奋，如同看到了希望的曙光，口中结界上的符印开始了不规则的抖动，之后全面瓦解开来。

"真是出色啊，竟然一下子就把结界突破了。"黑月娇盈盈地对厄迦丝笑着，暗红色的瞳孔透彻明亮。

回过神来，厄迦丝发现自己嘴上的结界已经被解除，面对着台下那些羞辱过自己的围观者，怒火开始升温沸腾。

"我的女士，请你用尽全力捂住自己的耳朵，然后离开我的正面。"沙哑低沉的女声从厄迦丝口中发出，虽然身体疲惫不堪，眼神中充斥的怒火却激昂着一切，示意黑月捂住耳朵躲在自己身后，厄迦丝深吸了一口气……

"呃啊——"

扯开嗓子对着台下的人群发出了震天的吼叫，如同潮水般汹涌来袭，音波所到之处惊魂夺魄，肆虐着广场中的所有人。装饰街边的彩色玻璃被震得粉碎，地面上的石子与瓦砾纷纷颤抖不规则地跳动起来，被怒吼正面波及人群的耳膜如同碎裂一样崩动开，音波冲击的挤压感让他们的眼球充血，随时都面临着暴毙的可能。

这时一个华丽的身影从天而降，坠向正在对广场人群进行着怒火宣泄的厄迦丝。意识到有敌来袭，厄迦丝迅速后撤躲闪，随之而来的坠天一击直接摧毁了整个高台，将厄迦丝崩飞在地上。战神在世的姿态从崩裂的地面起身，前来阻止厄迦丝的是圣骑士赛琳维西亚，手中持着巨大的符文魔剑，魔剑由蓝色的光芒连接破碎的断刃拼凑在一起，不规则的能量从剑身中不断涌出，赛琳维西亚的魔剑散发的气息相比于厄迦丝营造的恐惧感更加令人胆颤。

"哎呀呀，即便是我这个对圣物不怎么了解的人都能认得出你手中的这把武器呢。"从如此危急的气氛中插话进来的黑月却毫无一丝的紧张感，旁若无人一样地走到赛琳维西亚面前，观察着赛琳维西亚手中的魔剑。尽管想直接跳过黑月对厄迦丝发起进攻，却无论如何也无法忽视黑月的存在，赛琳维西亚只能紧握着魔剑，静观其变。

"这个就是'鲜血黎明——天怒者的破碎魔剑'吧？当初上一任教皇为了重铸这把圣物曾经耗费巨资聘请了多个全世界最棒的铸剑师一同对其进行重铸，后来由于这把剑的工艺过于复杂，忙活到最后也未能将其修复，如今竟然被你用这种方式拼凑到一起了，真是奇妙啊。"黑月对魔剑历史进行着回顾的同时，厄迦丝也与赛琳维西亚进行着眼神上的撞击。

"黑月大人，教皇亲令我不得伤您，但您如此对这等罪人进行保护，我会很难办的。"赛琳维西亚的魔剑不停地颤抖催促着自己大开杀戒，她本人的气息却维持得相对平和舒缓，极具理性。

"你是个通晓事理的人，既然我要包庇这个所谓的罪人，你又不能伤我，那么你认为你现在应该怎么做？"黑月娇滴滴地看着赛琳维西亚，用诱导般的话语对其问道。

"我无法做到在不伤及您的情况下对她进行制裁。"赛琳维西亚考虑了一下，竟然果断放弃了攻击厄迦丝的打算，之后将魔剑的能量剥离，使魔剑还原成了之前那柄破碎的断刃，收回到了刀鞘之中。

"明智的决定。"黑月一脸媚笑地赞道。

"但是为什么您要救她？"赛琳维西亚表情淡然，平和地对黑月问道。

"用不负责任的说法来讲的话，这不过是命运的安排。"

纷争

"混沌之中，早晚会诞生新的循环。"

随着最后的一声枪响，"枪神"的胸前被子弹洞穿了一个口子，她只看到了千花的几个不太清晰的动作，却不知道千花是如何做到在双手都无法使用的情况下对自己开火的。明明刚才的情况是自己脚踏着已经无力还击的千花，准备对其击杀，但事态的转换却完全令她出乎预料，本应无力还击的千花竟隐藏着一把暗枪并成功地击中了自己。更令"枪神"感到诧异的是，她甚至从头至尾都未能发现千花的暗枪藏在哪里，却还是被一枪击中了要害。

现在的"枪神"已经因胸口中弹而倒地不起，而千花也由于伤势略重而逐渐难以维持神志，在最后确认"枪神"已经彻底被击败后，千花安然地将头仰了过去，昏倒在地上。这场对决并没有分出胜负，而是以双方都负伤昏迷结束的。

目睹千花与"枪神"最终两败俱伤情形的人有两拨儿，其中一方面是被枪声吵醒前来一探究竟的雷莉；而另一方面则是奉命前来搜寻"枪神"下落的"弄臣"与他的几个持枪黑衣人手下。

匆匆前来的双方都刚好未能介入千花与"枪神"的争斗，但敌对关系却一目了然。雷莉面对带领着几个持枪黑衣人的"弄臣"，没有过多的理睬，而是径直走到了穗红和千花身旁，将两名伤员扛在了肩上，然后转身背对"弄臣"与他的手下，准备离去。此时黑衣人们手持的所有枪口已经对准了雷莉，"弄臣"张牙舞爪地做着奇怪的姿势，似乎雷莉对自己完全无视的行为让"弄臣"感到很好玩。

"那边的高个子大力神美女，你简直是力与美的完美结合，给我的感觉犹如女性版的阿瑞斯一般！但目前你的双手已经用来扛着你那不争气的同伴，使现在的你变得跟维纳斯一样。你现在不仅美貌无双，而且还是断臂的，请不要做太多的抵抗，成为我的俘虏吧！"小丑阴阳怪气地做着不着边际的比喻，奉劝雷莉投降。雷莉做出的回应则是将右脚抬起，然后重重地跺在了地面上……

随之而来如地震一样的撼动感瞬间波及开整个场地，破坏了在场所有人的平衡感，几名持枪黑衣人猝不及防地打着踉跄，手中的枪械纷纷掉落在地上，而在他们低头将枪迅速捡起再抬头的时候，雷莉的腿便已经刮在他们的身上了……

仅仅是一个踏跺配合一个扫堂腿，"弄臣"的几名手下便全部被雷莉击溃，一个个横七竖八地倒在了地上失去了意识，而"弄臣"对此却没有表现出半点儿惊讶之情。

"啊哈哈哈，哈哈哈！嘻嘻嘻，嘻嘻嘻！嘿嘿嘿！"看着被雷莉一腿踢翻七零八落的狼狈部下，"弄臣"被逗得捂着肚子狂笑不止，捶胸顿足地在原地打滚。雷莉并没有搭理"弄臣"，扛着千花与穗红转身离开。

"那边的那位超——能打的大姐头，不介意的话我能不能当你的小弟呢？""弄臣"的声音再次从雷莉身后传来。雷莉有些不耐烦地回头，发现"弄臣"不知从哪里找出了一副墨镜戴在了他那涂满了颜料的脸上，并且将头发拢了过去，看起来就好像一个黑道势力的小弟一样。

"况且大姐头你是要去将这两个美女送去治疗吧？我也有把这个玩枪的笨蛋女人送去救治的义务哦！否则我的老大要是知道'枪神'就这么死了，一定会杀了我的，来吧！让我们化身为圣医特蕾莎去拯救这些因弱智而垂死的笨蛋吧！""弄臣"跑过去将"枪神"扛了起来，装腔作势地用黑道语气叫着，然后跟到了雷莉身旁。

"你是精神有问题么？"雷莉扛着昏迷着的千花与穗红对"弄臣"冷冷地问道。

"不，我只不过是个彻头彻尾的疯子罢了！大姐头！"用毕恭毕敬的小弟腔回答着雷莉，"弄臣"对角色的融入相当地迅速，跟随着雷莉一同走向了主教学大楼。

此时星盟学院的会场，白月已经将拷贝好的备案磁盘带到了灰发男人的面前。

"按理来说你是没必要向我提供假备案的，白月小姐，但为了避免意外，我还是要进行一下简单的确认。'策士'，帮我检查一下这份备案是否存在问题。"灰发男人将白月手中的备案磁盘递给了身后的一名戴着眼镜的女性，名为"策士"的眼镜女将备案放入右手配备着的微型电脑中，开始进行核实。会场的局面全部在灰发男人的掌控之中，尽管台下的骚动越发明显，但持枪黑衣人们有条不紊的行动还是让场面维持得相对稳定。

自始至终灰发男人的行动基本没有遇到过什么阻碍与反抗，就连在他眼中最大的威胁，前任圣骑士白兰朵都没有采取任何作为，由此基本可以断定此次行动高枕无忧了。而他此时尚且不知自己最为得意的部下之一"枪神"已经被击败了。

"没问题，数据的估算匹配吻合程度很高，是真品，'刀锋'队长，我们拿到你想要的备案了。""策士"将右手的微型电脑关闭，向灰发男人，也就是"刀锋"队长报告道。

"很好，白月小姐，我已经得到我想要的东西了，现在我会让我的部下撤离你的会场，我对我制造的麻烦向你表示歉意，通知各个分队，撤离！""刀锋"队长下令之后，台下的黑衣人士兵们开始进行收整，一切看似顺利，"刀锋"队长却还是若有若无感觉少了些什么。

"啊，我都忘了……无线电通信不能使用是吧，这样还没有归队的'弄臣'和'枪神'就没办法召回了，总之……""刀锋"队长话刚说到一半，从天窗坠下的人影便打断了他的发言。

以风卷残云之势飞入，天神下凡般的森突然掠进场内，一把将策士手中的拷贝储存卡夺了过来。站一旁的暴徒刚要插手，白色的寒芒从他身后划过，将其狠狠地穿透并钉在了墙上。卡西迪娜的银枪由暴徒的后背刺入，胸前戳出，与墙壁衔接得可谓完美。站在台下的屠夫见状也要有所行动，艾瑞丽欧的圣银箭矢呼啸而至，示意他不要轻举妄动。

银色的长发，眉间前方浮现着圣焰，森秀美的脸上表现出的是无比的威严与圣洁，她手中握着的巨剑骇人至极，气息沉重，一旁的白兰朵在注意到森手中的剑后，愣在了原地，陷入了沉思。

"你们是……天使?！这是为什么?""刀锋"队长被眼前这一幕所愕然,对森吼叫着。

"均衡的天平已被打破,我的行为不一定非得有个缘由。"森冷冷地回答着"刀锋"队长。

"但你手里拿的不过是一份拷贝而已!愚蠢的天使!""刀锋"队长怒不可遏地对着森吼着,情绪已经上升到了一种沸腾的地步。

"不,我刚才一直跟随着白月女士,在她将这份拷贝资料带来的同时,其余的数据已经都被我销毁了,也就是说现在我手中这份备案是独一无二的。你不会弄懂我这么做的目的,总之它现在属于我了。"森手持着仅存的备案磁盘,语气中充满了死寂的感觉。

"把它交出来!你不明白你手里的那个东西对我有多重要!""刀锋"队长从袖口处抽出两把刀柄,迅速地将刀柄插入双腿上装备着的刃囊,组合出了两把战刀,疾步袭向森,而森看起来甚至连与之交战的意思都没有。

在躲避开艾瑞丽欧射来的圣银箭矢之后,"刀锋"队长将战刀狠狠地砍向了森的同时却被森用黑色的巨剑完美地招架住弹开。由于过于贸莽鲁莽地试图夺取森手中的备案,"刀锋"队长不计后果的突袭使自己完全被围绕着森的圣焰所覆盖,涌动着的圣焰将"刀锋"队长的全身灼伤,留下了一片片严重的焦痕。

"别再自寻死路了,你与我实力悬殊,而我这么做的目的也并不在于想要阻碍你,要怪就怪命运吧,后会有期。"森自始至终都在尽可能地回避着什么,像是不愿意被人看到一样,极力地躲避着白兰朵与台下稻弦燕的目光。

在达到目的之后,森带领艾瑞丽欧和卡西迪娜迅速撤离了会场,留下了台上被钉在墙上的暴徒与被击败的"刀锋"队长。此刻会场后方的骚乱开始扩大加重,并演变成了一场冲突。

就在台上发生事故的同时,台下的胧耀与尹兰礼趁机带领着部分武者学生预谋了一场反击,借助着森的干涉让他们的行动颇为顺利。正要进行撤退的黑衣人士兵还未来得及做出反应,便被尹兰礼、胧耀等人打了个措手不及,学生们只用了少量的代价便换取了整个会场的

控制权。

这时台上唯一能够战斗的屠夫手持砍刀刚要试图有所作为，却被迎面而来的灯柱狠狠地轰倒在了地上。将屠夫击倒的白兰朵随手拿来的灯柱犹如妖魔化了一样，变得坚硬无比，同时被彻底地变化成了黑色，灯柱上的裂隙闪耀着紫光，华美强大，气势十足。在将屠夫轰倒在地后，白兰朵将灯柱随手扔在了地上，灯柱在脱离白兰朵手中的同时又变回了之前那残破的样子。

事态的转变之快让所有人都始料未及，台上台下的里应外合与天谴猎手的突然介入彻底粉碎了"刀锋"队长精心策划的局面。此时的"刀锋"队长的身上布满了灼痕，已经连行动都困难了，见大势已去，"刀锋"队长将他伤痕累累的手攥成拳头狠狠地砸在地上，满心不甘。

"只差一点……只差一点就可以拿到它了……""刀锋"队长的表情有些抽搐，身上的灼伤让他的行动十分受限，苦不堪言地跪在原地。

"到了最后，你也没有告诉我你夺取那份异能消除备案的目的啊，'刀锋'先生。"白月将随身携带着的一小瓶药水从衣兜中拿出，倒了一些在手里然后轻轻地敷在了刀锋队长的伤口上，充满关怀温柔地对"刀锋"队长说道。

台下的黑衣人已经被学生们所击溃，而台上的人则都在静静地观察着白月的行为。

"我的弟弟……正在饱受煎熬……""刀锋"队长的表情还是有些抽搐。白月对他的治疗很大程度上缓解了他伤口的痛苦，可心中的痛苦却似乎丝毫没有减轻。

"你的弟弟？是指龙铭么？"白月有些疑惑，毕竟龙铭已经死了很久了，而在自己的认知范围内，似乎只能想到是他了。

"是我的三弟……龙恒……那次试验……你知道的……那次失败的试验包括'先遣军'的所有骨干成员……而我的弟弟龙恒，也是其中的一分子。"话未说完，"刀锋"队长逐渐失去了意识，倒在了白月的面前。这时入口处雷莉扛着千花和穗红，身后跟着用夸张姿势背着"枪神"的小丑走了进来，会场的状况比想象中的还要混乱，在白兰朵与稻弦燕和红叶凛的维持下，局面逐渐开始稳定了下来。

"那边的也是伤员么？总之姑且先以救人为主吧，两位干部，通知下面的人，将所有伤员带进医务室。"白兰朵整顿着会场的秩序，对稻弦燕和红叶凛吩咐道。

"黑月校长不在，发生了这样混乱的意外，伤员数量似乎不少，你应付得来么？"白兰朵皱了皱眉头，看着整顿中的会场对白月说道。不难看出，白兰朵的心中还有着其他的一些顾虑。

"这种数量的话还是没有问题的，我的医务室可是非常大呢，不过在开学的第一天便用上了倒是有些出乎预料。"白月的微笑甜蜜温柔，即便是在如此的处境，也能让人心头一暖。

"这些孩子面对这种场合不仅没有被恐惧与不安支配，反倒团结起来配合我们拯救了局面，无论怎么都觉得很不可思议呢。"白兰朵在之前就观察到了胧耀的不凡，而刚刚带领着学生们击溃黑衣人的正是胧耀，这让白兰朵对胧耀的评价又上升了一个台阶。

"那么就先将这群恐怖分子医好再商议如何处理他们吧，身为医者可是不能见死不救的，况且刚才那个'刀锋'队长的话没说完就昏死了过去，我对此还是放不下心，总之这里就全权交给你了，白兰朵大人。"白月轻轻地叹了口气，冰清玉洁的脸上多了一两分踌躇，舒缓了一下身体，与医务人员一同离开了会场。白兰朵目送白月离开之后，神情变得有些凝重，刚刚那个突入会场夺走异能消除计划备案磁盘的天谴猎手，尽管相貌和自己所想的那个人并不吻合，但那种让白兰朵再熟悉不过的气息与感觉却使自己耿耿于怀。

"稻弦燕，你过来一下。"白兰朵将一旁正在进行善后工作的稻弦燕叫到身旁。

"请问您有什么吩咐么？"不知为何，稻弦燕从第一次见到白兰朵这个飒爽的大姐姐型角色后，就对她有着一种莫名其妙的好感，而同样的，似乎是出于身体本能发出的一种吸引，白兰朵也显得十分欣赏稻弦燕这个处事低调、不善言谈的小姑娘。

"我有些事情要去大图书馆一趟，这里的工作就暂时交给你了，如果有什么问题就去那里找我吧。"就在嘱咐这些的同时，白兰朵发现自己竟然不自觉地伸出了手正在轻轻地抚摸着稻弦燕的额头，而稻弦燕

虽然感觉有些别扭，心里却也没有显得十分排斥。

"明白了，我会处理好一切的。"稻弦燕冷漠的表情中夹杂着一种久违的温暖，在额头被白兰朵轻轻抚摸的情况下回答道。

而另一方面，天幽跟着雷莉一同追到了医务室以照顾负伤的千花和穗红。星盟学院的医务室的装修风格与其是说医务室，倒不是说是一个富丽堂皇的疗养院，各种医疗设施齐备得不可思议，医务人员的数量也充足到夸张，数十个身穿护士服的医务人员在医务室忙东忙西，照顾伤员。

"哈？明明是叫你们来开会，结果千花和穗红莫名其妙地就被打残了，还有你身边跟着的那个怪里怪气的家伙，他在会场是跟恐怖分子一伙的啊，你竟然堂而皇之地还带着他！真是疯了！疯了！"天幽在医务室对雷莉进行着一顿训斥。面对情绪激动的天幽，雷莉表现得很淡定，静静听着天幽的牢骚，这时躺在床上的千花勉强睁开了眼睛，蒙蒙眬眬地看着一旁的天幽。

"千花，还好吧？刚刚医务人员已经处理好你的伤口了，不会有大碍的，哈？有话要对我说？"天幽见到千花醒来，立刻收起了她那张斥责雷莉的怨妇脸，极具关心地照顾千花。千花尽管身上带着伤，却还是艰难地对着天幽比画出了几个手势，然后脸上浮现出了一抹微笑。

"她在跟你说什么？"雷莉明明懂得千花的手语，但刚刚那几个手势却让雷莉不能理解。

"应该是在告诉我'刚刚我干掉了一个胸部超大的家伙'之类的吧……"天幽不自觉地流出了欣慰的眼泪。果然，在胸部问题上，自己永远是和幼女级别的千花站在统一战线上的。

"阿嚏！"此时躺在隔壁床，正在被"弄臣"照顾的有着相当丰满胸部的"枪神"，竟然在昏迷不醒的情况下打起了喷嚏。

失忆

"无论你是否记得，它都发生过了。"

蝮蛇会的地下室当中，夜怖睁开双眼，感觉头部沉重不堪，周围的环境并没有什么变化，阴暗至极，躺在身旁昏迷着的是紫怨。夜怖不知自己睡去了多久，错过了什么，整个房间弥漫着浓重的血腥味儿，这让夜怖干涸的喉咙有些隐隐作痛。从地上爬起来环顾四周，环、血主母、琉都已经不在了，说不出到底是哪里感觉不对，夜怖觉得自己身体的状态有些怪异，茫然思索着眼前的状况。

地下室的门在这时打开了，挤进一个高高的身躯，披着染血的长袍，头戴一顶荆棘之冠，由皇冠上方盖下来的锁子甲庇护着大半个头部，只露出了一张毫无血肉的骷髅脸。

夜怖面对走进地下室的这个骷髅人，仓促地站起来准备应战。

"不要激动，你一定能猜出来我是谁。"骷髅人发出低沉的声音说道。

"琉?！你怎么……"夜怖立刻意识到了眼前这个骷髅人是琉。

"看来即便是你对我现在的样子也吃了一惊，我的老友。"琉的身体，不，已经连身体都称不上了，只不过是简单的一个骷髅架而已，没有一丝活力，没有任何生气，琉给夜怖的感觉如同一具尸体一般，这具尸体却散发着一种带有死亡气息的力量，这股力量浑厚、强大，无坚不摧，令人生畏。

"感觉如何？这个仪式比我想象的要长，虽然主母为我完成仪式的时间只不过短短几小时，但对我来说就像是在无尽的痛苦之中饱受煎熬了一个世纪一样。你不会理解仪式中将我那充满血液的肉体从骨骼上硬生生剥离开的痛苦的，那种感觉，简直绝望……"琉的声音似乎是通过秘法而发出的，确切地说，肯定是通过秘法发出的，因为在他口中连一块肉都看不到，更别说是舌头了。即便如此，在琉说话的时候，夜怖还是能够看到琉的嘴巴一张一合。

"那么现在这里的情况是怎么回事？"夜怖想要梳理一下当下的处境。

"别着急，你所受到的磨难并不比我轻，只不过转换成为巫妖的仪式需要我保持清醒，而你则可以在昏睡中完成转换，这会让你感觉有些迷茫，那很正常。"琉的骷髅脸无论怎样都看起来备显狰狞，他空洞的眼眶中隐藏着极度的黑暗与不洁。

"转换？你是指我？"夜怖努力回忆着什么，却搜索不到任何线索。他的脑内现在一片混乱，思绪交杂在一起，乱作一团。

"只不过是为你的身体里注入了些新鲜的血液，之后等待你觉醒罢了。"琉有所保留地对夜怖说道，一副卖关子的样子。

"那么紫怨为什么会在这？主母大人已经走了么？"夜怖有太多的问题要问，因为他的脑中已经乱到连思维都无法调整清楚了。

"我还以为你知道为什么这个女人会在这里呢，她在仪式途中擅自闯了进来，看到了同伴的死似乎不能接受，由于她无礼的闯入让主母感到不悦，便抬手想要处死她。而你，尽管我认为那时你一定是处于昏迷状态的，但你还是出手阻止了主母。这一行为让主母十分惊讶，后来她采取了比较折中的方式，抹除了这个女人的记忆，把她留给了你。"琉的声音依然沙哑低沉，和他变成巫妖之前来比，最大的区别便是语速不再像之前那样迟缓，变得更加的铿锵有力。

"我了解了，那么再来谈谈关于我的身体吧，血主母为我注入了新鲜的血液？那是什么？我并没有觉得自己的身体……等等……我似乎……不能雾化了?！"夜怖在适应自己身体的同时，努力地想要让自己进入雾化状态，但于事无补，体内的能量在本能地拒绝着夜怖唤醒秘法。

"看来你也发现这之中存在的区别了，我的老友，这是一个小小的牺牲，不过以此为代价得到的偿还是什么我并不清楚，这恐怕需要你慢慢来探索了。当务之急，是我们该如何处理你的这个人类朋友。我并不认为你能够将她带上与我们一起同行，况且你我已经获得了应有的奖赏，我甚至不知道接下来我们是否还有同行的必要，这取决于你的决定。"琉对夜怖说着的同时，将他由白骨组成的手掌不自然地扭动了几下，看起来即便是他也还没有对这副崭新的"身体"完全适应，尽管语气委婉，琉还是表现出了愿意与夜怖同行的想法。

"当然没必要一起同行了，你这老家伙在目的不明确的情况下总会干出莫名其妙的疯狂行为，当初要不是你不知趣地去挑战安度洛斯国的圣骑士，也不至于被封印在那该死的破墓里面让我来救你。"夜怖第一时间拒绝掉了琉的好意，将紫怨抱了起来。

"也好，我现在需要大量的时间来适应这副新的躯体，成为巫妖的感觉对我来说似乎比想象中的要好得多，那么在我告别之前，你还有什么要说的么？"琉的脸上显现不出任何表情，用他低沉的声音对夜怖问道。

"你接下来的目的该不会是想要去挑战那三个天使吧？"夜怖深知琉的性格，断定琉对之前与森的战斗中充满了遗憾。

"咯咯……姑且算是吧，后会有期，我的老友。"琉的骷髅脸是绝对无法表现出"笑容"这个概念的，在发出了几声似笑非笑的声音之后，转身离开了地下室。

在琉看来，森的一切都充满了谜题，深藏不露的实力，一心圣洁的姿态，还有她身上那三把圣物，若不是当时顾及"原力精华"，以琉的性格，一定会与森纠缠到底把一切都弄清才肯罢休。而现在自己已经不再有任何使命需要完成，森背后隐藏的一切，都在等待着琉去解开。琉的好奇心不停地刺激着自己，催促着他那由骨骼组成的身躯不停地迈向他所探求的真相。

夜怖将紫怨抱了起来，蝮蛇会已经不是一个能够待下去的地方了，夜怖需要一个新的场所来稳定自己身体的状况和适应环境。事实上就连他自己也不知道为什么要带上紫怨，主母已经将环带回了血盟，现在的自己理应无牵无挂，但就好像硬是要寻求一个寄托一样，夜怖无暇思索自己的感受，抱着紫怨离开了蝮蛇会。

前世

"不堪回首……"

月夜透明，染着星星点点的光亮，森坐在钟楼的顶端，乌黑的长发搭在肩上，幽怨死寂的眼神中毫无光芒可寻，凝视着手中的磁盘，这是从星盟学院夺来的异能消除备案。森让视野再次转入"线型世界"，将目标锁定在了一切混乱发生的根源。追溯到几年前，平衡逐渐崩坏的那个时间段，微弱的千丝万缕构建出了黑月的介入，森试图将线络图细化，可困难重重，每条线络的走向都让森无法合理地判断。黑月宛如一个巨大的蜘蛛网硬生生地覆盖在了原有的线路之中，并与之完美地结合，无法细分，也无法拆解。

手持着这份磁盘的森已经找到了一个很好的切入点，森集中精神，标记出线络构成黑月必不可少的因素，然后追根溯源，将线络还原到了一切的出发点，而就当距离自己想要窥探的末端触手可及的时候，"线型世界"的视野却变得支离破碎，重组不能。

一切架空的线络构成与精神高度集中的时间段还原让森不堪负重，此时一旁的卡西迪娜在专注地用手帕擦拭着她那把银枪的枪身，艾瑞丽欧则正在用铸造瓶灌注秘银来制造着箭矢。

"这把武器陪了你多少年了？"森走到卡西迪娜身旁，向擦拭着银枪的卡西迪娜问道。对森而言，或许几句闲聊能够让自己更快地摆脱思维崩离对头部造成的沉重压力。

"我们合作这么久了，你从来没问过关于我的武器的问题。"卡西迪娜并没有直接回答森，而是冷冷地对森提出了疑问。

"我不过是想转移一下注意力让自己的头脑清醒一些，似乎我们之间除了工作外很少能找到其他的话题。"森感觉气氛有些尴尬，虽然卡西迪娜和艾瑞丽欧跟自己相处了很长时间，但彼此的了解甚少。

"'尼伯龙根'。"卡西迪娜不耐烦地瞥了森一眼，依然冷冷地回答道。月光映在卡西迪娜那张娇小精致的脸上，乳白色的皮肤如少女般诱人稚嫩，卡西迪娜不悦的表情也显得十分清晰。

"哈？"森没能反应过来卡西迪娜的回答，看着卡西迪娜那张没好气的小脸，不由得愣了一下。

"这把枪的名字，'尼伯龙根'，从东征时期就跟着我了，单是在我手里就有着几百年的历史了吧，我用它穿透过士马顿大将军的胸膛、吸血鬼的喉咙、巨龙的脊椎，还有很多很多类似的东西。"卡西迪娜举出的几个例子相互之间并没有任何类似的联系，可森还是能想象出这把银枪都穿透过些什么。

"东征时期么？真是久远的年代啊。"森看着卡西迪娜那张异国色彩的美人脸，似乎理解了什么，虽然之前大概也预料到了卡西迪娜的血统，可没想到距离现世却是如此古老。

"我当时是名声显赫的'银盾骑士团'先锋将领，凭借百米之外能以投掷长枪取对方将军的性命而闻名，为此还得到了一大堆杂七杂八的称号，后来我们打赢了那场战争，征服了那片大陆。"卡西迪娜擦拭着"尼伯龙根"，回忆着当年自己辉煌的戎马生涯，可她的脸却还是板得死死的，显现不出对那段回忆有着丝毫的眷恋。

"听起来可真是辉煌，那么之后你是怎么成为天谴猎手的呢？"森看着卡西迪娜那张可人的小脸问道。

"那场战争存在的意义不过是侵略与屠杀，而我扮演的那一方则是最为残忍的侵略者。我当时以能够显现出自己的实力为目的，依靠征战与猎杀来体现自己存在的价值，但事实上被我杀死的那些对手，他们不过是在保卫自己的家园。很遗憾，当我意识到我的出发点错了的时候就已经太晚了。天真的我试图依靠自己特殊的身份进谏国王阻止悲剧的蔓延，而在国王的眼里我不过是一个不听话坏掉的棋子。后果可想而知，在那之后我被派遣到了前线最为疯狂的战场送死，抱着必死的决心战斗的我最后以一敌百，竟然打赢了那场完全不可能打赢的战役。在那之后我对自己的存在感到了一种莫名其妙的厌恶，空虚与失落从我的心底开始扩张。我离开了战场，在位于战场附近的一座山崖上将'尼伯龙根'插入了自己的胸膛自尽了。由于内心的强烈自责与遗憾，我需要赎罪，再之后我们经历的就应如出一辙了，化身为所谓的天使，维系世界的平衡，这便是我的故事。另外，要不是因为我对你有些好感，我是绝对不会在你淡漠了我如此之久的情况下还会这么乖乖讲给你听的。"卡西迪娜板着脸，将自己的故事讲述完毕。

"抱歉，我确实从没有试图加深过我们彼此间的了解，这是我的失职。"事实上，森此时更为在意的是卡西迪娜口中的"好感"指的是什么。

"那么你成为天谴猎手前是个男性么？"由于天谴猎手的身份象征着天使，所以任何性别在成为天谴猎手之后外表都会统一变成男女共体，除去一些特殊部位，天谴猎手的大部分外表都为女性。

"不，我生前便是个女性，很奇怪吧，一个带兵打仗的女将军。"卡西迪娜将银枪擦拭完毕，用她银色的瞳孔注视着森。

"不奇怪，毕竟我们现在都是女性，而且也都很能打，这很好接受。"森回答道。

"真是稀奇，你们两个竟然闲聊起来了。"一旁一直在熔铸圣银箭矢的艾瑞丽欧将手头的工作完成后，也加入到了对话之中。

"刚刚我听到你们的对话，如果是以加强我们之间相互了解为目的的话，我倒是很乐意加入进来。"艾瑞丽欧说话的同时将自己的巨弩摆在了桌子上。

"我的武器'启示录'，具体的作用与威力你们也都了解的，至于我生前的经历，相对曲折一些，虽然与卡西迪娜活着的年代差不多，但前后还是有着几十年的间隔。我的职业是一个异端审判官，用来制裁那些亵渎神灵的魔物。"艾瑞丽欧平铺直叙地讲述自己生前的经过。从她描述的情况来看，不难理解她为什么有着一张与卡西迪娜类似的中世纪贵妇一样的脸。

"这种依赖着信仰与制度为准则的职业，起初的工作主要只是猎杀魔物、吸血鬼、狼人、变异怪、鼠人等等，总之各式各样的威胁着人类统治地位的种族全在异端审判官的猎杀范围之中。但很快作为具备强大战斗力的我们开始不单单是被用来抵抗其他种族了，毕竟在人类的历史的长河中，人与人之间的内斗才是冲突的主题。异端审判的对象逐渐变得不仅仅局限于其他物种，也将矛头指向了人类自己，那些胆敢违反教会意志的家伙会被视为对神的不敬，之后被加以渎神之罪，判处异教徒的名号，然后遭到屠杀。而这事态发展的巅峰则是著名的'贝济耶尔大清洗'，七千名异教徒在一个晚上便被屠杀干净，我则是当时参与这场清洗的负责人之一。"艾瑞丽欧的叙述中没有丝毫拖沓，行云流水地讲述着如此骇人听闻的历史。

"之后你发觉了自己的罪孽，然后成为了天谴猎手？"森见艾瑞丽欧有所停顿，插话试图预测之后发生的事情。

"远不如你想的那么简单，当时的我年轻气盛，心智和思想都被教规教义牢牢地禁锢住了，完全无法突破那个屏障，七千人的性命对那时的我而言轻如鸿毛，我继续为教会卖命，四处猎杀着异教徒与魔物。后来在一次行动中我因公负伤，被送到了一家修道院静养，在那里我认识了一位年轻的修女。她是个生性活泼开朗的小家伙，负责照顾我的起居，非常的热心。我与她相处了三个月，直到一天我发现她与一个经常来教会的青年有染。当时我试图劝阻她的这种行为，但情感这种东西在年轻人心中的威力却完全凌驾于信仰之上，小修女竟然决定要与那个男人私奔。最愚蠢的是，她在临行的前一天竟然天真地跑来将这件事情告诉了我，并向我告别，而我所做的则是将事情原封不动地上报给了教会。我当时根本就没想到她跑来告诉我她的离开是出于对我的信任，更不认为将这件事情上报是辜负了她的信任。教会在处理这种情况上从来都是简单粗暴，他们将那个青年定义为异教徒，再之后……可想而知，两个被爱情冲昏头的笨蛋怎么可能逃得出教会的追击呢，很快他们两个便被教会逮捕，并处以极刑。不知道出于什么目的，我前去围观了处决现场。在处刑台上的小修女似乎注意到了人群中的我，她对我在背后所做的一切毫不知情，在她眼里我依然是那个让她尊敬向往的异端审判长大人。你无法想象她向我抛来那种求救的眼神时我内心的感觉。"艾瑞丽欧回忆这段历史的时候神情严肃，充满了无奈。

"听起来可真是虐心，之后你有没有去救那个修女？"卡西迪娜对接下来故事的走向充满了兴趣，催促着艾瑞丽欧继续。

"不，我眼睁睁地看着她被烧死，就在我的面前，那时的我不过是条被教会差遣的狗而已，没有那么大的胆子去违背主人的意图。但那件事之后，我开始重新思考自己存在的意义、生命的价值和各种乱七八糟，然后我发现我进入了一个误区，我需要重新定夺我的人生，尽管它不属于我。再之后发生的事情就与大部分天谴猎手所经历的相差无几了。"与卡西迪娜戎马一生的简单惆怅的叙述截然不同，艾瑞丽欧的经历备显沉重。

"那么你生前是男性还是女性？"森突然插话问道。

"当然是女性，和现在的样子没什么出入，非要说的话，可能比现在要显得年轻一点儿吧，你为什么要这么问？"艾瑞丽欧发现森似乎对生前的性别问题十分在意，而在得知卡西迪娜和自己生前都是女性后，森的表情显得有些疑虑。

"你该不会……生前是个男人吧？"艾瑞丽欧意识到了问题所在，对森质问道。尽管如此，看着森那张眉清目秀的面庞，无论如何也无法想象森曾经是个男性。

"事实就是这样……我生前是个男性……"长着一张古典淡雅精致五官的森不太好意思地回答道。而这个答复让刚刚相对热闹的谈话顿时变得气氛尴尬了起来，卡西迪娜与艾瑞丽欧呆呆地注视着森的那张美人脸愣在原地，一语不发。

"天哪，我竟然说过你长得像我妈。"卡西迪娜在三人静默了一段时间后突然冒出了一句感叹。

"这都无关紧要了吧，森，说说你的经历吧。按理来说，你一定有着与我们截然不同的经历吧？"艾瑞丽欧似乎想听一听森的经历，用她碧蓝的双瞳盯着森，表现出了十足的兴趣。

"我在几年前还是个活人……"比起卡西迪娜与艾瑞丽欧，森活着的年代距离现在只有很小的跨度。

"也就是说事实上你比我们小上几百岁，结果却成为了我们的上司？"卡西迪娜的着眼点有些奇特，愤愤地抱怨道。

"继续说你的，森。"艾瑞丽欧似乎并没有过多在意这一点，催促着森继续说下去。

"我的家族是一个存在本身即是违背均衡走向的家族，我的祖先与长辈从不知多少个世纪前就开始与天谴猎手处于敌对关系了，他们一直互相杀戮抗衡，永无止境。"身为天谴猎手的森所出生的家族竟然是与天谴猎手不共戴天的死敌，光是故事的开头便已经充满了戏剧性。

"这场纠纷延续到了我的出生，由于血统的纯正与天赋原因，我的能量相对纯净坚韧，被视为家族史上最为强大的一员。"森的眼神回归了之前的幽怨死寂，看起来这段历史对于她来讲没有丝毫值得眷恋的地方。

"我无时无刻不被家人所期待着，他们视我为希望与曙光，认为我能够带领他们击溃一直以来与家族作对的天谴猎手，结束这场战争。而我也意识到了使命的重要性，这场战争带来了太多的痛苦与不幸，我家族的号召力与影响力让许多无辜之人受到牵连，随着冲突的加深，这场灾难所波及的人群将会越来越广，我凭借自己优越的天资与力量，击溃了两任天谴猎手长。但命运的轮回却无法被打破，一任又一任的天谴猎手长再次出现，战争越发惨烈，尽管我使出了浑身解数，对战争的遏止却没有起到丝毫作用。看着为我家族效力的部下们成批死去，我意识到这场战争是一种可怕的循环，想要打破它，就必须采用另外的手段。从个人与家族的角度来看，非我族类，虽远必诛，但将视野扩大到命运与世界的范畴，天谴猎手象征着公正与平衡，由于我的家族过于强大，存在本身即是一种违背平衡的罪孽，我逐渐地理解了这个循环，之后做出了一个决定。如我的家人所愿，我终结了这场战争。我杀死了我的父亲，瓦解了整个家族，而我自己身为对平衡最具威胁的能量所有者，在一切矛头都指向我的时候，我选择了自杀，再之后为了赎罪与完成我真正存在的意义，我成为了一名天谴猎手。"森将自己的经历讲完后，轻轻地叹口了气，幽怨死寂的眼神中有着一种带有使命性质的光芒。

"现在我大概能够懂得为什么你比我们小上几百岁还能如此快地晋升为天谴猎手长了。"卡西迪娜听完森的经历后将眉毛挑了一下说道。

"不知不觉讨论了不少沉重不堪的话题呢，现在我已经违背了平衡的走向，美其名曰拯救平衡所在，但失去了'线型世界'的指引，我真的能够做到再次让自己的'线'与平衡还原么？"森冰冷的脸被月光映得惨白凄凉，踌躇地叹道。

"还是找不到还原一切的平衡点么？看来之前预测的那个方向提供的线索还不足以让我们解决一切啊。"艾瑞丽欧看着森手中的异能消除计划备案说道。

"'堕天使效应'已经逐渐变得明显了，我的精神无法驾驭思维引导我看清那个平衡点。线索，我还需要更多的线索。"森对思绪的整理已经到了尽头，但依然不能将事物具象化。

"到底该如何才能将平衡点勾兑出来呢……对了，或许它们能够帮助我……"

星盟都市周边地区有着很多的战后遗址，废弃的古宅随处可见，在一栋还算宽敞的废弃大厦之中，紫怨一脸迷惑地看着将她带到这里来的夜怖。

"绑架犯先生，你到底是想要怎样啊，好歹也要告诉我你的意图吧？我都跟你说过我什么都不记得了！你这样一言不发挺吓人的！"紫怨的声音失去了之前充满黑道大姐般的成熟傲慢，显得十分慌张。夜怖面对昏睡刚醒来的紫怨如此表现，有些弄不清楚状况，看来主母对紫怨所谓的抹除记忆比想象中的更为严重。夜怖将紫怨带到了一个光线稍微明亮一点的位置，俯下他高大的身子面向紫怨，示意紫怨看清自己的脸。

"绑架犯先生你……好帅啊……但是眼睛为什么会是红色的？"紫怨凝视着夜怖的脸，发出了赞叹，脸上也泛出了红晕，同时心跳止不住地加速了起来，就如同当初第一次见到夜怖一样。

面对紫怨的行为，夜怖无可奈何地试图从脑中搜索如何帮人恢复记忆的方法，到最后夜怖还是将问题归结到了自身，为什么要把紫怨带到这里来，为什么要让她恢复记忆，为什么会在乎这个女性人类的感受……或许是自己蠢透了才会带上这个女人吧。而就在夜怖与紫怨面对面思考着这些杂七杂八的事情的时候，紫怨的脸一点点地向夜怖开始靠拢，突然将嘴对准夜怖的嘴贴在了一起，夜怖的第一反应是将紫怨催眠，但好像现在自己的身体又无法使用秘法，一时间不知该如何处理，两人的嘴唇轻轻地贴在一起，僵持着局面。

"哎呀，一不留神就亲下去了，真是抱歉啊，绑架犯先生。"紫怨一副得了便宜卖乖的神情，似乎完全抛开了束缚，开始调戏起了夜怖。

"下……下次注意就好了。"夜怖有些不好意思地教训了紫怨一句，感觉十分尴尬，努力地平静情绪。夜怖试图缓解一下这不着调的气氛，而在回过神来之后，感受到的却是一大批的杂乱气息正在向这里靠拢。

"怎么可能！"推开窗户探头向外望去，黑压压的一片片恶狼们已经包围了夜怖与紫怨所处的大厦。狼群后方，一个巨大的血红色狼人挺在那里，满眼敌意地盯着夜怖。

"一心去忙那个蠢女人的事了，完全没察觉到啊……"夜怖毫不示弱地用凶狠的眼神回敬给大厦下方的血狼人。从亘古时期开始到现在，吸血鬼与狼人两个种族之间完全没什么可说的，能够涉及的，只有以死相搏。

疑惑

"你相信证据，还是自己的直觉？"

星盟学院的大图书馆是如何建立起来的始终都是一个谜，没有人能够解释清楚这一夜之间拔地而起的图书馆来自哪里。而图书馆中所珍藏的书籍，可谓是包罗万象，甚至有着大量早就已经遗失的亘古文献，对于相关的科研人员和学者来讲，如果能够获得进入星盟图书馆的权限，可谓是三生有幸。不仅如此，就规模程度上来讲星盟图书馆也大到有些不可思议，整座图书馆几乎涵盖着所有领域最为全面的书籍，由地下二十层构成，每层都有着十分严密的管理。

白兰朵走进图书馆，来到了一个正在用光线扫描书本的黑色铠甲人身旁。

眼前的这个铠甲人身高两米有余，全身由规则细腻的金属甲胄组成，扫描仪从他的肩胛骨处延伸向外，极具效率地扫描着他手持着书本上的每一个细节。

"白兰朵大人，有什么可以为您服务的么？"黑色的铠甲人头也没回地继续扫描着手中的书本，发出机械性的声音对白兰朵问道。

"爱因斯特图教授，很抱歉打扰到你，我来这里是想向你请教一些学术上的问题。"白兰朵直入正题，没有进行太多其他赘述。

"尽管吩咐，白兰朵大人，您想了解什么？"爱因斯特图将他肩胛内部的扫描仪收拢进身体，转身面向白兰朵。单就外表而言，与其说这个又高又大的爱因斯特图是个机器人，倒不如说更像是一个能够走动说话的铠甲。

"关于天谴猎手，你了解多少？"白兰朵问道。

"天谴猎手，一个神秘的群体，与传统意义上的天使有着本质上的区别，单就其相关文献与记载，可以被认定为是真实存在的生物群体中最为接近所谓天使的物种。与其说是物种，天谴猎手的诞生方式事实上是人类依赖一种通过信仰与决心产生的升华感而构成的，这种升华的基本条件苛刻，其中还包括着死亡。由于觉悟性与思维的互斥，如果不是自杀性行为，以人类的角度很难逾越这层屏蔽，因此大部分天谴猎手的前身都是因觉悟或自责而结束自己生命的人类。如果您能够提供更清晰的问题，我将把答案整理得更为完善。"爱因斯特图在短暂的停顿后说道。

"更清晰的问题？那么武器呢？关于天谴猎手的武器。"白兰朵简单思索了一下，将问题进一步具体化。

"作为与自己前生有着深刻羁绊的武器，是将会被注入天谴猎手的意识，继续留在天谴猎手身边的。通常来讲，武器会随着天谴猎手能力的提升而一起被强化。根据目前已有的统计来看，天谴猎手的武器是相对固定的，也就是说他们的武器无法被替换掉，至少这么做会很难。另外，根据记载，天谴猎手们的武器……"爱因斯特图对关于天谴猎手的武器进行着烦琐的说明。而白兰朵此时早就没有心思去关注这些，她的思维已经进入了另外一个范畴，开始思索着更为重要的问题。

"那么外貌呢，人类成为天谴猎手后外貌会有什么变化？"白兰朵在思索的同时提出了一个新的问题。

"天谴猎手的外貌方面与传统意义上的天使如出一辙，全都是以女性形象出现，由于天谴猎手存在的时间与生前的跨度较大，所以很难在这方面找到相关的记载。不过据目前已有的资料显示，天谴猎手的外貌与生前的外貌为继承关系。也就是说，单就外形而言，是没有任何区别的。"爱因斯特图回答道。

"怎么可能！那么假如天谴猎手生前是个男性，他在成为天谴猎手后也会保持之前的外貌么？这样的话就跟天谴猎手全都是女性的形象有所冲突了吧？"白兰朵考虑到了一些特殊因素，开始与爱因斯特图辩论起来。

"一个很好的提问，但目前我们掌握的条件为：天谴猎手会继承生前的外貌；天谴猎手的外貌全部为女性。单就这个两个条件来讲，我们可以推断出的是，成为天谴猎手的先决因素中就已经囊括了必须是女性这一项，所以单就您所说的假如其生前为男性，理论上是不存在的。"爱因斯特图用一个简单的论证便否定了白兰朵的假设，这让白兰朵心中的顾虑更加深入了。

"那么，关于男性成为天谴猎手这个案例，没有任何的相关记载?"白兰朵还是觉得有些不能接受，继续追问道。

"关于考证天谴猎手的前身这一点本身就非常的困难，大部分天谴猎手的出现与其死亡的年代都接近数百年，而且假若您提出的假设成立，一名男性真的可以成为天谴猎手，那么他的外貌必然会进行一种转换。这显然违背了目前我们所掌握的对天谴猎手的基本认知，除非真的存在依据，否则假设就是假设，永远不能扳倒已掌握的事实。"爱因斯特图的回答僵硬且没有余地，给人的感觉与他的外貌十分相符：一台巨大的充满知识的机器。

"你刚才提到过关于天谴猎手武器的问题吧? 如果我看到了一个天谴猎手手持一把本属于一位男性的武器，而那个男性现在已经失踪了数年，我是不是能够断定那个天谴猎手便是他? 我对他非常的熟悉，那个天谴猎手发出的气息与我所认识的男性完全相符。"白兰朵将话题转入了刚刚在会场发生的一幕，显然她对森存在着相当大的疑虑。

"之前我说过，单是天谴猎手的出现与其生前的跨度就有数百年之久。从理论上来讲，您所认识的人当中假若真的有人能够成为了天谴猎手，那么他以天谴猎手的姿态出现也会是在数百年之后，而不是现在。就您刚才的假设来说，或许是那个天谴猎手通过某种方式抢夺了您所认识的那位男性的武器并据为己有，而武器上带有的气息使您误以为是那个男性发出的，便产生了武器的持有者即是那位男性的臆想。"短暂的分析之后，爱因斯特图回答道。

"你的解释听起来有些牵强，完全不能说服任何人。"白兰朵对爱因斯特图的解释完全不能信服。

"或许确实有些牵强，但这是建立在目前已有的论证上得出的最为接近事实的推测，白兰朵大人。"爱因斯特图机械地回答着白兰朵，从他头盔中照射出暗红色的光线隐约闪烁着，似乎在对白兰朵表达一种眼神。

“我大概了解了，十分感谢你，特图博士。”没有从特图身上获得满意的答案，白兰朵准备转身离去。就她看来，爱因斯特图那死板没有变通的思维方式是无法让她获得更多情报的。

　　“另外，白兰朵大人。”爱因斯特图叫住白兰朵，表示自己还有话说。这让白兰朵很是欣慰，看来关于天谴猎手方面特图或许会有其他见解。

　　“经过我的反复演算与资料校对，位于您左手上的那个仪式结界的存在并不会对您的身体健康状态造成任何威胁，反倒是假如试图摘除这个仪式，那么您或许会因此而葬送性命。权衡利弊，您应该学会接受它，尽管从个人情绪上来讲或许您对此抱有一定的抵触心理。”爱因斯特图的发言与天谴猎手没有丝毫关系，而是针对着白兰朵右手手臂上符印一样的结界进行着劝导。

　　“这些不过是教皇馈赠与我的小礼物罢了，从人情上来讲，现在我不再为安度洛斯国效力了，所以便想要摘除这个仪式，但如果要我因此而送命的话，确实得不偿失，谢谢你的劝导，特图博士。”白兰朵对特图抛以一个和善的微笑，转身离开。

　　就在她转身的同时，脸上的表情瞬间凝固成一种极度的厌恶感。走出图书馆的大门，白兰朵将右手的衣袖翻起，用充满厌恶的眼神看着自己手腕上方的符印。符印由不规则的荆棘条纹勾画成一个圆形结界，中心印有一把类似于武器形状的图案。接着白兰朵将左手的衣袖翻起，左手手腕上方的符印与右手的条纹明显不一样，显得圣洁美好，三角形的结界中心印有一面盾形的壁垒，从结构上来看，似乎出于宗教之手。

　　“看来你们要陪我度过接下来的人生旅途了……”白兰朵轻轻对着这两个结界默念道。

在乡间

"真是恶趣味。"

在安度洛斯国边境的一个小村落的乡间小路上，两旁农地中的农民本应该正在勤劳地耕作着，而现在他们的目光却都被走在小路上的两位奇特的家伙吸引住了，站在原地呆呆地看着。

路上的两位女性一个高大无比，面带怒意，身上穿着暗金色的护甲锈迹斑斑伤痕累累，紧锁着的火红色眉毛与霸气的眼神印在面容尚好的脸上，与眉毛一个颜色的火红长发扎在后脑勺，垂成一个又长又韧像是尾巴一样的辫子，规律地随着步伐摇摆着。而村民们之所以感到好奇的可能并不是这位女性奇特的外貌，而是戴在她充满威严与霸气的头上的、一件看起来格格不入外表非常可爱的猫耳饰物。

另一位相比之下则娇小了一些，但身材依然高挑诱人，身穿在安度洛斯国人眼中有些背德的露肩黑色礼服，打着一把乖张花哨的洋伞，闲庭信步地扭动着翘美的臀部，极具色相，银白色的长卷发覆盖了她的整个后身，拉到腿部，遮住了她本应露在外面的酥肩。

在离开了安度洛斯国首都安格利斯塔之后，黑月带着厄迦丝通过各种交通方式开始向星盟都市返回。但安度洛斯国的交通枢纽与要道全都有着严格的管制流程，厄迦丝尚在通缉之中，不想再用天使十字章引出更多麻烦的黑月在通过各种方式完成了大半个行程后，决定带着厄迦丝徒步返回星盟都市。

"这样太过耻辱了！为恩人带来了如此之大的不便！我还是自行逃脱吧！这样也免得给您拖后腿！黑月大人！"厄迦丝的声音低沉沙哑极具魄力，听来显得过于认真，就好像她的每句话都是一种威胁一样。

"以你现在的身份在安度洛斯国的领地，只要离开我，瞬间就会被抓回去吧？噗……"黑月一脸娇媚地抬头看着比自己高出一大截儿的厄迦丝，扑哧地笑出了声来。

"黑月大人，您怎么老是无缘无故地笑起来啊？"厄迦丝完全察觉不到黑月的笑点在哪里，一脸严肃地问道。虽本应看似威严犀利，霸气有余，但在厄迦丝头上的那件猫耳饰物却将厄迦丝的这些气质全部抹杀殆尽。

"只是觉得你很听话就是了，我告诉你戴上这个猫耳能够避免追兵，你还就真的戴上了。"黑月的笑意丝毫没有止住的意思，对不知所措的厄迦丝回答道。

"难道这个东西其实是没有实际意义的？"厄迦丝隐约能够感觉到问题出在了头上这对儿可爱的猫耳上，脸上露出了几丝疑惑地问道。

"怎么可能？你想一想假如我是个通报者或者士兵，在这里遇到了身为通缉犯的你，然后对上级汇报情况时，说见到了龙吼女王头上戴着猫耳出现在了这里，你觉得上级会怎么看我？"黑月忍住笑意开始向厄迦丝解释道。

"会认为那个通报者的脑袋坏掉了……"厄迦丝神态认真地回答道。

"所以这个猫耳起到的就是这个效果，一定要好好地戴着才能让我们远离追兵哦。"黑月戏谑厄迦丝的同时，笑得泪水都从眼角中挤了出来。

"黑月大人果然英明……滴水之恩当涌泉相报！再加上您也与我一样视安度洛斯国为仇敌，我龙吼女王厄迦丝愿永远效忠于您，肝脑涂地！在所不辞！"霸气十足，威严凛然的厄迦丝被黑月感动得一塌糊涂，恶狠狠地对黑月宣誓着，但本应严肃的场面却被她头上的猫耳搞得气氛全无。

"那个……厄迦丝，如果你能够在刚刚那番话结尾处加上一个'喵呜'的话，那就更好了。"黑月在听完厄迦丝的宣誓后表情少有地摆出一脸认真地对厄迦丝说道。

"这该不会也是御敌之计吧？"尽管厄迦丝能够感受到些许异常，但黑月的表情如此严肃，使厄迦丝的身体一并紧张了起来。

"这不过是我的个人意愿，来吧，结尾处记得加上'喵呜'哦！"黑月对厄迦丝抛去一个甜甜的微笑，示意厄迦丝尽快。

"……滴水之恩当涌泉相报！再加上您也与我一样视安度洛斯国为仇敌，我龙吼女王厄迦丝愿永远效忠于您，肝脑涂地！在所不辞……喵呜!"厄迦丝的脸几乎是在涨红的情况下发出了最后的那声猫叫，由于过于害羞，声音低沉的厄迦丝的那声猫叫似乎失声了，显得尤为娇软可爱。

"……很好，我接受你的宣誓，就让我们一同努力吧。"面对满脸通红的厄迦丝，黑月的表情平静了下来，接受着厄迦丝的宣誓。尽管如此，还是可以看得出黑月的胸部有着明显的强忍笑意的波动，眼角处的笑泪也在隐约地出卖着她。神经大条的厄迦丝却对此完全没有察觉，欣欣然跟随着黑月，一同走在回星盟都市的路上。

与剑说

"作为一个天使，情债这东西真是太不好说了。"

星盟都市，森在钟楼顶端静静地伫立着，经过再三思量，森将卡西迪娜和艾瑞丽欧派遣出去进行侦察和情报收集，自己则留在原地试图再次唤醒平衡所在。这次森把突破口转移到了其他地方，将她所佩带的三把长剑并排插在自己的面前。

眉间开始浮现出了圣焰，乌黑的长发被圣光充斥飘起成为纯净的银色，森化身为了大天使的姿态，三把长剑也随着森一同迸发出能量，外形开始发生变化。

之前被森一直惯用的黑色巨剑的气息邪恶低沉，赫然竖立在中央；而另一把原本柔韧光泽的银色长剑随着能量的迸发变得开阔厚重，剑柄处逐渐形成了类似于天使翅膀似的图案显得十分圣洁；第三把血红色的长剑则一直嗡嗡作响，除了若隐若现的血光闪耀在剑鞘之外，并没有更多的变化。

"真是难得啊，我的主人，竟然同时解开了三把刀的封印，看来要有不得了的事情发生啊。"黑色的巨剑发出了沉重的男声，很明显这把巨剑有着自己的意识，或者说是……生命？

"圣洁之怒火将洗刷一切纷争，汝有何事唤吾？"与黑色的巨剑一同开口的是它旁边的银色阔剑，极具正义感的女性声音从剑身发出，对森问道。

"一醒来就听到你这该死的女人声音，真是恶心透顶！"黑色的巨剑似乎对身旁的银色阔剑有着十分大的敌意，立刻开始对其挑衅了起来。

"罪恶之物！理应诛之！汝已沦为剑中之奴，竟还胆敢叫嚣于吾！真是胆大包天！罪该万死！"正气凛然的女声从银色的阔剑中发出，毫不示弱地对黑色的巨剑发起反击。

"哈哈哈，你这娘儿们，说我是剑中之奴，真是毫无立场，明明你自己现在也被封在剑中吧？"黑色的巨剑发出了张狂的笑声，与银色的阔剑拌起嘴来。

"汝等这种被人击败强行封印在剑中之败类，怎能与吾相论而语，不知廉耻！"银色的阔剑继续与黑色的巨剑打着嘴仗，完全没有停止的意思。

此时在一旁的血色之刃似乎已经觉醒了过来，尽管外形上仍然没有起到任何变化，但血色之刃的气息明显强大了许多。

"那么……你把我们三个唤醒有何吩咐？"血刃于剑鞘之中并未外露，发出阴冷的女声让人能够完全感觉到其潜在的锋芒程度。

"有事相求，需要三位为我解答一些问题。"森在经过刚才两把剑之间的嘴仗之后，已经开始有些后悔自己当初想要求助于这三把剑的决定了。

"哼，事先说好，老子不过是一把兵器，能够屈膝于你之下任你使用就已经十分对得起你了，现在你才把老子唤出来就想让老子为你解决麻烦，门儿都没有！"黑色的巨剑果断拒绝了森的请求，摆出了一副极度无赖的态度。

"如这罪人所说，平日里汝一直在用封印压制着吾等，如今有事相求，又将吾等召唤而来，实乃不妥。"银色的阔剑在这一方面竟与刚刚还在与自己吵嘴的黑剑达成了一致。

"也罢，怪我过于急功近利了，叨扰各位了，实在抱歉。"森叹息之余，将大天使的姿态关闭，回归了自身的形象，乌黑的长发，幽怨死寂的眼神，巨剑与阔剑也同时变回成了两把朴素的长剑被森收回剑鞘，而血色之刃则依然耸在原地。

"既然把我唤醒了，没有喝道足够的血我可是不会轻易罢休的。"血色之刃的阴冷女声让人听起来不寒而栗。

"我并没有把你拔出剑鞘，构不成那个条件吧？"森眼前的这把血色之刃名为"绝姬"，以嗜血残暴、魔化持剑者成为杀人狂而闻名天下，后被安度洛斯国得到，通过各种仪式的洗礼净化将其邪性减弱了几分。但这把剑依然在每次出鞘之时都要沐血千尺才肯回鞘，否则还是会魔性大发，吞噬持剑之人的灵魂。

"也罢，说说你遇到的麻烦吧。"剑未出鞘，绝姬不再争执什么，把话题转移回了森的身上。

"我现在很迷茫，以一个天谴猎手长来讲，我资历尚浅，发生在我身上的一系列事件让我不知所措，我不能将我的不安带给我的部下，但我身边能够与我交流的人，除了她们就只剩下你们这三把兵器了。"森的声音相比之前与两名部下对话时有着明显的底气不足，可见她在卡西迪娜与艾瑞丽欧面前安然的状态有些强装出来的意思。

"更遗憾的是你的三把兵器中的两把都拒绝了向你伸出援手，只留下了一个性格最烂的家伙在听你发着牢骚。"绝姬用她阴冷的声音不无讽刺地对森说道。

"大概是吧，虽然我成为天谴猎手之前就已经认识你们了，但这层关系依然脆弱无比。"森的言语中夹杂着迷茫与失望，坐在了绝姬的面前。

"时间并不是衡量情感的硬性准则，更何况有不少情感是因为时间而疏远的，再说当年的你可是要比现在的你好上太多了，至少那个时候你是个男人，不过就死板程度而言倒是没怎么发生变化。"绝姬的每句话中都带有浓厚的讽刺意味，配以她阴冷的声音，显得无比刻薄。

"那是因为我所信奉的东西一直未变，平衡乃世界之本，维护它是我成为天谴猎手的原因。"森强调着自己的信仰与目的，与之前相比话语中充满了底气。

"不，我一直在你的身边，能够感受到你的变化。可怜的家伙，你父亲对你的期待让你的心智越发畸形，尽管你偏执地试图用所谓的信仰去蒙蔽自己的内心，但这改变不了你最终妻离子散家破人亡的结局，逃避事实真的这么让你备感愉悦么？懦夫？"绝姬的言语尖锐至极，撕扯着隐藏在森心底的旧伤。

"事已至此，就不要再提那些陈年往事了。我父亲的死是无法避免的，责任终将归到我的身上。平衡之道不能有任何妥协与侥幸，而我的父亲却是路中央最大的一块绊脚之石，如果放任我的父亲胡作非为，他所营造的效应将严重地破坏世界的平衡，对此我没有任何悔意。"森回忆着自己将违背平衡所在的父亲斩于剑下的情景，不停地调整呼吸试图让自己好过一点。

"但这改变不了他是你的父亲这个事实，知道我最讨厌什么人么？那就是打着所谓信仰与决心的幌子，实际上却矫情懦弱自私自利的伪君子，在处理信仰与家庭的问题上，我很确定你就是这样的一个败类。"绝姬对森的谴责持续加深，如同痛打落水狗，丝毫没有停手的意思。

"我无从选择，它发生了，它存在于那里，我只能把它归结给我那不堪的命运。"森极力辩解着，但这在绝姬面前却显得如此苍白无力。

"你有决心杀死你的父亲来捍卫你的信仰，但你的决心却不够大，你放过了你的女儿，一个远比你的父亲更为强大的隐患，它确实发生了，这并不能简单地归结给命运的安排。你是一个天谴猎手，对于事态发展的走向与轮脉你都可以用你那该死的双眼察觉到。假如当时你杀死了你的女儿，阻止了你的妻子，那么她们所产生的效应便不复存在，你现在的处境也会更加的……纯净……呸！"绝姬在说出"纯净"二字之后，发出了一种唾弃的声音。

"我想我把你召唤而来的目的并不是让你对我的家庭与信仰如此无礼地评头论足的吧？"面对绝姬的斥责，森已经无力还击了，往日的阴影一直在笼罩着森的记忆，让森无法直视。

"你把我召唤而来不是为了帮助你解决你那不堪的窘境么？如果你不能直视自己往日的错误，那就根本就谈不上如何处理它。一切效应都可以回归到最初的面貌，我伴随你经过了这些，却眼看你从心底一丝丝地将它们抹去淡忘，只为让你懦弱的情感获得可怜的残喘。"绝姬的每一句话都直击着森内心深处最为敏感的神经，身为一把一直陪在森身边的武器而言，绝姬见证了森所经历过的一切。

"我无法……"森被绝姬的话彻底扰乱了思绪，神情显得十分痛苦。

"把我拔出来。"绝姬语气不容丝毫妥协。

"但是……"森抬起头看着眼前的绝姬，充满疑虑。

"把我拔出来！"再一次重复之前的话语，绝姬的语气更为的强硬了。

森没有了拒绝的余地，只得握住剑柄将其拔出。在森将绝姬从剑鞘中拔出的同时，血光映红了钟楼的每一个角落，剑身上方浮现出一个人影，曼妙的身材，邪气十足的眼神与一头淡绿色的长发。绝姬暂时脱离了剑中的封印，实体化成了人形，赤身停在了森的面前。

"这么做对你那破碎的灵魂来讲是一种无比的折磨，还是赶快回到剑身之中吧。"森深知被封印在剑中之人若硬是脱离剑身独立存在于空间之中，灵魂必然会受到犹如与肉体分割一样的痛苦，急忙劝绝姬回去。

"瞧瞧你现在这恼人的样子……"绝姬轻轻地拢了拢森乌黑的长发，眼神由之前的温柔逐渐变得锋芒，接着张开嘴狠狠地咬在了森的肩膀上……用力地吸吮着森的血液……面对绝姬的行为，森强忍着没有做出任何反抗，只是原地让这个状态一直持续下去。

"满足了就回去吧……脱离剑身对你没有任何好处。"不知何时绝姬已经停止了对森的撕咬，而是静静地搂着森的身体，闭着双眼感受着森的气息。

"抱住我。"绝姬的声音依然阴冷，轻轻地说道。

森将双手张开，把绝姬揽入怀中，两个美人在钟楼之上的相拥夹杂了太多的因素在其中，无法解释它为何发生，也不能猜测它将如何进展。

"我不过是因为对你还是个男人的时候有着几丝眷恋罢了，不要误以为我现在对你这女人的身体还抱有兴趣。"绝姬意识到了刚才自己有些失态，回过神来说道。

"对我而言这没什么区别。"森对绝姬回应道，原本死寂的眼神中多了些许的温柔与怜爱。

"不过你要知道，单是这么几口血，根本不可能满足身为杀戮公主的我。"绝姬用血红色的双眼盯着森，示意自己尚未满足。

"沐血千尺么？我一个人的可不够啊。"森对绝姬说道。

"那就姑且用其他的来替代吧。"没等森做出反应，绝姬就已经将她朱红色的双唇与森略显苍白的嘴衔接在了一起，并非男女之间相互的爱慕，也有别于女人之间柔美的缠绵，气氛凄凉夹杂着暧昧，一吻

226

过后绝姬再次化为魂魄回归到了血刃当中。而森则将绝姬挂回腰间，以如此特别的方式结束了这场对话。

"不要害怕去直视你的过去，如果你的信仰无法支撑你的话，那么我的这份情感倒是不介意为你提供一些支撑。"绝姬阴冷的声音从剑身之中传来，用她自己的方式鼓励着森。

"真抱歉，之前没有发现你对我有这样的感情。"森略表歉意地回应着绝姬。

"你这恶心的懦夫可别太得意忘形，我不过是对你生前的男性形象有所依恋罢了。现在的你对我而言，不过是一个不得去效忠的主人罢了，最差劲的主人了，甚至连最基本的沐血都无法让我满足的垃圾主人！"绝姬的反应突然变得有些强烈了起来，对森进行了一顿臭骂。

"总之，谢谢你……"森的话尚未说完，绝姬的剑身散发出的血光突然黯淡了下去，似乎是察觉到了卡西迪娜与艾瑞丽欧的到来，立刻将自己隐藏了起来一样。

随之到来的便是执行任务归来的卡西迪娜与艾瑞丽欧，两人风尘仆仆地归到钟楼顶端，似乎在侦察之中有了不小的收获。

"看来侦察工作蛮顺利的，有什么有价值的情报么？"森问道。

"那是当然。"艾瑞丽欧有些卖着关子地回应道。

"说来听听。"森对这种对话方式谈不上喜欢，但由于对象是自己的部下，所以也不算反感，便顺势说道。

"那么你想听哪个有价值的消息呢？"卡西迪娜板着那张精致的瓷娃娃脸回应森，看来所谓有价值的情报不止一条。

往日的阴影

> "对我而言，最难战胜的不是眼前的大敌，而是曾经的自己。"

　　无论就规模来说还是就环境而言，星盟学院的食堂都显得过于奢华了，不过在见识过了犹如宫殿般的校长办公室、气势磅礴的大会堂与过于华丽宽广的医务室后，也就不难想象出星盟的食堂为何会如此花哨了。

　　稻弦燕与红叶凛在将会场的事务处理完毕后来到了这里准备简单就餐与休整，而这时首先映入她们两个眼帘之中的就是提前来到这里，现在正以吞食天地之气魄对餐桌上的食物进行一顿暴塞的尹兰礼。

　　"尹兰……你是不是吃得有些急……这样不太好吧。"尹兰礼过于豪放的食量让坐在一旁没有视觉能力的胧耀似乎都能够感受到从周围抛向自己这边的奇特视线一样。

　　"抱歉，托那些恐怖分子的福，从早上一直饿到现在，情不自禁就……"被胧耀一提醒，尹兰礼才反应过来自己已成为整个食堂被关注的焦点，急忙抽出纸巾擦了擦嘴上的痕迹，收回了之前的不雅之态，试着将脸板回平时的样子，但双颊间若隐若现的红晕还是表现出了她对刚才的失礼很在意。

　　"真是鄙俗的家伙啊，带领台下的学生们一起引起骚乱打破恐怖分子阵脚的就是你们两个吧?"红叶凛一脸张狂地走上前去对尹兰礼和胧耀开始进行挑衅。

　　面对如此明显的寻衅之徒，胧耀显得颇为淡定，继续享用着桌上的食物。尹兰礼则不会任凭别人在自己面前耀武扬威，尽管由于吃相的问题让自己的立场不佳，但尹兰礼还是准备开口反击。而就在这时尹兰礼注意到了红叶凛身后的稻弦燕，短暂地调整了一下思绪，尹兰礼断定两人应该是一起的。出于自己与稻弦燕有着一面之交且对她也十分具备好感，尹兰礼姑且收回了与红叶凛斗嘴的冲动，选择了沉默。

"你就不能在这个时候稍微收敛一点么？我们在就餐之后还要继续处理之前那场骚乱而产生的遗留问题，你要是一再地试图节外生枝，我就只能把这些问题反映给黑月大人来处理了。"稻弦燕走上前来对红叶凛进行了一顿斥责，并搬出了黑月作为恐吓。红叶凛在听到稻弦燕的威胁之后立刻蔫了下来，顺势坐在了尹兰礼所处的餐桌的另一面。

"不介意的话就一起吧。"对尹兰礼表露出一个淡淡的微笑，就稻弦燕而言，自己对尹兰礼也有着一种说不出的好感。

"红茶，肉，随便弄些甜点，本大小姐都要饿死了，臭十三你个白痴女仆赶快去给我弄吃的啊，是不是每次都要等我下令你才会做啊？你这猪脑！"没能在尹兰礼身上发泄出自己的不悦，红叶凛将残留的怒火倾泻给了一直站在身旁的女仆十三。

"真是抱歉啊废柴大小姐，我很快就会把带有我吐过口水的红茶、香喷喷的老鼠肉与过期的甜点为您摆上餐桌的。如果您在此之前真的感觉要被饿死了，那么请千万不要挺着，放松身体让自己魂归天际是您对这个世界而言能够做出的最大贡献。"女仆十三机械地回答着红叶凛，毒舌程度丝毫没有减轻。

"该死的臭女仆！你给我去死一百遍啊！那个绿头发的，你叫什么名字？还有旁边的瞎子，好歹说句话啊！本大小姐已经是屈尊陪你们坐在一张桌子上了，不觉得荣幸么？"从女仆十三身上占不到任何便宜，红叶凛又将炮火转移回了尹兰礼身上。而在尹兰礼看来，眼前这个张狂的红发少女能够将自己那盛气凌人的性格以如此令人反感的形式表现得这么淋漓尽致也是一种难得了，便放平了心态，容忍了下来。

"我叫尹兰礼，算是刚刚入学的新生，旁边的这位是我的朋友胧耀，能够与您这样的废柴大小姐一同进餐，真是荣幸至极。"尹兰礼试着敷衍性地回应红叶凛，还不忘在字里行间夹杂着带刺儿的词。

"哼，本大小姐是负责管理你们的学生会干部红叶凛，你可给我好好地记住了，不要以为带动了几个臭新生起了那么一点儿可有可无的作用就可以得意忘形了！"不知是在耳中自动屏蔽了"废柴"一词，还是索性由于被女仆十三叫习惯了的原因，红叶凛完全没有理会刚刚尹兰礼称自己为废柴大小姐的这个茬儿，而是洋洋得意地对尹兰礼进行了一系列的示威。

"总之早些的那场骚乱多亏你们二人了，能够在那种情况下团结起来新生对恐怖分子进行反击，两位可以称得上是有勇有谋了。"稻弦燕插在红叶凛之后，打着圆场一样地对胧耀与尹兰礼称赞了起来。

"话说伤员情况如何了？后期事务还很多吧，如果需要帮助的话，我们也起到一些帮忙作用的，之前和我们一同报到的几个朋友似乎还在医务室，我们准备在吃完东西后去探望她们一下。"尹兰礼想起了与自己一同而来的雷莉等人，多少对她们还是有些担心。

"该处理的都在处理了，凭借白月大人的医疗手段，不会出现什么问题的。这次骚乱的规模不小，但实际发生冲突的时间并没持续多久，而且场面也维持得相对稳定。你的朋友是什么人？我刚刚从医务室出来，说不定见过。"稻弦燕对尹兰礼耐心地回应道，并十分热情地提供着帮助，这与她冷漠内向的性格显得有些冲突。不知为何，稻弦燕也总是感觉自己对尹兰礼有着一种十分特殊的好感。

"其中一个大概比我要高上一头，身高至少有一米八五以上，金发，翠绿的眼睛，看起来很威严，话很少。她的两个同伴受伤了，一个是绑着双马尾的小姑娘，另一个是个红色长发的高挑女人，而且那个红发女人的胸部……非常非常非常的大。"尹兰礼在形容穗红胸部的时候，表情中不可遏止地显现出了一种夸张的神情。

"就是那天我们见面时在温泉的四人组吧？"稻弦燕在听完尹兰礼的描述后简洁有力地概括道。

"啊，就是她们。"尹兰礼这时才想到，之前在温泉初遇时雷莉等人也在场。

"她们是在会场外与另一拨儿恐怖分子展开交战的，属于所有伤员中伤势较重的几个，不过刚刚我去问候的时候，似乎已经没有大碍了。由白月大人亲自进行医疗的话，是不会存在任何问题的。"稻弦燕示意尹兰礼安心，语气中充满了温柔。这让一旁的红叶凛感到异常的不自在，在她看来，稻弦燕犹如一个没有情感的冰心魔女，能够表现出这等温柔实属不易。而这时女仆十三已经将上好的红茶倒入精致的杯中，细腻清淡的茶香逸散开来，让人忍不住端起品尝。红叶凛哼地笑了一下表示女仆十三干得不错，端起了茶杯准备品尝美味的红茶。

"咝……吧嗒……咝……"这时女仆十三在一旁轻轻地做出了用舌头吸吮口水然后咽下去的声音，机械地盯着将红茶靠近嘴边的红叶凛。

"……"红叶凛听到女仆十三发出的声音后将送到嘴边的茶杯移了回去，扭头恶狠狠地瞪着女仆十三。

"……"女仆十三面对红叶凛凶残的视线，面无表情一动不动，甚至不去用自己的目光与红叶凛相接。红叶凛将茶杯端到眼前仔细观察杯中的红茶，清澈的茶水没有任何污浊，甚至连一丝茶渣都没有残留，看似如此完美的红茶让红叶凛心中的疑虑烟消云散。再次用鼻尖嗅了嗅，细腻的茶香从红叶凛的鼻孔中渗入心田，像是在呼唤着她赶快进行品尝，面临如此美妙的诱惑，红叶凛抛开了不悦，再次将茶杯靠近嘴边准备品尝这杯美妙。

"咝……咝……吧嗒"女仆十三再次发出了吸吮口水的声音，冷冷地看着再次将茶杯送到嘴边的红叶凛。

"……身为女仆竟然如此对待主人！你给我去死一百遍啊！"红叶凛再也无法忍受女仆十三对她的折磨，气哼哼地甩开她夸张华丽的洋裙，愤愤离开了食堂。本应一直跟随在她背后的女仆十三麻利地坐在了红叶凛的位置上一口气将红茶喝完，保持着她面瘫的表情发出了一声称赞的声音后，向在桌边剩下的三人鞠躬告别，追着红叶凛离开的方向跑了过去。

"真是有趣的主仆二人啊……"尹兰礼也不知道如何评价刚才所发生的一系列状况，只能感叹道。

"那么一会儿在进餐完毕后，就由我带着二位前往医务室去探望二位的朋友吧。"稻弦燕将话题转回到最初的方向说道。

与此同时，星盟学院的另一个位置，白兰朵踱步在冥夜的房间外，等待着冥夜与她建立精神上的链接。由于各种原因，冥夜并不欢迎访客，即便是黑月校长有事找她相谈也一样要在门口等候，直到她将思维的通脉与之建立获得许可后才能进入。

"白兰朵大人，我感受到了你的呼唤，大门已经敞开，欢迎你的来访。"一道灵光从白兰朵的脑中划过，之后冥夜的声音清晰地从白兰朵的耳边浮现，示意白兰朵进入房间。

有山有水，美如仙境，冥夜头戴面具飘浮在房间中水池的上方，有种与整个环境融为一体的感觉。

"之前的骚乱规模并不算小，你撇开如此繁忙的事务前来找我，一定是有要事相谈。"冥夜的话语从白兰朵耳边传来，尽管缺乏语气与柔韧感，但却直击心脾。

"这次事件衍生出了不少预料之外的东西，所以想找到你来为我梳理一下。顺带问一下，恐怖分子所用的无线电是被你用精神力屏蔽掉的吧？"白兰朵回想起当时会场上"刀锋"队长的无线电路被屏蔽的情形，便询问道。

"由于我的身体不便移动，对于位于会场的你们也只能做到那种程度的帮助了。"冥夜的声音在白兰朵耳边回荡着。

"你已经做得十分完美了，那么关于天谴猎手的问题，你能为我提供什么样的帮助？"白兰朵开门见山地问道，毕竟无论对于自己还是冥夜而言，时间都显得格外珍贵。

"我能够为你提供的帮助只不过是将你的思维延伸与扩散，唤起你内心深处隐藏着的记忆烙印，事实的真相与线索往往以破碎的形式夹杂在这之中，需要你将它们耐心地归置在一起，重组并完善。"冥夜低语回答道。

"我需要尽快找到我所面临问题的答案，以你的经验而言，要如何才能做到更快地达到这个目的呢？"白兰朵进一步强调着自己的意图。

"挡在你眼前的问题不过是无数隐藏着的细节而组成的一堵障碍，你需要达到的目的并不是寻求解决问题的答案，而是去发现那些被你遗漏的细节，之后重新去审视它们。"冥夜的声音回响在白兰朵的脑海，试图引导她的思维。

"那么就随你认为合适的方式来指引我去重新审视它们吧！"白兰朵豪气十足，只求能够尽快地解决她所面临的疑惑，关于森，以及近日一直困扰在她心中的问题。

"我会试着将你带入由你内心所隐藏的记忆碎片拼凑成的梦境之中，使你更为接近思维的终端，发现你所想要的一切。但由于你的经历过于奇特，我并不能保证这个梦境的具体形式与它的走向，一切都将步入未知。假如你处理不当，或许会在梦境之中迷失自我。尽管我能够利用精神力将你强行拖曳回至现实，但其间你人格中某些部分或许会永远残留在梦境深处。换言之，如果真的发生了那种情况，那么即便我将你拉回现实，那个回到现实的你从灵魂与人格的角度来看，也将不再完整。"冥夜对白兰朵进行着警告，强调着最坏的结果。

"简单来说，如果只是我的人格与灵魂的一部分被遗弃在了自己的梦境里的话，这听起来有点不痛不痒，总之只要凭借一己之力保持住自我并在梦境中找到真相就可以了对吧。那么尽管将我带入梦境吧，被你这么一说，突然干劲儿十足呢。"面对冥夜的警告，白兰朵没有显出任何畏惧，反倒有些兴奋了起来。

"那么，请闭上眼睛放松，由我来为你引路，进入你内心深处的梦境之中吧……"冥夜的话语逐渐消失。随着白兰朵双眼的闭合，自己的思维似乎也被冥夜从脑中抽离了一样。经过短时间的升腾后，白兰朵睁开双眼，发现自己位于一个由镜子构成的大厅中央。

大厅中各式各样的镜子映出的每一个自己都有所不同，有的身穿盔甲，有的身着便服，被无数个镜中的自己死死包围在了大厅中央。这让白兰朵不禁产生了一种难以形容的压抑感，每一面镜子中的自己都在以不同的姿势做着不同的事务，接着她们似乎察觉到了位于大厅正中心的白兰朵，然后将目光一同锁定在了她的身上。这种目光非常不好形容，完全没有任何生命的气息，镜中的自己的眼神呆滞无比，像是被剥夺了灵魂一般。

"无论怎么来讲，这个梦都够恶心的……"被无数个自己直直地盯着，白兰朵心中的厌恶感越发强烈。镜中的自己面无表情，眼神空洞毫无聚焦，这样的目光从各个角度袭来，让白兰朵不寒而栗。

似乎意识到节奏逐渐开始被梦境主导，白兰朵随手抓起一面镜子挥舞了起开来，猛力将其他的镜子砸了个粉碎，试图缓解自己的不快。但破碎的残片却化为更多更加微小的镜子，映出更多空洞的目光，聚向白兰朵。

"呼，才刚到这里就已经快被逼疯了，似乎比想象中的要难办得多啊。"白兰朵面对毫无改善的处境只能认命，静下心来忍耐着四面八方投来的恼人视线。随着白兰朵心态的扶正，镜子开始逐渐向白兰朵靠拢，并拼凑成了一个整体，慢慢地缩小到与白兰朵的身材对等，之后停在了白兰朵的面前。

"自寻死路。"镜中的白兰朵身穿华丽的全身甲，头顶装饰着唯美圣洁的十字章，慢步从镜中走了出来。

"这身装扮还真是令人怀念啊，你是曾经的我？"白兰朵上下打量着从镜中走出来的自己，没错，这身装备就是曾经自己还在担任安度洛斯国圣骑士时所穿的铠甲。

"我是，被你遗忘的自己。"镜中白兰朵的语气中充斥着愤恨，用带有怒意的眼神瞪着自己。

"大道理我可不会讲，但'遗忘'这个词用得太过牵强了，没有人会遗忘自己之前的样子，我不过是选择了另一种生存的方式。而你，也就是那时的我还太年轻，无法理解现在的我的想法。"白兰朵面对曾经的自己，颇有感慨，但无论从哪个角度来看，现在的自己都更加的成熟老练，这使白兰朵在对待镜中的自己时会有一种年长的优越感。

"我确实无法理解面对那场战争你竟然选择了不战而退，一个身为圣骑士的尊严与荣誉就这样被你的一意孤行毁于一旦！更可笑的是你竟然顺势离职，不惜沦为一个罪人，过起逃亡的生活，这一切都是你的过错！不可原谅！"镜中的白兰朵将曾经发生的一系列事件痛诉了出来，并把罪责全部归在了白兰朵的身上。

"安度洛斯与翼之国的那场战争不过是一个打着宗教信仰的幌子罢了，新上任的小教皇发动战争的目的也只是为了满足自己的私欲和掠夺翼之国的科技并限制甚至摧毁他们的发展，而真正值得我所辅佐的教皇在这之前已经驾崩了。无论如何，我可不想被一个乳臭未干的小孩子当作侵略他国的带兵军犬来使唤，懂么？曾经的我。"白兰朵自恃有着充足的理由去解释自己当初的决定，更何况现在她面对的对象即是曾经的自己。

"我们都深知自己是因为先代教皇的英明神武才发誓对其效忠至死不渝的，之后我们因为这份忠诚与执着成为了安度洛斯国最高的军事领导者圣骑士。而你，却在先代教皇驾崩之后舍去了扛起重任的选项，选择逃避。你背叛的不只是当时年幼无知的小教皇，你背叛的还有整个寄希望于你的国家和先代教皇对你的信任以及你曾经的信仰！"镜中的白兰朵抓起了白兰朵的领子，满脸愤恨地说道。

"我便是当年在你内心之中有着对先代教皇无比执着忠诚的你，我本决意让自己就如成为圣骑士时宣誓的那样，要为安度洛斯国鞠躬尽瘁死而后已，但你却把这份心情与决心压入了心底，视而不见……"在看到镜中的自己如此激烈的行为后，白兰朵的内心开始有所触动。

当年先代教皇驾崩，年仅十二岁的现任教皇上任，为了尽快显现出自己的神威，年少的小教皇决定对多年来一直在信仰与外交上和本国有着一定冲突的翼之国发动战争。而对于当时的圣骑士白兰朵而言，这场战争纯粹是年幼的教皇为了显现自己实力与建立自己威严而发起的不必要的侵略。

翼之国只不过是最为合适的侵略对象罢了，况且当时先代教皇刚刚驾崩，局势尚不稳定，如此仓促开战，全然是一种不把国家的安危放在眼里的行为。面对这种鲁莽幼稚自私自利的小教皇，白兰朵毅然选择不惜沦为罪人而离职避战。从道理上来讲，她的行为无可厚非，但与此同时，身为整个国家最高军事领导者的她也辜负了自己当初对这个国家、对先代教皇做出的承诺。因为她的离去，受害者不单单是新任的教皇，还有千千万万的安度洛斯国民众。白兰朵原本认为新任教皇才是最为自私幼稚的，但就现在看来，在战争前夕，弃其职位逃离责任的自己比教皇也好不到哪里去。一种自责感从白兰朵的内心开始扩散，镜中的白兰朵对自己的憎恨开始逐渐感染着白兰朵，使她自己也感到了共鸣。

"世间万物，瞬息万变，孰对孰错，无规可循，无据可依，然命运却是恒定的，存在即是天之抉择，如今你以心灵之所向面对往日的自己，不要被其迷惑，否则那会使你迷失在梦境深处，而另一个你则会以主意识的姿态醒来。由于信念与思维尘封已久，假若醒来的是往日的你，那么必将酿成恶果。你记忆的裂痕过于漫长，我也无法确定自己还能够为你带来多少指引。白兰朵大人，连同我在内，一切导向性的指引都只会让你更加偏离自己，遵从内心之选，才能够将你引向更为接近真理的记忆，而这之前的，不过是所谓的考验与磨难罢了。"冥夜的声音经过漫长的延伸传入白兰朵的耳边，尽管微弱乏力，但却给予了迷茫之中的白兰朵必要的支撑与引导。

身为安度洛斯国的圣骑士，白兰朵确实因对教皇的不满选择了逃离责任与面对战争，但这既然发生了，也就无法改变，以主意识姿态深入梦境之中的自己对此只能深表遗憾。白兰朵用手贴住往日自己的面颊，凝视着她的双眼。

"背弃这份职责是我的错误，而如今我所追随的黑月，正是那场战争的平息者。没有她，便没有现在的处境。她义无反顾地肩负了我所逃避的责任，而现在我选择死心塌地地去追随她，这便是对于你最为完美的答案。既然错误已经发生，那么我们只能用其他的方式进行弥补。我向你保证，这份不公，我会通过黑月偿还的！"蕴含着坚毅与决心，镜中的白兰朵似乎感觉到了什么，便不再言语，消失在了白兰朵的面前。在关键时刻冥夜的指引让略感迷茫的白兰朵迅速扭转局面，成功地说服了往日的自己。

还没来得及庆幸甚至是缓上一口气，无数面镜子再次从四面八方出现，将白兰朵包围了个水泄不通。

"她所代表的不过一个小小的怨恨，而你，你的过错远不止这些！你甚至在自己的亲生女儿面前都装作不认识她！冷血至极！"又一个自己从镜中走了出来，她的样子有些憔悴，白兰朵能够看出这是当年怀有身孕时的自己。

"出于形式所迫，我只能暂时装作我并不知道她是我的女儿。黑月已经保障了她的安全，她能够活下去，而且能够在我的身边，我就已经没有其他的奢求了。"面对曾经的自己对自己的质问，白兰朵试图辩解道。

"你的丈夫最终搞得家破人亡，妻离子散，其中最为主要的原因便是你对他的那种义无反顾的支持！"又一个曾经的自己从镜中走出，痛诉着白兰朵往日的过错。

"他不光是我的丈夫，也是你们的丈夫，我们都深爱着他，但关于信仰与抉择，并不是单纯地依靠情感就可以左右的。"白兰朵面对着两个怨气冲天的往日的自己，据理力争。

"这或许也能够成为让你纵容他企图杀死你们的女儿的理由吧？你难道疯了么？"镜中不断地走出往日的自己，加入这场关于过失与罪责的讨论之中。

"不，最后他并没有杀死我们的女儿，我甚至猜不到他会以杀死他父亲的方式来解决这个问题！"白兰朵努力地抗争着，但眼前与自己对立的人数却越来越多。

"你的'猜不到'即是导致稻弦森弑父的原罪之一！"大声地将丈夫的名字吼了出来，怒火与怨恨充斥在往日白兰朵的眼神之中。

稻弦森，一个与生俱来便有着纯净灵魂的天赐之人，他的父亲希望以他的能力永远地扫清他们家族的宿敌——天谴猎手。而稻弦森本身却对天谴猎手的信仰与看法有着更多的认同，最后当稻弦森在面临家族的仇恨与自己所信奉的信仰之间抉择的时候，以一个十分极端的方式为这个问题画上了句号：稻弦森亲手杀死了自己的父亲，拆散了整个家族，之后自尽在了家中。在他临死之前甚至想要杀死自己尚未成年的女儿，只因他的女儿的能量与血统违背天谴猎手的信仰，但最后他还是放弃了这一举动，拔剑自刎。而身为稻弦森妻子的白兰朵，却由于担任安度洛斯国圣骑士的原因，几乎没能与自己的女儿见过面。如今黑月将稻弦燕救出并安置在星盟学院，白兰朵为了顾及黑月的安排，依然不能与之相认，对于白兰朵而言，来自家庭的自责与遗憾，远远超过了其他的一切。

"确实如此，我似乎并不是一个好妻子或是好母亲，但相比于你们这些身为我记忆深处怨气冲天的阴影而言，我比你们更具话语权和选择权。如今我的到来便是想要为抚平你们心中的不满而做出行动，毕竟在场的所有人都是我的一部分！你们是想要继续留在我的记忆深渊之中唉声叹气，还是来与我融为一体让我变得更加强大？"面对无数的

237

谴责与质疑，白兰朵显现出了自己身为圣骑士的王者风范，对着无数个往日的自己吼道。

将白兰朵包围着的镜子在听到白兰朵的一番慷慨陈词的宣言后，止住了骚乱，静默了一会儿之后，纷纷做出了决定，消失在了白兰朵的眼前。

"或许你说得没错，我们都是一体的，只有将心智完全统一，才能够面对一切……"镜中白兰朵的声音回荡开来，随着梦境一同变得模糊。

成功平息了往日自己的阴影，白兰朵暂时获得了喘息的机会。

"即便如此，这个梦境似乎并没有解决我希望解决的那个问题……"白兰朵以为接下来自己就会从梦境之中脱出，思考起了自己前来这里的目的。但周围喧嚣的环境让她开始意识到这场梦境并没有想象中的那么简单，硝烟四起，战火纷飞，白兰朵的梦境开始发生着巨大的变化，并将她置身到了一个混乱的战场之中。

"这个场面……难道是……"没错，这个场景发生在白兰朵记忆中永远无法忘记的那一天……

那一年南方部族的起义者进犯安度洛斯国边境，白兰朵奉先代教皇之命前往边境古战场"欧佛"对其进行讨伐。南方部族的祭祀通过祭献了无数鲜血与灵魂而生成了禁忌的仪式，召唤出了象征灭世之兵器的上古恶魔"菲里安"，准备与白兰朵所率领的教皇军进行一场鱼死网破的死斗。然菲里安邪性冲天，在大战尚未触发之际，便对南方部族反戈，大开杀戒，半日之余便灭杀南方部族军数以千计，被重创的南方部族无力回天，只能撤军，留下了菲里安祸害世间。

平复菲里安的工作自然而然地落到了白兰朵的肩上，率领着大量的神父、牧师、洗礼者等神职人员抵达欧佛之后，白兰朵与菲里安展开了一场一对一的对决。双方的激战进行了一天一夜，上古恶魔菲里安逐渐体力不支败给了圣骑士白兰朵。而就在神职人员即将用法术将菲里安降伏之际，狡猾阴险的菲里安抓住了一个破绽发动偷袭将与之交战的白兰朵的右臂噬入了口中，为了避免伤及白兰朵的性命，神职人员们不得不停止了降伏菲里安的超度圣法。随之而来的惨痛代价即是被菲里安通过自己对白兰朵造成的巨大创伤，化身为痛苦融入了白兰朵的身体之中，以此来躲避它本应面对的失败。

无法将菲里安驱逐出自己身体的白兰朵被带回了安度洛斯国的首都安格利斯塔，在这期间她饱受着菲里安那邪恶的灵魂为她带来的痛苦与折磨，直到大祭司们通过无数次的洗礼将菲里安封印在了她的右手之中。因祸得福的是，由于菲里安已经与白兰朵融为一体，在成功将菲里安压制在白兰朵体内之后，白兰朵一度获得了菲里安那种世间万物只要经其手便可成为无坚不摧的灭世之兵器的能力。

而现在白兰朵所处的这个梦境，则正是自己当年与菲里安交战时不慎被它融入体内的那个场景。白兰朵隐约能够看到前方硝烟中一个巨大的阴影向自己这边走来，在这种情况下眼前的这个庞然巨物只可能是菲里安了。白兰朵并不情愿面对这个恶魔，但眼前的处境似乎也没有什么可选择的余地。

"许久不见……圣骑士！"菲里安的身影在靠近白兰朵之后要比之前看起来大得多，如同一个巨大的爬虫一样伏在地上。由于血统较为纯正，菲里安的身体赤红，肌肉绷紧，岩浆一样的脉络遍布在它的全身。看似不规则的巨型双翼闭合在它的背部，邪气十足。菲里安的面部只有一只菱形的眼球和长满獠牙的巨嘴，刚硬的毛发凌乱地遍布它的脑袋。与其说它是恶魔，倒不如说它是个看起来令人憎恶的怪兽。

"令人恶心的家伙，为什么你会在我的梦里？"白兰朵甚至不想去直视眼前的这个巨大而骇人的恶魔。

"为什么我会在你的梦里？！哈哈哈，哈哈哈！问得好！因为我就是你！最可怕的噩梦！"菲里安的声音显然不是通过嘴部发出的，因为它那长满獠牙的巨嘴看起来根本就不可能具备任何语言功能。

"胡说八道，我从来没把你这种角色放在过眼里。"尽管表面上看似平静地回答着，但白兰朵所说的话并非实情。在得知菲里安这头凶狠邪恶的大恶魔与自己的伤痛融为一体被封印之后，白兰朵的心中一直对菲里安有所顾虑。这份顾虑随着时间的推移被她藏在了心底，逐渐演化成了一个巨大的阴影。

"归根结底，你再怎么强大，也不过是一个人类。而我，则是一个纯粹的恶魔，那群愚蠢的神信者以为单凭一些洗礼与净化就能够把我封印在你的体内，但我的力量远远凌驾于你之上的事实却不会改变！总有一天我会突破你的结界，然后把你身边的人全部杀死，将你的世界闹一个天翻地覆！"菲里安身为一个血统纯正的恶魔，竟被封印在一个人类体内，它所积累的怨恨异常的强烈，恨不得现在就把白兰朵碎尸万段。

"我会用一切力量阻止你去这么做的，必要的时候，我不惜与你同归于尽也不会让你去祸害苍生。"白兰朵尽可能地保持着自己的底气。与菲里安交战过的她，深知菲里安能量的恐怖，这种本不该生活在这个世界的生物有着无比残暴的性格与战斗力。当初在数十个优秀的神职人员的祈祷与牵制下，白兰朵才能勉强与菲里安一战，结果却还是被菲里安抓住机会融进了自己的伤口之中。如今面对菲里安的只剩下自己单独一人，不安的情绪自然会从四处袭来。

"用尽你一切的力量？与我同归于尽！？哈哈哈，哈哈哈！这是我听过最可笑最为不自量力的威胁之一了！你的力量在我面前如同蝼蚁！蝼蚁用尽全部力量也依然还是蝼蚁！你是阻止不了我的！而你的生命，在我看来更是毫无价值！一个毫无价值的生命即便要与我同归于尽，又能奈我何？认命吧！很快我就会从你身体里那个该死的结界之中挣脱开来！然后用我的双手让这个世界感受我的愤怒！"菲里安势不可当，压榨着白兰朵的希望。而白兰朵虽然意图反抗，却深知眼前这个恶魔那恐怖而真实的力量根本无法撼动。绝望之情在挤压着白兰朵的内心，她努力地试图寻找解决的方式，可眼前的菲里安的存在使她顾不上那么多。

"白兰朵大人，你已经进入了你梦境更为深处的地步，我恐怕不能够为你提供更多的帮助了。请你记住，在梦境当中，你是以主宰的形式涉入其中的，一切事物的发展与走向都可以由你所起到的效应而发生变化，这十分依赖你的意志与认识，试着……"冥夜细微的声音传入白兰朵的耳边，然后逐渐地变得模糊，白兰朵甚至没有听清冥夜之后所说的话。

面对眼前这个具备毁天灭地之力的大恶魔，白兰朵根本就找不到任何主宰局面的办法，虽然这仅仅是梦境，但菲里安所言却完全是建立在事实之上的。白兰朵无力地思索着，不自觉地将视线定在了自己的右手上，接着她似乎想到了什么，迅速将右手的袖子掀了起来，看到了那布满荆棘的封印依然位于她的右手，显得邪气逼人。

"再去多看几眼吧，可怜的人类！很快，我便会冲破那个结界！杀他个昏天黑地！哈哈哈！"菲里安见到白兰朵的举动，使劲地对其嘲笑道。

"被你这套乱七八糟的屁话搞得我竟然真被吓到了……"白兰朵的声音突然回归了自己那锐气威严的状态，表现出了与之前截然不同的反应。

"可怜的人类，你还不懂得自己那卑微的处境么?!"菲里安见白兰朵又突然气势十足，开始提醒她自己目前的处境。

"确实，身为一个人类，想要封住一个血统纯正的恶魔似乎过于异想天开了，我不过是借助了无数人类的信仰将你暂时地压制在了我的体内，早晚有一天你这个万恶不赦的东西会冲破这个结界去祸害苍生，而我之前则因为对于你怀有恐惧之情而把你遗忘在了记忆深处，这是我的不对。"白兰朵逐步走向菲里安，由于身材差距过大，白兰朵在靠近菲里安后，必须抬起头来才能看到菲里安那张丑陋的脸。

"你想要表达什么？人类？"菲里安被白兰朵突然的转变搞得有些摸不着头脑，用它骇人的眼珠盯着白兰朵问道。

"现在我眼前的你，并不是由我梦境构造出来的恐惧感，而是真实的你，因此你才能释放出那些如此货真价实的气息来让我感知到你力量的强大，也就是说事实上你一直潜伏在我的记忆深处。"白兰朵将手触到了菲里安的爪子上说道。

"货真价实！可怜的人类，你总算弄清楚自己的愚行了，你以为遗忘我就能逃避么？哈哈哈！"菲里安并没有注意白兰朵的表情，自顾自地大笑道。

"既然货真价实的你现在就位于这里，而货真价实的我右手上的结界还在，我为什么要怕你？"白兰朵环顾着四周，对菲里安反问道。

"因为你我都知道！以你区区人类的身体是无法限制住身为恶魔的我的！我早晚会突破你右手的结界！"菲里安张狂地回答着白兰朵。

"所以为了避免那样的情况发生，我需要提前处理掉你。"白兰朵将目光锁定在了战场边缘一根破碎的旗杆上，走了过去。

"你是不是被我吓疯了？难道你不懂得你现在的处境么？"面对白兰朵的言行，菲里安十分不解。

"不懂得处境的是你吧？怪物。"白兰朵将破碎的旗杆握在了手中，如同被附魔了一样，白兰朵手中的旗杆突然变成了黑色，旗杆的裂隙上闪耀起了紫光，看起来极具魄力。

"归根结底，你现在还是被我封印在体内吧？而身为被奴役者，你的能力与力量其实是在受我掌控。在我死之前，你一直都会是被我奴役的小丑，可现在你竟然胆敢面对我，甚至是威胁我，这可真是滑稽。"白兰朵手持着被魔化了的旗杆走向菲里安，语气锋锐无比。

"你……你想做什么！可笑至极！你以为你在你的梦里能伤到我?！我已经与你的伤痛融为一体了！你是无法追捕到我的！"菲里安对白兰朵咆哮道。但白兰朵根本没有理会的意思，狠狠地将魔化的旗杆戳进了菲里安的上肢……

"你确实是乘虚而入潜伏在了我的身体中，非要我找的话，我倒未必真的能找到你，但你这愚蠢的怪物自寻死路一样地跑来对我进行示威的话就要另算了！"白兰朵顺势用魔化的旗杆斩断了菲里安的另一只手，毫无抵抗之力的菲里安失去平衡，卧在了白兰朵面前，它巨大的脸重重地砸在地面，苦不堪言。

"我……我……是你的噩梦！"菲里安挣扎着挤出话语，对白兰朵说道。

"不，我才是你的噩梦。"白兰朵走到菲里安的面前，将魔化的旗杆对着菲里安的眼球瞄准说道。

"……杀死我……连同你……也会完蛋！"菲里安见白兰朵要给予自己最后一击，威胁着白兰朵。

"你说过，恶魔的力量是远大于人类的，现在我以人类的身份与你同归于尽，在我看来相当划算。"白兰朵面对菲里安的威胁表现得十分坦然，一脸从容地回应着菲里安。

"不！你不能这么做！"菲里安一时也想不出其他话可威胁白兰

朵，只能发自内心地对白兰朵咆哮。

"之前我不过是把你封印在了体内，没有与你达成任何契约，而现在，我要求你无条件臣服于我，否则就同归于尽，怎么样？要与我签订契约么？"白兰朵当年在执行任务的时候经常会接触那些同恶魔打交道的邪术师，对于一些教条与协议非常熟悉，但她却从没想到过自己会有一天真的拿来用。

"你想与恶魔签订契约？"菲里安惊恐地问道。

"我现在又不是圣骑士，无所谓的，规矩我都懂。对于我而言，不与你签订契约的话就只有与你同归于尽才能避免你祸害苍生，即便我不想，但也必须这么做了，因为我还是很珍惜自己这条性命的。"白兰朵对菲里安提出这个看似不错的提议的同时，她手中那被魔化的旗杆也一直停留在菲里安的眼前。

"至于与恶魔签订契约而导致的一切后果我也非常清楚，不要考验我的耐心，要么服从，要么一起死！"见菲里安有所犹豫，白兰朵再次威胁道。

"那么我将臣服于您……我的主人……"菲里安没有什么时间可犹豫，迅速地做出了答复。

狼的正义

"我的正义。"

星盟都市的城郊，凄美的月色孤独地挂在空中，没有任何星光的点缀。

夜怖的利爪在恶狼群中刮开血红色的口子将数条恶狼撕成碎片，面对如潮水一样的群狼，夜怖所表现出的杀戮欲异常强烈，他深知自己无法雾化，却又下不了决心将紫怨弃在这里自己逃走，武断或果断地做出了冲出大门迎击群狼的下下之举。狼群显然不是自然形成的，它们的数量多到令人畏惧，无休止地扑向夜怖，逐渐将夜怖淹没，而面临如此窘境，夜怖没有后退一步，死死守在门口。恶狼的利齿撕咬着夜怖的身体，作为偿还，夜怖的双爪也在狂舞中席卷着狼群。就形势来看，夜怖被击垮不过是早晚的事儿。

"逮到你了！"抓住一个缝隙，夜怖突然甩开群狼撞向树林，用他的利爪凶狠地钳住了一个躲藏在内的阴影，将其揪了出来。与此同时，夜怖身后的恶狼群如同失去了命令一样，迅速退散消失在了视野之中。

"无比迅捷的爆发力和感知力，您的表现让我十分惊讶，吸血鬼。"被夜怖钳在手中的是一个黑色影狼人，影狼人彬彬有礼地称赞着夜怖，显得相当悠然。夜怖可以明显地看到影狼人的肩膀上有着一道崭新的伤口。

"影狼人，碰到稀有的物种了，据说你们十分擅长和其他种族打交道？"夜怖浑身都是被恶狼撕扯过的伤痕，狼狈不堪地用他的巨爪钳着身材比自己还要高出一些的影狼人问道。

"是的，我们可以与任何种族打交道，甚至身为宿敌的你们，不过我的朋友似乎对你现在这种过于热情的待人方式有些意见，如果可以的话，请你把我放开如何？"影狼人的喉咙被夜怖的巨爪紧紧地钳着，而之前那个强壮的血狼人则正满脸愤怒地盯着夜怖。

"你的朋友看起来是红色的，它不会在我放开你的瞬间就扑上来把我干掉吧？"机警地看了一眼跃跃欲试的血狼人，夜怖对影狼人问道。

"很有可能，不过我能够向您保证的是，如果您再不放手，它百分之百会扑上来直接将你干掉的，所以先将我放开无论从哪个角度而言，都是最为明智的。"影狼人的言语中夹杂着一些不必要的风趣对夜怖说道。

"如你所愿。"夜怖妥协了一下，松开巨爪，机警地面向血狼人，而血狼人似乎并没有继续对夜怖发起进攻的意思，尽管从气势上而言，血狼人依然丝毫没有对夜怖表现出半点退让之情。

"我们嗅到了吸血鬼的气息，于是前来进行扑杀，其实我也不知道为什么狼人就必须要杀死见到的每一个吸血鬼，但既然有这么一个规矩，身为狼人的我们就得照做。"影狼人被夜怖放开之后，一脸笑意地对夜怖说道。身为一个狼人，想要展现出自己的笑容可是件相当不容易的事，毕竟过于尖锐锋芒的獠牙让它们一龇嘴就显得无比狰狞。尽管如此，眼前这个影狼人确实表现出了一脸的笑意，虽说这份笑容颇为诡异。

"可你并没有杀死我。"夜怖看着影狼人这股诡异的微笑，十分反感。

"对于我而言，规矩就是用来被打破的，再说我已经在第一时间对你进行了攻击，只不过没有成功地将你杀死罢了。况且身为一个吸血鬼，你的表现过于奇怪，这让我心里很没底儿，否则以你的这点儿实力，根本活不到现在。"影狼人活动了活动自己的脖子，夜怖刚才的那记锁喉似乎让它十分难受。

"那么现在呢？你想要做什么？"夜怖摸不透眼前这个影狼人的心思，只能对其采用质问的态度。

"先要问你几个问题来消除我心中的疑惑。"影狼人对待夜怖的语气十分恭敬。

"我要是不回答呢？"夜怖对眼前的这个影狼人有着说不出的厌恶之情，不自觉地就开始对其进行顶撞。

"我办事通常都是遇到问题之后才会考虑下一步怎么做，如果凡事都要有所计划的话，那么如果事态的发展并没有按照计划所进行，该是多么令人懊恼的一件事儿啊。不介意的话，我可是要先问我的问题了，当你选择不回答的时候，我再告诉你我会怎么做。"身为一个狼人，眼前的这个影狼人的脾气显得过于的乖张温和了。换句话说，即便作为一个影狼人，眼前的这个家伙也算是个异类了吧。

"首先，面对我们完全凌驾于你的战力，为什么身为吸血鬼的你不选择逃跑而是激进地出门迎战我们？"影狼人对夜怖发出了它的第一个问题。

"因为你们这等杂碎，根本无须逃避。"夜怖毫不示弱地看着影狼人对其说道。

"答得好，但不正确，要知道狼人的嗅觉要比你想象的灵敏得多。我知道那屋子里有个女人，在我看来她没有任何特别之处。或许你能够解释一下，为什么你会为了保护那个女人而做出出门迎击比你强大得多的敌人这种愚蠢的行为。"影狼人的语速十分快，说话的间隔短而紧凑地问道。

"多说无益，还是来战吧！"夜怖面对自己的天敌，根本不想进行更多的交谈，即便处境对自己不利，夜怖还是想要选择继续战斗。

"不不不，你可能是误会什么，我之前说过，规则即是用来被打破的，身为狼人的我没必要非和身为吸血鬼的你战个你死我活。但是出于本性，或许我们之间会相对更加的不容易相处。刚刚我们已经打过一次了，你抓住了我的喉咙，这姑且算是你胜了。现在我们需要交流，稍微友好地交流。"影狼人全然没有继续和夜怖打下去的意思，开始了长篇大论。

"你真是个疯子。"面对影狼人的一番发言，夜怖无可奈何地说道。

"疯子是天才的必经之路，我叫斯芬克斯。没错，似乎跟传说中的某个喜欢猜谜的神兽重名儿了，但这非我所愿。"斯芬克斯自报了姓名，对夜怖展现出了友好的微笑。

"……"面对如此友好的狼人，夜怖感觉浑身上下都充斥着反感。从亘古时期到现在，夜怖见过无数狼人了，它们凶狠、残暴、嗜血、狂野，不要说是像斯芬克斯这样满腹经纶的家伙了，夜怖甚至鲜少见过具备理智的狼人。

"那边的那个红色的大个子叫血爪萨伦，它的名字听起来更像一个狼人对吧？哈哈哈，我们狼人就是这样，都喜欢在名字当中加个什么牙啊，什么爪啊，以显示自己的力量。"斯芬克斯调侃一样地开着玩笑，试图缓解紧张的气氛。

"修伊克·迪·卡维扎柯，我的名字。"夜怖无奈地说出了自己的名字，开始逐渐放松警惕。

"听起来真是帅气，单就名字的角度而言，我倒是更为欣赏吸血鬼的命名方式，按理说你们吸血鬼还应该有一个称号之类的吧，就好像'红瞳'啊'毒翼'啊之类的。"在夜怖看来，身为狼人的斯芬克斯那过于开朗健谈的性格，无论怎么看都显得扭曲至极。

"夜怖，我的称号。"完全不愿意跟这种奇怪的疯子有任何瓜葛，但不知为何，夜怖还是被斯芬克斯掌握了主导权，随着它的步调答道。

"那么夜怖，在你看来，你觉得这个世界如何？"斯芬克斯突然将话题扩张了一个范畴。

"硬要说的话，糟糕透了。"夜怖短暂地思索了一下，回答道。

"哈哈哈，标准的吸血鬼式回答，作为厌世的典范我实在想象不出你会有什么其他的答案。"斯芬克斯爽朗地笑道。

"不然呢？据我所知狼人大部分也是厌世的。"夜怖感觉自己就像被嘲笑了一样，不怎么自在。

"是的，大部分狼人都十分厌世，但你知道的，我并不是一个传统意义上的狼人。我热爱生活，对这个世界有着自己的见解，不过说实话从某个角度来看，这个世界确实糟糕得不能再糟糕了。离经叛道的天使，胡作非为的人类，毫无公正感的生命，腐朽肮脏的机构与格式化的信仰，还有那些麻木不仁自私自利的物种……"斯芬克斯在痛斥着这些话语的同时，眼神中显现出了几分懊恼。

"从你刚才的发言中我可听不出来半点儿你热爱生活的意思。"夜怖抓住斯芬克斯的话茬，不无讽刺地说道。

"不，正因如此，我才可以扮演我所想扮演的角色，充当我理应充当的职位。"斯芬克斯面对夜怖的讽刺，没有表现出任何反应，神情自若地回答。

"你所想扮演的角色？那是什么？"夜怖似乎没有弄清斯芬克斯所

说的意思。

"当你察觉你所处的世界只有邪恶而没有正义的时候，难道你不想去填充那个正义的位置么？我想扮演的角色，就是正义的化身。"斯芬克斯说出"正义"一词时，毛茸茸的脸上跃动出了无法遮掩的兴奋之情。

"你是说……你要……成为正义的化身？"尽管斯芬克斯的话已经触动了夜怖的笑点，但夜怖并没有第一时间笑出来，而是忍住笑意再次确认了一遍。

"是的，既然那些所谓的天使所捍卫的不是公正与正义，那么总要有人去做这件事吧。对我而言，我就十分乐意成为一个正义的化身。"斯芬克斯非常自豪地再次确认了自己的意图。

"哈哈哈，哈哈哈！"夜怖这次真的忍不住笑出了声。一个狼人，想要成为正义的化身，简直是天方夜谭，驴唇不对马嘴，这狗屁不通的情况简直太令人夜怖无奈了，除了感到可笑，夜怖完全找不出任何意义。

"天哪，你笑起来可真恐怖，这有点失礼，但由于你不是第一个做出这样反应的家伙，所以我并不会太过在意。"斯芬克斯面对狂笑着的夜怖，有些无奈地说道。

"你是个有趣的疯子，无论从哪个角度来看你都过于古怪了，恕不奉陪，我还有一堆事情要解决。"夜怖才没心情跟这种古怪的狼人打交道，扭身准备离去。

"喂，你难道不觉得很伟大么？作为一个正义的使者去守护这个世界。"斯芬克斯并没有放弃，追问着夜怖。

"当你再更深入地了解这个世界之后再去讲什么伟大吧，虽然邪恶与罪孽能够直白地体现在人的面前，但与之相对的正义却是遥不可及的。抛开一切不纯的动机与肮脏的外壳，你会发现所谓的正义只不过是虚无缥缈，真正的伟大可以是力量，可以是信仰或是意志，但绝不会是触碰不到的正义。"夜怖狠狠回击着斯芬克斯，不留余地地将它那不切实际的目标贬低得一无是处。

"庸俗的解释，如同大部分吸血鬼一样，这过于阴暗了，我本以为你会和他们不同的。"斯芬克斯有些失望地对夜怖说道。

"你口中的正义不过是虚无的梦境，而我们却设身于现实，我实在懒得再和你多说什么了，要么打，要么我就走。"夜怖对讨论正义这种低级的问题十分排斥，甚至感到有些反胃。

"或许在观点上我们无法达成一致，但在一些目的上我们却应该是相通的，你眼前一定有着我能够帮上忙的问题可以处理，而为了拉近我们之间的关系，我并不介意被你稍微利用一下。"斯芬克斯做出了让步，对夜怖说道。

"你这疯子狼人就硬是要缠着我？"夜怖不耐烦地看着斯芬克斯，眼前的这个影狼人的纠缠让他备感恶心。

"一个脾气古怪，面对完全凌驾于自己之上的敌人却不选择雾化逃跑而是与之血战到底，这让我非常欣赏你，而我为了达到成为正义的化身这个伟大的目的，则必须珍惜一切像你这样的人才，哪怕对方是一个吸血鬼。"斯芬克斯大义凛然地向夜怖解释道。虽然夜怖很想告诉这个愚蠢的影狼人，自己不选择雾化逃避是根本已经丧失了雾化的能力，但短暂地思考了一下，夜怖似乎想到了一个更为稳妥的主意。

"既然是个影狼人，你一定懂得巫法邪术这些乱七八糟的东西吧？"夜怖开口对斯芬克斯问道。

"那是必然。"意识到似乎某种利用关系已经开始架构成型，斯芬克斯龇着它的狼嘴露出了笑容。

旧伤

"光明能够驱散阴影，能否解开谜团？"

　　就餐过后，稻弦燕带着胧耀与尹兰礼来到了星盟学院医务室的病房门口，此时白月刚好抽出了空闲前来察看千花与穗红还有枪神的伤势。而对尹兰礼而言，搞不懂的是，为什么这三个原本相互厮杀致伤的家伙会安排在同一个病房，一旁照顾着"枪神"的"弄臣"似乎能够感应到站在门外的尹兰礼，笑嘻嘻地对尹兰礼打着招呼。

　　"虽然这个红发的女孩儿的伤势略重一些，但不知为什么，在将子弹取出之后，伤口就以不可思议的速度开始愈合了，照这样看来，在恢复体力之后就应该能够自由行动了。"白月刚刚对几人进行了简单的摘弹手术，温柔地嘱咐着注意事项。

　　"医师大姐，这个乳牛的话就是再多中上几枪也是死不了的，那些子弹就算不去自行取出也很快会因伤口愈合而脱落的，相比之下我倒更关心小千花的情况。"天幽并没有表现出有多关心具备强力愈合能力的穗红，而是急于询问身中数枪的千花的状况。

　　"这个小姑娘的要害部位并没有被伤到，我刚刚已经将子弹取出了并调和了一些配药进行护理，几天后就能康复吧。"白月露出了亲和迷人的微笑答道。

　　"那么美丽的天使大姐，这位沉睡中的'奥罗拉'呢？要是她有个三长两短儿，'刀锋'队长可是轻饶不了我的。""弄臣"抢在中间询问着"枪神"的状况，一脸的怪相。

　　"胸口中了一枪，但是情况也还好，放心吧，会没事儿的。相比之下你们的'刀锋'队长的灼伤更为严重一些，不过我已经处理得差不多了。"白月面对"弄臣"并没有显出有任何不自然，温和地回答道。

　　"多么美丽的天使啊，您真是'南丁格尔'再世，您的美貌如同星辰，您的品行胜似日光！"弄臣在被告之同伴皆无大碍后，用他蹩脚的赞美夸张地念叨着。

"那么我就先去别的地方忙了，你们有什么需要的话就去找护士叫我吧。"白月转身准备离开病房，看到了在门口等待的胧耀与尹兰礼还有稻弦燕三人。

"啊，之前带领学生们将台下的局面扳平的就是你们两个吧，真是十分了不起的孩子呢。"白月问候的同时注意到了头戴眼罩的胧耀，似乎想起了什么。

"白兰朵老师对我提起过你的事情，关于你的眼睛，或许我有办法能够治疗，等到骚乱过后我会抽时间找你的，只要抽取你的血液并模拟再生出一对眼球，然后通过一些特殊手段治疗，恢复你的双眼的成功率还是很高的。别看我这个样子，在医疗领域可是整个世界的尖端水准哦。"白月一脸亲昵地对胧耀说道，虽然从某种程度上而言胧耀并不能看到她那张如天使般美丽圣洁的容颜。

"十分感谢您的好意，但事已至此，无须强求，这也是一种缘分。"胧耀简短委婉地拒绝了白月的提议。

"也好，既然如此，这个问题就先放放，等你感兴趣的时候随时都可以来找我哦。你们是来探病的吧，我就不打扰了，回头见。"白月要务缠身，并没有再多说什么，便告辞离开了病房。

"真是个难得一见的美人呢。"尹兰礼不禁在白月离开后叹道。

"当初我来这里时的情况也很糟糕，同样是靠白月大人才得以恢复成现在的样子，那么你们两人就进去吧，我那边还有些其他的任务，稍晚些再见。"稻弦燕已经将尹兰礼、胧耀二人带到了病房，便也告辞离去。

"武师小姐和僧人小姐，你们来了。"雷莉看到了在门口站着的尹兰礼和胧耀，起身打招呼。

"叫我尹兰就好了，因为之前的骚乱只有天幽与我们在一起，所以有些在意你们的情况。刚刚听到了医师大人与你们的谈话，似乎情况已经稳定下来了，可喜可贺。"尹兰礼回应雷莉说道。

"不过开学的第一天便发生这么有趣的事，难能可贵啊。"天幽那冷嘲热讽的声音夹在了雷莉与尹兰礼之间的发言中，将气氛的温度弄低了不少。

"怎么说呢，总比一本正经地搞个什么入学礼然后按部就班地上课要强上一万倍吧。"这时躺在床上的穗红已经醒了，接过天幽的话说道。

"不愧是大胸妖怪，中了这么多枪竟然还有精力吵吵闹闹的，你什么时候可以死得痛快些啊？"天幽见穗红已醒，不住向穗红发动着人身攻击。

"先别说这些了，千花怎么样了？"穗红望着一旁昏睡着的千花问道。

"没什么大碍了，大概要过几天才能康复。"雷莉坐在千花身旁对穗红答道。

"那就好……那就好……话说有什么吃的么？我都快饿死了。"得知千花没有大碍后，穗红开始吵着要吃的。

"食物的话，刚刚有从食堂那边带过来一些，因为大概预料到你们都还没吃饭。"尹兰礼将手里提着的袋子放到了桌子上，摆出了一道道菜品。

"那么我就不客气了！"虽然之前也没显出客气过，穗红兴奋地宣告着进食开始，然后对着饭菜狼吞虎咽。

"……从感觉上来讲，有些似曾相识啊。"面对狼吞虎咽着的穗红，胧耀轻轻地对尹兰礼说道，似乎在意指着尹兰礼之前在食堂也做出过类似的行为。

"一定是错觉！"尹兰礼红着半边脸将胧耀的话塞了回去。

这时在另一个病房内，躺在病床上的"刀锋"队长已经逐渐地恢复了意识，白月如约而至，对"刀锋"队长抛来她招牌式的微笑。

"估计到您会在这个时间醒来，于是便掐着时间赶了过来。您的部下在被我疗伤的同时也全部被暂时软禁起来了，现在让我们来谈谈吧，看来您的伤势恢复得还算不错。"白月坐到了"刀锋"队长的身边，察看着"刀锋"队长身上的灼伤。

"别管我……我的兄弟……必须把那个天使手中的东西夺回来！否

则我的兄弟就坚持不了多久了！""刀锋"队长试图挣扎着从床上起来，但换来的只有无比的剧痛。

"请您先冷静，距离您刚刚昏迷到现在也不过数小时而已。我之前也对您说过，那份异能消除计划的备案不过是一份资料，并无实际用途。反倒您现在的处境我完全没有弄清楚，如果您肯向我解释清楚的话，作为医者的我是十分愿意帮助您的。"白月不慌不忙地安抚着"刀锋"队长的情绪。

"当初龙铭那次失败的实验，你应该知道的。""刀锋"队长平定了一下激动的情绪，对白月说道。

"我知道，那次实验是龙铭博士第一次正式尝试开发异能，却以失败而告终。资料上所记载的事故原因是机器发生未知故障，受验对象大部分都当场死亡，可您在昏倒之前却告诉了我，您和您的部下也参与到这场实验当中。"白月将问题梳理得相当清楚，对"刀锋"队长说道。

"是的，正如你所说，有关于我们存活的资料被龙铭一人保存了起来。那确实是一次失败的实验，但并不算是完全失败，幸存下来的我们事实上都获得了异能，但与之而来的，还有一些负面的效应，而相比于得到的异能，我们失去的似乎更多。""刀锋"队长对白月解答着困惑，将真相一抖而出。

"那场实验失败之后，龙铭博士便被翼之国流放出了研究院，投奔了黑月姐姐，再之后我只知道龙铭博士的研究在黑月姐姐的支持下获得了空前的进展，但就在实验即将完成的时候，龙铭博士却死于一场意外。由于在来到这里之前我也一直在翼之国进行着科研，所以对这期间的事情也并不是特别了解。"白月顺着刀锋队长的话将事情的发展以自己的视角推了出来。

"是的，那场实验的失败注定会以龙铭的败落而告终，毕竟他在学术上与太多人对立，而且他的对手当中也不乏一些个对他那天才的头脑怀以肮脏嫉妒之情的小人。龙铭深知自己将要面临的问题，于是将我们这些半失败品的资料一并删除，对外声称实验彻底失败，之后被流放出了国家。然而问题就在于，获得了异能的我们同时获得的一种负面的效应，目前来看，只有将异能抹除，才能一并将那该死的负面影响消除，所以那份异能消除备案，我必须拿到。""刀锋"队长将自己来到这里劫掠异能消除计划备案的原因坦白给了白月。

"我大概明白了，虽然细节上还不太清晰，也就是说当初那场失败的实验使你们连同异能还一并获得了一种负面的不良效应，而现在那股效应已经开始恶化，所以你们需要消除异能，以试图将负面的效应一并消除掉。"白月很快便理解了事情的缘由，对"刀锋"队长说道。

"是的，但中途发生的意外却破坏了我的行动！我必须找回那个天使，将备案夺回来！""刀锋"队长充满不甘地说道。

"夺回备案的事情另说吧，请先告诉我所谓的负面效应具体是如何表现的？我想我应该能够多少起到一些帮助。"白月打消着"刀锋"队长试图夺回森手中的备案的想法，示意帮助"刀锋"队长另寻其径。

"我们每个人获得的异能不同，所以负面的效应也不一样，有的怪异无比，有的则会危及生命。我获得的异能是强化速度，这对于异能的开发而言只不过是最初级的能力提升而已，甚至算不上是异能，而作为代价，我的器官从那时起就以二倍速的进程开始老化，这似乎是不可逆的，我并不认为假如消除了自己的异能，身体就能变得年轻回来。其他人获得的能力也都如我一样，并不是什么强大的异能，'弄臣'可以打开一个连接其他空间的裂缝，将乱七八糟的东西储存在里面，而负面效应则是变得疯疯癫癫。'枪神'原本是个男人，在获得了类似于鹰眼的远视能力后，他的外貌变成了女性，虽说这对他本人而言倒是不痛不痒。""刀锋"队长简单地举了两个例子说道。

"大概了解了，那么您的弟弟龙恒也是其中一员吧？他的情况呢？"白月将问题直指关键问道。

"我的弟弟龙恒在那次实验之后获得了可以将物体逐渐液化的能力，而作为代价，他的身体也开始逐渐被自己的力量侵蚀，一点点液化。一年前我的弟弟便已经无法自由行动了，而我却无法为他缓解任何痛苦，只能眼睁睁地看着他变成一摊肉泥。"刀锋队长略显苍老的脸上充满着悲伤，可以看得出他对他的弟弟龙恒疼爱有加。

"那么事不宜迟，让您的属下带我前往您弟弟所在的地方去看一下情况吧，虽然没有太大的把握，但我觉得我能够起到的作用绝对会比那份备案要多得多的。"白月权衡了一下目前的状况，做出了决定。

"你……打算帮助我?""刀锋"队长显得颇为震惊，毕竟自己刚刚才对星盟学院进行了一次勒索，并且是以失败而告终。

"我不是黑月姐姐，不太懂得计算什么，我只是觉得自己能够帮到您弟弟而已。"白月简单地回答道。

"不胜感激！白月小姐!""刀锋"队长激动得无以言表，只能用他被灼伤的手抓紧黑月，表示着感谢之情。

"虽说如果您一开始就这样做的话会让整个事件平和许多，但事已至此，已经没有必要再追究这些了，您的部下现在只有那个叫作'弄臣'的处于健康状态，他应该能够带我找到您的弟弟龙恒吧?"白月的着重点已经放在了救人之上，对"刀锋"队长问道。

"这种程度的小伤，还是让我亲自送你……呃!""刀锋"队长试着勉强起身，却因伤势过重剧痛难耐地放弃了这一举动。

"还是不要勉强自己了，如果只是带路的话，您的部下应该没有问题的。"白月俯下身子将"刀锋"队长安置回了病床上劝道。

"也好，我会吩咐他将你顺利地送到龙恒所在的地点的，我只不过是放心不下那个碎催能否胜任护卫你的工作。""刀锋"队长显然对"弄臣"并没有抱太大的信任。

"护卫工作的话，您忘了我身边可是有着前任安度洛斯国的圣骑士大人了么?"白月露出她亲昵的微笑对"刀锋"队长说道。

归来

"真是一场好梦。"

在冥夜的房间，白兰朵的身体静静地平躺在冥夜的面前。从几分钟前，冥夜便已无法与白兰朵的梦境构架出思维的连接点了，现在的白兰朵正处于梦境的终端，在成功制伏了菲里安之后，白兰朵进入了更为深入的梦境之中。而这个梦境即便对于冥夜来讲也显得过于隐蔽，尽管多次尝试，但冥夜还是未能将思维延伸感知到白兰朵的梦境所在。

依照这个势头发展下去，恐怕到最后只能通过硬性的手段强制地让白兰朵醒来了，因为现在白兰朵所处的梦境过于深入，倘若任其发展，很有可能会将她性格中的诸多关键性的存在遗失在梦境之中。冥夜所面临的问题是一个完全不可预估的量，而在处理这类问题时，冥夜引以为傲的精神力却对解决问题起不到半点帮助。

身为尊贵的圣骑士，您是会战胜自己的内心，还是会被往日的阴影所同化呢？冥夜头上戴着的巨大的面具将她的脸封闭得非常严实，看不到一丝缝隙，面具的结构显然也没有特意在嘴部开出发声用的声孔之类的机关，就好像面具的主人从一开始就不需要一样。

这时沉睡中的白兰朵表情似乎有所变化，身体也略微抖动了起来，一股强劲有力的精神力通过思维突然与冥夜建立起了连接。睁开双眼，迅捷快速地起身，白兰朵醒来时动作一气呵成，没有任何拖沓。

"看来您在梦境中收获颇丰。"冥夜的低语回响在白兰朵的耳边，她面前的白兰朵气力十足，意志和思维没有显现出任何漏洞。

"真是谢天谢地，确实算得上是收获颇丰，不过我在第三层梦境里的时候并没有察觉到你，这是为什么？"白兰朵先是感叹了一下，然后对冥夜问道。

"因为您第三层的梦境位于记忆的最深之处，我的思维并无法延伸至那里，很高兴能看到您能完整归来。"冥夜的低语在白兰朵的耳边回应道。

"事实上只差一点点可能就真的迷失在那里了，不过总算是把一切都弄通了。现在以你的精神力，是能够通过感知我的记忆来了解我在第三层梦境中发生了些什么吧?"白兰朵活动了一下身体，对冥夜说道。

"通常情况下我并不会刻意地去感知或洞察别人的记忆与经历，况且位于您精神层面的记忆本身便是处于一种架空的状态，思维的延伸是无法与之产生共鸣与协调的。"冥夜顺着白兰朵的话语回应着。

"那你可真是错过了一场大逆转的好戏，非常感谢你的帮助，我已经获得了自己想要的答案，后会有期，冥夜老师。"白兰朵对冥夜行了一个礼，离开了冥夜的房间。

"后会有期，白兰朵大人。"冥夜的声音回响在白兰朵的耳边。

灾祸之源

"绝望。"

　　森在钟楼顶端静静地聆听着卡西迪娜与艾瑞丽欧带回来的消息，眼神中释放出一种别样的光芒。

　　"这么说黑月现在正在徒步向星盟都市返回？"有意再次强调一样，森问道。

　　"初步来看，确实如此，而且身边还跟随着一个身穿铠甲的巨人女性，不出意外的话应该是从安度洛斯国带回来的。"卡西迪娜的银瞳轻轻地注视着森，详细地对森报告道。

　　"到底是发生了什么事会让黑月徒步从安度洛斯国返回呢？而且还带了一个充满疑点的女人。"森口中默念道，眼神中充满疑惑。

　　"另一个方面就是之前与我们交战过的狼人和吸血鬼不知为何聚集到了一起，就在我们离开的时候，狼人们将其中一个吸血鬼包围在了一栋古宅里，似乎要开战的样子。"艾瑞丽欧补充道。

　　"无关痛痒的家伙，暂且不要去管他们。"森并没有显出对吸血鬼与狼人的消息感兴趣，继续将思绪放在黑月的身上。

　　"但那群狼人与吸血鬼交战的地点是黑月返回星盟都市的必经之路，不过从时间差上来看，除非狼人与吸血鬼会在那里僵持上好长一段时间，否则他们应该是不会相遇的。"艾瑞丽欧继续对森说道。

　　"如果是这样的话就有必要去看一看了，走吧，让我们去迎接一下远道而归的黑月。"听到艾瑞丽欧的话后，森改变了主意。

　　此时在夜怖与斯芬克斯相遇的古宅之中，紫怨惊讶地看着眼前这两头身材高大的毛茸茸的生物，散发出一种惊恐畏惧的感觉。而斯芬克斯则一脸严肃地检查着紫怨的头部，在用爪子轻轻滤清紫怨额头上的尘土后，斯芬克斯颇为专业地将一些小的巫毒之物涂抹在紫怨的额头之上，念念有词低吟着符咒。

"怎么样？情况如何？"夜怖见斯芬克斯检查完毕，对其问道。

"抹除她记忆的这个家伙到底是何方神圣啊，真是相当率直强力的手法啊，这种毫不计后果硬性将记忆直接抹除的方式可不是一般人能做到的，想要恢复基本是不可能了。再说由于这个女人的身体完全就是一个普通的人类，甚至连一点儿抗性都没有，或许因为这次记忆的抹除而变得智商下降也说不定呢……"斯芬克斯将血爪萨伦留在紫怨身边，将夜怖带到楼下门口的位置，开始与夜怖进行谈话。

"也就是说你无能为力了？"夜怖听到这一消息后用诧异的眼神看着斯芬克斯这个圆滑的狼人，表现出一种失望与排斥。

"倒也不是，毕竟咱们现在是一国的了，假如你愿意再多向我透露一些详细的情况的话，应该还是可以找出突破口的。"斯芬克斯毛茸茸的脸散发着一种让夜怖颇为反感的神情。

"她是被血亲主母抹除的记忆，至于原因，单纯因为一些小的误会和时机不对罢了。"夜怖并没有多说什么，只是简单一笔将事情的经过交代了出来。

"嗯……果然是出自吸血鬼贵族之手，其实我多少也有些察觉到了，能够将记忆抹除得如此干净的，理论上只有三种生物，噬心魔、主宰，还有吸血鬼的上层人员。不过噬心魔之所以喜欢将人类的记忆抹除，是因为它们认为在人类丧失记忆的情况下，脑子会更加的美味，从而达到一种非常低级的食用价值；而主宰则是为了达到更好的支配精神的目的才会将人类的记忆抹除，以削弱其意志力；相比之下掌握着高级秘法的大吸血鬼则会用这种方式来免除一些不必要的麻烦。"斯芬克斯分析的同时，眼珠不停跃动着，似乎在酝酿着一些想法。

"你们狼人认为真的有主宰这种生物存在么？可笑至极，关于这种生物的假设早就在几个世纪之前便被血亲议会高层所否认掉了，而你们却还在天真地把它放到可能性中去头头是道地分析，听起来真是毫无说服力，而且在我已经告诉你是出于血主母之手的情况下你才打马后炮说这些，毫无立场。"夜怖轻蔑地驳击着斯芬克斯。

"主宰这种生物是非常微妙的，它们的意志力过于强大，不仅能够随意抹除一个人类的记忆，甚至可以重塑架空出一个新的记忆以支配和利用人类。而且这种生物将毕生的心血全部放在了如何隐藏自己的工作上，硬要证实它们是不存在的，当然会找到无数论证。可我们狼人还是很愿意相信这个世界上是存在着这种生物的，毕竟在直觉方面你们吸血鬼是不如狼人的，所以身为狼人的我应该是更具话语权的那方。"斯芬克斯不温不火地对夜怖说道。

　　"你所说的直觉是指用来找肉吃的直觉吧？被一个狼人教育还真是让我恼火啊，果然试着和你们这些家伙和平相处还是太天真了。"夜怖的情绪被斯芬克斯那不温不火的态度激了起来，血红的双眼开始闪烁出如同剃刀般锐利的目光。

　　"真是颇为好战啊，说翻脸就翻脸可不是什么长久之计，还是让我们将话题还原回到如何处理这个女孩儿记忆的问题上吧，我刚刚想到了一个还算不错的方法。"斯芬克斯面对不耐烦的夜怖乐呵呵地提议道。

　　"什么方法？"夜怖虽然想试图发飙，却还是忍不住顺着斯芬克斯问了下去。

　　"你们吸血鬼不是可以同化人类么？你如果把这个女人感染成吸血鬼，在她身体结构和基因重组的同时，记忆也就会恢复了，而且相比于她现在这弱不禁风的小身板儿，变成吸血鬼还能多少增强她的一些体力，何乐不为呢。"斯芬克斯的提议颇具建设性，听起来十分合理。

　　"但假如同化失败的话她就会变成一具干尸，这可不是我想要的结果。"夜怖对斯芬克斯建设性的提议并没有好感，一口便将其否决。

　　"如果维持她人类的身份，你早晚都会见到她慢慢老去成为一具干尸然后腐烂不堪，毕竟短暂的寿命决定了一切。而且你还要考虑到在她老死之前所面临的种种危机，或许在她还来不及慢慢变成一具干尸的时候，便因为某些意外成为一摊摊碎肉了，这就是人类的脆弱性，就连简单的抹除记忆都能让他们的智商受损。"斯芬克斯坚持着自己的立场，开始了长篇大论。

　　"不，关于这个问题我自有……"夜怖话还未说完，只感觉一股儿恼人的气息从门外袭来，将眼神与同样察觉到气氛不对的斯芬克斯交流了一下，夜怖的巨爪从袖口抽出，死死地盯着大门，与斯芬克斯摆出一副随时迎接门外而来不速之客的架势。

"有着两种气息，应该都是人形生物没错了，其中一个的气息好毛躁啊，感觉就好像随时都会喷出火焰一样呢，不过另一个倒是波澜不惊的样子。"气氛比想象中的还要紧张，毕竟荒郊野外，再加上星盟都市附近遍布着太多怪异的家伙，实在无法想象这次到来的又是什么。斯芬克斯试图缓解气氛一样地念叨着，但身体紧绷的姿势一直保持没变，显得有些僵硬。

"闭上嘴，要是开打的话你先跑到楼上把那个女人给我保护好再说别的。"夜怖也被逼近的气息弄得相当不舒坦，其中一个气息毛躁无比，隐蕴着一股无法揣摩的力量。单就常理来看，最无法解释的是，为什么对方会对自己的气息毫无遮掩的意思，全然不顾地统统释放了出来。通常来讲，这么做的人只会有两种，要么是不折不扣的傻子，要么是独孤求败招摇过市的高手。虽然未能探知清楚，但假如是后者的话，情况可就有些棘手了，夜怖一想到这里就觉得十分不自在。

"喂，仔细想一想，那股毛躁的气息这么不遮不掩地就靠了过来，该不会没有察觉到咱们吧？"由于斯芬克斯那一直不怎么认真的语气，使他说出来的这番话突然将紧张的气氛打消了一半。夜怖听到后先是愣了一下，之后将脸扭过来表情复杂地看着斯芬克斯。

"这么一说的话，似乎突然说得通了……"按照这样来分析的话，似乎对方也不过只是个不懂得遮掩自己古怪气息的白痴罢了。

"猜对了一半儿，只不过感觉到这宅子里有动静的是我，而不是我这位不懂得隐藏气息的同伴罢了。"将大门推开，用曼妙柔媚的声音对着夜怖与斯芬克斯说明，黑月一脸娇态毫无顾忌地走进了古宅，感觉上简直就好像走进自己家后院一样随意。她身后的厄迦丝则依然保持着她那特有的毛躁气息，恶狠狠地盯着眼前的吸血鬼夜怖与狼人斯芬克斯。

"你听到我们的对话了？"夜怖只感觉眼前这个黑衣银发的女人无比轻浮招摇，却又深藏不露。这两个本应相互矛盾的特性，完美地结合在了黑月的身上。

"啊，真是抱歉啊，一不小心就留意到了，原本以为是人类呢，没想到是一位吸血鬼和一位狼人。虽然你们可能觉得我身边这位红发女郎的气息有些奇怪，但从我的角度来看，一个吸血鬼和一个狼人距离如此之近，双方竟然还没打起来，这也让我感到很纳闷的。自我介绍一下，我是这个地盘的领主，名叫黑月。"黑月娇盈盈地对夜怖和斯芬克斯抛以一个微笑，之后做了一个简单的自我介绍。而在黑月话音落下的同时，一股强烈排斥感开始从四面八方挤压向夜怖，似乎在警告着夜怖迅速离开一样。

　　"你！"夜怖面对眼前这个诡异柔媚的有些扭捏的女人，眼神中充满了愤恨。

　　没错，就在黑月刚刚自我介绍的同时，也旁敲侧击地针对夜怖发起了吸血鬼法则中的一项，并成功利用法则对夜怖施加了驱逐的命令。虽然心中有诸多的不甘与疑惑，但如果夜怖继续在此逗留的话，随之而来的将是令他暴毙身亡的天罚。

　　"啊，真抱歉啊，一不小心似乎激活了某种关于你的种族特有的法则呢，你现在向我请求吧，我会准许你踏入的。"黑月柔媚的双眼充满娇态地看着有些痛苦的夜怖，然后非常格式化地做出了一副恍然大悟的神情，表现出一副自己其实是无意才将夜怖驱逐的样子，笑盈盈地对夜怖说道。

　　"你……愿意……我踏入你的领地么？"夜怖被黑月这心照不宣的下马威搞得狼狈不堪，血红的双眼恶狠狠地盯着黑月的眉心，以一副极不情愿的姿态对黑月请求道。

　　"十分愿意，请踏入我的领地吧，吸血鬼。"黑月的表情看起来很友善，一脸娇态地回答道，然后向前走了两步，靠近斯芬克斯与夜怖。

　　"黑月大人，您最好与这两个魔物保持距离……"站在黑月身后的厄迦丝见黑月毫无顾忌地就靠近了夜怖与斯芬克斯，连忙提醒。

　　"没关系的，既然一位吸血鬼和一位狼人单独在一起都能相处得这么融洽，我想这两位绅士是不会介意我的加入的。"黑月走到了夜怖与斯芬克斯的面前说道。

　　"十分荣幸，名叫黑月的女士，在下斯芬克斯。如您所见，我是一个狼人，您的美貌与优雅的气质十分令我陶醉，有什么可以为您效劳的么？"斯芬克斯简单地对眼前的处境进行了分析，这个名叫黑月的女人无论从气势还是行为上都给人一种完全猜不透的感觉，刚刚她只通过了一个颇为巧妙的发言便主宰了整个场面，并且对身为狼人与吸血鬼的一方毫无畏惧之情，不管从哪个层面来讲，都称得上是一个可怕的对象。面对这种人，斯芬克斯自然会第一时间表现出相当热情友善的一面。

"斯芬克斯，神话中猜谜的神兽的名字么？有意思，那么斯芬克斯先生，与你一起同行的还有一个血狼人吧？我大概能够感觉到它和一个人类位于这个宅子的二楼，但毕竟我身为人类，大部分情况下也很难说准自己的感知是否正确。"面对斯芬克斯的寒暄，黑月单刀直入地将话题打开问道。

"是的，我的血狼人同伴正在楼上陪同一个人类女性解决一些令我们困扰的麻烦，那么黑月女士，您到这里来又有何贵干呢？"斯芬克斯犹豫了一下，在简单回复黑月的问题后，迅速又将话题回归到了黑月身上。

"我只不过是路过这里时感觉到了你们的存在，所以前来问候一下罢了。说一说正在困扰你们的麻烦吧，没准我能够提供一些帮助也说不定呢。"黑月完全没有顺着斯芬克斯的话题说下去的意思，不出两句就又将交谈的走向扳回给了斯芬克斯一边。

"那算不上什么火烧眉毛的麻烦，还是无须劳您大驾了。"夜怖对黑月有着相当大的排斥心理，抢在了斯芬克斯回答之前对黑月答道，语气中毫无礼貌可言。

"真是太好了，既然不是什么火烧眉毛的麻烦，那么两位就姑且听听我的烦恼吧。是这样的，身为星盟都市的小领主，我一直在苦心搭建自己的计划以达成一个微不足道小小的愿望，然而百密一疏，我所精心搭建的计划网中的一些细节还是被不可预知的意外给破坏了，从中而延伸出的漏洞造成了大量的麻烦，尽管我尝试去进行补救，但收益甚微。"黑月将她秀美的眉毛轻轻地皱了起来，摆出一副看起来毫无真实感的忧愁表情。

"那么问题究竟出现在了哪里呢？我尊敬的女士，一切大的后果都要归结于小的初衷，或许回过头来检查一下细节上的瑕疵会比一味地补救要有效得多。"斯芬克斯似乎对黑月这种交流方式很感兴趣，应和着黑月讲了起来。

　　"要怪的话，就只能怪这满月了。"黑月将她假惺惺的愁容板得严严实实的，抬头指了指挂在空中的满月。

　　"这几天的月亮确实一直都很圆呢，那么究竟是什么样的情况会让您将问题归结于满月呢？"斯芬克斯圆滑的交流方式与黑月惺惺作态的表达手段十分契合，这让在一旁的夜怖感觉恶心至极。

　　"在我的计划当中涉及了将一个十分神奇的小姑娘护送到我领地的事务，而恰恰由于这不解风情的满月，激活了某些生物的亢奋之情，它们袭击了护送那个小姑娘的车队，造成了不必要的混乱。在嘈杂之中，对我来说至关重要的那个小姑娘却落入了一个吸血鬼的手里，这个意外完全出乎了我的预料。随之而来的波动则让原本在我掌控中的一切变得开始失控，而如今在我试图补救一切的时候，与之前上报的捣乱分子外貌完全相符的两个家伙却一起出现在了我的眼前，这就是令我现在感到烦恼的地方啊。"黑月的笑容保持得恰到好处，娇盈盈的微笑中夹杂着一抹寒气。

　　"那你想怎样？"尽管黑月一脸的笑意，但所说内容完全就如同宣战一样，夜怖本着先打再说的原则，用逼战的口气对黑月威胁道，跃动的巨爪不停在向黑月发出锐利的杀气。

　　面对夜怖的示威，黑月身后的厄迦丝当仁不让，用嗓子发出了一阵低鸣，将一股骇人的威慑力散布至全场。

　　"慢着慢着，先别冲动，刚刚黑月女士所说的经过，我仔细分析了一下，听起来似乎确实都是月亮惹的祸呢。事已至此，还是以和为贵吧。"斯芬克斯的反应还算迅速，急忙插在中间开始劝阻。

　　"我当然也知道事已至此没必要再过多地追究什么，不过出于对事情的负责，还请二位告诉我那个小女孩儿被你们怎样了。"黑月就好像无视刚刚夜怖的示威一样，依然没有任何顾忌地徘徊在斯芬克斯与夜怖之间，对其询问着小女孩儿的去向。

"为什么我要告诉你啊？倒是你这女人，你知道那个小女孩儿意味着什么么？"夜怖不仅没有正面回答黑月的问题，反而将问题折回给了黑月。

"那个小女孩儿是所谓'原力精华'，这个情报相信你们应该不会不知道的，就不要兜圈子了。从你们现在的情况来看，我也大概能料到那个女孩儿最后并没有落入你们的手里，硬是去试图将小女孩儿找回来对我而言也得不偿失。但如同我说的一样，出于对事情的负责，我还是有必要问清楚到最后小女孩儿去了哪里，假若是被妄图利用她的力量破坏大局面的疯子得到的话，那可就又是一个更大的不可预估的意外了。"黑月微笑的表情出显现不出一丝紧张感，字里行间却夹杂着颇为沉重的字眼。

"我说了，我是没有任何义务回答你的，你不过是一个人类，如此轻狂嚣张，无论你到底想做什么，都别想从我这里得到一点有价值的情报。"夜怖算是对黑月彻底地摆明态度了。这个故作扭捏、表里不一，以一种淫靡妖娆的轻浮外表来作为伪装的女人对夜怖来说简直是恶心透顶。夜怖只感觉从黑月一出现到现在，自己完全是在被她牵着鼻子走，毫无主动权可言，虽想反抗，却找不到出发点与突破口，黑月的每一句话似乎都是一个陷阱，诱惑着自己走向无尽的深渊。

"能不能从你这里获取有价值的情报似乎并不是你说了算的。脾气生硬的吸血鬼先生，面对我的提问，你表现得颇为冷静从容，也就是说，潜意识里你对那个小女孩儿的问题已经有了一个十分明确的着落。照这么来看，无非就是你将那个小女孩儿上交给了吸血鬼的高层。由于基于已经对这个世界的规则有了太多的认同，墨守成规的老吸血鬼们会选择净化掉原力精华，来避免更多的不可预知的麻烦，于是此事便如此简单平缓地解决了，虽然对我而言有些小小的遗憾，但这种结果显然要比其他的结果要好得多。"黑月用她妩媚的眼神洞穿着夜怖。夜怖完全理解不了为什么黑月能够将事情分析得如此精准，脸上充满了一种不惑与诧异。

"真是有趣的反应，照这么看来一字不差地全被我猜中了。也罢也罢，算是解开了一个不小的心结。"黑月轻轻地耸了耸她的酥肩说道。

夜怖此时只能僵在原地，他努力试图查找自己刚才行为当中的纰漏，追溯出造成目前如此不堪局面的缘由。黑月如梦如幻地带动着整个局面并探知了一切，而本想以阻碍她为目的的自己却意外成为了她推波助澜的帮手。

"简直令我叹为观止，黑月女士，您真是一个智慧的存在，作为干涉过您伟大计划的我从心底感觉到了一股悔恨之情，而这些情感全权都是出于我对您的敬仰，或许您不会介意为一个一心向善的狼人来指点一下迷津吧？"斯芬克斯如同被黑月的智慧撼动了一样，用它毛茸茸的爪子小心翼翼地抬起黑月的手，行了一个吻手礼。

"一心向善的狼人？这听起来可真有趣，说来听听吧，尽管我不能保证自己能够起到什么积极的作用，但至少你的倾诉会多少满足一下我的好奇心。"黑月示意斯芬克斯开讲。

"如您所见，这个世界远比语言能够表达的程度要混乱得多，每个因素彼此潜移默化地制约，相互之间又在微妙地维持平衡。数百年来我经历了各种变故，察觉了世间百态，却依然无法理解何为正义，没有任何人能够将这个崇高美好的词化为一种可见的形式。而在我看来，真正的正义之道如果能够贯彻下来，定能维护真理，净化万物。我的族人们从诞生到现在，从没有一个类似于我这样的狼人拥有过此等想法。它们更多地是去考虑自身与所在群体的利益，而忘记了公正崇高的正义。到现在正义对我而言依然遥不可及，但我相信它并不是虚无缥缈的，而是真实存在的。"斯芬克斯整理了一下思绪，对黑月说道。它由于有些激动而显得语言较为凌乱，但并没有因此而出现半刻的停顿。

"你在陷入一个小小的误区，狼人。我无法正面回答你的问题，因为你的问题本身就不存在精准的答复。一切正义的最终形态都将是堕落为邪恶，正如一切邪恶的最终形态也都将是升华为正义一样，所谓平衡的端点就是让你无法揣摩行为的必要性。我们所讨论的层次如果一直架空在这种抽象性理论上，那么问题就无从揭晓，毕竟谁也不能断定现在自己行为所衍生的效应到底会趋向正义还是邪恶。退一步来说，正义与邪恶的准则本身就是不定性的，在探求自己心之所向之前，还是处理好责任与义务吧。"黑月的语气依然保持着娇态，用漫不经心的口吻为斯芬克斯解答着看似深奥的逻辑。一旁的厄迦丝似乎完全听不懂两人的谈话，自顾自地在擦拭着自己的臂甲。黑月在讲完一番话后轻步蹑到了厄迦丝的面前，厄迦丝没有弄懂黑月的意图，傻傻地看着黑月。

"说到底你也没能给出一个稍好的建议，女人。既然要处理所谓的责任与义务，那么你的义务是否能够按照心之所向去执行呢？大言不惭，毫无立场！"夜怖再次无礼地插入了两人的对话，丝毫没有顺着黑月的话题继续下去的意思。因为刚刚被黑月摆了一道，夜怖有些气急败坏。

此时黑月轻轻地抬起了她的手放在了厄迦丝的额头上，接着犹如被黑月灌入了一股能量一样，厄迦丝瞬间失去了意识，倒在了地上。

"身为魔物，你们觉得自己从世界各地聚集到这里，是出自谁的杰作呢？我的责任可是一直都在背负的，只不过对于我而言，这份责任还是过于沉重罢了，因此我需要你们的存在造成的效应来削弱我所守护之物的存在感。这也就是我在丢失那个小女孩儿后，要极力地去应对各式各样波动的原因。而现在我们的话题恐怕要姑且终止了，因为经过我反复的思考，得出的结果似乎还是将不可控因素减少到最低比较好……"黑月妩媚的双眼逐渐暗淡了下来，脸上的娇态与笑容也一同脱落，原本透彻迷离的暗红色的双瞳，在失去掩饰后显现出的是凶神恶煞的魄力与极度的阴险。夜怖和斯芬克斯出于本能地想要做出一些反应，却不得不被黑月所散发出那歹毒的气势所逼迫压制而连连后退。

"见识一下灾祸本身的力量吧……"
夜怖与斯芬克斯面对眼前的情形，从心底感到自己大限将至了。

逆之战

"不过是块巨大的废铁。"

位于星盟都市与翼之国的交界处哈蒙塔斯，白兰朵开着一辆并不太起眼的吉普车载着白月与"弄臣"奔波在公路上。

自己才刚刚离开冥夜的房间便被白月叫来进行护卫工作，现在白兰朵的心中有着一个非常强烈的愿望，那就是尽快地完成这项护送任务，之后回到星盟学院，找到自己的女儿稻弦燕，并与之相认。

经过了梦境中的试练，白兰朵的心中已经不再嘈杂不堪，与女儿相认的情绪成为了她最主要的目的。

"距离上次来到哈蒙塔斯还是好久之前的事情呢，这个地方现在一点也没变，还是一如既往地荒凉。"白月坐在吉普车的后排，从窗口向外望去，哈蒙塔斯由于衔接着星盟都市，也属于受到当年战争波及较大的城市，公路两旁尽是一些废墟与残骸，丝毫见不到一抹生机。

"美丽的'南丁格尔'小姐，这份荒凉不过是冰山一角，政府军与反抗军的对峙从战后一直持续到现在，其间阵亡的人数并不比当年大战之时双方阵亡的人数少。有趣的是，前者最后不了了之，后者则好像永无止境一样地一直持续了下去。而我们'先遣军'则以雇佣兵的形式效力于反抗军，毕竟反抗军的势力较弱。对我而言，仗就是要打个不停才有乐子，嘿嘿嘿。""弄臣"颠三倒四地坐在白兰朵身旁的副驾驶座位上阴阳怪气讲述着当前的状况，发出了怪笑。

"那么疯子，你们老大在受雇于反抗军的情况下还敢来袭击星盟都市，不会耽误与政府军的交战么？"白兰朵在听到"弄臣"的发言后察觉到了一些疑问，对其问道。

"持久的战斗是不在乎一时半会儿的失利的，我刚刚也说过了，反抗军与政府军已经打了这么多年，况且老大的兄弟已经快不行了，正巧又赶上你们的校长不在学院之中，于是老大就决定发起这场袭击，虽然中途失败了，但是似乎美丽善良的'南丁格尔'小姐还是愿意帮助我们救助老大的兄弟，嘿嘿嘿，其实这也算是一种成功吧？啊哈哈哈。"弄臣"话罢嘻嘻哈哈笑了起来。白兰朵与白月完全理解不了其中的笑点在哪儿。

"'弄臣'先生，请不要叫我南丁格尔了，叫我白月就好。对了，除了代号，你有自己的名字么？"白月对"弄臣"给予自己的称呼感到有些难为情，温柔地对"弄臣"说道。

"好的，如您所愿，白月小姐，咦嘻嘻嘻，我没有名字，'弄臣'便是我的名字。老大告诉我说那次失败的实验使我的神经一直处于亢奋异常的状态，并把它称为负面效应。但在我看来这非常的COOL，你是不会理解我的感觉的，但龙恒就不一样了，那次实验让他慢慢地变软，变成一摊肉泥。龙恒是个好人，顶好的人，他喜欢和我打交道，大部分人不愿意和我说话，可龙恒愿意，嘻嘻嘻。"弄臣"嬉皮笑脸用着他阴阳怪气的语调谈论着关于龙恒的话题。

由此可以听出龙恒似乎是个十分和善的人，毕竟单就白月与白兰朵而言，恐怕也不会有多愿意去搭理如同"弄臣"这种怪里怪气的家伙。

"白月医生，你之前也一直都居住在翼之国，那时翼之国还没有分裂，你应该认识现在政府军的一些有头有脸的家伙吧？"白兰朵突然想到了白月在来到星盟都市之前便是翼之国的高层科研人员，便将话题转移到了白月的身上。

"确实是这样的，但你知道的，之前发生的一次意外让我头部受到了撞击，使我现在对曾经在翼之国的很多经历都已经十分模糊了，不过关于翼之国现在的局面我倒是蛮清楚的，毕竟平时都会关注。自那场战争最后翼之国政府接受了安度洛斯国的调和，可这种妥协的行为似乎遭到了一部分群体的反对，后来矛盾愈演愈烈，进而就演变成了现在的样子，政府军与反抗军之间的斗争。"白月的神情有些落寞，毕竟以一个医者而言，是十分反感战乱与纷争的，因为它们不仅仅意味着冲突本身，还包括对生命的轻视与亵渎，但作为文明与利益相互碰撞摩擦而衍生的解决手段，战争却是永远无法避免的。

"多亏了黑月的介入，否则那场战争恐怕就要以一方彻底的毁灭而收场了，不过第一时间选择逃离职位免其战争的我，在这个时候说这种话多少显得有些不知羞耻。喂，疯子，你说地方大概就是这里了，现在该怎么走？"白兰朵自嘲了一下，然后对"弄臣"询问行驶的方向。

"如果是平时的情况，我想我会让你继续开下去找到我们基地的正门进入。""弄臣"观察着车外的情况，神神道道地对白兰朵说。

"言下之意现在是特殊情况咯？等等，那边靠过来的是什么？"白兰朵没来得及揣摩"弄臣"的意思，便透过车窗看到距离自己不远的地方正有一辆类似于坦克一样的战车向这边驶来。

"政府军的装甲战车，照这么看来似乎是打到家里来了，嘻嘻嘻，这下有意思了。""弄臣"面对着气势汹汹驶来的装甲车，表现不出一点儿紧张感。

"按理说它是不会攻击我们的吧？毕竟尚未弄清我们的身份。"白兰朵意识到了问题所在，忙对"弄臣"问道。

"这种装甲车通常都是来执行歼灭任务的，只要是目标范围内不明身份的对象一律会被视为敌人的，咦嘻嘻嘻，以它所装备的炮口，只需要再靠近一点点就能够把我们轰成渣渣了吧？啊哈哈哈。啊……""弄臣"正在张着嘴怪笑的同时，已经在第一时间做出反应的白兰朵迅速地掉转了车头进行甩尾开始逃离。由于车身剧烈的晃动，迫使"弄臣"张着的嘴闭合了起来。

"疯子，还有什么方法能够进到你们的基地么？"急速行驶着吉普车逃离战车的射程，白兰朵对"弄臣"问道。

"没用的，如果是政府军的话，是会用雷达监控整个作战区域的，想要甩掉战车偷偷潜入的话还是放弃吧，嘿嘿嘿，政府军才没你想的那么好对付呢，否则我们也不会和他们打这么久了，嘻嘻嘻。""弄臣"活动了活动刚刚被扯到了的下巴，对白兰朵说道。

"以现在的情况来看，你们的基地是不是已经被攻下了？"白月在后座扭头望着在后方穷追不舍的战车，极力地寻找一个较好的解决问题方式。

"那就不知道了，我不过是个疯子，你问我这么多可没用，嘻嘻嘻。""弄臣"摆出了一副无可奈何的笑脸回应道。

　　而此时后方的战车则已经开始调整炮口试图锁定吉普车了，接着一道七彩的闪光从巨大的炮口掠出。白兰朵在关键时刻狠狠地将方向盘拧到了头儿，千钧一发之际的回避让车子行驶的轨迹脱离了之前的路线。闪光在距离车身几厘米处擦了过去，打在对面的山上，炮弹的威力将小小的山头削平了一半。

　　白兰朵顾不上惊叹战车的破坏力，急忙驾驶着吉普试图拉开与后方战车之间的距离。

　　"以咱们的机动性想要逃离这种对城武器的追击太困难了，而且它的威力似乎比我想象的还要大得多，经过这次事件后洗礼师们在我心中的地位可是要大增了！"白兰朵猛踩着油门狂驰着，嘴里不禁抱怨着什么。

　　"嘻嘻嘻，完全听不懂其中的笑点啊，但是还是觉得像您这样威严的圣骑士大人能够发出这等抱怨太有趣了，哈哈哈。""弄臣"依然没有任何紧张感，将注意力全部放在了白兰朵的言行上。

　　"因为当年安度洛斯国就是利用洗礼师布置结界的方式，来阻止翼之国使用类似于战车这种重型战争机器的侵入的，照这样下去再次被追上进入射程也只是时间问题了，下一发炮弹恐怕就不会这么容易地躲开了，必须采取一些措施！"白月从后座盯着再次追赶上来的战车对白兰朵警告道。

　　"说来说去似乎到现在也只是这一辆战车在追击我们罢了。疯子，过来，踩住这个油门然后玩命地开，白月医生你尽量保护好自己，我可能要暂时离开一小会儿了。疯子，你就是粉身碎骨也别让白月医生伤到一根手指头，否则我会让你再也笑不出来哦。"白兰朵如威胁一样地嘱咐完毕，将方向盘托管给了"弄臣"，打开车门跃了出去，疾奔向后方的战车。

　　"啊哈哈哈，圣骑士大姐叫我不能让您伤到一根手指头，是不是意味着万一您被火炮打断了下半身，只要手指头健全的话就没关系呢？嘻嘻嘻，嘻嘻嘻。""弄臣"的话题并没有转移到纵身跃出车门的白兰朵的行为上，而是针对她的威胁讲起了冷笑话，然后自顾自地笑了起来。

"她该不会是想要徒手拆掉那辆坦克一样的战车吧……"白月从后车窗望着奔向战车的白兰朵，口中默念道。

"徒手拆坦克？！COOL！这简直是我能够听到最COOL的事情啦！啊哈哈哈！咦嘻嘻嘻！""弄臣"把持着方向盘表现出了异常的兴奋。

"这个赤手空拳的紫发的女人想要做什么！她的移动有点快得不正常，试着用机枪锁定她，别让她靠近我们！"在一个类似于指挥室的房间里，低沉的男声指挥着驾驶员将炮火锁定屏幕当中不断向这边靠来的白兰朵。男声的语气有些激动，显然他没有预料到眼前面对的这种状况。

"我的长官，已经基本捕捉到了她的行动顾虑，是否进行火力压制？"驾驶员调动着战车上方两架重型机枪枪口的角度问道。

"不要犹豫！歼灭她！然后继续追击那辆吉普！我们的任务是清洗这个分基地，并掩护后方部队撤离，不能留下任何活口！动作要快！否则如果等到轰炸时间开始，我们的战车可是要遭受被一同被轰炸的下场。"男性用机敏果断的气场稳定着局面指挥道。

战车上方所装备的重型机枪开始喷出灼热的火舌，扫射着白兰朵所行经的地面。白兰朵面对凶狠的火力压制巧妙地进行躲避，过于敏捷的身法与灵活的走位让白兰朵游刃有余地闪避开了机枪的打击，并不断地缩短着与战车之间的距离。

"目标的移动速度过快，机枪无法进行到准确的打击！"驾驶员努力操作着重型机枪的射击角度追击着白兰朵，但收效甚微。眼前的局面让这个年轻的驾驶员有点慌了手脚，不知所措地报告着。

"躲开！让我来！不要老是让火力追着目标扫射，而是要通过预判和压制将她逼入死角后进行致命打击！"低沉男声的所有者推开了年轻的驾驶员，亲自操控起了战车。

重型机枪继续狂怒地发射着穿甲弹射向白兰朵，但与之前的情况不同，两架机枪发射的角度开始有了一种奇妙的合作感，从不同的位置对白兰朵所想要闪避的方向进行着巧妙的压制。过于急迫想要接近战车的白兰朵尚未反应过来，便被这等火力封锁在了当中。虽然白兰朵试图突围出封锁，但两架机枪如同看穿了她的动作一样，总是能够在关键的时刻恰到好处地将火力打在白兰朵所要行经的地点，两回合下来，白兰朵已成为笼中之鸟。

"太棒了长官！你把她给困住了！"年轻的驾驶员从屏幕中看到了这等情形，兴奋地叫道。

"接下来就给予她致命一击！"身份为长官的男人熟练地操作战车，如同与整个操作平台融为了一体。

重型机枪的火力直逼无路可走的白兰朵，在强力的火力封锁之下，白兰朵放弃了闪避的想法，而是将自己的左手抬起，口中默念咒文，接着圣洁的光芒从白兰朵的左手中爆裂而出，化为一道华丽的符文屏蔽遮挡在白兰朵的正前方。随之而来的重型火力打击在符文屏蔽上，穿甲弹在撞击屏蔽的同时如同被完全吸收了一样，毫无效果。

"这、这是什么邪法巫术？！她是怎么做到的！"年轻的驾驶员看到这一幕不禁叫喊了起来。

"似乎是安度洛斯国的神术之类的东西，冷静点，再怎么看来也不过是个防护罩而已。结合无数科学家与能工巧匠制作出来的'魔妮莎战车'是不会输给她的。按照她的姿势来看，她在维持开启防护罩的时候应该是不能移动的，我倒要看看这个防护罩有多厉害！"身为长官的男人显得颇为冷静，继续沉着地操作着方向控制台做出应对。

白兰朵展开的屏蔽被两架重型机枪不间断地集火，却没有表现出任何的损伤，但相应地为了引导着屏蔽的构架，白兰朵也不能进行移动，这时战车突然移动自己的炮口转向白兰朵，开始进行蓄能。

"那就来看看她的防护罩能不能抵挡得住这'自由之光'的破坏力了！"身为长官的男人显得把握十足地按下了发射按钮。

巨大的七彩闪光从炮口中呼啸而出，笔直射向白兰朵所引导着的屏蔽，几乎是瞬间就穿透了符文屏蔽。自由之光那能够轻易削掉半个山头的破坏力势不可当，闪光掠过的路径只留下了一道巨大的伤痕。

"竟然这么容易就破坏掉了……"身为长官的男人似乎察觉到了一丝不祥，努力地搜索着各个屏幕，试图找出连同屏蔽一同消失的白兰朵。

"在空中！长官！她跃到空中了！"一旁的年轻驾驶员从一个最为不起眼的屏幕中找到了白兰朵的身影，而那个屏幕便是对准天空进行监察所设置的。

"竟然能够跳这么高！岂有此理！不过战车现在温度应该很高，她应该不会轻举妄动，希望这能够为我们带来一些喘息的时间！"身为长官的男人急忙调整着操作平台做出应对。

此时的白兰朵从半空中跃下坠向战车，落在了战车顶端，由于刚才发射过自由之光，战车的车身灼烫，融化着白兰朵的鞋底。顶着高温踩在战车上方，白兰朵折断了战车上竖立着的旗杆，用右手将旗杆握住的同时，旗杆瞬间魔化成了黑色，并闪烁着紫色的裂缝，显得坚硬无比。

白兰朵手持魔化的旗杆纵身跳到地面，然后将旗杆狠狠插入了战车的履带之中，履带与硬性插入的旗杆别在了一起，挣扎般滚动了两下，停止了运行。

"她破坏了战车的履带！怎么办！"年轻的驾驶员看着屏幕中如同妖魔一样强大的白兰朵，惊恐地叫道。

"还能怎么办！行动力已经被破坏，只能静观其变了！轰炸马上就要开始，战车肯定来不及回收了！快去把面部采集系统打开！找一找能不能搜索到这个女人的资料，我倒要看看这个家伙是何方神圣。"起身离开了控制台，身为长官的男人的声音沮丧无力。毕竟就在刚刚，他所操控的战车就在他眼前被一个赤手空拳的女人硬生生地击垮，并且败得一塌糊涂。

白兰朵在破坏了战车的行动之后，将旗杆再次抽了出来，狠狠地戳进了车身之中，撬开了最外层的装甲，接着配合右手的魔化能力，开始了一顿狂拆猛卸，很快便将车身完全破坏。战车的内部构造十分奇特精致，找不到能够容得下驾驶员操作的空间。

"……原来是远程操控的么……"站在被自己拆得七零八落的战车残骸之上，白兰朵心有余悸地说道。

而这时"弄臣"已经狂按着喇叭将吉普车驶回白兰朵所在的位置了。

"简直就是'瓦尔基里'再世！活生生的女战神！比她有过之而无不及！啊哈哈哈，哈哈哈，若不是亲眼所见，谁能够相信有人能够徒手将翼之国的战车拆掉呢！这简直是天方夜谭！天方夜谭！嘻嘻嘻，嘻嘻嘻！""弄臣"跳下吉普车，疯了一样地赞美着白兰朵。

　　"为什么只有一辆战车？如果是前来攻打你们的基地，不应该派遣更多的战力么？"白兰朵的思绪停留在大局之上，颇为谨慎地对弄臣问道。

　　"……不知道，或许他们还没开始攻打？或许已经打完了？要弄清楚情况恐怕只有回基地才能明白了，咦嘻嘻嘻，反正您战神再世，无人能敌。"弄臣嬉皮笑脸地夸耀着白兰朵，显出了一种崇敬之情。

　　"如果有援军的话在刚才就应该赶到了吧，真是搞不懂对方是怎么想的。既然事已至此，姑且还是进到基地里探一探情况吧。"白月将车窗摇下，对白兰朵说道。

　　本以为此次行动不过是一件简单的出诊一样的事务，没想到却撞到了这等麻烦，但目的尚未达到，情况也没有探清，白月思索了一下，还是决定一不做二不休，以救人为前提，进到先遣军的基地当中一探究竟。

　　"那事不宜迟，我们赶快吧。"白兰朵跳上车子，让"弄臣"将车子开向不远处的基地方向。

　　星盟学院内，尹兰礼在探望完雷莉之后与胧耀向宿舍方向走去，颇具运作能力的星盟学院在经历了如此大规模的波动后，不仅在短时间内恢复了正常的状态，甚至波澜不惊到看不出与之前有何变化。当然能够达到这种程度，自然也与它优秀的体系与高素质的学生群有着密不可分的关系。

　　"那位名叫白月的医生似乎真的有能力恢复你的视力呢，想过她说的话么？"尹兰礼在宿舍大楼的门前对胧耀问道。

　　"我虽然算不上是个高僧，但也姑且能称得上是悟道之人了，凡事莫强求，还是顺其自然吧。这个城市魔物涌动。唯独学院内部感觉不到它们的气息，形成这一状况的背后定藏有阴谋。我们初来乍到，对很多地方都尚不了解，这个学院绝非教书育人之地，像雷莉等人这样的一个个人杰，被召集到这里，显然学院的目的不光是对其培育，更重要的则是将其进行利用。然而此举到底为何，暂且不能下定论，只能走一步看一步了。"胧耀的双眼被厚厚的眼罩遮盖着，对尹兰礼分析道。

从起初为了追逐魔物来到这里，到现在经历各种情况成为了星盟学院的学生，胧耀失去双眼后经历的事情反倒让她感觉自己的视野更为宽广了，拘泥于仇恨是无法探寻未知谜底的，只有设身处地冷眼旁观，才能更为接近事实的真相。

"比起这个，我倒是更关心你的眼睛，至于被利用不被利用的，对我而言只不过是换一个方式实现自己价值的问题，虽然我身为武师，但我可没有一个真正武师那样的自豪感。"尹兰礼对于胧耀严肃的话题显得提不起兴趣。这段日子与胧耀相依为命让她逐渐淡化了对家庭的情感，毕竟相比于那个毫无温暖的武馆，星盟学院显得更加值得寄托。

"那边的，这么晚了怎么还在外面？"声音的主人带着几个保安人员靠了过来，尹兰礼仔细一看，原来走过来的是稻弦燕。

"啊，我们两个探望病人待久了一些，刚刚回来。"尹兰礼看到稻弦燕后心情突然变得明朗了许多，对稻弦燕说道。

"原来是你们两个，时间不早了，还是尽早回去休息吧。"稻弦燕看清尹兰礼与胧耀后，略显紧张的表情放松了下来，简单地嘱咐了两句，匆忙带着保安人员准备离开。

"话说这么晚了你这是要去哪里啊？"尹兰礼察觉到了稻弦燕的神色有些疲惫，颇为关心地追问道。

"刚刚接到情报说城郊地区发生了小规模的能量波动，虽然危及不到市区内部，但我还是放心不下，所以打算带人去看看，以免发生什么意外情况，毕竟黑月校长目前不在学院内，因此需要更加小心谨慎。"稻弦燕态度温和地对尹兰礼说道。尹兰礼可以看得出她的神情有些憔悴，应该是劳累造成的。

"既然如此，就带上我们吧，你的气息有些凌乱，怕是状态不好，带上我们的话，必要的时候应该也能够起到一些作用。"胧耀介入了两人的对话提出了同行的要求。

"这可不行，二位从那场袭击到现在也从未休息过吧？这样的负荷对身体毫无益处，还是请早些回去休息吧。"稻弦燕果断地谢绝了胧耀的好意。

"说起你来不也是从那时到现在也未能得到休息嘛，就不要推辞了，还是让我们助你一臂之力吧。"尹兰礼看着有些憔悴的稻弦燕，不免感觉有些心疼。

"既然如此，那就有劳两位了。"稻弦燕见两人盛情难却，也不想多做纠缠，便答应了下来。

另一方面，此时弄臣已经将白兰朵与白月带入了基地之中，如预想的一样，基地内部彻底被洗劫了一遍，凌乱不堪，一些雇佣兵死相凄惨地倒在地上，身上布满弹孔。

"看来是来晚了一步啊，政府军真是顶讨厌，竟然端掉了这里，老大要是知道的话，一定会气疯了，气疯了！嘻嘻嘻，嘻嘻嘻。""弄臣"看着自己同伴凄惨的尸体，还是在不住地怪笑着。

"找一找有没有幸存者吧，动作要快一些，我们刚刚才解决掉了政府军的一辆战车，恐怕过不了多久就会被再次包围。"白兰朵检查着地上的死者试图找到一个尚有呼吸的，但这似乎比想象中的要困难。

"龙恒的房间在哪儿？带我先去找到龙恒吧。"白月对"弄臣"提议道，毕竟龙恒才是白月此行的目的。

"已经太晚了……龙恒已经死掉了……咦嘻嘻嘻……嘻嘻嘻……"弄臣打开了大厅右边的一个房间的大门，位于房间中央的床上躺着摊看起来如同被拆了骨头的肉泥，肉泥的身上布满了弹孔，可以看出是因枪击致死的。"弄臣"发出的笑声犹如啜泣，充满了悲凉与伤感。

"喂，这有一个活着的，快过来。"白兰朵在角落中找到一个遍体鳞伤的中年男性，男性尚有一口气在，艰难地呼吸着。

"保持稳定，先生，我会尝试救治你的……"白月忙从随身携带着的医药包中掏出了她特制的药水。眼前的男人已经陷入了濒死阶段，但对于白月而言，只要对方配合，她还是有很大把握能够将他救活。

"首领！！！你！！！"男性在看到匆忙赶过来的白月之后，突然变得激动无比，眼神中充斥着一股至高的崇敬，转而变得热泪盈眶，他在发出声音的同时呼吸变得十分急促，并不住地开始吐血。

"别激动！不要说话了！保持稳定！我能够救你的！你相信我！"白月见伤者如此激动，很可能会造成猝死，急忙对男性进行安抚。

"首领！！你！！！咳……咳……"男性的激动之情毫未削减，挣扎着想要说些什么，鲜血不住地从他口中流出，很快，他的挣扎耗尽了最后一丝气息，停止了呼吸。

"……已经死了。"白兰朵将手放到男性的颈部感知了一下，遗憾地说道。

"这个人并不是先遣军的成员，他是雇佣我们的反抗军的一个小头目，嘿嘿嘿，如果他不挣扎，恐怕真的可以活下来。""弄臣"对着刚刚死去的男人怪笑着说道。

"他刚刚称白月为首领，这有什么寓意么？疯子？"白兰朵回忆着刚才男人死去的一幕，对"弄臣"问道。

"大概是死前的疯言疯语吧，我可没兴趣理解疯子的想法，虽然我就是个疯子。嘻嘻嘻。""弄臣"讲着毫无笑点的冷笑话，对白兰朵回答道。

"那我们——趴下！"就在白兰朵话说到一半的时候，一股撼动从外面传来，紧接着剧烈的爆炸由上而下清洗开了整个先遣军的基地。坠落的炸弹从天而降，在短时间内就将三人所在的建筑轰成了一片废墟。如此突如其来的袭击就这样完美地将毫无准备的三人打了个正着。

"报告总部，轰炸清洗完毕，目标区域已被完全摧毁，预估幸存人员小于零。"位于先遣军基地上方，穿梭于天空中的轰炸机的驾驶员语调平和地对着话筒报告着。

光与影

"你的敌人是如此可怕，你却无法从他们的身上感受到对应你的强大。"

夜怖遍体鳞伤地倒在地上，他感觉自己的胸腔如同被灌入了海水一般，不停地膨胀翻腾。痛苦让他连挣扎的余地都没有，甚至无法发出声音，就连颤动一下都显得困难至极。

与他一起倒在地上的还有被黑月击败的斯芬克斯和血爪萨伦，夜怖甚至未能看清黑月是如何将这两个战力十足的狼人击败的。他现在只能看到斯芬克斯连意识都已经失去了，以一个扭曲的姿势躺在地上，不知道是死是活，而强壮的血爪萨伦情况更是凄惨无比，数枚细长犹如黑针一样的东西洞穿了它的身体，不停地蚕食着它的血肉，让这个硕健无比的血狼人如沾上了附骨之蛆，痛苦焚身。

"哎呀呀呀，你们的战斗力还真是低得可怜呢，作为整个计划中至关重要的棋子，你们的存在即是一种价值，而你们接下来所面临的死亡却又是一种价值，不过这对于一个吸血鬼而言，这似乎有点讽刺呢。"黑月的眼神中充满了灾祸的气息，浑身上下无不释放着那种最为原始、纯净、完美、强大的能量，她妖娆的身体被不可抗拒的能量覆盖着，眼睛变得漆黑，象征着无法侵犯、不容抵抗的至高无上。

夜怖想开口说什么，可他现在连呼吸都困难，眼前黑月的这股力量让他感觉到了自己大限将至，虽然从未想过一世英名的自己会死在这种地方。然而盖过他强烈求生欲望的，却是对楼上紫怨那股担忧之情，夜怖搞不懂为什么自己临死前还在想着那个麻烦得要死的蠢女人，但事实摆在眼前，毫无争辩的余地。

"临杀死你之前，我似乎发觉到了十分有趣的东西。你体内在流淌着某种异常的能量，它尚未觉醒。可以看得出这股能量是有人硬性赋予给你的，而恰巧我则是整个世界上最为善于将这种潜在的能力开发出来的存在。理性告诉我现在将你果断地处死较为妥当，可面对这股跃跃欲试的能量，假若我不去开发的话，恐怕就会违背了我内心真实的意图，而作为纯净能量的拥有者，违背自己真实意图无疑等于自取灭亡。来吧，让我来看看你能够变得多么强大！"黑月将夜怖的头抬了起来，用她那老练阴险的双眼摄入了夜怖的内心之中，随着黑月的引导，夜怖体内被注入的血液开始沸腾燃烧，充满全身。

"与其说是将这股能量从你的身体之中开发出来，倒不如说是让它与你合二为一，如此之高的契合度，现在的你应该可以强大到与大部分可以违背均衡的力量媲美吧？真是可喜可贺，作为开发出你这股能量的我也备感骄傲呢。"黑月阴沉老练的双眼仰视着缓缓站立起来的夜怖。狂暴的血液涌动沸腾，夜怖双眼中鲜红的血色闪耀着骇人的光芒，在为充斥自己身体的新能量做着转变。

"吼！"

巨爪划破半空猛然砸向黑月，夜怖已经深深陷入了杀戮的状态，而眼前的黑月则是作为他敌人的不二人选。如黑月所说，基于狂暴之血的觉醒，夜怖巨爪的破坏力已经强大到了能够扭断一切的地步。

面对夜怖袭来的巨爪黑月不退不闪，而是从容地控制着数枚黑针迎击夜怖。黑针如同变化之物，在半空组成出了一道屏障挡在了夜怖的巨爪前方。下一个瞬间，夜怖的巨爪还是狠狠地突破了屏障，打在黑月身上。然而黑月没有因此表现出任何不妥，平静地用她充满戏谑的眼神看着眼前狂暴的夜怖。

刚刚被夜怖击中的黑色屏蔽，在夜怖触碰它的瞬间便化为了液体依附在了夜怖的巨爪之上，并开始对夜怖的巨爪进行贪婪的蚕食。就在夜怖将依附着黑色液体的巨爪打在黑月身上的同时，黑色的液体早就已经抵消了夜怖所造成的大部分攻击伤害。见自己的巨爪被肮脏的黑水覆盖蚕食，夜怖试图用另一只手将巨爪上蚕食自己的液体拨弄下来，却适得其反地令自己的另一只手也沾染上了这种恼人的液体。黑色液体开始以惊人之势蚕食夜怖的双手，完全没有停止的意思。

"仅此而已了，可怜的小家伙儿。"黑月看着眼前被黑色液体纠缠住的夜怖，充满厌恶地说道。

这时突如其来的一道寒芒径直刺向黑月的身体，在千钧一发之际，黑月控制着黑色的液体以一个巧妙的角度化解了这一攻击，随之而来介入战斗之中的则正是稻弦森和卡西迪娜与艾瑞丽欧三人。

"啧……竟然没扎中……"精致得如同瓷娃娃的卡西迪娜发出不爽的声音，毕竟在她战斗史当中，几乎没怎么出现过这当头一掷未能命中的情况。

"许久未见，黑月，能够看到你脱开那虚伪的面纱的样子，可真是难得。"稻弦森已经进入成为了大天使的状态，银白的长发随着圣焰的燃烧飘散着，显露着无比的圣洁与威严。

"哟，天谴猎手大人，你的离开让我备感沉重，失去了与你的联系，我甚至都无法拿你来作为衡量标准进行对于那奇妙的线型世界的预估了。但我始终相信万事皆为秩序趋向混乱，而在这混乱当中则会衍生出一个更为齐备的新秩序，如此循环不止，永无停息。你现在插手于我，还是不怕违背你的信仰么？"黑月面对稻弦森一行人的介入，血红色的双眼中充满了厌恶之情，数枚黑色的针状物体在黑月的身边浮动漫游，蓄势待发。

"我已经探寻到了你的计划，恐怕你要重新拟定一份更为周全的阴谋了。"稻弦森从胸口掏出了由白月那里夺来的异能消除计划备案磁盘，对黑月说道。

"那份备案么？真是失策，没想到你竟然能趁我不在干出了这等壮举，如此重要的东西竟然落到了你的手里，看样子我是绝对不能让你活着回去了，难得你我都开启了真正的姿态，就让我看一看你能够到达何等的程度吧。"黑月话罢，浮动着的黑针以完全无法看清的速度开始分裂成了密密麻麻的一片，之后一齐射向稻弦森三人。

面对这等压迫般的攻击，卡西迪娜迅速地收回落空的银枪试图突围近身黑月，却被黑针包围得严严实实。黑色的针状物在触碰到了卡西迪娜的银枪后立即依附黏着在了上面，任卡西迪娜如何尝试，还是无法将其顺利剥离。

艾瑞丽欧方面也好不到哪里去，圣银箭矢对黑色针状物毫无作用，而向黑月行经的路线也已经被针状物完全遮盖了起来，艾瑞丽欧只能在狭小的空间中不停地借助自己灵巧的身法远离黑色针状物的攻击，但剩余的躲闪空间又在逐渐地被黑色针状物侵蚀，显得捉襟见肘。

黑月灵活运用身边黑色的液体分离出更多的针状物对稻弦森发起着进攻，就连围绕着稻弦森的圣焰甚至都无法抹灭这些黑色液体的袭来。稻弦森挥舞着巨剑驱赶着黑色针状物的进攻，得到的结果却与卡西迪娜如出一辙，黑色的针状物化为液体黏附在了巨剑之上，不停地腐蚀着巨剑的刀锋。

"嘿，小子，这该死的黑色之物在不停尝试将我腐蚀，你要是再想不出解决的办法！我可撑不下去了！"黑色巨剑对森发出痛苦的呻吟，没等得到森的答复，便化为了原先的样子，成为一把普通的长剑，缩回到了剑鞘当中。而黑色的腐蚀液体仿佛有着自己的意识，见森手中已经失去了武器，便更为张狂地扩散开来，扑向森的身体。

"把我拔出来！这种对手绝不是你一人能够应付得了的！"此时装备在森腰间的绝姬在千钧一发之际突然对森发令。就在黑色的腐蚀液体逼近的瞬间，血光一闪，绝姬破鞘而出，冷厉的锋芒彻骨寒心，以无敌的姿态将黑色的腐蚀物逼退数米。在一旁被纠缠着的卡西迪娜与艾瑞丽欧也因此获得了一丝喘息的机会，仓促地靠到了森的身旁准备着反击。但黑水的后退似乎只不过是黑月刻意造成的假象，随着三人的聚拢，黑水再次开始向四面八方扩散，覆盖的范围越来越大。

"许久不见啊，'杀戮公主'殿下，真没想到你我会在这样的处境下相遇呢。"黑月看到了森手中持着的绝姬，暂时停止了攻击，颇为闲情雅致地与绝姬攀谈了起来。

"歹毒又恶心的女人，这么多年了，你竟然丝毫未变，真是小看你了。"绝姬似乎与黑月很早就认识一样，用她阴冷的声音没好气地对黑月说道。

"不知道我的'灾祸'是否能腐蚀掉你的杀戮之欲呢，比起钩心斗角，你也一定更愿意将心思单纯地放在战斗之上吧。"黑月这时已经操控着她身边的黑水将森等人死死地包围了起来，跃跃欲试地说道。

眼前的黑水似乎可以不停地分离扩散，变化多端，不仅攻守兼备而且毫无破绽。黑月掌控着如此强劲的能力让森与他的同伴陷入了骑虎难下的境地，即便想要尝试反击，却毫无下手的余地可言。

　　"见识一下最为纯净的灾祸吧，可怜的家伙……"随着黑月如同宣判死刑一样的话音落下，将三人包围了的黑水以铺天盖地之势从四面八方开始袭来……

　　刀锋与利刃在黑水面前形同虚设，三个天使困兽犹斗，即便用尽浑身解数也无法扭转眼前的局面。

　　在绝望之际，黑水突然又一次停了下来，黑月神情变得有些紧张，露出了犹豫之情。森抓住这一机会，挥动绝姬发出压迫性的一击甩向黑水覆盖最为薄弱的区域，撕开了一个出口。而面对森的所作所为黑月却毫无反应，继续踟蹰在原地，似乎在顾忌着什么。森一不做二不休，带领着两名部下迅速地逃离了这里，已经深知了黑月的可怕之处的森已经毫无战意，甚至连话语都未留下。

　　"啊……竟然在这个时候赶到了呢，这也算是造化吧。"任由森带领部下从自己的眼前逃走，黑月那被漆黑占据的双眼逐渐恢复了之前的模样，阴险深邃的暗红色瞳孔闪烁着极度阴险狡诈的气息，嘴角扬起的同时，蓬松妩媚的睫毛又软软地搭在了眼上，回归迷离的感觉。眼睛中跃动着的目光变得朦胧柔媚起来，失去了锐利与阴狠。下一个瞬间，黑月的面部表情也恢复成了之前看似人畜无害的娇态模样。

　　走上前将倒在地上失去意识的厄迦丝轻轻地扶了起来，黑月发出了一声叹息，毕竟身材高大穿着全身铠甲的厄迦丝重量十足。羸弱的黑月吃力地将厄迦丝扶出了古宅，留下了被自己击败的夜怖与狼人在里面自生自灭。将厄迦丝靠到门外，黑月将大门关闭的同时，树林方向稻弦燕和尹兰礼与胧耀带领着几个手下驾车出现在了黑月的视野之中。

　　"这不是我可爱的小部下么，你们是来接我的么？"黑月一脸娇态地对着稻弦燕说道，脸上显现出了她招牌式迷人的微笑。

　　"黑……黑月校长……您怎么会在这里？我是因为接到这里有能量波动反应前来进行调查的。"稻弦燕看到了黑月，显得有些吃惊，搞不清状况地报告道。

　　"不过是一点小小的惊喜罢了，问题已经被我解决，现在将我护送回去吧，学院那边可是有着一大堆的事务要忙呢。如果不出意料的话，我不在的时间似乎发生了不小的动荡吧。"黑月已经见到了森从白月手中夺走的那份备案磁盘，由此得知学院方面肯定发生了不小的变故。

"是的，您不在的时间确实发生了一些变故，我现在为您报告……"稻弦燕毕恭毕敬地准备一一道来，但被黑月示意停止。

"还是不用报告了，等到我回去之后自然就清楚了，让我们赶紧返回学院吧，记得把这个红头发的大姐姐也带上，她现在处于昏迷状态行动不得，而且重得要命。"黑月对稻弦燕吩咐完任务之后，头也不回地就踏上了返回星盟学院的轿车上。

"这样一来的话，就只能把希望寄托在那个天使身上了……"黑月柔软妩媚的眼神中透出一丝阴芒，望着森所逃离的方向念叨道。

树林深处，森与卡西迪娜和艾瑞丽欧进行着短暂的休息，刚刚从黑月手中逃离的三人显得有些憔悴不堪，毕竟之前从未面对过如此可怕的对手。森手中闪烁着血光的绝姬发出阵阵悲鸣，颤抖不止。

"怎么样？我自恃清高的天谴猎手长大人，面对那个恶心女人的力量，就连你也感到畏惧了么？真是难看死了。"握在森手中的绝姬用一种相当不友好的口气以她自己的方式训斥着森。

"这就是'灾祸之源'的能力么……完全无法与之抗衡啊……要不是你在关键时候起了重要的作用，恐怕这次就真的被杀掉了，真是感谢你，绝姬。"森似乎还未从刚刚与黑月交战中的惊恐中缓过劲儿来，本就很苍白的脸颊显得毫无血色，调整着状态尽可能温柔地对绝姬谢道。

"……下……次注意点就好了，你这种废物，懒得理你。"似乎面对森的道谢显得有些不好意思一样，绝姬表现出的却是几分怒意，复原回了刀鞘之中。

森握着已经还原的绝姬，惊恐的心情尚未平静下来。

"原来你的刀会说话啊，我的尼伯龙根就不会。艾瑞丽欧，你的弩会说话么？"卡西迪娜插话进来，三人刚刚九死一生，惊魂未定，此时突然将话题转移到了这个方面，反倒减轻了几分压力。

"如果我的启示录会说话的话，刚刚那个情景肯定会吓得叫出来了。真不错啊，森，蛮有女人缘的嘛，跟武器都有着很好的关系呢。"从惊恐中缓慢地恢复过来，就好像有意通过开玩笑来缓解压力一样，艾瑞丽欧拍了拍森的肩膀调侃道。

"看来想要正面对抗黑月是不可能了，虽然听说过灾祸之源的强大，但亲身面对时却完全是另一种感觉，不过此行也并不是没有收获，至少得知了手中夺来的这个东西还是有一定重要性的。"森手里拿着异能消除计划的备案磁盘，思索着接下来要做什么。

"不过目前我们已经完全偏离平衡的路线了，没有办法去窥探线型世界，即便知道了这份备案是至关重要的存在，想要搞清楚它的作用也是倍加困难，那么你觉得下一步该如何计划？"艾瑞丽欧对森问道，眼神中带有绝对的服从与信任。

"大的混乱必将带来新的秩序，我们已经偏离了旧的平衡太多太多，想要补正是不可能了，而如今唯一的筹码便是手上的这份备案磁盘。既然过错太大无法弥补，那索性就掀起一场新的纷争来复原一切吧，我们可能要为此远行一趟了。"森将手中的备案磁盘收好，做出了决定。

"你是说你想要发动一场战争？"卡西迪娜双眼一惊，对森问道。

"单是凭借我们微弱的力量已经无法扭转大局了，与其让平衡沦入黑月手中，不如通过战争来让她的计划彻底崩盘！"森答道。

"也罢也罢，反正都已经陪你堕落了，既然如此，就一不做二不休干到底吧。"艾瑞丽欧感觉气氛有些微妙，便打着圆场插话进来。

"哼，不过我还是想提醒你一下，把事情搞这么大，小心覆水难收。"卡西迪娜精致的瓷娃娃脸上显出了几分别扭，没好气地说道。可能由于生前经历的原因，卡西迪娜似乎对"战争"一词有着相当的抵触之情。

事实上，卡西迪娜与艾瑞丽欧心里非常清楚，自从选择陪森一起堕落的那一刻起，整个信仰与道路就已经是覆水难收了。

"那就姑且试一试吧，我们要去安度洛斯国一趟了。"此时的森已经没有太多选择，只能孤注一掷。

超脱

"以爱止恨。"

由于需要尽快地回到学院，黑月的轿车率先出发，驶向了回往学院的道路。稻弦燕则带领着几个手下将厄迦丝一步步地抬进另一辆车的后排。

尹兰礼与胧耀在一旁静候着，找不到什么值得帮忙的机会。

"刚刚那个校长的气息非常奇怪，虽然感觉上波澜不惊，但绝对不是个简单的人物。另外眼前的建筑里有着浓郁的魔物气息，而且从气息的强弱来看，似乎已经生命垂危了，我们现在该怎么做？"胧耀从一开始就已经感觉到了古宅中垂死的斯芬克斯与夜怖和血狼人萨伦的气息，但由于黑月的关系，胧耀并没有第一时间做出反应。

"还能怎么办，一会儿找借口留下来一探究竟吧。"尹兰礼压低声音悄悄地对胧耀说道。

"找借口？找什么借口？"胧耀显然无法想出什么好的借口让稻弦燕将自己和尹兰礼单独留在这荒郊野外。

"刚刚那个叫黑月的校长吩咐稻弦燕把那个昏迷的身高有两米多的巨型女人带回去，如果把她丢在车的后排，那么显然载我们回去的位置就没有了。我们以此为由借口说要走回去，然后留下来到古宅一探究竟吧。"尹兰礼压低声音，将她的计划偷偷地道了出来。

"好的，明白了。"胧耀在了解尹兰礼的计划后显得十分满意。

稻弦燕带着手下忙活了半天，费尽九牛二虎之力总算将厄迦丝这个穿着厚重全身铠甲的大块头给塞进了车里。

"看样子车上的空间有些吃紧，我和胧耀就走回去吧，反正也没有其他事可做，正好熟悉一下这里的环境。"尹兰礼抓住机会走上前去对稻弦燕提议道。

"啊，也好，不过照这么看来似乎整个后排都被这位女士巨大的身体占据了呢，我可能也要和你们一起步行回去了。"稻弦燕回头看了看占了四人位的厄迦丝，无奈地叹道。

重大的失策，尹兰礼也未能料到厄迦丝的体形大到了连稻弦燕的位置也占据了的地步，一时半会儿没了应对之策。

"那位黑月校长不是还有事务需要你帮忙么？还是挤一挤尽快回去吧。"胧耀这时插话进来，对稻弦燕提议道。

"确实如此，黑月校长方面应该还有着一些事务需要我处理，那你们路上小心，我就勉强在车上挤一挤先回去了，一会儿见。"稻弦燕考虑了一下，决定和一名手下挤在前排凑合一下，于是暂时告别了胧耀与尹兰礼，上车离开了这里。

尹兰礼与胧耀目送着稻弦燕的车消失在视野中后，立刻奔向古宅的大门，准备一探究竟。

将大门推开，尹兰礼和胧耀看到垂死的斯芬克斯和夜怖与血爪萨伦倒在大厅的地板上，满脸痛苦。

"……是前些天我们在温泉时与之对手过的吸血鬼，还有两个……毛茸茸的怪物，似乎是……狗？"由于古宅内的光线并不好，尹兰礼并不能完全看清倒在地上的几个家伙的模样，但夜怖那特殊的外形与相貌还是让尹兰礼记忆犹新。

"闻也能闻出来，发出这股臭味儿的魔物只能是狼人。我此行的目的也是追杀它们，从气息上来看这是两个纯种的狼人，它们无法化为人类的模样，但是更为凶狠残暴，必须尽快诛杀！"胧耀将右手的念珠握在了掌心，口中念着经文使念珠逐渐发热变红充满了力量。

"不先了解一下情况么？毕竟这样的三个魔物就这么以垂死的状态躺在地上，无论如何都感觉有点诡异。"尹兰礼试图劝阻胧耀的行为，但胧耀只要面对魔物就会显出强烈的杀意，跃跃欲试地手持着念珠已经走到了夜怖的身旁。

"没有什么值得诧异的！这只能说是天赐良机！拿命来吧！魔物！"胧耀的拳头如同附着火焰一般，狠狠地打在了夜怖的头上，猛烈的撞击让地面颤抖不已，在地板上崩裂了数条缝隙。

"咳……"被胧耀这致命一击砸中的夜怖发出垂死的声音，双手微微地颤抖着，试图进行挣扎。

"被我这样的一击命中头部的要害部位竟然还没死，何等的奸邪狡诈！再来！"胧耀对未能杀死夜怖感到十分不快，再次举起了她的拳头，对准了夜怖的头部开始蓄力……一旁的尹兰礼无法过多干涉，只好静静地等待着胧耀处决掉夜怖。

"单是以你的拳头是无法杀死我的挚友的，小僧侣，如果我是你，便会把目标转移到我的身上，毕竟杀死一个狼人要比杀死一个吸血鬼简单多了。"此时处于濒死状态的斯芬克斯用着自己剩余不多的气力发出了声音，如同想要袒护夜怖一样，斯芬克斯以带有嘲讽意味的语调试图吸引胧耀的注意力。

"说得对，吸血鬼这种生物即便处于垂死阶段，如果没有圣法对其进行超度，也不能彻底杀死，刚刚对魔物的愤怒覆盖了我的理智，还好有你这不知好歹的狼人提醒。如你所愿，我将提前结束你肮脏的生命！"胧耀将注意力转移到了斯芬克斯的身上，提着她手中滚烫的念珠走到了斯芬克斯的面前，准备对其发动致命一击。

这时一股巨大的排斥感突然袭来，挡在了胧耀的身上，犹如被无形的屏障覆盖住了胧耀的动作一般，胧耀被死死地封在了原地动弹不得。

此时尹兰礼注意到了窗口处出现了一张骇人的面容，与其说是面容，但事实上尹兰礼能看到的却只是一张枯萎狰狞的骷髅脸，将窗口连同墙壁一并瓦解。琉撑着自己有些零散虚无的身体出现在了众人面前。

"虽然一直在看戏，但我可不想让事情发展到有人为此而牺牲的地步。"琉的骷髅下巴一张一合，发出低沉的声音。

"也就是说假如这个小僧侣一直尝试杀掉夜怖的话，你就一直不会出现咯？因为他根本就杀不死嘛，非要等到她来杀我的时候你才肯来救……真是恶趣味啊。"尽管与琉应该是第一次见面，但斯芬克斯的表现却相当的自来熟，有些调侃意味地用它所剩不多的气力对琉埋怨道。

"又是一个邪恶之物！你以为区区邪法就能够困住我么？"硬是利用自己体内的罡气挣脱了束缚，胧耀恢复了行动力，面对前来救场的琉，毫无畏惧之情地发出了挑战。

"鲜活的生命，顽强且纯净，你的血液厚重美味，是不可多得的珍品，但我现在已经脱离了肉身，因此便失去了杀掉你的必要，你真的想要与我一战么？人类……"面对虎视眈眈的胧耀，琭十分平静地回应道，就好像完全没把胧耀放在眼里一样。

"废话少说，邪魔外道，必须诛之！受死吧！"胧耀手中通红的念珠不停发出低鸣，在一个迅捷的冲刺将身体移动到了距离琭稍近的位置之后，胧耀将她夹杂着无限怒火的念珠狠狠地砸向了琭……

之前的那股排斥感再次袭击来，无形的屏蔽将胧耀推开了数米并且还在不停施压。胧耀不管不顾，直接将身体内的斗气怒喝而出，一个马步扎在了地上，抵御住了这股推动之力。此时的胧耀已经与琭拉开了距离，想要再次出其不意地发动冲锋恐怕不会再有效了。胧耀保持着自己的马步，努力感知着琭的位置，计划下一次的进攻。

"非常有趣，你的身体似乎有着一定的抗魔能力，这降低了我所运用的秘法对你产生的效果，但却无法为你扭转战局。放弃吧，这是一场毫无意义的争斗，即便你身后的'风神之女'一同加入了战斗，结局也不会有任何的改变。"琭从一开始便显得毫无杀意，或者说甚至有些不想插手此事的意思，从出场与介入方式来看，也能明显地感觉到琭在回避着什么。他空洞的眼眶散发着暗红色的光芒，用白骨构架成的双手引导着那股排斥力来维持着自己与胧耀的距离。

"风神之女？那是什么？之前那个鸦人似乎也这样说过我。"一直在旁观战的尹兰礼回想起了当时在鸦人的洞穴时的一幕，心有余悸地问道。

"妖言惑众罢了！不要被这邪恶的家伙唬住！"胧耀还在不停地试图搜索着突破口来对琭发起进攻，但一层层的排斥立场衔接得十分严密。看样子琭似乎对胧耀存在着不小的顾虑，千方百计地在阻止着胧耀的进攻。

"有的谈！有的谈！能不能先不打！听我说两句！"位于琭与胧耀之间，倒在地上的斯芬克斯似乎通过它敏感的观察力找到了突破口，吃力地举起它的爪子摆出了一副休战的手势喊道。

"有什么可说的！一群魔物！全都得死！"胧耀想要顺势一脚踢向

倒在地上的斯芬克斯，却因琉所掌控的排斥力打了个趔趄差点被推倒在地上。

"你看你看，那边的老骷髅要保护我们，你又杀不死他，这样僵持下去毫无意义。刚才你的那个风神之女朋友似乎并不了解自己所具备的特性，那么作为交换，你今天姑且放我们一马，我则会为你们解答什么是风神之女。这样既解决了我们的问题，还让你这边有所收获，何乐不为呢？反正你也杀不了我们，那就顺着台阶给个面子留条生路吧！"斯芬克斯用它相当圆滑的口吻进行着提议，语气中夹杂着各种献媚与恳求的情感。

"油嘴滑舌的家伙！谁说我杀不死你们的！"胧耀手中攥着通红的念珠，对斯芬克斯吼道，却一个不留神再次被琉所控制的排斥力推了个趔趄。

"算了，毕竟学院那边还在等我们回去，没必要非要一战到底，再说之前也吃过类似的苦头了。我对所谓的风神之女还是蛮有兴趣的，姑且做个交换也不错。"尹兰礼将手放在了怒气冲冲的胧耀肩上，对胧耀说道。

"这些魔物诡计多端，但既然你要这么做，那就听你的吧。"胧耀似乎回忆起了当初由于不听尹兰礼的劝告而丢失双眼的一幕，瞬间收回了几分火气。

"真是明智的选择，那么就由我来向你解释一下什么是风神之女吧！"见尹兰礼劝阻了胧耀，斯芬克斯连忙履行着自己刚刚的提议，要为尹兰礼解释所谓风神之女的含义。

"算了，我对这个称号的具体细节没有兴趣。我只想知道，我的内力无法聚集到一起，是不是因为我是这个'风神之女'的缘故？"尹兰礼的提问一针见血，对倒在地上的斯芬克斯问道。

"呃……是的，风神之女是不能够灵活控制自己体内的气息的。"斯芬克斯面对尹兰的提问，先是愣了一下，然后将答案脱口而出。

"原来如此，知道这些就足够了，十分感谢你，狼人先生。为了防止我的朋友再次向你们发起攻击，我就先带她离开了。很高兴没能够和你们打起来。"尹兰礼轻轻地拽着胧耀，头也不回地离开了古宅。

"哼，真是可惜，如此一群魔物，这么好的机会，竟没能够将它们绳之以法！"被尹兰礼带出了古宅，胧耀显得有些愤愤不平地抱怨道。

"你是个相当好的伙伴，所以下次就不要带着我老是做出危险系数这么高的举动了。"尹兰礼面对胧耀的抱怨，只是做出了相当温柔的轻叹。

"言下之意就是在说，除了老是干这种危险的事情之外，我算得上是个相当好的伙伴了么？"胧耀似乎听出了尹兰礼话中的端倪，皱着眉头问道。

"如果不这么做的话就不是你了，我还不如换个伙伴来得实在。"尹兰礼轻轻地哼了一下说道。

"哼，那你是什么意思？"胧耀对于尹兰礼这种独特的讲话方式已经有所适应了，但却还是无法掌握好脉络。

"只是不想再让你在我眼前受伤罢了。要知道，天底下的魔物可是杀不完的，但我最亲近的伙伴却只有你一个啊。所以无论如何，你的这种行为事实上都是在伤害着我的利益。我讨厌别人伤害我的利益。"尹兰礼的话语中包含了无限的温柔，伸出自己纤细修长的手轻轻地揽住了胧耀，在胧耀的耳旁轻语说道。

"下次我注意就是了……"胧耀被尹兰礼拥着的感觉怪怪的，不太好意思地说道。

"不过这次也不能说是毫无收获，至少弄清楚了自己无法掌握气息的原因了，结果是因为我是什么风神之女啊，真是惆怅。"尹兰礼将双手展开，狠狠地叹了一口气。自己耗费了如此之多的精力与汗水，忍辱负重地进行各种各样的修炼，最终是因为身体的特性而阻碍了继承家族绝技的道路，这大概就是所谓的天命难违吧。

"你信那个狼人说的了？"胧耀能够感觉到尹兰礼的惆怅，对其问道。

"宁信其有，不信其无。何况事实如此，但现在我已经脱离那个家了，这些不过是往日的遗憾而已，还是要将眼光放在之后的道路上啊。我可不想一直都陪你四处奔波猎杀魔物。"尹兰礼将话题再次转回到了魔物身上，语气中有着些许不满。

"魔物乃不洁的化身，如不诛之，定成祸害。当初你与我同行的约定不也是为了一同斩妖除魔维护众生么?"胧耀的语气坚定无比,明确着自己执着的信念。

"我当初决定与你同行是因为你救了我,而且那时我也没有什么地方可去,因此才答应陪你追杀魔物。但现在情况不同了,你我都成为了星盟学院的学员,通过它我们可以得到更多的改变,而不是一味地沉浸在往日的阴影之中。"尹兰礼的语气中开始隐约地显露着几分锋芒,刺痛着胧耀的神经。

"你的意思是说我一味地沉浸在往日的阴影之中?"胧耀被尹兰的话触碰到了敏感点,带着一股懊恼之情问道。

"我大概其也能猜测到你的过去,虽然你从来没对我提过,但一定是对你而言非常重要的人被魔物杀掉了,才会导致你对一切魔物都如此仇视的吧?这种满心仇恨的心理已经让你失去双眼,难道你就不曾觉醒么?是时候考虑忘记它了!"尹兰礼的话直逼着胧耀的内心,如同利刃一样句句见血。

确实如此,胧耀,这个历经磨难的苦行僧在遇到魔物后,所表现出的强烈仇恨甚至可以用丧心病狂来形容,如果继续任由胧耀这样下去,那么迟早会出现更为严重的后果。

"大言不惭!你怎么可能懂得与自己相依为命的亲人被魔物夺走生命的感觉!你以为那种愤恨是能够说忘记就忘记的么?!你以为我不想忘记么?每当我试图忘记那段回忆,它都只会在我的脑海中留下更深的烙印!你要清楚,仇恨是无法被抹灭的!尤其是当你失去了最重要的人的时候!"胧耀冲动地抓起了尹兰礼的衣领吼了起来,在她看来,现在的尹兰礼完全无法理解自己的感受,发言也没有任何立场可言。

"啪!"

一个清脆响亮的耳光结结实实地打在了胧耀的脸上,面对胧耀刚刚鲁莽的怒吼,尹兰礼只是以这记耳光做出了最为简单直接的回应。胧耀的半边脸热辣辣地红了起来,怒意也随之扩散开,显然这记耳光并没有起到令胧耀清醒理智的作用。

"正因为我无法理解与自己相依为命的亲人被魔物夺走生命的感觉,所以你才要不停地去和魔物搏斗,好让我有一天也能理解到这种感觉么?!"在给予胧耀一记响亮的耳光之后,尹兰礼将眉头锁得死死的,用充满着教训的口气与完美的气场将这句话狠狠地砸了出来。

这时胧耀才意识到,尹兰礼,这个离家出走未经世事的武师少女目前身边唯一值得依赖的亲人,正是在关键时刻对她出手相助的自己……

"抱歉……我……"百感交集的胧耀一时半会儿梳理不开自己所想表达的到底是什么,语塞在了原地。

"算了,所以说,你要明白这一点,你是我身边最亲近的人了,如果你死了,那么伤害的会是我的利益。所以,请千万不要伤害我的利益啊。"尹兰礼再一次将胧耀揽在了怀里,言语之中仍然有着无尽的温柔。

而这一次,胧耀似乎懂得了尹兰礼的意思,轻轻地感受着尹兰礼的拥抱……

轮回

"失控的只会是自己，不会是他人。"

　　星盟学院，此时黑月已经回到了她久违的办公室，在大概了解了自己不在学院期间发生的一系列变故后，黑月妖娆妩媚的脸上浮现出了一阵阵的无奈之情。

　　"也就是说我不在的这段时间，一个叫作先遣军的佣兵团为了得到我手中的异能消除备案磁盘，对学院策划进行了一场袭击，但最后备案磁盘却是被半路杀出来的天使夺走了，而后我的那个好心肠的笨蛋妹妹为了帮助先遣军的头目，自作主张地带着白兰朵前往了翼之国是吧？"黑月迷离的双眼闪烁着诡异的气场，似笑非笑的表情在竭尽全力地掩盖着她内心的波澜。

　　"十分抱歉，黑月校长。"红叶凛和稻弦燕能够明显感觉到黑月的不稳定，畏缩半跪在黑月面前，连头都不敢抬。

　　"这怪不上你们，毕竟我不在的时候，把责任全权交给了白月和白兰朵，只是没想到事态的发展竟然如此出人预料。现在当务之急是必须尽快前往翼之国召回白月和白兰朵，你们两个动作快点，不要再节外生枝了。"轻轻揉了揉太阳穴，承受着旅途的疲惫与刚刚过度施展能量的负荷，黑月的身心都在饱受折磨，但现在面临的处境却在紧逼着她继续施展自己的头脑，强迫性地运作着每一个流程，计算着每一项环节。

　　一波未平一波又起，由于起初"原力精华"少女环的丢失引发的一系列效应，导致自己不得不离开学院前往教皇国进行一次看似必要的会晤。而正因如此，先遣军乘虚而入企图夺走异能消除备案，之前与自己作对的天使又在此时掺和进来让整个事件雪上加霜。而最后最为严重的后果便是自己的两名部下，白月与白兰朵竟然在此时跑到了翼之国进行所谓的救援行为，脱离了自己掌控的事态犹如断线之筝，越飞越远。

虽然黑月几乎是在第一时间做出了一系列的调整与补救，但现在看来根本就是毫无作用，动用着自己脑内所有的神经，黑月进入了一个高度思维的范畴，她不停地对一切事物进行着演算与判断，尝试着能够找到补救的突破口。

接到黑月命令的稻弦燕与红叶凛，慌慌张张退下去之后，开始准备对白月与白兰朵的召回任务，两人从未见过一直都是安然自若游刃有余的黑月大人今天所表现出的异常状态。

很显然，白月与白兰朵前往翼之国这件事对于黑月来讲似乎有着更为特殊的意义，不然那个无论发生什么状况都会一脸娇态笑意的黑月校长，是绝对不会做出这副表情的。顾不上琢磨太多，稻弦燕和红叶凛手忙脚乱地进行着准备工作。

而在只剩下黑月一人的办公室内，黑月有些抽搐的娇态笑容已经完全消失，迷离的双眼再次变得阴沉恐怖，让原本就暗淡无光的办公室显得更加阴森。

"难道我也要像那个傲慢的天使一样陷入所谓的'线型法则'之中了么……怎么可能……"黑月用她纤细白嫩的手指支撑在桌子上，口中念叨着什么，此时从她体内扩散出的黑色的液体张狂地发作，不停融化蚕食着她所触碰的桌面。

"妄图同化世界者……终将被世界同化……"声音中带有着无比的怨恨与无奈。黑月散乱的一头银发华美地搭在肩上，轻轻抬起她扩散着黑色液体的右手。黑月用黑色的液体构架出了一面镜子摆在面前，镜中映出的影子犹如被剥夺了灵魂一般，用着残破不堪的无神双眼呆呆望着自己，毫无生气与希望可言。

"……该死……"表现出了极强的厌恶之情，将头猛地甩开不再去直视黑镜中的自己，由于动作幅度有些急迫，黑月不小心踢到了被自己用黑色液体腐蚀的桌子，受到强力腐蚀摇摇欲坠的桌子被这一踢变得支离破碎，凌乱地散架在了地上。

腐蚀着桌面的黑色液体顺势也一起洒落在了地板上，以惊人的速度开始了新一轮的腐蚀，将华美的暗红色地毯融化成一缕缕硝烟黑月静静地看着脚下跃动着的黑色液体，伸出了她的手将黑色液体吸回了体内。

是的，尽管嘴里和想法上一直在尽可能地避免为已发生的事故进行补救，但自己的行为却还是在潜移默化地偏向着补救的范畴，包括前往安度洛斯国参见教皇，包括不惜使用黑水试图去灭杀敌人，这些所作所为本身还是不能逃离最初丢失原力精华所造成的效应。

究根结底，事实上问题从一开始便发生在了与自己毫不相干的点上，是由于自己过度旺盛的控制欲与干涉心理才致使这毫不相干的一个点逐渐形成了一条线，插入了黑月苦心经营的计划当中，并且直通命脉。

"嗯……既然你们依然活力充沛，也就是说现在悬崖勒马也是来得及的吧？"将指尖处残留着的黑色液体引导跃动，黑色液体中映出的黑月看起来变得如同往日一样娇态妩媚，迷离的双眼再次回归了她独特的气质。

将连同桌子解体时掉在地上的电话拾了起来，黑月手持电话懒洋洋地躺到了一旁的沙发上，简洁快速地拨通了手中的电话。

"吩咐稻弦燕和红叶凛，取消手头的任务，迅速来办公室见我。另外，顺便叫人再替换一套办公桌过来。"语气中夹杂着柔媚与娇态，黑月酥美的双腿扭动在月光之下，摆出了一副悠哉懒惰的姿势。

"接下来发生的会是命运，还是无限的伟大可能性呢？"圆润性感的嘴唇摆出的微笑乖张狡猾，柔软的舌头轻轻地舔弄了一下牙齿，黑月媚邪地对着凄惨的月光叹道。

死亡与正义

"真是一场不入流的交易。"

古宅之中，被黑月击败的斯芬克斯等人逐渐恢复着状态。狼人一族都具备优秀完善的自愈能力，短短数小时，刚刚已经陷入濒死阶段的斯芬克斯与血爪萨伦现在便已经恢复到了勉强能够活动的地步。

"你这老家伙既然是和夜怖一伙儿的，那就应该早一点出手相救啊！非要等到那小僧人要夺我性命了你才冒出来。"斯芬克斯不停地用它厚而长的舌头舔着伤口，对着琉发起了牢骚。

"有些事情就是要到逼不得已时才能出手，我现在所处的状态十分的紊乱，身为具备生命之物，你是不会理解每时每刻都要维持思维，好让我能够将意识保存在这简陋的骨架之中是多么困难的一件事。"琉用他低沉沙哑的声音对斯芬克斯解释的同时，若有所思地观察着依然处于昏迷当中的夜怖。

"他怎么样了？无论是被那个灾祸之女还是被小僧侣都伤得不轻的样子啊，虽说明知道他不会死，但多少还是让我有些在意。"斯芬克斯问道。

"刚刚的'灾祸之女'将他体内被主母赐予的血液十分完美地与他的身体引导结合在了一起，真是令人叹为观止的技艺。"琉的骷髅脸显现不出任何表情，用低沉的声音回答道。

"那么，你又是什么东西？呃，我是说，你是，什么……东西。天哪，这句话无论怎么说都显得有些别扭呢。"斯芬克斯将注意力转移到了琉的身上，由一根根白骨拼凑而成的琉看起来诡异十足。斯芬克斯从未见到过类似于琉这样的生物，或者说琉根本就算不上是生物，那么又是什么能量支撑着这副骨架构成的身体能够自由地运动甚至是对话和战斗呢？一时间各种问题充斥斯芬克斯的脑中，让它无暇顾忌太多。

"既然你看得出来我和倒在地上的这个家伙是一起的，那么你应该很容易想得到，我生前是什么了。"琉转过头来用他狰狞的骷髅脸对斯芬克斯说道。虽然面部只剩下了一副白骨，但斯芬克斯还是能够清楚地看到琉的嘴部显露着两颗明显的长牙。

　　"啊，这么说你是一个……死掉的吸血鬼？哦不，尽管看起来跟死掉了没什么区别，但你却还在四处乱动，我真的很难形容你到底是个什么。我曾经在南方见到过死灵和尸鬼，但他们跟你完全不一样，我无法准确地定义你。总之，你如此真实地存在于我的面前，这真是既荒谬又有趣。"斯芬克斯略显惊恐地观察着琉。很显然，琉有着独立的意志与智慧，并且能够自由地驾驭他那由白骨构成的躯体。

　　"我会尽可能地满足你的好奇心，狼人，毕竟从宗族上来讲，我对你们并不排斥。"琉的骷髅脸一张一合地对斯芬克斯说道。似乎斯芬克斯圆滑的性格很符合琉的口味一样，对于斯芬克斯的种种疑惑，琉并没有显出任何不适。

　　"比起你的同伴，你显得好说话多了。这是因为你现在的状态所致么？我又该如何称呼你呢？白骨大人？"斯芬克斯成功地与琉建立了一种交涉关系，进一步稳固这十分友好的状态。

　　"我是吸血鬼巫妖，琉。对你们狼人我向来都保持着中立的态度，即便是生前也是如此，尽管这对于吸血鬼而言并不常见，但我个人是信奉'缇娅神说'的。所以吸血鬼与狼人生来便是宿敌的传说，在我看来不过是为了加深矛盾与仇恨的催化剂而已。"琉在与斯芬克斯说话的同时，也在不停地试图囚禁他脑内无限向外延伸的思维。

　　"我从一开始就没把你列入一个正常的血族范畴，你看起来应该比我想象的要强大得多，或许我们可以互相帮助也说不定呢。既然信仰与思想上没有明显的冲突，那么建立合作关系往往是最明智的选择不是么？"斯芬克斯将自己的口才发挥得淋漓尽致，极力地构架着与琉的关系。

　　"思想与信仰不过是作为拒绝理由存在的借口与托词，合作关系最重要的一点还是在于你我的本意与目的是否能够兼容。狼人，你十分圆滑善谈，可这对我而言不过是无用之举。从你的身上的标记与装饰来看，我大概能够判断出你是一个王氏狼人。一个有着王氏血脉的狼人竟然主动地向吸血鬼提出合作，这十分有趣。开门见山吧，你的目的是什么？"面对着斯芬克斯，琉没有显出任何拖沓，单刀直入地将话题转到了问题关键。

"我想要伸张正义，主持公道！就这么简单！"斯芬克斯说出这几句豪言壮语时显得无比自豪，双眼散发出闪亮的光芒。

"伸张你认为的正义，主持你所衡量的公道，是这个样子么？"琉在听到斯芬克斯的宣言后十分淡然地问道。

"是的！虽然我也不知道真正的正义是什么，但只要努力地将正义贯彻下去，自然也就会建立一个理想的正义了不是么？"斯芬克斯张开它的双爪，试图摆出一幅宏伟的蓝图一样。

"顺你者，即是正义，昌；逆你者，即是正义的敌人，亡。是这个意思么？"琉空洞的眼眶中隐约闪烁着红色的光芒，用阴沉的声音对斯芬克斯追问道。

"可以这么说，总之只要能够化身为正义，无论什么做法我都愿意尝试，而我也十分清楚，正义之路必将充满荆棘，因此我需要借助一切能够帮助我的人的力量，使我顺利达到正义的终点！那么你呢？吸血鬼巫妖，琉，你的目的又是什么？"斯芬克斯将视线锁定在了琉的身上问道。

"目前来讲，追求力量，仅此而已，现在的我失去了肉体的拘束，同时也不能够再对血液进行运用。我之前所掌握的秘法都基本已经毫无意义，以我现在的身体，只能够通过进行仪式来转化能量，构建法术，这非常的烦琐复杂。而收益总是会与付出达成正比，通过我现在的身体构建出的法术，会有着异常惊人的效果。"琉用他由白骨构成的手引导出了几柱暗淡的光芒，展现在了斯芬克斯的眼前。

"这是什么？我并没有感觉到这些光芒有什么特殊之处。"斯芬克斯看着琉手中的几柱光芒，完全感知不到任何异常。

"时间紧迫，这不过是我随意收割的几个人类的灵魂，由于将人类的灵魂与肉体分割出来所需要的工序过于复杂，所以这几个灵魂只不过是被我草草分离出来的次品，根本就谈不上纯净。"琉把玩着手中的这几柱由人类的灵魂构成的光芒，十分陶醉地说道。

"那么这些东西又有什么用呢？"斯芬克斯仔细地观察着琉手中的光芒，寻找着其中的奥妙。很可惜，琉手中的光芒暗淡微弱，毫无张力地闪闪停停，实在不值一提。

"我用这些灵魂构建了一个法阵，使我能够不断创造排斥立场为我所用，刚刚我即是用这个手段逼退那个小僧侣的。"琉回答道。

"原来如此，只是以区区几个人类的灵魂便能构架出如此强力的能量么！"斯芬克斯恍然大悟。

"你的用词并不精准，狼人。这些不过是最为平凡的人类灵魂中不算纯洁的一部分，而且单是以术法而言，这也算不上多么强力，只不过一切都处于探索阶段。我对我身体能够驾驭的法术程度也属于未知，因此我不能急于与任何人发起争斗，现在或许你更能体会我为何迟迟不对你们出手相救了。"琉将手中的几柱灵魂收回了袖口。

"虽然这种方式确实能够换取强大的力量，但我并不认为四处杀人收割灵魂的行为最终能带领我走向正义。尽管不能与你合作，可通过你我还是增长了不少见识，十分感谢你，吸血鬼巫妖，琉大人。另外我还是十分确信你的同伴夜怖能够助我一臂之力，因此还请你把他留给我。"斯芬克斯考虑了一下，做出了决定。尽管琉是一个强大无比的存在，但显然已经沦为巫妖的琉是不可能与正义之路有任何交织点的。权衡利弊，斯芬克斯决定放弃与琉同行的打算。

"你对收割灵魂的方式有着一定的误解，我刚刚说过，如果只是简单的杀戮，只能硬性地将灵魂从肉体中分离出来，而这涉及了太多的工序，以至于得到的成品充满了瑕疵。若不是迫不得已，单就我个人意愿而言，对这种无意义的杀戮并没有任何喜好之情。确切地来说，就连当我还是一个吸血鬼的时候，也从未因为想要试图满足自己的杀戮欲而杀死过任何一条性命。"琉的声音应该无法表达语气与情感，或者说他压根儿就不存在情感。除了低沉与阴森，琉能够给人的感觉只有骇人的恐惧。

"听起来就好像你是一个从来没沾过人命的和平爱好者一样，继续说下去，吸血鬼巫妖，或许我们能够发现一些值得商议的点子。"斯芬克斯被琉的话再次点起了兴趣，示意琉继续。

"我不嗜杀，但这并不意味着我不会这么做，事实上单就手刃过的性命数量而言，我有信心胜过任何一个暴君或是屠夫。而杀戮这一行为在收割灵魂上对我而言并没有多大的帮助。通常来讲，签订契约，以灵魂为代价与对方做交易是获取灵魂较为简单有效的方式。这种方式得到的灵魂的纯净程度十分出色，能够为我的力量获得更多的施展空间。但以我现在的模样，恐怕很难获得人类或是其他生物的信任，因此不得已才只能采取最为原始的杀戮方式来对灵魂进行收割。"琉继续用他低沉的声音对斯芬克斯讲解着关于灵魂的获取方式。

"那么签订契约的方式是出于双方自愿的前提么？"斯芬克斯的思维运转得十分迅速，第一时间提出了问题。

"目前看来似乎并不能逾越这个前提，之前我试着通过幻术与律令强制迫使几个人类与我签订契约，但似乎不是真正出于本人意愿的话，灵魂是无法被收割的。"琉对斯芬克斯解释道。

"你刚刚不是说除了仪式法术你已经无法施展秘法了么？"察觉到了琉话语中的漏洞，斯芬克斯敏锐地问道。

"是几乎不能，想象一下当我利用这副白骨一样的躯体引导血液并且施展秘法时所要承受的痛苦吧，最好永远别让我再试第二次了。"琉再次强调地说道。

"如果只是四处寻找对象签订契约收割灵魂的话，那么同时也要满足他们所提出的条件吧？"斯芬克斯得到了琉的答复后，再次将话题转回了契约之上。

"这是必然，没有丰厚的条件，不会有人愿意轻易交出自己的灵魂的。"琉回应着斯芬克斯。

"那么我想我完全可以帮助你去实现契约对象的愿望，并替你收获他们的灵魂，而作为偿还，你则可以用你的力量为我实现正义之道！真是一举多得！怎么样，吸血鬼巫妖，我实在想不出你拒绝我的理由。"斯芬克斯反复权衡了利害关系后果断地向琉提出了联手的计划。

"我很乐意，不过目前需要处理的问题可不只你我之间的事务。我很想知道你们想要让楼上的那个人类女性独自关上多久，或者说你已经将她给忘掉了?"琉一语点醒了斯芬克斯,使它突然记起了还被关在二楼的紫怨。

"哦,天哪,我竟然忘了这茬了,还好夜怖一直昏迷着,否则一定会倒大霉的!萨伦,快跟上去把那女人类弄下来!"急忙带着血狼人萨伦冲上二楼,斯芬克斯手忙脚乱地喊道。

而停在原地的琉则继续将目光转移回了自己的袖口,轻轻地摆弄着他手中的几柱灵魂……

双王

"和她俩相处时间久了，颈椎一定会很难受。"

夜晚逐渐散去，黎明前的夜幕被缕缕微光掀开，映入黑月宛如宫殿的办公室，醉眼迷离身心疲惫的黑月蜷在沙发上懒懒地扭动着她曼妙的躯体，等待着稻弦燕与红叶凛前来报到。

不一会儿，两个匆忙的身影从大门方向走了进来，停在了黑月面前。

"黑月大人，请问您有什么吩咐？"稻弦燕脸上有着遮掩不住的疲惫，身后的黑色气息若隐若现地向外充斥着。

"暂时先不要去执行召回白兰朵和白月的任务了，既然发生了，就姑且交给她们去做吧，没准事情会往好的方向发展也说不定呢。你们二人都已经连续工作了这么久了，现在回去休息一下吧，之后我还有新的任务需要交给你们处理呢，没有足够的精力可不行。我也是从安度洛斯国一路奔波回来，现在想尽快地睡上一觉呢。"黑月将命令下达完毕，起身舒缓了一下身体，示意稻弦燕与红叶凛退下。

"如您所愿，黑月大人。"稻弦燕与红叶凛离开了黑月的办公室，在门口等候红叶凛的十三表情木讷地看着稻弦燕，似乎观察出了一些端倪。

"看起来你因为操劳过度而开始变得无法控制你的能量了，需要帮忙么？"十三毫无感情地对稻弦燕说道。

"不，只是有些累了而已，那么我先回去休息了，回头见。"稻弦燕脸色非常难看地回答道，之后拖着疲惫的身体离开了走廊。

"真是个喜欢逞强的家伙啊，从开学典礼到发生动乱到现在，几乎一直都没休息呢，就连本大小姐这么争强好胜完美无瑕的人都要抓住空隙回到寝室稍作调整，她却可以一直干下去，不愧值得与我平起平坐，哼哼哼。"红叶凛对着离去的稻弦燕的背影发出了一股赞叹，角哼出了不满与钦佩交杂在一起的声音。

"这样不知劳累的畜生怎么能跟红叶大小姐相比呢，您真是太抬举她了。"十三毫无情感冷冷地说道。

"哈哈哈！难得你说了句我爱听的！就是嘛！这种完全不懂得休息的家伙简直就是畜生啊！怎么能和高贵的本大小姐相提并论呢！啊哈哈哈！"红叶凛在听到十三所说的话后被点燃了某种情绪一样，张狂地大笑道。

"对啊对啊，红叶大小姐可是连畜生都比不过的废柴选手呢。"十三的语气中依然没有任何情感，话语中却夹杂着强烈的讽刺气息。

"你给我闭嘴！你这个黑心的女仆！我就知道你的狗嘴里吐不出象牙！去死吧！浑蛋！本小姐要回去睡觉了！你在这期间就给我去死一万次吧！"红叶凛的咆哮声回荡在走廊之中，狠狠对十三发泄完不满之后，扭身离开了走廊。

星盟学院的医务室的单间内，为了照顾穗红、千花二人，一夜未合眼的雷莉靠在穗红的床头酣睡着，另一旁身材纤细的天幽则半搂着千花共同挤在一张床上沉入梦乡。在穗红与千花受伤期间，雷莉与天幽从未回到过自己的房间，而是一直陪护在病房照顾两人。此外由于种种特殊的原因，将穗红与千花重伤的罪魁祸首"枪神"也被安排在了这个单间内。尽管如此，雷莉对"枪神"还是照顾有加。

隐约地感觉到颊边有着轻微的气息，穗红睁开双眼，看到雷莉以一个十分舒适的姿势靠在自己的床头，金色的睫毛长而密集，微微地颤动着，穗红轻轻调整了一下躺着的姿势，然后小心翼翼地舒缓着僵硬的身体，生怕惊到雷莉。

平时不苟言笑，沉稳冷静的雷莉的睡姿对于穗红来讲绝对算得上是一道绝佳的美景。即便抛开一切羁绊与关系，穗红的内心依然对雷莉有着最为原始的好感，尽管双方都是女性，也丝毫不会妨碍穗红对雷莉的执着。

穗红现在甚至有一种把嘴贴到雷莉的脸亲上一口的冲动，而这时似乎意识到了一股相当不友好的目光在注视着自己，穗红兴致大减，扭头搜寻目光的来源，只看见躺在另一张床上的"枪神"正在用一股极度鄙视的眼神看着自己……

"枪神"的头发十分华丽，浅色的瞳孔摆出一道蔑视的神情，单从身材上来讲，凹凸有致的线条与她金色的长发衔接得工整优美。

"你发情的样子可真是够恶心的，哼，当初真该多往你那充满色情的脑袋里多射几枪。""枪神"的年龄应该要比穗红稍大一些，语气中充满着成熟的气息。

"哈?! 你还有脸说呢! 竟然敢在背后暗算老娘! 看样子是活得不耐烦了啊!"双眼如同燎起了烈焰一样，穗红想起了"枪神"当时对自己头部放黑枪的行为，怒气冲冲地从床上跳到了地上。

"你怎么可能下得了床?!""枪神"完全不理解为什么穗红在如此短的时间内便恢复到了可以自由行动的地步，整个人都惊住了。

"你的这些问题还是去问周公吧!"穗红话罢，用拳头猛击在"枪神"的脸上将其打晕在了床上。

同时她的这一行为也惊醒了处于睡眠的雷莉、天幽和千花。

蒙眬地睁开了眼睛，雷莉等人醒来看到的第一个画面就是穗红将"枪神"狠狠地打晕的豪放之举。

"我不过是打个盹，一不小心没看住，你这大奶笨蛋就跑去惹麻烦! ……"天幽揉了揉惺忪的双眼没好气地抱怨道。

"这个家伙是把我和千花打伤的罪魁祸首啊，不给她点教训简直难解心头之恨嘛!"穗红面对天幽的指责毫无悔过之情地说道。

"好歹也要等她康复了再教训啊，不过这样也好，图个清静，小千花，感觉如何了?"念叨了几句之后，天幽将注意力转移到了同样刚睡醒的千花身上，和颜悦色地问道。

"……"千花对着天幽比画着手势回应天幽，显得有些不好意思的样子。

"想要方便一下啊，稍等哈，我帮你弄。"就好像姐姐照顾妹妹一样，天幽尽心尽力地开始帮千花忙这忙那。

雷莉起身想要搭把手，做出动作的同时身体突然发出了咯咯的闷响，单是听起来就能感觉到雷莉的身体僵硬不堪。

"又来了，每次只要坐着睡着醒来后都会变成这样，简直就好像个老太太似的。"天幽手忙脚乱地帮助千花解决问题的同时对着雷莉抱怨道，似乎对雷莉的这一现象已经习以为常了。

"只要稍微活动一下就好了，不是什么大问题。"雷莉挥动着手臂尝试着舒展自己僵硬的躯体，关节部位不停发出闷响。由于身体构造的原因，雷莉似乎比常人更加容易受到肌肉僵化的影响。

"你还是出去活动活动吧，体积那么大，在病房里动来动去一会儿再碰到什么东西，反正大奶白痴也完全恢复了，由我们俩照顾千花就好了。"天幽对雷莉说道，然后将雷莉赶出了病房。

"哎，大姐大，等等我啊。"穗红见状也要跟着雷莉出去，却被天幽一把拽了回来。

"你去把尿壶倒掉然后回来帮我照顾千花。"如同妈妈一样的语气，天幽对穗红下令道。

在如同宫殿般的办公室内，经过了短暂的休息，黑月恢复了一些精神，坐在办公室的尽头等待着厄迦丝的到来。不一会儿，一个高大的身影从大门处出现，走到黑月面前。

厄迦丝有着接近三米的身高，火红色的长发后方编织着硕大的龙尾辫，浑金色的双眼有着野兽一样的狂放气息，威严霸气地站在黑月的面前，听候指令。

"睡得如何？"黑月迷离的双眼轻轻地扫描着厄迦丝，用充满娇态的口气说道。

"感觉糟透了，我甚至不知道我是怎么睡着和怎么被送到这里来的，不过见到您我就踏实多了。"厄迦丝皱着她高高的红色眉毛，似乎对之前发生的事没了什么印象。

"那就好，是这样的，我这里有一个针对安度洛斯国的任务需要你帮忙，可能还要请你为我献出你的那份勇武，意下如何？"黑月将话题直接打开，笑盈盈地对厄迦丝问道。

"求之不得，但如您所见，虽然铠甲还在我的身上，我的兵器却被安度洛斯国缴获了。如果没有武器的话，我很难和安度洛斯国的那群铁皮浑蛋正面冲撞。"厄迦丝拍打了一下双拳跃跃欲试，向黑月提出了请求。

"这个好说，你对武器有什么特殊的要求么？我的学院内部可是有着相当大的一个武器库呢。"黑月一脸娇态地看着生龙活虎的厄迦丝，对其问道。

"硬要说的话，最好要多重有多重，重到能把安度洛斯国的铁皮浑蛋们砸个粉碎的程度就再好不过了！"龙吼女王厄迦丝用她低沉的声音霸气地回答道。

"好的，那么现在我就带你去武器库挑选武器吧。"黑月懒洋洋地从沙发中站了起来。

雷莉一个人游荡在星盟学院的内部，由于之前种种事件的介入，星盟学院目前并没有正式进入开学阶段，但学院内部的大部分设施依然正常开放，因此气氛还是相对热闹的，透过窗户可以看到偌大的学院广场有着熙攘的学生流动着。

四处搜寻着可以进行运动的场馆，无奈学院的规模过于宏大，雷莉游走了半天，还是没能够找到场馆的方向。而这时远处一个高大的身影吸引了雷莉的注意，抱着去问路的想法，雷莉加快了脚步跟了过去。

似乎感受到了背后有人，厄迦丝和黑月停住了脚步回头望去，看到了匆匆赶过来的雷莉，虽然不如厄迦丝那么惊人，但身为一个女性，雷莉的身形也显得相当高大了，双方四目相接，雷莉似乎认出了黑月。

"医师小姐你好，之前承蒙照顾了。"把黑月误认成了妹妹白月，雷莉毕恭毕敬地向黑月问候道。

"啊，不好意思，我想你一定是将我和我的妹妹弄混了。"黑月用她迷离妩媚的双眼打量着雷莉，用一贯娇态的语调回应道。

"是么，真是抱歉，原来您是医师小姐的姐姐。"似乎感觉到了气质的不同，雷莉恍然大悟道。

"没关系，这是常有的事儿，有什么可以帮助你的么？"反复地观察着雷莉的身体，黑月的眼光中开始散发出一股奇异的光芒，就如同找到了一个十分完美的猎物一样。

"只是想问路，我在寻找一个能够进行一些体力运动的场所，但这个学院太大了，一不留神便走到了这里。"雷莉感到黑月注视自己的眼神有些奇怪，但并没有多想什么。

"哈，就是想运动一下咯？那就跟我来吧，我这边正好缺人手呢。"黑月一听，顺势便将雷莉拉了过去，前往了星盟学院的武器库……雷莉虽然不太明白情况，还是盛情难却被黑月邀请了同行。

在辗转了几个路口后，黑月带着厄迦丝与雷莉来到了位于一座建筑下方的仓库，大门旁边站着一个高大的黑色机甲，看起来是在等候着黑月的到来。

"久等了，爱因斯特图博士，这两位是我带来的朋友，让我们进到武器库中进行参观吧。"黑月走上前去对着高大的黑色机甲说道，语气之中依然夹杂着妩媚的娇态。

"如您所愿，黑月校长。"黑色机甲从铠甲的内部伸出一道射线对大门外侧的锁口进行了扫描，把武器库的大门打开，将黑月与雷莉和厄迦丝带入了星盟的武器库。

"这里便是星盟的武器库了，此处存放的是一些简单的防御设备，为批量生产的高规格战斗护具，由于使用的材料与成分为合成用品，因此这些护具不具备任何附魔效果。前方的几个房间分别存放着附魔用品、枪械，以及其他贵重品，请问有什么需要？我将竭诚为您服务。"爱因斯特图对三人说道。

"厄迦丝的话对枪械没什么兴趣吧？你呢？对了，怎么称呼？"黑月将头扭向雷莉，抛以一个亲昵的微笑问道。

"我叫雷莉，您这是要？"雷莉似乎还没弄懂黑月的意图，充满疑惑地对黑月问道。

"啊，是这样的，我要帮这位红头发的大姐姐挑选一个用起来称手的武器，正好中途遇到了你，感觉你绝非等闲之辈，便想让你为我所用，于是就硬拉你过来准备一同送你一件喜欢的武器以作贿赂咯。"黑月一脸媚笑地看着雷莉说道。

"但您是……什么人？"雷莉依然没有搞清目前的状况，对黑月问道。

"我叫黑月，这所学院的校长，这位红发的大姐姐是我的部下，叫厄迦丝，旁边那个黑色的机甲人是爱因斯特图博士，也是你们的老师。"黑月笑盈盈地为雷莉将周围的人介绍一遍。在得知对方身份后，雷莉显得有些惊讶。

"真是失敬，原来您就是校长大人，如果可以的话，为您效力自然是我的荣幸。"本身便对星盟学院有着一定的好感，如今又面对校长本人，雷莉表现得十分恭敬。

"那就好，言归正传，我们先去挑选武器吧。爱因斯特图博士，麻烦您将贵重品存放间的大门打开。"黑月对爱因斯特图下令道。黑色的机甲走向库房内部，将一扇大门打开，带领几人进入其中。存放贵重品的单间十分宽敞，装潢也相当美观精良，看起来似乎已经有着非常古老的历史，并非一朝一夕能够完成的样子。

"天哪，这个地方看起来根本就不像是你们建造的样子，给人的感觉就好像来到了古代的圣域一样。"厄迦丝不禁叹道。

"事实如此，这个地方本身便是上古时期的遗迹，在修造学院的时候顺便就一同合并到了武器库当中。怎么样，相当应景吧？"黑月将手放在门口的石柱上，感受着遗迹的气息，对厄迦丝说道。

"那么您对这武器有什么特殊的要求么？厄迦丝女士，这里存放着各种上古时期遗留的武器，也有部分是黑月大人的收藏品，虽然无法与神器媲美，但基本都具备一定的附魔效果，也算得上是珍品了。这些贵重品的来源各不相同，绝大部分都是通过特殊渠道而获得的，比如说从黑市收购，甚至是从盗墓组织那里强行掠夺。"爱因斯特图对厄迦丝介绍着武器库的内容。

"重的、大的就好。"厄迦丝甚至没有考虑，脱口便说出了自己的要求。

"那么您是倾向于钝器还是刃类武器？"爱因斯特图用机械的声音追问道。

"无所谓，只要重的就好。"厄迦丝的回答简单明了。

"那么您可以尝试一下这把双手巨刃——布莱恩特，它是通过北方冻原的游牧工艺制作而成。由于血统原因冻原民族十分喜欢沉重巨大的双手武器，并且会在其中注入一些简单的附魔能量，使其更为坚固锋利。这把剑曾经被一个叫作布莱恩特的冻原部族首领持有，后来在一场战争中这个首领战死沙场，武器便沦落到了黑市之中被学院用重金回收了过来存放于此。"爱因斯特图将厄迦丝和雷莉带到了一把巨剑的存放处，介绍道。

这把名为布莱恩特的巨剑剑柄由兽皮包裹，工艺粗中带细，巨剑大概有一百七十厘米之长，剑刃厚重锐利，散发一股寒锋，让人完全看不出是存放了如此之久的铁器。厄迦丝上前单手将巨剑从架上摘了下来，舞动了两下，似乎并不满意。

"太轻了，挥起来毫无实感，不行不行。"将巨剑随手递给一旁的雷莉，厄迦丝示意爱因斯特图为自己寻找下一把武器。

雷莉在接手巨剑后掂量了一下，虽算不上沉重无比，但这把巨剑的重量也已经到达了正常人绝对无法承受的程度了。将巨剑放回原位，雷莉跟随着厄迦丝和爱因斯特图来到了下一个存放武器的地点。

"这把武器是配备在机甲上使用的切割者改良版——利刃杰克，融入了一定的科技，是翼之国的产物。由于刀刃的材质并非合金而是使用纯净的秘银工艺，因此这把武器也加入了附魔效果。在当年安度洛斯国与翼之国的交战中，装备着这把武器的机甲利刃杰克在战场上杀敌无数，屡建奇功，最终这部机甲被安度洛斯国的一名叫作赛琳维西亚的大将击毁。值得庆幸的是，它的刀刃完好无损地被保留了下来，并回收到了星盟学院。利刃杰克的使用对象为装备着机械臂的机甲，因此以常人的腕力是根本不可能将其灵活运用的，您或许可以尝试一下。"爱因斯特图用他机械性的声音为厄迦丝与雷莉介绍道。

比起之前的那把冻原巨剑，利刃杰克看起来更加巨大了，圆润厚重的刀刃连带着沉重的护臂，以一个肉体之躯想要使用这副本应配备给机甲的重型巨刃几乎是天方夜谭。厄迦丝上前将利刃杰克拿了起来配备在了手上，深深地吸了一口气，然后开始挥动利刃杰克试手。在适应了一会儿后，厄迦丝似乎还是不太满意，把利刃杰克递给了雷莉。

"这个倒是够重了，但却是个单手武器，如果是一对儿就好了，还有其他的选择么?"厄迦丝说道,示意爱因斯特图继续为自己介绍其他的武器。

雷莉从厄迦丝手中将利刃杰克接过来后,感觉有些力不从心了,以个人的力量来驾驭这副机械利刃十分困难,因为利刃杰克不仅重量十足,而且是作为单手配件设计的,这就更为加剧了它的适用难度。雷莉将利刃杰克配备在手上活动了两下便到达了极限,忙将利刃杰克放回了原位,跟随着爱因斯特图来到了下一个武器的存放地点。

"或许这两把武器会让你有些兴趣,传说中这是南方巨人氏族的霸主所使用的名为双鞭的武器。由于巨人的身形通常都维持在三米之高,因此即便是他们的单手武器的长度也接近一百九十厘米。至于重量,这副双鞭是由当地的特殊矿石熔炼制成,有着极高的密度,完全不会亚于利刃杰克,但缺憾也十分明显,工艺的粗糙让这副双鞭无法被附魔,而且巨人族的武器以你的身形来讲,挥动起来可能会显得过于笨重。"如果不是爱因斯特图的解说,雷莉甚至会把眼前这两把巨大的双鞭当作是柱子看待。厄迦丝走上前去,将横在支架上的两个犹如巨柱的双鞭拿了下来,高举过头顶,欣然笑了起来。

"哈哈哈!就是这两把了!刚刚好!"似乎对双鞭十分满意,厄迦丝手持着这两把犹如巨柱一样的武器说道。

"喜欢就好,不过真没想到你的腕力如此惊人呢。"黑月的身躯并不矮小,但在三人面前却显得娇小无比。

"喜欢得不得了,真是感谢你,黑月大人,它们挥起来比我之前用的那两把武器更舒服呢!"厄迦丝兴奋地对黑月答谢道。

"那么这位名为雷莉的小姐,你对武器有什么要求么?我将带你挑选。"爱因斯特图在完成为厄迦丝挑选武器的任务后,按部就班地开始对雷莉询问道。

"我还是算了吧,对这些并不是很感兴趣。"雷莉婉言谢绝道。

"哈?我看你也蛮强壮的,怎么可能对武器不感兴趣呢?"厄迦丝插话进来对雷莉问道。

"因为一直以来都是依靠双手的,已经习惯了,突然间要去使用武器战斗,多少还是有些不适应。"面对一脸不解的厄迦丝,雷莉解释说。

"也好也好，就不勉强你了。那么这里场地还算开阔，你们两人正好可以切磋一下热热身，顺便交流一下感情，因为之后我还有一些事务要拜托你们，没什么问题吧？"黑月轻仰着她迷人的面庞对雷莉和厄迦丝提议道。

"您说的切磋是指……"雷莉似乎意识到了什么，对黑月问道。

"就是打一架啦，这样一来你也能得到一个不错的对手来活动身体不是么？怎么样？这个提议不错吧？"黑月狡黠地一笑说道。

"我倒是还好，但是这样对厄迦丝小姐而言是不是太失礼了？"就在雷莉正找理由推辞的时候，厄迦丝已经将自己身上的全身铠甲脱掉扔在了地上跃跃欲试了。

"看她的样子就知道不会太失礼了，你们好好切磋吧，我和特图博士还有些事情要商议，需要的话会叫你们的，加油。记得不要弄伤对方哦，目前学院内的首席医师可是不在岗位上呢。"像是有意要逃离现场一样，黑月在提议之后带着爱因斯特图快速地离开了这里。

"这……"雷莉看了看眼前的厄迦丝，无奈地叹了口气。

"别这么消极嘛，黑月大人的提议还是很好的。我也是从安度洛斯国逃回来之后就没好好地和人打过架了，稍微切磋一下解解闷也不错，我觉得你肯定是个相当好的对手。"将笨重的全身铠甲脱下之后，厄迦丝那劲爆的身材完全彰显了出来，抛开那过于巨大的身材不说，厄迦丝看起来与其说是一个战士，反倒更像是一个妖艳的贵妇。雷莉也很纳闷眼前这个女巨人到底是个怎样的家伙，就目前看来似乎与之交手要才是最直接的交流方式。

"那么失礼了，很高兴能与您这样力量非凡的高手切磋。"雷莉将黑色的西服外套脱下放在了地上，示意与厄迦丝的切磋开始……

赌徒

"这个世界最有趣的一点在于：任何事情，风险和回报都是成正比的。"

黑月与爱因斯特图走出武器库，开始返回办公室，随着武器库中剧烈碰撞声的传来，黑月的脸上显现出了狡黠的微笑。

"特图博士，对于这两个小朋友，你有什么看法么？"黑月征求意见似的向爱因斯特图提问道。令人意外的是，在与爱因斯特图的交谈中，黑月的语气变得格外阴冷，完全丧失了一贯的娇态与妩媚。

"虽然身体素质方面叫作厄迦丝的女性有着一定优势，但体内的'龙脉'尚未完全觉醒的她是敌不过在肉搏战中具备绝对'霸体'优势的雷莉。考虑到两人只不过是切磋，所以孰胜孰负很难作出结论。"爱因斯特图在进行短暂的分析后机械性回答道。

"分析得不错，当下我最为重用的两个部下白兰朵与白月全都不在，正是急需用人的时候，帮我在学院的新生名单中继续搜索一些具备强力潜质的学生，我们要尽可能地填补这个空缺。"在爱因斯特图面前的黑月完全没了之前的妩媚与轻浮的气息，眼神十分的老练阴险，动作也变得利落无比，俨然和之前判若两人。

"如果急需填补当前的空档，那么挑选对象的范围则要集中在已经具备显性异能者的学员之中，这无疑缩小了筛选对象的数量。我需要更为详细的条件以对您提出的要求进行进一步的确认，黑月大人。"爱因斯特图规律地迈着机械性的步子，跟在黑月的身后说道。

"这就是我接下来要告诉你的，我需要进行一项特殊的任务，这个任务则会主要依赖你而完成。"黑月的步伐相当迅捷，返回她办公室的路也与来时所走的不同，似乎是特意选择了较为便捷的密道。

"悉听尊便，黑月大人。"爱因斯特图回答道。

"据我所知，翼之国曾经掌握构建通往世界各地传送门的科技，可后来这个项目却被废除了，对此我很感兴趣，希望你能说来听听。"黑月对爱因斯特图问道。

"那个项目我曾经也参与策划并且研究过，之所以会遭到废除，是因为传送门的工作原理与运行上存在着以传统生命观而言对生命亵渎的嫌疑，科学院腐朽的长老会们不希望他们信仰的科学发展与延伸到一个道德争议当中，于是便合力抵制了这个项目。"爱因斯特图用他机械的声音回应道。虽然从无法从语气中判断爱因斯特图的情绪，但在字里行间还是能够感受到爱因斯特图似乎对翼之国的科学院上层有着一定的不满。

"哼哼，话说回来，你也是因为将自己逐步改造成机器的这一行为引起了科学院长老会的不满才被驱逐出翼之国的吧？"黑月似乎因此回想起来关于爱因斯特图的一些经历，随口问道。

"因祸得福，正是因为被驱逐出翼之国，我才能够有机会效力于您，我的女士。"爱因斯特图毕恭毕敬地回答道。

"那么言归正传，继续谈一下传送门的问题吧。你刚刚提到这个科技的工作原理与运行上存在着对生命的亵渎，这是什么意思？"黑月将话题再次转回了正题，对爱因斯特图问道。

"传送门的工作原理是这样的，我们会通过科技将传送目标位于 A 地点强制分解，在分解目标的同时记录下目标的所有状态资料，并通过缓冲将目标所具备的特性全额吸收，之后在 B 地点重组。由于吸收的特性能够支撑目标能量与结构的大部分需求并处于一个被分解的粒子状态，所以十分便于输送。因此位于 B 地点重组的目标除了身体状况会暂时表现出一些虚弱外，整个过程可以被看成是一场完美的传送。但科学院的长老会却荒唐地认为这种行为无疑是将一个人在 A 地点杀死，之后在 B 地点复活，是一种自欺欺人泯灭人性的做法，便下令将其废除。"爱因斯特图解释道。

"听起来确实不怎么样，将人分离之后重组，这种行为我也无法接受，难道就没有更好的办法解决这个问题么？"黑月在听了爱因斯特图的解释后表示并不满意，将密道尽头的大门推开，进入了自己的办公室。

314

"事实上这种行为并不是那么难以接受，就如同电波与信息一样，这种传送技术不过是将传送对象换成了人而已，当然，传送手段不只如此。在来到您的学院之后，我在您的图书馆内搜集到了一些关于其他种族对于传送法术的记载，并对其进行了分析和研究，发现吸血鬼们对于传送的概念已经掌控到了扭曲空间物质进而达到一种更为先进的次元传送的程度。我对此十分感兴趣，便利用您为我提供的实验室对此进行了一些创造，并成功地制造出了一个基本能够模拟出吸血鬼传送仪式的传送器。"爱因斯特图跟随黑月走进她的办公室报告道。

　　"我就知道在这一点上你是绝对不会让我失望的，说来听听，关于你发明的那个传送器。"黑月回到办公室后第一时间躺在了沙发上，摆出了一副非常舒服的样子。

　　"经过长时间的调试与测验，传送门设施目前已经趋于完善了，工作原理是利用次元传送，并不涉及分解目标，相对而言十分安全，但在运行模式上却有着一些纰漏，这些缺陷暂时未能找到一个较好的补偿方式，因此我并没有将它视为一个已完成的实验成果。"爱因斯特图走到黑月面前说道。

　　"纰漏？会影响传送本身么？"黑月听到这里似乎变得敏感了起来，对爱因斯特图问道。

　　"不，并不会影响传送本身，正好与之相反，由于吸血鬼的传送仪式的对象单一而且会以血液这一特殊媒介作为引导来进行传送，因此传送过程中几乎不会受外界因素影响，而是单独地架构出一个空间进行次元的转换。由于我的仪器并不能将吸血鬼的这一术法完全模拟，所以在传送过程中的次元空间也是相对公开的，这就会使传送途中的安全性大为降低。假如有人想要干扰传送的话，仪器很有可能被对方反向利用，一些简单的领域仪式或是立场便可对传送进行干扰，从而造成各种不便。"爱因斯特图将这一尚未成熟的技术向黑月和盘托出，并表示安全隐患颇深。

　　"假如我是想通过你的传送技术在学院对安度洛斯国的监狱进行一次劫狱呢？会遇到什么样的麻烦？"黑月语出惊人，老练阴沉的双眼锐利地盯着站在自己面前的爱因斯特图问道。

"在传送门打开的瞬间我们的行为便会被安度洛斯国的结界师和洗礼师所发现，他们可以做出的选择有两种：一种就是将传送门关闭，这对他们而言并不容易，因为维持传送门能量的来源是来自我们这边，但考虑到安度洛斯国在圣法与领域法术上有着很高的造诣，这也不无可能；而另一种选择，就是利用他们的净化法术将传送门反向引导，那样的话他们便可以获得开启通往学院方向的传送门，一直持续到我方的传送门关闭。无论他们做出哪种选择，这场劫狱行动都需要进行一次小规模的武力冲突。综上所述，这一行为的不可预估因素太多，十分具有风险。"爱因斯特图在简单地分析后对黑月说道。

　　"但以当下的情况来看，我们必须冒一次险了，大体的情况我已经有所了解了，你现在回去筹备你的传送机器吧，我会将行动尽快准备完毕的。白兰朵与白月不在，你可就是我手下为数不多可以重用的人才了。"黑月简单地向爱因斯特图交代完任务后，吩咐其退下，由一身黑色金属组成的爱因斯特图在行了一个告别动作后径直离开了黑月的办公室，留下了黑月一人躺在沙发上。在与爱因斯特图这个毫无情感的机体对话时，黑月完全卸下了自己那迷离娇娆的伪装，回归了她的本性，将阴森险恶的双眼闭合后，黑月开始在心中预谋下一步行动。

　　"这次又会出现什么意想不到的意外呢……哼……"黑月脸上充满着厌恶的表情在嘴边轻轻地哼道。

　　星盟学院的武器库位于地下，构造十分坚固稳定，雷莉与厄迦丝打斗产生猛烈的撞击不停地震荡着墙壁，给人一种如果再继续打下去很有可能会造成塌方的感觉。

　　雷莉的拳头极具破坏性，每次撞击在厄迦丝的身上时都会使厄迦丝有一种身体被打散架的感觉，硬是凭借着自己在力量上具备的一定优势，厄迦丝即便是面对着有着霸体效应的雷莉也依然保持着她霸气狂怒的战斗方式，不甘示弱地与雷莉进行着最为原始暴力的肉体冲撞。两人激战正酣，甚至放弃了躲闪的概念，硬是挺着胸膛挨下对手的进攻之后反击，起初武艺的切磋也逐渐变成了一种依赖体格与力量的斗狠。

"喝!"厄迦丝将拳头抡圆猛地捶在了雷莉的身上,这一击涵盖的撞击力简直犹如一颗巨石冲击在雷莉的身上……霸体效应在此时得到了明显的发挥,即便厄迦丝的这一击犹如崩山盖世,打在雷莉的身上时却还是没有使雷莉后退半步。下一个瞬间,雷莉挥动有着强力霸体效应的拳头呼啸而来,狠狠地打在了满身都是破绽的厄迦丝身上。与有着霸体的雷莉不一样,厄迦丝尽管体格优越力量雄厚,还是被雷莉的攻击打了个趔趄,跌倒在了地上。

"……哈……哈……"大口喘着粗气,吃力地从地上爬起来,脱掉了全身铠甲的厄迦丝身上只穿着一件残破不堪满是裂口的红色亚麻单衣,浑身香汗淋漓。

"……"相比于厄迦丝,雷莉则表现得非常镇定。

"明明感觉你不如我强壮,但就是打不动你,真是太有趣了……呼……呼……"依然大口地喘着气,厄迦丝显得非常兴奋,与雷莉的交手让她感觉十分有趣。

"可能是我体质的关系,如果只是依靠肉体硬拼互搏的话,很难让对手占到便宜。"雷莉也并没有想象中的状态那么良好,在承受了数次厄迦丝如此沉重的攻击之后,身体也在隐隐作痛。

"哈……这么说你的能力已经被融入身体里去了啊,怪不得我打不过你呢,我可是还没开始使用我的能力呢!"厄迦丝突然意识到了问题所在,恍然大悟。

"所以呢?"雷莉似乎意识到了厄迦丝接下来想要做什么,试探性地问道。

"本来是想让你见识见识我的能力的!……但是如果你我只是切磋的话,我要是使用吼声把你弄伤就又太失礼了,真是讨厌!无论怎么算都是我吃亏了啊!也罢也罢!反正我不和你打了!太吃亏了!"厄迦丝愤愤抱怨的同时将地上的全身铠甲捡了起来穿在了身上,示意切磋结束。

雷莉也总算松了一口气,至少算是将切磋这件事儿和平地结束了。在某种程度上而言,能够与厄迦丝这个档次的对手打上一架,自己的心里也是蛮痛快的。

"喏，打过就是朋友了哦，不过这次不能算你赢！有机会咱们找个地方好好地打一场吧！到时候让你见识见识我的能力！哈哈！"厄迦丝相当豪迈地拍了拍雷莉的肩膀说道，嘴上还布着被雷莉用拳头打得瘀青的痕迹。

爱因斯特图的实验室位于星盟学院的边缘，位置并不太显眼，规模十分完善，连带着各式各样的器材与设施。爱因斯特图所研究的领域包罗万象，随处可见一些千奇百怪的东西。

在离开黑月的办公室回到自己的实验室后，爱因斯特图将实验室内侧的暗门开启，进入了一个单独分离出来的小型房间，房间中央有着一个巨大的器皿，器皿中装满蓝色的液体，浸泡着一位女性，在爱因斯特图进到房间的同时，女人闭合的双眼突然睁开。

"你又要来折磨我了?!"女人在器皿中通过嘴上的呼吸装置发出声音，在看到爱因斯特图后显得有些激动。

"数据显示你的情绪一直处于低落的状态，这对维系你的生命并没有任何好处，希望你能看开一些，否则我将迫不得已地再次对你注射少量精神类药物以便于你生命的维持。"爱因斯特图走到一架仪器旁边，用他机甲深处放射出的红色光线扫描着器皿中的报告，之后对器皿中的女人说道。

"你就不能让我痛快地死掉么?! 我活着能够为你带来什么？喜悦，还是价值？不！你只是在单纯地折磨我！你不会为此得到任何东西！任何！"女性的情绪非常不稳定，对着爱因斯特图歇斯底里地吼道。

"很抱歉，我也无法解释我为何要这样做，不能让你死去是我最根本的目的，如果你再继续尝试出现如同现在这样的情感波动来威胁你身体的状况，那么我会强制通过药物辅助你进行舒缓。"面对女人的咆哮，爱因斯特图保持着自己机械性的语调回答道。

"你又去见她了？为那个黑心女人出谋划策？甘愿当她的一条狗？"器皿中的女人一脸的愤恨，四肢有些颤抖着对爱因斯特图问道。

从女人的动作来看，可以判断出在器皿中的她几乎没有行动能力可言，唯一能够做到的便是通过嘴上的呼吸器来进行对话。

"是的，黑月大人需要我为她筹备一个十分具有挑战的任务，因此在之后的几天我可能无法前来照看你，营养液的成分已经调和制定完毕，这些液体将维持你的生命。假若你的情绪或者生命力的波动低于了正常值，那么我会前来对你进行药物辅助，以延续便你生命的。"爱因斯特图对着器皿调试着各项数据的同时说道。

　　"你比我更清楚那个女人是什么东西！她是一切灾祸的根源！是恶魔！是死神！是最最邪恶的存在！你难道连一丝人性与是非观都没有了么！特图！"由于情绪波动的原因，女人有些失声，带着哭腔一样地对爱因斯特图说道。

　　"我十分清楚黑月大人是灾祸的根源，无论从哪种文明的记载来看，黑月大人所代表的都是阴暗与邪恶的黑暗象征，但我现在不过是一个机械，荣誉与耻辱，善与恶，与我无关，我只需要做到效忠于她，便可以得到这里的一切以维持你的性命。"爱因斯特图将器皿调试完毕后，走到了装有各种药剂的实验桌旁，开始调和药剂。

　　"你所想要的不过是对我无尽的折磨！"女人的情绪再次激动了起来，充满绝望地对爱因斯特图吼道。

　　"很抱歉，想要维持你的生命，就必须要有一个庞大的实验室以及生化器皿来对你进行保护，而能够为我提供维持价格不菲的营养液支出的，只有黑月大人，因此我必须为她负责，同时也为你负责。这一针会让你进入短暂的睡眠状态，并舒缓你现在激动的情绪，晚安，我的妻子。"在实验桌旁调和出一管药剂放入注射器之中，透过玻璃屏障对自己的妻子进行睡前的问候之后，爱因斯特图将针孔通过连接在妻子身上的注射口扎了进去，把药剂注入了妻子的身体……

引战

"正中下怀。"

经过了两天一夜的跋涉，森带领着两名部下来到了安度洛斯国的首都，安格利斯塔，在到达了信仰之塔表明来意后，森静静等候在信仰之塔的外围大厅处。不一会儿，一名金甲护卫便从塔中走出，站到了森的面前。

"教皇表示愿意接见你们，现在请将你们的武器上缴，我将带领你们进入接见大厅。"金甲护卫的声音威严低沉，一板一眼地对森说道。

"十分抱歉，身为天使，我们所佩带的武器是不能长时间离开身体的，能否通融一下？我们远道而来绝无恶意，只不过是有要事相谈。"森不可能接受上缴武器这种要求，向金甲护卫解释道。

"很抱歉，这事儿我做不了主。既然你拒绝上缴武器，那么我只能向圣骑士大人通报一下，看她是否能够信任你们了。"金甲护卫话罢，转身再次进入了塔中。

在目送金甲护卫离开后，卡西迪娜毫不掩饰地表现出一股厌恶之情。似乎是出于对信仰国的浓郁宗教风格建筑和气息有着本能的排斥，从踏入信仰国边境起，卡西迪娜就显得心情很差。

"姑且忍耐一下吧，如果事态的发展像我们计划的那样，恐怕还要在这里逗留很久。"森注意到了卡西迪娜情绪上的波动，对其说道。

"我倒是蛮喜欢这里的氛围的，换个眼光去看待就好了。"艾瑞丽欧面带微笑地拍了拍卡西迪娜的肩膀跟着劝道。

这时金甲护卫再次从信仰之塔中走出，来到了森的面前。

"圣骑士大人允许了你们的要求，现在你们可以携带武器进入信仰之塔了。"

接见大厅内，由光线交织着的三个点上分别代表着"太阳"、"星光"、"月亮"，正坐在大厅中央的少年眉清目秀，脸上有着与他年龄不相符的成熟气质，高高在上地注视着森等人的到来。

对于森而言，自己是第一次见到教皇，虽然之前便对教皇的年龄有所耳闻，但真的见到时还是感觉到了些许的惊讶，很难想象这样的一个少年即是天下最高权力的所有者。

"天使，是什么原因让你们前来见我？据我所知，我们在信仰与观念上都有着很大的差异，因此若不是关系到你我根本利益问题的话，我实在是没什么心情与你们交谈太久。"教皇对于森的到来显得颇为冷漠。

"既然如此，我便开门见山地说出我此行的目的吧。出于种种原因，希望您能够出兵攻打星盟都市。"森深知自己并不受欢迎，单刀直入道出了自己的目的。

"……"听到了森的目的后，教皇愣了一下，似乎由于森的提议过于直接，使得教皇一时半会儿没有缓过劲儿来。站在月亮位置上的圣裁官莉丝塔娜也被森的发言惊住一样，眼睛睁大看着森，有些慌神。相比之下，位于星光位置的圣骑士赛琳维西亚则波澜不惊地保持着原有的姿态，平和淡然地站在原地。

"很抱歉，您的要求过于直接，很难让人理解您是为何目的才会这样做，请再稍微详细一点道明您的请求。"赛琳维西亚面对森的要求回答道。

此时教皇和莉丝塔娜似乎也逐渐适应了当前的情况，开始努力地调整思绪。

"星盟学院正在进行开发人类潜在特殊能力的实验，并明目张胆地以招收学员为目的扩充自己的势力。而且星盟学院的校长黑月在背地里还谋划着与魔物有关的种种阴谋，无论是对于你们的信仰还是国家的利益来讲，出兵讨伐都是十分必要的。相信身为安度洛斯国高层的你们比我更加了解其中的意义。"森的发言简单有力，平铺直叙地说道。

"事实确实如此，但问题在于，身为天使的你为何要大老远地跑到这里来向我们进谏？难不成这其中也与你们这些只知道一味地捍卫平衡的天使也有了利害关系？”圣裁官莉丝塔娜看似年轻，却有着一股深沉老练的气质，在抓到了问题关键所在后，对森问道。

发言之后，莉丝塔娜转过了头面向教皇，对教皇使了一个眼色，示意教皇暂时不要发言。

“我所捍卫的平衡已经被黑月打破，若想找回万物之本，维系平衡所在，那么作为威胁平衡根源最大的存在，黑月与她的阴谋就必须得以粉碎。考虑到我们有着共同的利益锁链，因此我才前往至此，向贵国求助。”面对莉丝塔娜的质疑，森回答道。

“但是必要性呢？你们天使的力量在神圣的安度洛斯面前简直微乎其微，我们想要攻打星盟都市的话是自己的问题，无须外人插手干预。如果你认为只是因为你的一个提议便能够使得我们出兵的话，未免有些天真吧？”莉丝塔娜继续对森分析道。

“况且目前北方冻原与我国依然处于敌对状态，无论国力多么强大，尽力避免腹背受敌都是应该的。在这个节骨眼儿上对黑月所管制的区域发动战争，实属下策。”赛琳维西亚附和着莉丝塔娜，就军事状况的问题说道。

“我当然不会傻到在没有任何筹码的情况下便向你们提出这等要求，通过某些途径，我无意中得到了能够粉碎黑月手下异能者的技术，如果合理地应用的话，那么星盟都市这个毫无兵力可言的中立区域不过只是你们的囊中之物，只需调遣少量军队，即可为你们解除心中的一大隐患。”森将手中的异能消除备案磁盘拿了出来说道。

“……哈哈哈！天助我也！这下就连就根本的问题都解决了！莉丝塔娜，既然如此，我们赶紧出兵攻打黑月吧！”似乎忘了之前莉丝塔娜对自己的提醒，在看到了森手中的异能消除备案后，教皇兴奋地叫了出来。

“教皇大人！”莉丝塔娜很为难地抛给教皇了一个眼色，再次示意让教皇不要说话。而森此时已经察觉到了其中的利害关系，心中多了几分把握。

“哼，即便你手中的那个东西真的能够起到作用，我们神圣的信仰国也是不能无故地随意进犯其他区域的。总之，你的提议太过仓促，对星盟都市宣战不单单会为信仰国树立更多的敌人，而且还会导致战争布局和经济链条上的波动。星盟都市现在并没有做出任何对我国不敬的行为，贸易往来上也十分积极，考虑到我国现在还在与北方冻原进行交战，出兵攻打星盟学院的想法，暂时是不会考虑的。"从多方面进行着权衡，莉丝塔娜否决了森的提议。

"其实这些不过是多余的顾虑罢了，如果能够将星盟都市快速攻占下来，那么无论是经济链条还是战争布局因素，统统可以无视，当务之急，还请三思。"森据理力争，对莉丝塔娜说道。

"十分感谢你的提议，天使，教皇大人会与我们仔细慎重考虑这个问题……"莉丝塔娜正在说话的同时，一名黑色短发身穿全身铠甲的副官神情有些慌张地步入了接见大厅，径直走到了圣骑士赛琳维西亚的身旁，小声报告着什么。

在场的所有人也因此终止了谈话，将注意力集中在了赛琳维西亚的身上。副官轻声报告完毕后，快步离开了接见大厅，赛琳维西亚不慌不忙地转身面向教皇。

"教皇大人，安格利斯塔监狱遭到敌人袭击，根据结界师通过圣法对其来源侦测的报告来看，袭击监狱的敌人来自星盟学院。"赛琳维西亚语调平和稳重地报告出了这一惊人的消息。

而此时的星盟学院，黑月正以一个十分慵懒的姿势躺在办公室尽头的沙发上，迷离妖娆的眼中透露着一丝丝的喜悦之情。

"总算又让一切步入正轨了……"

图书在版编目（CIP）数据

星盟默示录 / 风若岚著. -- 北京 ：作家出版社，
2013.8
  ISBN 978-7-5063-6919-0

  Ⅰ. ①星… Ⅱ. ①风… Ⅲ. ①科学幻想小说 – 中国 –
当代 Ⅳ. ①I247.5

中国版本图书馆CIP数据核字（2013）第091499号

星盟默示录

作　　者：风若岚
责任编辑：田小爽
装帧设计：薛　怡
出版发行：作家出版社
社　　址：北京农展馆南里10号　　　　邮　　编：100125
电话传真：86-10-65930756（出版发行部）
　　　　　86-10-65004079（总编室）
　　　　　86-10-65015116（邮购部）
E-mail:zuojia@zuojia.net.cn
http://www.haozuojia.com（作家在线）
印　　刷：北京明月印务有限责任公司
成品尺寸：152×230
印　　张：20.5
版　　次：2013年8月第1版
印　　次：2013年8月第1次印刷
ISBN 978-7-5063-6919-0
定　　价：32.00元